KB195687

Learned
by
Heart

LEARNED BY HEART
by Emma Donoghue

러니드 바이 하트

미친 사랑의 편지

엠마 도노휴 장편소설

박혜진 옮김

arte

언제나 내 편인

크리스 룰스턴에게

나는 이 다이아몬드로 이 유리에 새겼다
그리고 이 얼굴로 어떤 아가씨에게 키스를 했다

—요크의 킹스 매너
헌팅던 방 창문 낙서

차례

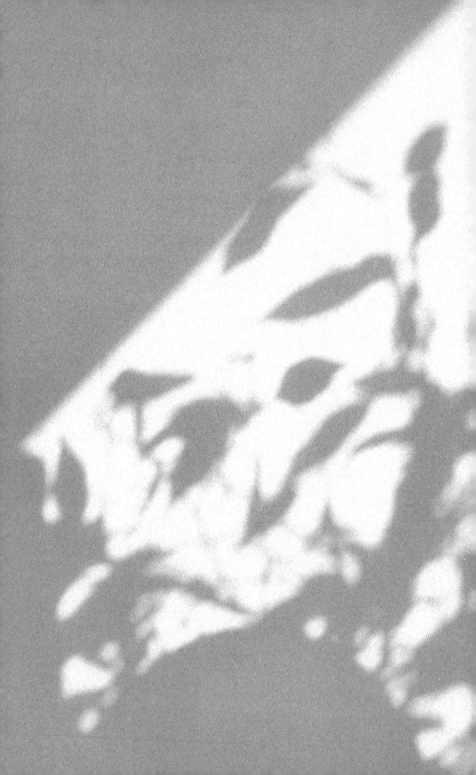

레인이 리스터에게,
1815년

사랑하는 리스터,

어젯밤 또다시 매너에 다녀왔어.

나는 망토를 걸칠 새도 없이 문을 열고 나가 마을 광장을 가로질러. 내 신발은 이슬 맺힌 풀에 금방 사라질 의문의 메시지를 남기지. 달빛이 비치는 길에 다다르면, 그냥 따라가기만 하면 돼. 15분도 안 돼 800년 동안 둥그렇게 서 있는 요크 성벽의 아치문 부섬 바가 나올 테니까. 여기가 바로 빨간 벽돌 뒤에 우리 학교를 숨기고 있는 오래된 저택 킹스 매너야.

사자와 유니콘이 달린 커다란 중세 문을 활짝 열고 향긋한 안뜰로 들어서. 거기서 오른쪽으로 돌아 매너 학교로 들어가지. 한 가족이 3대에 걸쳐 북부의 부잣집 딸들을 돌보던 학교. 나는 금방이라도 무너질 듯한 익숙한 방들을 눈에 띄지 않게 차례차례 지나. 부엌과 식료품 저장실, 식당과 사무실을 가로질러 닳아 버린 돌계단 위로 스르르 올라가. 2층에 있는 교실들도 가로질러 가. 그리고 북쪽 건물로 들어가 교사 방을 지나서 다시 3층 다락으로 올라가. 요리사 방을 지나고, 하녀 넷이 같이 쓰는 방을 지나고, 트렁크와 커다란 여행 가방으로 가득한 수납실도 지나. 그 옆 네 번째 문이 바로 슬로프 문이야. 그 문이 내 앞에서 홱 하고 열려.

너는 내 희망 섞인 상상을 이해할 거야. 어두운 밤 이 조심스러운 방문은 사실 내 마음속에서만 일어나거든. 현실의 나는 지난 8년 동안 사자와 유니

11

콘을 지나 우리 학교로 들어가지 않았어. 요즘은 내가 통제할 수 없는 상황에 단단히 가로막혀 있지. 하지만 작년이나 그전에 종종 킹스 매너의 사랑스러운 실루엣을 지나치면서도, 신경을 안 썼는지 어쨌는지, 그 오래된 문을 두드릴 생각은 미처 하지 못했어. 나는 지금에야 나 자신에게 질문을 해. **일라이자, 왜 갈 수 있을 때 돌아가지 않았니?**

내가 이 오래된 건물을 많이 아낀다는 사실은 전혀 놀라운 일이 아닐 거야. 나는 요크에서 교육을 받음으로써 도장에 찍혀 굳어진 따뜻한 밀랍처럼 완전히 형성됐어. 우리가 부른 노래 기억하지? **그 모든 기쁨과 즐거움이 이 마을을 지상낙원으로 만들었네.** 매너 학교에서 나는 **지상낙원**을 맛봤어. 사는데 꼭 필요하다는 지식과 지혜를 내 불쌍한 머리에 꾸역꾸역 채워 넣으면서도 말이야. 그런데 재미있는 점은 따로 있어, 리스터. 내가 유일하게 배운 것, 아니, 적어도 내가 유일하게 기억하는 것은 바로 너라는 사실이야.

우리 둘은 정말 어렸어. 캐풀렛[1]이 딸에 관해 설명하듯 **14년간의 변화도 미처 보지 못했지.** 우리는 우리 슬로프의 기울어진 천장 아래에서 12개월도 함께하지 못했어. 하지만 삶에는, 특히 청춘 시절에는, 다른 때보다 짧지만 강하게 빛나는 시간이 있는 법이야. 그런 시간은 절대 희미해지지 않아. 칙칙한 바위에 박힌 화려한 금맥처럼. 나는 남은 일생 동안 꿈속에 존재하는 기억의 극장으로 계속해서 들어간 거야. 우리의 어린 지아가 여전히 움직이고 웃고 떠드는 곳으로.

요즘 나는 글을 먹고 살아. 내 상상력이 다른 자극에 굶주렸나 봐. 그렇다고 일기를 쓰는 것은 아니야.(우리가 열일곱 살이 됐을 때 너는 내가 일기 쓰는 습관을 들이도록 최선을 다해 도와줬지. 하지만 나는 일상에서 기록할 만한 내용을 고르는 일이 항상 너무 힘들었어. 아무도 귀 기울여 듣지 않는 나의 말들은 모두 바싹바싹 말라 버려. 너의 영리한 혀 뒤에서 샘솟는 끝없는 샘물이 나에게는 존재하지 않아. 문득 드는 생각인데, 너의 기록하는 습관은 너의 다른 능력들, 예컨대 걷기 같은 행동과 공통점이 참 많아. 너는 뭘 하든 항상 기운과 야심

---

1) 셰익스피어의 희곡 『로미오와 줄리엣』의 여주인공 줄리엣의 아버지.

이 넘쳐. 거의 탐욕스러울 정도로. 우리 같은 하찮은 존재를 깜짝 놀라게 하는 활력을 보여 주지. 물론 가끔은 우리도 피곤하지만 말이야.) 나는 공감해 주는 독자에게 편지를 쓰는 방식으로만 마음을 열고 나의 기쁨과 고통을 이야기할 수 있는 것 같아. 그래서 눈이 아파질 때까지 종일 책을 읽고 너에게 허겁지겁 편지를 써. 지금 상황에서는 많아야 두세 쪽인 것 같아. 이 정도 쓰고 나면 펜을 내려놔야 해.

밤이 되면 마음속으로 이곳저곳을 돌아다녀. 거의 25년 동안 살았던 여러 장소(마드라스[2], 토트넘, 동커스터, 핼리팩스, 브리스틀) 중에서 내 들뜬 마음이 항상 자석처럼 끌리는 곳은 바로 요크야. 더 구체적으로는 우리 매너 학교지. 거리상으론 지금 글을 끄적이는 이 집에서 채 1.6킬로미터도 안 떨어져 있지만, 시간상으론 거대한 만을 건너는 것과 같아. 우리가 열네 살이던 10년 전으로 건너가야 해. 심지어 그냥 10년이 아니라 미숙한 소녀와 안정된 여인 사이에 놓인 광활한 시간대를 지나가야 해.

나는 스물네 살인데 마치 노부인처럼 회상을 즐겨. 기억은 해안을 때리는 파도처럼 저항할 수 없는 힘으로 나에게 자꾸 돌아와. 내가 얼마나 변했는지를 부정하는 건 바보 같은 짓일 거야. 주저리주저리 늘어놓을 필요도 없을 만큼 나는 더 이상 우리가 처음 만났을 때의 내가 아니야. 하지만 나는 그때의 일라이자를 너무도 생생히 기억해. 눈만 감으면 그 아이 안으로, 피부 속으로 스르르 들어갈 수 있어. 이끼투성이에 비가 줄줄 새는 킹스 매너 지붕 아래에서 너를 처음 본 그날부터 내 삶은 활기를 되찾았어, 리스터. 고대 로마인이 우리 돌에 새긴 글귀 그대로야. 이곳의 정신은 행복하리라.

나는 우리 슬로프에서 최고의 시간을 보냈어. 가끔은 그게 과거라는 사실을 스스로 상기해야만 해. 하지만 동시에 이렇게 되뇌어. 나는 죽지 않았다고. 아직은 아니라고. 시든 식물도 조금만 물을 주면 되살아난다고 하잖아. 너를 한 번만 더 내 곁에 둘 수 있다면 나는[3]

---

2) 남부 인도의 최대 도시로 현재 지명은 첸나이.

3) 이 책에서 편지가 나오는 대목은 대부분 이렇게 갑자기 끊긴다.

가까이 붙어서,
1805년 8월

일라이자는 종이 울리기 직전 7시에 잠에서 깼다. 이렇게 자신을 단련했다.

그녀는 다락에서 잔다. 천장이 너무 낮아 좁은 간이침대 옆, 방의 정중앙이 아니면 일어나 설 수가 없다. 매너 학교 침실에는 원래 걸려 넘어지거나 먼지가 쌓일 위험이 있는 카펫이 없다. 하지만 이 방은 그중에서도 가장 삭막하다. 바닥에 왁스도 칠하지 않았다. 일라이자는 방을 혼자 쓴다. 두 살 많은 언니 제인이 입소를 거부하고 있기 때문이다. 파커 자매 둘, 피어슨 자매 둘, 심프슨 자매 둘, 돕슨 자매 둘, 버턴 자매 셋, 그리고 퍼시벌 자매 다섯. 수많은 두 자매, 세 자매 사이에서 일라이자는 사실상 외동이나 다름없다.

물론 독방 사용을 특혜로 여길 수도 있다. 다른 사람이 내는 소음이나 냄새에 영향을 받지 않고, 생각을 하거나 잠을 잘 때 방해를 받지도 않는다. 일라이자가 품행을 단정히 하리라고 믿는 교장의 신의의 표시일 수도 있다. 일라이자의 재산에 대한 존중의 표시일 수도 있을까? 어쩌면 후견인 더핀 박사가 하그레이브 교장에게 이런 사생활 보호 명목으로 돈을 더 내고 있을지도 모른다. 일라이자는 한 번도 용기 내 물어보지 못했다.

일라이자는 세면대 거울에서 자신의 모습을 언뜻 본다. 물론 그녀는 늘 궁금했다. 교장의 자매이자 기숙사 살림을 도맡은 테이트 사감이 자신을 처음 보고 너무 겁을 먹은 나머지 다른 학생들과 멀리 떨어진 방에 배정한 걸까? 유색인 아가씨. 일라이자는 그런 상투적인 문구가 정말 진저리가 난다. 모든 피부는 어떤 색이든 색깔이 있게 마련 아닌가? 어린 시절을 마드라스에서 보낸 레인 자매는 이 문제를 깊이 생각해 보지 않았다. 하지만 킹 조지 호에서 내려 켄트에 들어섰을 때, 채 일곱 살도 안 됐던 일라이자는 사악한 요정의 주문에 걸려 변해 버린 기분이었다. 마치 눈에 보이는 거라곤 인도 소녀들의 피부색뿐이라는 듯 너무나 많은 영국인이 그들을 쳐다보거나 손가락질하거나 비웃었다.

몇 년 뒤 더핀 박사는 남쪽 토트넘까지 내려와 이제는 세상을 떠난 자신의 친구이자 동료의 딸들을 데리고 그들 아버지의 고향인 요크셔주로 돌아왔다. 일라이자는 첫날 하그레이브 교장이 더핀 박사를 안심시키며 했던 말을 기억한다.

"저희 자매는 피부색을 보지 않습니다."

믿음이 가기보다는 그냥 호의로 하는 말처럼 들렸다. 저녁 시간에 마흔 명 정도 되는 학생에게 레인 자매를 소개하며 교장은 그윽하고 차분한 목소리로 모세의 말을 인용했다.

"너희와 함께 있는 타국인을 너희 중에서 낳은 자 같이 여기며 자기 같이 사랑하라. 너희도 애굽 땅에서 객이 되었더니라. 나는 너희 하나님 여호와니라."[4]

이 경영자 자매는, 아직 무지한 학생 중 일부가 일라이자의 다름이 전염될까 두려워 이 특별한 이방인과 가까이 붙어서 살기 싫어할 수도 있다고 생각한 걸까? 그렇다면 테이트 사감의 행동은 충분히 설명된다. 사감은 명단을 보며 혀를 차고는 남쪽 구역이 이미 만원이리고 말했다.(이 말은 사실이었다.) 그러고는 일라이자를 북쪽 건물로 데려가, 하인만 쓰고 짐과 망가진 가구만 보관하는 다락 층으로 올라갔다.

일라이자는 이 방을 배정받은 이유가 별로 중요하지 않다고 되새긴다. 이 방은 대체로 마음에 든다. 낮은 지붕창이 북서쪽을 향하고 있는 방. 일라이

---

4) 구약성경 레위기 19장 34절.

자는 이제 자세를 낮춰 울퉁불퉁한 다이아몬드를 통해 왜곡돼 보이는 그림 같은 풍경을 내다본다. 클리프턴 마을을 향해 쭉 뻗은 들판. 더 가까이 왼쪽에는 매너의 교회이자 한때 북쪽에서 가장 부유했던 옛 수도원의 잔재 성 올리브St Olave's가 언뜻 보인다. 잿빛 하늘, 비가 내리려나. 일라이자는 일찍 일터로 나온 직원이 있을까 봐 다시 뒤로 물러선다. 옷을 완전히 차려입지 않은 채로 창밖을 내다보는 행위는 외부인에게 자신을 드러내 보이는 행위와 똑같이 부적절한 행위로 벌점을 받기 때문이다.

일라이자는 빠르게 옷을 입는다. 여섯 살 때부터 누구의 도움도 받지 않고 스스로 해 온 일이다.(토트넘 기숙학교에서 일라이자는 부자들이 가난하게 살아 보라고 딸을 이 시설로 보내나 보다고 생각했다. '불편한 생활'은 덕성을 길러 준다고 여겨지니까.) 일라이자는 취침용 시프트 원피스를 일상용으로 갈아입고 사용이 허락된 주전자 물 3분의 1로 아래를 문질러 닦는다. 그러고는 축 늘어진 롤러 타월로 물기를 닦는다. 그녀의 짧은 버크럼buckram은 앞쪽 고리에 걸려 있다. 매너에서 허용되는 치마는 흰색 모슬린 소재뿐이라 옷을 고르는 수고는 하지 않아도 된다. 일라이자는 긴 소매 속으로 팔을 밀어 넣고 시프트 원피스의 리넨 소매 위로 잘 잡아당긴다. 그런 다음 팔을 꺾어 뒤쪽 단추를 채운다. 열네 살과 열다섯 살 중학년을 의미하는 초록색 리본 허리띠가 갈비뼈 위에 높이 묶여 있다. 목과 가슴에 레이스 터커를 두르고, 끈은 등 뒤로 매듭을 지었으며, 그 위로 숄을 걸쳤다. 일라이자는 가터로 스타킹을 동여맨 뒤 새끼 염소 가죽으로 만든 뾰족한 구두를 신고 활동하는 동안 흘러내리지 않도록 단단히 끈을 묶는다.

학생들은 옷단에 주름 장식 하나를 달거나 면 대신 비단으로 만든 숄을 걸칠 수 있다. 이외에 다른 장식을 하면 허영을 부린 죄로 벌점을 받는다. 하지만 일라이자는 어떤 모험도 하지 않는다. 그녀는 누군가의 예상이 틀렸음을 입증할 때 남몰래 만족감을 느낀다. 복장 규제는 **대부호 딸내미**에게 요구되는 덕목이 아니니까.(여기 온 첫 주에 베티 포스터가 조용히 일라이자를 그렇게 부르는 소리가 들렸다.) 레인 자매의 동급생들은 화려하지 않은 자매의 모습에 적잖이 실망한 듯했다. 손바닥 장식이나 호두 크기의 엄지 반지,

진주 목걸이, 발목 방울, 금색 코걸이 같은 장신구가 전혀 없었기 때문이다.

일라이자는 얼룩덜룩해 보이는 유리 앞에서 환하게 웃는 연습을 한다. 예의 바른 사람은 일라이자의 피부색을 **이국적**이라거나 **황갈색**이라고 표현한다. 무례한 사람은 **까맣**다거나 **탁하**다거나 **우중충하**다거나 그냥 **갈색**이라고 표현한다. 일라이자는 자신의 피부가 깨끗하고 이목구비가 대체로 호감형이라고 스스로 다독인다. 그녀는 기름칠한 뒷머리를 단단히 틀어 올린다. 부드러운 검은색 직모는 다소 불편하다. 얼굴을 예쁘게 감싸려면 곱슬머리가 좋기 때문이다. 그래서 앞머리를 감싼 종이를 네 번 꼬아 이마 앞에 달랑달랑 매달아 놓았다. 이제 그걸 풀고 밤사이 잘 굳은 곱슬머리를 손가락으로 빗어 내린다. 일라이자는 헐렁한 흰 모자를 쓰고 풀 먹인 주름 장식 바로 아래에 곱슬머리가 보이도록 넓은 띠를 고정한 다음 옆에 달린 끈을 턱 아래로 묶는다. 이게 바로 영국의 복장 지침이다. 규정을 정확히 따른 다음 그것이 거의 보이지 않도록 안으로 밀어 넣어 버리는 것.

일라이자는 어제 쓴 리넨 용품이 전부 빨래 바구니에 들어 있는지 확인한다. 예전에 어느 하녀(분명 키 크고 못된 그 하녀였을 거다)가 바닥에 스타킹이 떨어져 있었다고 신고하는 바람에 부주의 벌점을 받았기 때문이다. 모든 규칙을 기억하기에 가장 간단한 방법은 커다란 눈이 쉬지 않고 자신을 지켜보고 있다고 상상하는 것이다.

아래층으로 내려온 일라이자는 변소에 가기 위해 서둘러 포근한 아침 공기를 가로지른다. 변기 아래에 있는 거미는 생각하지 않으려고 노력한다.

킹스 매너는 찌그러진 사각형 안뜰이 있는 구조이고, 그중 학교가 차지하는 구역은 절반이 채 되지 않는다. 부지를 둘러싸고 있던 거대한 성벽이 무너진 자리는 지난 몇 세기 사이 보기 흉한 석조물로 때워 버렸다. 일라이자는 빨간색 허리띠를 맨 고학년 학생 두 명이 메리게이트 거리를 마주 보고 있는 황폐한 수위실에서 철제 난간에 기대 빼빼 마른 청년과 대화하는 모습을 발견한다. 누군가 물어보면 그들은 둘 중 한 명의 사촌이라고 주장할 것이다. 처음 왔을 때 이미 다 허물어져 가던 매너는 마치 미로 같았다. 그래서 부끄럽게도 종종 실수로 다른 방에 들어갔더랬다. 목각공의 방, 빗 제작

자와 장갑 제작자의 작업실, 심지어 커다란 수퇘지가 있는 1층의 작은 방에
도 들어갔다.

이제 일라이자는 뒷문을 통해 식당으로 비집고 들어간다. 베티 포스터(도
자기 인형)를 꽉 껴안고 있는 마거릿 번(어두운 곱슬머리)을 피해 빙 돌아 들
어가야 한다.("잘 잤지, 내 친구?") 절대 떨어지지 않는 둘은 연극 5장 마지
막에 재회하는 주인공처럼 만날 때마다 무아지경에 빠져 버린다.

의자가 없는 뒤쪽 불명예 식탁에는 파란색 허리띠를 맨 저학년 학생 두
명과 고학년 학생 한 명이 허리를 숙이고 선 채로 흘리지 않으려 애쓰며 귀
리죽을 먹고 있다. 테이트 사감은 주변을 맴돌며 교장의 심기를 건드릴지
모르는 부적절한 행동을 잡아 내기 위해 학생들을 감시한다. 일라이자는 바
른 몸가짐 점수를 기대하며 백합처럼 꼿꼿이 허리를 편 채 미끄러지듯 지나
간다. 하지만 테이트 사감은 시끄러운 학생 두 명을 향해 고개를 돌리고 입
술에 손가락을 가져다 댄다.

"조용!"

프랜시스 셀비가 작게 손을 흔든다. 지푸라기 같은 금색 곱슬 앞머리가
모브 캡 아래로 살짝 내려와 있다. 일라이자는 미소 지으며 프랜시스가 맡
아 둔 자리에 앉는다. 그때 맨 위쪽 식탁에 앉은 언니이 의자 뒤에서 테이
트 사감이 종을 울린다. 마지막 학생 무리가 터커 끈 매듭을 매만지거나
모자에 머리카락을 밀어 넣으며 몰려 들어온다. 종소리가 멈추는 순간 베
티와 마거릿도 훈련받은 비둘기 한 쌍처럼 머시 스미스 양쪽에 각각 안착
한다.

머시는 까다로운 학생이다. 지원금을 받아서가 아니라 복음주의적 엄격
함을 고집해서 미움을 많이 받는다. 일라이자는 머시가 수업 내용을 정확히
암기해 받은 점수를 더 유용한 동전으로 바꾸지 못한다는 사실이 너무 안타
깝다. 새콤한 라즈베리 사탕 따위를 나눠 주면 조금이나마 인기를 얻을 수
있을 텐데 말이다. 학교에서 가장 친한 친구는 의자나 펜처럼 없어서는 안
될 존재다. 하지만 어찌된 일인지 머시는 언제나 친구 없이 혼자 다닌다. 사
실 일곱은 홀수이기 때문에 중학년 중 한 명은 어차피 혼자 남겨질 수밖에

없다. 일라이자는 '예루살렘으로 가자'라는 놀이를 떠올린다. 바이올린 연주가 멈추면 모든 참가자가 새 자리를 차지하는 놀이. 자리를 못 잡은 한 명은 즉시 퇴출당한다.

프랜시스가 스완즈필드(노섬벌랜드에 있는 가족 사유지)에 있는 아버지에게 최근에 받은 편지 내용을 일라이자에게 전부 말해 준다. 아버지가 탑과 고딕풍 별채에 어울리는 평화기념비를 세우고 싶어 한단다.

"프랑스가 항복하는 순간에 말이야." 프랜시스가 강조한다.

토트넘에 들어간 첫 주에 고작 일곱 살이었던 일라이자는 자신을 보호해 줄 친구가 없으면 어떻게 되는지를 깨달았다. 런던 사람들은 직설적인 모욕 대신 가시 돋친 칭찬을 했다.

"영어를 참 잘하는구나, 레인 양."

서인도에서 온 아이도 일라이자와 짝이 되려고 하지 않았다.

몇 년 뒤 여기 매너에 와서 프랜시스를 만날 때까지 일라이자는 늘 혼자였다. 프랜시스는 돈이 많고, 아내와 사별한 아버지의 귀한 딸이고, 모두에게 사랑을 받는다. 편견이 눈곱만큼도 없어서 그런지 다른 사람의 편견도 알아채지 못하는 것 같다. 일라이자가 다른 아이들의 눈짓, 뻣뻣해지는 등, 치맛자락을 거두는 행동을 감지할 때마다 프랜시스는 불편한 듯 인상을 쓰며 오해일 거라고 말한다. 물론 일라이자도 그녀 말이 사실이기를 바란다. 그래서 최선을 다해 믿어 보려고 한다.

오늘 아침 식사 시간에는 루인 선생님이 중학년을 감독하고 있다. 일라이자는 살짝 삐뚤어진 선생님의 가발을 당겨 제자리에 두고 싶다. 루인 선생님은 외모에 전혀 신경을 쓰지 않는 것 같다. 키가 작고 친절하지만 표정에 수심이 가득한 하녀가 물 주전자를 내려놓는다. 일라이자는 유리잔에 물을 채운 뒤 코를 찡그리지 않으려 노력한다.

"오늘은 초록빛이네. 이것 때문에 또 아프겠다." 낸 무어섬이 투덜거린다.

낸은 스카버러에 있는 집을 항상 그리워하며 자신이 얼마나 다양한 질병을 앓고 있는지를 떠벌린다. 따가운 입술, 울어서 생긴 눈의 염증, 지끈거리는 머리. 목 아래 통증은 훨씬 더 다양하다.

"무어섬 양, 내가 보장하는데 우리 우즈강 물은 가장 깨끗한 숯으로 정수된단다. 맛이 어떻든 간에 말이야."

루인 선생님은 음식이 밖으로 나오지 않도록 입 앞에 손을 올린 채 살짝 불확실한 발음으로 말한다. 하지만 말씨는 일라이자가 최선을 다해 따라 하려고 하는 잉글랜드 남부 말씨다.

낸은 고집스럽게 한쪽 눈을 문지른다. 식탁 반대편에서 패니 피어슨이 물을 마셔 보고는 단짝인 낸을 향해 살짝 인상을 써 보인다. 일라이자가 생각하기에 패니는 낸보다 훨씬 멍청하지만 그래도 다정한 아이다. 고학년은 모두 패니를 귀여워한다. 물론 패니의 한쪽 팔이 쇠약하기 때문만은 아니다.

일라이자는 안뜰을 내다보며 인동과 장미의 희미한 향기를 들이마신다. 그러고는 시큼한 물 대신 달콤한 초콜릿으로 자신의 잔을 채운다.

"셀비 양, 토스트나 롤빵 한 조각 덜어 줄까?"

부탁을 하려면 먼저 권유를 해야 한다.

"아니, 괜찮아, 레인 양." 프랜시스는 공식에 따라 대답한 뒤 접시를 넘겨준다.

일라이자는 고갯짓으로 감사를 전하고 두 조각을 덜어 낸다. 세 조각까지는 먹을 수 있지만, 몰래 네 조각을 챙기면 욕심 벌점을 받고 다음 식사에서 빵을 먹을 수 없다. 조금 부족하게 먹어야 여성성이 강화되기 때문에 가장 이상적인 양은 한 조각이다.(일라이자는 이 원리를 아직도 이해하지 못했다.) 일라이자는 한 조각에 버터를 바르고 다른 조각에 마멀레이드를 바른다. 그런 다음 둘을 겹쳐 작게 한 입 베어 문 뒤 복합적인 맛을 음미한다. 어른이 되어 돈을 받으면 모든 빵 조각에 마멀레이드와 버터를 듬뿍 바를 것이다.

중학년 수업은 대부분 위층에 있는 기다란 교실에서 이루어진다. 교실 양쪽에는 창문이 여러 개 있고 천장 바로 아래에는 오래된 석고 프리즈[5]가 있

---

5) 건축물 외부나 내부의 벽 등에 붙인 띠 모양의 장식물.

다. 오늘 오전 수업은 역사, 문법과 문학, 회계, 그리고 지리다. 낸은 자메이카 퍼즐 조각을 제자리에 맞추지 못해 벌로 수업 카드를 받는다. 루인 선생님이 지구본에 손가락을 올리며 학생들의 대답을 유도한다.

"조지 3세의 제국이 체제, 산업, 문명을 서쪽으로 6400킬로미터까지 퍼트렸는데 거기가 어디였을까요?"

"루퍼츠랜드요." 몇몇 목소리가 대답한다.

베티는 빨간 제복이 지나가기를 바라며 창밖을 내다보느라 입술을 움직이는 척조차 하지 않는다.

루인 선생님이 이어 말한다. "그럼 남동쪽으로 1만 6000킬로미터까지 퍼뜨린 곳은?"

이번에는 머시만 대답한다. "뉴사우스웨일스요."

일라이자는 그토록 먼 거리를 떠올리며 현기증을 느낀다. 세상은 너무나 넓다. 일라이자도 희망봉을 돌아 여기까지 오는 데 어린 시절의 1년을 허비했다.

"제국은 어떻게 구성돼 있죠?"

학생들이 합창한다. "그레이트브리튼과 아일랜드, 그리고 국왕 폐하의 식민지, 보호령, 자치령입니다."

"거기에 영국인은 몇 명이나 살고 있나요?"

방금보다 적은 목소리. "1600만 명요."

루인 선생님이 묻는다. "그보다 불우한 형제들은?"

일라이자는 선생님이 피부색이 더 어두운 사람을 지칭하고 있음을 서서히 깨닫는다. 등을 타고 한 줄기 빗방울이 흐르는 듯하다.

마거릿이 과감히 추측해본다. "3000……."

머시가 늘 그렇듯 정확히 바로잡는다. "4400만 명입니다, 선생님."

지원금을 받는 이 학생은 강한 요크 말씨를 쓰지만 사투리를 피하기 위해 항상 딱딱하고 정확하게 말을 한다.

일라이자는 아무도 피부색이 더 어두운 동급생을 돌아보지 않고 있다고 자신을 위로한다. 그녀는 두 가지 범주에 모두 포함될까? 아니, 그렇다면 집계가 엉망이 될 것이다. 스카버러 출신의 회사 의사의 딸이니 피부색과 상관없이 일라이자는 분명 진정한 영국인이다.

오후에는 프랑스어, 미술, 무용, 음악 교사들이 들어온다.(예체능 수업료를 감당할 수 없는 머시는 도서관에서 공부에 매진한다.) 그렇게 하루가 끝나자 낸은 풀이 죽는다. 중학년 중 누구도 수업 카드를 받을 만큼 큰 실수를 하지 않았기 때문이다. 그래서 낸은 자신의 카드를 없애지 못했다. 수업 카드를 다른 학생에게 넘기지 못하면 해당 과목의 지정된 분량을 암기해야 한다. 그걸 제대로 못 하면 카드를 하나 더 받을 수도 있다. 낸과 패니 2인조는 종종 한두 개씩 과제가 밀린다.

저녁 시간은 5시다. 요크셔푸딩(학생들 배를 채우기 위해 가장 먼저 나온다), 내장수프, 양고기, 그리고 콩. 불명예 식탁에 있는 세 사람은 수프를 깔끔하게 핥아 먹고 자신들에게 허락되지 않은 맛있는 음식들을 부러운 눈으로 쳐다본다. 일라이자는 셋째 주에 저곳에 서 있었다. 기억나지는 않지만 그렇게 끔찍한 잘못을 한 것은 아니었다. 그냥 규칙이 조금 헷갈려 실수했을 뿐이다. 불명예 식탁이라니, 너무도 굴욕적이었다. 모든 눈이 일라이자를 향해 있었다. 불쌍해서 그랬을 수도 있지만, 어쩌면 게으르거나 교활하거나 쾌락적이라고 들은 **동양인**의 특성을 직접 확인하려고 그랬을 수도 있다. 그래서 7일간 거의 아무것도 먹지 못했다. 바로 그때 일라이자는 결심했다. 누구에게도 의심의 여지를 주지 않기로. 이 학교에서 아예 흠잡을 데 없는 학생이 되기로.

오늘 저녁 식탁에는 교사가 없다. 따라서 중학년은 목소리만 낮춘다면 담소를 나눠도 된다. 베티는 지역에 주둔한 연대의 새로운 제복을 칭찬하고, 마거릿은 고학년 단짝 두 명의 끔찍한 싸움 소식을 전한다. 일라이자는 이미 아는 이야기지만 너무 조심스러워서 언급하지 못했다는 듯 현명하게 고개를 끄덕인다. 제인이 아무 얘기도 해 주지 않는다는 사실은 인정하고 싶지가 않다.

고학년 식탁 한쪽 끝에서 언니 친구 헤티 마가 혼자 앉아 콩을 더 덜어 먹고 있다. 헤티는 항상 뭔가를 먹고 있는 것 같다. 헤티는 통학생이지만 대개 저녁까지 먹고 귀가를 한다. 반면 제인은 자신의 숙소인 미클게이트 거리 더핀 부부의 집에서 저녁을 먹는다. 이 생활은 누구에게도 도움이 되지 않는 것 같다. 제인이 끊임없이 박사를 도발하기 때문이다. 일라이자는 이해할 수가 없다. 부족한 점도 많지만 어쨌든 더핀 박사는 자매에게 남은 가장 아빠 같은 존재다.

패니가 중학년들에게 자기 언니 이야기를 해 준다. 음식이 끼지 않도록 치아 세 개를 뽑고 나머지는 매끈하게 다듬어서 이제 입 전체가 고통스러울 정도로 예민해졌단다. 낸은 치과 의사가 자신의 턱뼈 한 조각을 떼어 내는 바람에 농양이 생겼던 일을 묘사하며 이 이야기를 덮어 버린다.

"한 달 동안 향수 적신 솜으로 막고 있어야 했어. 엄마는 내가 죽을까 봐 걱정하셨다니까!"

낸은 엄마를 언급하며 엄마에 대한 기억을 생생히 유지하기를 좋아한다. 엄마를 만나 보지도 못한 프랜시스는 절대로 할 수 없는 일이다. 패니는 일라이자처럼 너무 어릴 때 엄마를 잃어 기억하는 게 별로 없다. 이 식탁에 앉은 학생 일곱 명 중 네 명이 엄마를 먼저 떠나보냈다. 일라이자는 문득 이런 상황 덕분에 엄마가 없는 처지가 자연스럽게 여겨질 수 있었겠다는 생각이 들었다. 마거릿도 자기가 알지 못하는 엄마 얘기는 절대 하지 않을 테니 결국 마찬가지인 셈이다.

길쭉한 창문에 비가 떨어지기 시작한다. 일라이자는 질긴 양고기 끝부분을 포기하고 냅킨에 슬쩍 숨겨 놓는다.(접시를 깨끗이 비우지 않으면 벌점을 받는다.) 옆에선 프랜시스가 조용히 고기를 씹고 있다. 일라이자가 창문을 때리는 비를 올려다보고 있는 사이 식당 뒤쪽이 어수선해진다. 새로 온 학생이 커다란 롱 코트를 벗고 있는 것 같다.

일라이자가 보기에 예쁘지는 않다. 찌그러진 보닛 아래로 쫄딱 젖은 앞머리가 삐져나왔다. 반장화와 옷 밑단은 진흙으로 엉망이다. 키가 작고 가슴도 없는 하찮은 꼬마 같지만 자세는 장교만큼이나 꼿꼿하다.

"말 타고 오는 거 아니었니, 리스터 양?" 테이트 사감이 짜증스럽게 말한다.

낯선 이가 싱긋 웃는다. "화이트 스완 술집에서부터나 걸었지, 밤비무어 32킬로미터를 다 걸어오진 않았어요. 물론 필요하다면 다 걸을 수 있었겠지만요. 저랑 제 남동생들은 세 시간 안에 16킬로미터도 거뜬히 가거든요."

깊고 또렷한 목소리, 말씨는 요크셔 느낌이 난다.

"매너 학교 아가씨들은 혼자 시내를 걸어 다니지 않아."

신입생은 당황하지 않고 알겠다는 듯 고개를 끄덕인다.

"트렁크는 어디 있니?" 테이트 사감이 묻는다.

"수레에 실려서 오고 있어요."

리스터 양은 여행복 회갈색 소매로 빗물을 닦은 안경을 다시 콧대에 휙 얹는다. 그런 다음 환한 하얀 모자와 치마 차림으로 앉아 있는 학생 무리를 슥 훑어본다.

일라이자는 자신이 발견될 순간을 기다린다. 혼자 겉도는 아이.

리스터 양의 담청색 눈이 중학년 식탁 끝자리까지 갔다가 일라이자에게 돌아온다. 마치 조준을 하듯 두 눈이 가늘어진다.

교장이 커피를 다 마시고 식당 한가운데로 미끄러지듯 내려온다.

"어서 오렴. 리스터 양. 학교는 처음이니?"

"열 살 이후로는 다닐 필요가 없었습니다, 선생님. 지금은 열네 살이고요."

하그레이브 교장이 고개를 갸우뚱하며 눈을 깜빡인다. "다닐 필요가…… 없었다고?"

"교구 신부님께 도움을 받으면서 하루에 열 시간씩 독학을 했거든요. 플루트 연습은 제외하고요."

이 말에 여기저기서 속삭임이 시작된다.

"정확히 어떤 과목을 독학했지?"

리스터 양이 나열한다. "기하학, 천문학, 문장학이요. 현대 언어도 다양하게 배웠어요. 라틴어랑…… ."

이 단어에 헉 소리가 터져 나온다.

"노력은 가상하구나." 하그레이브 교장이 인정한다. "하지만 숙녀가 되려면 배워야 할 게 훨씬……."

"알아요."

방금 신입생이 교장의 말을 끊은 건가? 일라이자는 얼어붙는다.

"사실 저는 지식을 빨리 다듬으려고 여기 온 거예요. 물론 새로운 인맥도 쌓고요. 그래야 태어날 때부터 저한테 주어진 영역으로 올라갈 수 있으니까요." 리스터가 말한다.

식당 안에서 킥킥대는 소리가 퍼져 나간다.

리스터는 사냥꾼에게 노출된 사슴처럼 떨어 댄다. 그러다가 자신이 웃음거리가 된 게 아니라 웃음거리를 던져 준 것처럼 건방진 미소를 지어 보인다.

하그레이브 교장이 천장을 올려다보며 교훈을 끌어낸다.

"인류의 불행 중 절반은 자만심에서 비롯되지."

교장의 자매가 무슨 뜻인지 설명한다. "기본예절을 익히고 다른 사람의 말, 특히 연장자의 말을 함부로 끊지 말라는 뜻이란다, 리스터 양."

교장이 중얼거린다. "야만인은 **지식을 다듬기** 전에 길부터 들어야 해."

소녀의 납작한 뺨이 마침내 분홍빛으로 물든다.

"너희 학년 자리에 가서 앉으렴."

테이트 사감이 손짓하자 중학년들이 의자 위에서 꼼지락거리며 자리를 만든다.

신입생은 모든 학생과 돌아가며 활기차게 악수를 한다. 아이처럼 작은 패니의 오른팔을 보고도 움찔하지 않는다. 특정 음식을 먹으려면 옆에 있는 친구에게 먼저 권해야 한다는 사실도 모르는 것 같다. 그저 손이 닿는 음식은 모두 직접 가져가 개인 접시에 높이 쌓아 올린다. 마지막 남은 고등어도 냉큼 담아 간다. 일라이자는 성인 남자 말고는 이렇게 탐욕스럽게 먹는 사람을 본 적이 없다.

낸이 묻는다. "혹시 하이홈 저택의 리스터 가문이랑 친척 사이야? 스카버러에 계신 우리 아빠가 다음 달에 그쪽 가문 여자랑 결혼하시거든."

"신부가 겨우 스무 살이래." 패니가 친구 대신 투덜투덜 불평을 해준다.

리스터 양은 음식을 씹어 삼킨 뒤 애정을 담아 이야기한다. "우리 가문은 고대 자치주 혈통의 핼리팩스 일족이야. 2세기 동안 시브던 저택을 소유했어. 아쟁쿠르 전투[6] 5년 뒤에 지어진 목골 저택이지. 리스터 가문이 한때 그 일대에서 가장 큰 지주였거든."

이 허세에 학생들의 눈썹이 치켜 올라간다. 마거릿은 베티와 히죽 웃음을 주고받은 뒤 위험할 정도로 정중한 목소리로 말한다.

"마침 내가 핼리팩스에 있는 미시즈멜린 학교를 다녔네. 거기 있다가 후견인이 나를 가까이 두고 싶어 해서 요크로 온 거야."

"거기 학생들이랑 같이 공부했어." 리스터 양이 고개를 끄덕이며 말한다.

"그런데 난 시브던 저택 주인한테 아이가 있다는 얘기는 들어 본 적이 없어." 마거릿이 덧붙인다.

일라이자의 맥박이 빨라진다. 낯선 이가 거짓말을 하자마자 들켜 버렸다.

"그리고 너 밤비무어로 왔다고 했잖아. 거기는 핼리팩스 방향이 아니야."

리스터 양이 활짝 미소 짓는다. 아주 솔직해 보인다.

"내 말은 시브던 저택이 우리 큰아버지 소유라는 뜻이었어. 나는 휴일에만 거기서 지내. 열한 살 때는 거의 1년 내내 거기 있었고. 큰아버지가 나를 가장 좋아하시거든."

베티가 끼어든다. "그래서 너희 부모님은 지금 어디 사시는데?"

"아, 두 분은 고원 가장자리에 있는 농장에 사셔. 이스트라이딩 마켓웨이턴 마을 바로 서쪽에."

다시 말해, 외딴 지역이다.

베티가 캐묻는다. "너희 아버지 마차 가지고 계시지?"

리스터 씨가 귀족인지 아닌지 대놓고 물어보지 않고 매너 학교 체스판에 이 불청객을 올려놓으려는 영리한 시도다.

신입생은 미끄러지듯 함정을 빠져나간다. "해군 대령이라 전국을 많이 돌아다니셨어. 프랑스 전쟁 신병을 모집하시려고."

---

6) 백년전쟁 중반에 일어난 전투로 열세이던 영국군이 프랑스군에 대승을 거두었다.

일라이자는 친절한 말을 떠올려 본다. "실례가 안 된다면…… 네 이름을 물어봐도 될까?"

당황한 두 눈이 질문자에게 향한다. "앤."

"여기 앤 무어섬 양은 다들 낸이라고 불러." 프랜시스가 리스터 양에게 말해 준다. 그러고는 자신과 패니를 가리키며 덧붙인다. "네가 프랜시스가 아니라서 천만다행이야. 프랜시스는 이미 두 명이나 있거든!"

저기 키 작은 하녀가 레드커런트 타르트를 가져온다. 일라이자는 자기 몫한 조각에 집중하며 아이들끼리 계속 대화하도록 내버려둔다. 그러던 중 리스터 양의 조롱이 들린다.

"진짜 이그노라무세스랑 엮인 건 아니어야 할 텐데."

이 멍청이들이라는 단어가 커다란 말똥 덩어리처럼 묵직하게 내려앉는다.

베티와 마거릿이 한발 물러나 공격할 준비를 한다. 베티가 더 화가 난 표정이지만 속도는 마거릿이 더 빠르다.

"라틴어 학자님이시라면 그 단어는 이그노라미라고 해야 하는 거 아니야?"

리스터 양이 술술 대답한다. "번 양, 사실 '이그노라무스'는 '이그노라미'라는 복수형 어미를 쓸 수가 없어. 라틴어에서 그 단어는 명사가 아니라 동사거든. 이그노라레의 1인칭 복수 현재 직설법이지. 무슨 뜻이냐면……." 그녀의 시선이 무리를 훑는다. "우리는 알지 못한다."

종이 울리고, 중학년들은 리스터 양만을 남겨둔 채 자리를 뜬다. 리스터 양은 작은 충돌 따위에 흔들리지 않는다는 걸 증명이라도 하듯 계속 밥을 먹는다.

이렇게 비 오는 저녁에는 오락 활동을 하러 나갈 수가 없다. 8월의 온화한 공기 속에서 축축한 구내를 산책하며 엿듣는 사람 없이 신입생의 성격을 헐뜯고 싶어도 그럴 수가 없다.

오락 시간에는 빈둥거리면 안 된다는 규칙이 있다. 교실에서는 바느질하는 학생이 최대한 등불에 가까이 붙어 앉지만, 책을 읽는 학생도 똑같이 불빛을 쓰고 싶어 한다. 머시가 십자수 견본을 만들고 있다.

> 끝없이 윙윙대는 부지런한 벌
> 아침, 점심, 저녁까지 꽃을 빨아 대네
> 쏜살같은 시간을 허비하는 사람이
> 그런 꿀을 얻을 수 있으리라 생각하는가?

일라이자는 이 글을 볼 때마다 묻고 싶다. 머시, 넌 이 요란한 노란색과 검은색 벌들에 쏜살같은 수백 시간을 허비하는 일 말고 뭘 하고 있니? 물론 학교 부지와 강 사이 공공 산책로인 매너 쇼를 그리는 자신이 시간을 훨씬 잘 쓰고 있는 것은 아니다. 일라이자는 이 그림을 2주 동안이나 만지작거렸다. 하지만 산책하는 숙녀와 신사들은 여전히 종이로 오려 만든 실루엣처럼 밋밋해 보이기만 한다.

베티가 교실 맨 위쪽에 있는 창백한 비커스 선생님을 슬쩍 한번 보고는 잡지 뒤에 확실히 얼굴을 숨긴 채 속삭인다. "상스럽고 끔찍해."

아무도, 심지어 머시조차도 반박하지 않는다.

"고대 자치주 혈통이라니!" 마거릿이 비웃는다.

"'리스터'는 염색공이라는 뜻이야. 그애 조상은 분명 옷감을 무더기로 들고 다니며 팔았을 거야." 베티가 지적한다.

패니가 약간 흥분한 채로 목소리를 높이며 일라이자를 놀라게 한다. "실제로 그랬더라도 그게 뭐 어때서? 우리 피어슨 가문도 은행을 설립하기 전에는 전부 무두장이었어. 너희 아버지도 은행을 세우기 전에 돛을 꿰매는 일부터 시작하셨잖아, 낸."

패니의 단짝은 이 이야기가 영 달갑잖아 보인다. 그녀는 베티 쪽으로 고개를 까딱인다. "포스터 씨도 젊었을 때는 두 손으로 직접 나무를 베 배를 만드셨을 거야."

베티가 노려본다.

프랜시스가 문제를 제기한다. "애들아, 그만해. 몇 세대만 돌아보면 우리 조상은 모두 교역을 하던 사람이었어. 계급에 대한 한심한 편견은 그만 잊어버리자."

일라이자는 친구의 진보적 태도에 감동을 받는다. 하지만 원래 꼭대기에 앉아 있으면 사다리가 있다는 사실은 무시하기 더 쉬운 법이다.

베티가 씩씩거린다. "개가 그렇게 젠체하지만 않았다면 나는 한마디도 입 밖에 내지 않았을 거야."

일몰 한 시간 뒤 랜턴을 들고 다락으로 들어온 일라이자는 모든 게 잘못됐음을 깨닫는다. 바퀴 달린 작은 침대가 하나 더 들어와 있고, 리스터 양이 책상다리를 한 채 그 위에 앉아 있다. 옆에는 책이 잔뜩 쌓여 있고, 잠옷의 목 부분에는 안경이 달랑거린다. 기울어진 천장 아래에 새로 들어온 서랍장이 끼워져 있고, 세면대 공간 대부분은 또 다른 랜턴이 차지하고 있다.

"안녕, 레인 양. 창가는 네가 계속 쓸 거지?"

"리스터 양······."

"리스터라고 불러."

"내가 그렇게 말하지 않았나?"

"친구끼리는 양을 빼고 부르는 게 좋아."

성만 부르라는 건가? "남자아이처럼 말이야?"

"안 될 거 없잖아."

이 어린아이, 이 '양을 뺀 리스터'가 자리에서 벌떡 일어난다. "네 세례명은 일라이자지?"

방금 **세례명**이라는 단어 앞에서 멈칫한 건가? 일라이자는 이곳의 다른 아이들처럼 기독교 신자다. 윌리엄 레인은 마드라스에 있는 성공회 교회에서 자신의 딸들이 세례를 받게 했다.

일라이자는 리스터 양을 꾸짖듯 말한다. "나는 내 친구만 나를 그렇게 부르면 좋겠어."

"그럼 레인이라고 부를게." 화통하지만 무례한 말투다.

"리스터 양······."

"그냥 리스터라고 불러 줘."

일라이자는 애써 논점을 기억해 낸다. "왜 내 방에 네 물건이 있는 거야?"

"미안하지만 이제는 **우리** 방이야." 리스터 양이 맨 아래 서랍에 책을 넣기 시작한다.

일라이자는 얼굴이 화끈거린다. 이 불쾌한 시골 아이가 자신과 같은 다락을 배정받았다면 일라이자는 지금까지 쭉 이방인이었던 것이다. 먼지막이 천에 덮인 투박한 가구처럼 이 위에 버려져 있었던 것이다. 이제 각자 다른 이유로 아무도 원하지 않는 가구 두 개가 이 안에 아무렇게나 처박혀 버렸다. 일라이자는 리스터의 뺨을 세게 올려붙이고 싶다. 이 허름한 옷과 촌스러운 태도, 자신이 지적으로 더 우월하다는 주장과 사회적 출세에 대한 갈망. 이 어설픈 풋내기가 랜턴을 들고 아래층으로 내려가 돼지와 잔다고 해도 일라이자는 알 바가 아니다.

리스터 양이 일라이자를 돌아본다. "미안해. 너한테 철저히 감시받게 하려고 학교에서 나를 이 위로 보낸 거야 어쩔 수 없는 일이지만, 네 공간을 침범한 일은 진심으로 사과할게."

일라이자는 입술을 앙다문다. "감시가 필요할 정도로 문제아야?"

"인생은 고난을 위하여 났나니 불티가 위로 날음 같으니라."[7] 소녀의 목소리에서 비뚤어진 지만심이 느껴진다.

일라이자는 뒤로 돌아 여름 밤 풍경 위로 커튼을 친다. 그리고 깃털 침대를 흔들고 두드려 침대보 아래를 평평하게 만든다. 그런 다음 위쪽 천과 이불을 팽팽하게 잡아당긴 뒤 빠르게 옷을 벗는다. 일라이자가 헝겊으로 이를 문질러 닦자 정향과 계피 향이 피어오른다.

리스터가 감상을 하듯 코를 킁킁대며 묻는다. "너 어떤 가루 치약 써?"

"아마 으깬 산호일 거야."

리스터는 철 이쑤시개로 이 사이에 낀 마지막 음식 찌꺼기를 빼내고 그걸 깨끗하게 핥은 뒤 손그릇에 집어넣는다.(고작 낡은 초록색 가죽 원통형 용기

---

7) 구약성경 욥기 5장 7절.

다. 상아와 거북딱지로 만든 일라이자의 경첩 상자와는 전혀 다르다. 일라이자는 파란 벨벳으로 덮인 수납공간에 핀과 바늘부터 미백 세정제에 이르기까지 모든 걸 보관한다.)

"나는 일반 소금으로 잇몸을 문질러."

리스터 양은 왜 일라이자가 관심이 있을 거라고 생각할까?

"나는 눈을 감고 이쑤시개를 사용해 맛있는 고둥을 먹는다고 상상하길 좋아해."

"잘 자렴, 숙녀분들." 테이트 사감이 문을 열며 말한다.

사감은 아끼는 학생에게 엄마처럼 입을 맞춰 주길 좋아한다. 하지만 일라이자는 한 번도 선택받지 못했다.

"리스터 양, 네 초록색 허리띠 줄게. 중학년이라는 표시야. 불 끌까?"

사감은 9시가 되면 항상 랜턴을 가져간다. 학생들이 양초를 낭비하지 않도록, 늦게까지 책을 읽느라 시력이나 건강을 해치지 않도록, 혹은 불을 내지 않도록.

일라이자는 불만을 쏟아 내고 싶다. 하지만 이 시간에 그렇게 하면 논쟁 벌점을 받을 것이다. 그보단 이 말괄량이가 심각한 잘못을 저지르기를 기다리는 편이 훨씬 낫다.

"안녕히 주무세요, 사감님." 리스터가 랜턴 두 개를 모두 건넨다.

갑자기 찾아온 어둠 속에서 일라이자가 간이침대 위로 기어오르자 침대가 삐걱거린다. 덩어리진 깃털 매트리스가 체중에 눌려 평평해진다.

바퀴 달린 침대가 끼익 미끄러진다.

리스터가 말한다. "침대보가 엄청 거치네. 이불은 좀 얇은 걸 주면 안 되나?"

더 좋은 잠자리에 익숙한 듯한 말투다. 일라이자가 보기엔 매우 의심스럽지만.

일라이자가 대답한다. "침구에 관해 불평하다가 들키면 하룻밤 동안 아예 빼앗겨 버릴 거야."

마침내 침묵이 흐른다.

화요일 아침 식사 시간, 물이 깨끗하다. 지난밤 내린 비가 물통에 고인 덕이다. 일라이자는 딱딱한 삼각형 롤빵을 조금씩 뜯어 먹는다. 빵에서 희미하게 육두구 맛이 난다. 리스터는 똑같은 흰색 치마와 모자 차림으로 일라이자 옆에 찰싹 붙어 커다란 유리잔에 담긴 우유를 벌컥벌컥 들이켠다.

"차나 커피나 초콜릿 마실래, 리스터 양?" 패니가 권유한다.

"아니, 괜찮아…… 피어스 양이랬지?"

"피어슨이야. 횟비에 있는 피어슨 은행의 피어슨."

리스터는 자세한 정보를 기록하듯 고개를 끄덕인다. "이런 걸 물어도 될지 모르겠는데, 네 팔은……."

낸이 숨을 헉 들이마신다. "조금이라도 예의가 있다면 그런 건 물어보면 안 되지."

"난 괜찮아." 패니가 친구를 안심시킨다.

마거릿이 베티와 눈을 마주치며 끼어든다. "정말 끔찍한……."

"사실 나는 사람들이 늘 속으로 궁금해하느니 차라리 물어보는 편이 나아." 패니가 변호하며 다시 리스터를 돌아본다.

"겨우 두 살 때 팔이 으스러져 버렸어. 절벽에서 넘어져서 약간 굴러떨어졌거든. 지나가던 신사분이 큰 위험을 무릅쓰고 내려와 나를 끌어올려 주셨지." 패니는 삭게 수선한 옷소매 속 짧고 앙상한 팔을 들어 보인다. "그후로 뼈가 제대로 자라질 않았어. 그래도 난 감사해. 우리 불쌍한 보모 메그처럼 죽을 수도 있었으니까. 떨어지는 날 막으려다가 절벽 아래로 곤두박질쳐 바위에 부딪혔거든."

"피어슨 양, 정말 엄청난 얘기다."

신입생의 햇살 같은 관심에 패니의 얼굴이 붉게 물든다.

"토스트나 롤빵 한 조각 덜어 줄까, 리스터 양?" 머시가 접시를 내민다.

좁은 머리가 좌우로 흔들린다.

일라이자는 또다시 당황한다. 따뜻한 음료도 안 마시더니 이제는 빵도 안 먹는다고?

"그럼 귀리죽 먹을래?" 낸이 묻는다.

몇몇 아이는 귀리죽이 담백해서 좋다고 생각하면서도 먹지는 않는다. 불명예 식탁에 차려진 음식을 먹는 모습을 보이고 싶지 않기 때문이다.

리스터는 고개를 젓고 유리잔을 채운다. "그냥 우유만 더 마실게."

"그래도 아침은 먹어야지." 프랜시스가 조언한다.

"우유는 영양이 풍부해. 송아지도 다른 건 안 먹잖아."

"하지만 건강을 위해선 고체 음식을 먹어야 하지 않을까?"

"나는 지금 아주 건강해. 고마워, 셸비 양."

낸이 자랑한다. "나는 가끔 기분이 너무 안 좋으면 입맛이 전혀 생기질 않더라. 그러면 매더 박사님이 약국에서 설탕 넣은 송아지 발 젤리를 사 먹으라고 처방해 주셔."

패니와 낸은 젤리가 맛있는지 역겨운지를 두고 논쟁을 벌인다. 일라이자가 보기에는 무의미한 말싸움이다. 말 그대로 취향의 문제이기 때문이다.

리스터가 끼어든다. "왜 기분이 안 좋은데, 무어섬 양?"

불쑥 던진 질문이지만 낸은 흐뭇해한다. "향수병. 어떨 땐 가슴이 너무 아파서 신경쇠약증에 걸리기도 해."

리스터의 눈썹이 올라간다. "스카버러는 그렇게 멀지 않잖아."

일라이자는 리스터가 낸의 고향을 기억한다는 사실을 알아챘다. 머릿속에 이미 매너 학생 한 명 한 명에 대한 서류가 저장돼 있는 걸까?

"64킬로미터지." 머시가 구체적으로 말한다.

마거릿이 코웃음 친다. "내 고향 뉴캐슬은 그거보다 두 배나 멀어."

"성탄절까지 집에 갈 수 없다면 640킬로미터 떨어진 거나 마찬가지야. 아, 파도 부서지는 소리를 들을 수만 있다면……." 낸이 신음한다.

"고상한 도시 스카버러에는 좋은 학교가 몇 개 있을 텐데, 너희 아버지는 왜 그중 하나를 고르지 않으신 거야?" 리스터가 묻는다.

낸이 씩씩거린다. "새 신부 비위를 맞추려면 집에서 멀리 보내야 하니까 그랬겠지."

"정말 작은 롤빵 한 조각도 안 먹을 거야, 리스터 양?" 프랜시스가 접시를 내민다.

리스터는 농담이라도 들은 듯 그저 미소만 짓는다. 그녀는 뒤로 기대 일라이자의 귀에 대고 속삭인다. "마드라스에서는 빵을 꼭 먹어야 하니?"

일라이자는 당황한다. 마치 도시 이름이 얼굴에 새겨져 있는 기분이다. 아니, 리스터는 분명 소문을 듣고 일라이자의 과거를 알아냈을 것이다.

일라이자는 순발력 있게 받아치지 못하고 대답한다. "우리는 카레랑 밥을 먹었어."

사실 일라이자는 허세를 부리고 있다. 맛은 기억하지만 어떤 식사에서 어떤 음식을 먹었는지는 기억하지 못한다. 그녀는 유리관 속에 있는 인형의 집 같은 머틀그로브를 아득하게 그려 본다. 지난 8년간 아무에게도 집 얘기를 하지 않았다. 제인은 그곳을 떠올릴 인내심조차 없다. 일라이자는 부모님 소지품 몇 개를 가지고 있다. 하지만 편지나 그림처럼 머틀그로브의 존재를 증명할 만한 물건은 하나도 없다. 마드라스 지도가 있어도 위치를 찾지 못할 것이다.

일라이자는 빌라를 뛰어다니던 때를 기억해 낸다. 어디든 마음대로 달려가 버리면 보모가 바쁘게 자신을 쫓아다녔다. 아버지 방과 어머니 방, 부엌과 하인들 숙소도 어렴풋이 떠오른다. 베란다에서는 영국인 방문객이 잠을 자거나 재단사가 책상다리를 하고 앉아 셔츠를 꿰매고 있었다. 벽에는 씹다 뱉은 빈랑나무 잎의 빨간색 얼룩이 군데군데 묻어 있었고, 공기 중에는 따뜻한 선향 냄새가 맴돌았다. 일라이자는 옻칠한 황동 램프의 희미한 빛을 떠올린다. 밤을 채우는 작은 대화 소리와 코 고는 소리, 멀리서 들리는 톰톰 북소리. 복도에서는 엄마의 사리가 쓸리는 소리가 들렸다. 일라이자 방 한가운데에는 모기장을 씌운 높은 침대가 있었다. 가마꾼들은 문간에서 졸다가 그녀가 부르면 들어와 의자를 접어 가져가고, 블라인드를 내리고, 냄새나는 요강을 치우고, 머리를 주무르고, 시원한 음료를 가져오고, 부채질을 하고, 차양 친 가마에 일라이자를 태워 시장까지 데려다줬다. 머틀그로브의 규칙은 하나도 기억나지 않는다. 물론 일라이자가 잊어버렸을 수도 있다. 머틀그로브를 떠난 뒤 한 해 한 해가 지날수록 손길이 닿지 않는 기억은 조금씩 줄어들고, 납작해지고, 희미해진다. 마치 납작하게 눌린 장식용

꽃처럼.

"정말 아침으로 카레를 먹었다고? 굉장하다." 리스터가 속삭인다.

일라이자는 어깨를 으쓱한다.

"못 먹을 것도 없지, 뭐. 어디에나 고유한 관습이 있으니까."

"귓속말을 하면 부적절한 행위로 벌점을 받아." 베티가 말한다.

"미안해, 아가씨들. 내가 아직 배우는 중이라." 리스터는 자리에서 일어나 식탁에 앉은 모든 이에게 허리 숙여 인사한 뒤 쓰지 않은 접시를 들고 식당을 나간다.

문법과 문학 시간. 그 아이는 일라이자 옆자리에 앉아 벤치 밖으로 나갈 길을 막아 버린다.

루인 선생님이 리스터에게 다리를 꼬지 말라고 지적한다.

리스터는 안타깝다는 듯 미소 짓는다. "저는 두 다리를 똑바로 두기가 너무나 불편해요."

"그렇다면 다리 꼬기가 벌써 습관이 됐다는 뜻이네."

"맞아요, 선생님. 하지만 습관을 고치기 전까지는……."

루인 선생님은 학생의 다리보다 배움에 더 관심이 많다. 그래서 지체 없이 이렇게 말한다. "그럼 일단 너는 발목에서 꼬는 것은 허락해 줄게. 발목 위로는 절대 안 돼."

선생님은 청소년 교양서인 『저명한 작가들의 아름다운 시 모음집』에서 어제 가르친 부분을 선택해 중학년들을 시험한다. 머시가 엄숙하게 「낙원에서의 추방」을 암송한다. 항상 연인들에 관한 시를 고르는 베티는 이번엔 「에드윈과 앤젤리나」를 선택한다. 일라이자는 「무덤에 관한 생각」의 두 연을 그런대로 무사히 외워 낸다. 고작 두어 번 실수했을 뿐이다.

리스터가 「황폐한 마을」 스무 줄을 줄줄 읊는다.

낸이 휘둥그레진 눈으로 묻는다. "언제 그걸 다……."

"이미 알고 있었어." 리스터가 관자놀이를 톡톡 두드린다.

다음으로 루인 선생님은 데비스 씨의 『젊은 여성을 위한 초급 영문법 및 어형론』을 펼치게 한다. 일라이자는 표지를 보자마자 입을 다문 채로 하품을 한다.

미완료 또는 미완료 과거형이 그렇게 불리는 이유는 현재와 과거의 특징 모두를 불완전하게 지니기 때문이다. 이는 과거에 진행 중이던 일이 아직 끝나지 않았음을 보여 준다.

일라이자는 재미없는 어형론 내용을 머릿속에 잔뜩 채워 넣었다. 양이 너무 많아 묘하게 꿈처럼 느껴진다. 이제 정해진 문단을 속삭인다. 하지만 열 번을 읽어도 처음과 마찬가지로 오리무중이다. 나는 읽고 있었다. 읽는 행위는 과거에 일어났고 이 일이 중단됐는지를 알리는 정보는 아직 주어지지 않았다. 하지만 이 행위는 중단됐다고 봐야 하지 않을까? 읽는 행위가 계속 이어지고 있다면 이 문장은 현재시제가 되겠지? 아니, 현재완료진행형인가? 그렇다면 미완료시제는 도대체 어떤 점에서 현재와 과거의 특징을 불완전하게 지닌다는 것일까? 일라이자는 눈 사이를 세게 누른다.

옆에 있는 리스터가 책을 덮고 석고 프리즈를 올려다보고 있다.

"리스터 양, 준비가 다 됐나 보지?" 교사가 빈정대며 묻는다.

리스터는 글자 하나 틀리지 않고 해당 부분을 암송한다.

루인 선생님이 깜짝 놀란다. "아……. 살짝 거칠게 말하는 습관을 고치도록 하렴."

베티가 작게 코웃음 친다. 리스터는 다시 머리 위 장식으로 눈을 돌린다.

가슴부터 이마까지 새빨개진 교사는 상아로 뼈대를 만든 얇은 천 부채를 꺼내 얼굴에 부채질을 한다. 루인 선생님의 나이는 여성의 수많은 치욕 중 하나인 '회피의 연령대'로 알려졌다. 일라이자는 그 말을 들으면 날아오는 채소를 피해 고개를 숙이는 모습을 떠올리게 된다.

다음으로 불린 머시는 자신과 맞먹는 신입생의 암기력에 당황한 모양이다. 어쩐 일인지 문장 하나를 통째로 빼먹는다.

패니의 차례. 두 번째 절을 시작하자마자 말문이 막혀 버린다.

베티도 말을 더듬는다. 루인 선생님은 베티에게 목소리가 '너무 날카롭다'고 말한다. 핵심을 설명해 보라고 하자 베티는 같은 문장을 다른 말로 바꾸어 표현할 뿐이다.

"책 내용 암기는 **필수**지만 **충분**하지는 않단다." 머시가 책 일곱 권을 모아 책상에 쌓는 사이 루인 선생님이 상기시킨다. 다음으로 교사는 학생들에게 각 줄당 한 단어씩 분석하며 똑같은 부분을 제대로 이해했는지 증명하도록 한다.

일라이자의 반대편에 앉은 프랜시스마저 작게 한숨을 내쉬며 발치에 있는 휴대용 책상[8]을 향해 팔을 뻗는다.

"방에 필기 상자를 두고 왔어요, 선생님." 리스터가 루인 선생님에게 말한다.

"그럼 부주의 벌점 1점이다."

리스터는 고개를 갸우뚱한다. "규칙을 어겼다고 하려면 당사자가 먼저 알고 있어야 하지 않나요? 저는 교실에 책상이랑 필기구가 있을 줄 알았거든요."

이 아이가 지금 매너 학교 시설을 비웃는 건가? 일라이자는 궁금했다.

"이제 알았으니까 내일부터는 잘 챙겨서 올게요. 아니면 지금 가져올까요?"

리스터의 대담함에 공기가 파르르 떨린다.

루인 선생님은 다시 더워졌는지 숄을 끌어 내린다. "그럼 레인 양이랑 같이 쓰렴."

일라이자는 마지못해 책상을 펼쳐 자신의 왼쪽 무릎과 리스터의 오른쪽 무릎에 아슬아슬하게 걸쳐 놓는다. 이 휴대용 책상은 윌리엄 레인의 것이었다. 어두운 티크 목재, 모서리와 테두리에 박힌 황동 장식. 일라이자는 다른 사람이 이 책상을 만지는 것이 마음에 들지 않는다. 자신의 새하얀 종이와 고급 잉크는 말할 것도 없고 말이다. 그녀는 이를 악물고 경첩 달린 상판을

---

8) 상판을 접었다 폈다 할 수 있는 상자 형태의 책상.

들어 필기구를 꺼낸다. 그런 다음 다시 상판을 제자리에 끼워 넣고 잉크병의 뚜껑을 돌려서 연다.

일라이자는 리스터의 형편없는 글을 보고 만족감을 느낀다. 약자와 얼룩, 나중에 추가한 단어와 문구로 가득한 악필. 두 사람은 서로 바짝 기댄 채 가죽 상판을 꾹꾹 누르고 있다. 일라이자는 상대의 뜨거운 숨결이 마치 개의 숨결처럼 자신의 귀에 와닿는 것을 느낀다.

점심시간에 일라이자는 기다란 보조 탁자에서 차가운 햄과 피클, 처트니 소스와 갓 구운 위그케이크 두 조각을 접시에 담는다. 케이크의 캐러웨이 향이 너무나 강해 기침이 절로 나온다. 리스터는 보이지 않는다. 대체로 안심이 되는 상황이다.

저학년 식탁에서 꼬마 던이 또 울고 있다. 무정한 인간이 되고 싶지는 않지만, 열두 살이 다 된 이 아이는 지난달 가을 학기가 시작될 때부터 여기 있었음에도 나아지지 않았다. 작게 훌쩍이는 소리가 일라이자의 신경을 건드린다.

교장이 맨 위쪽 식탁에서 달콤하게 울리는 목소리로 말한다. "던 양, 속담에 이르길 시간과 생각은 가장 강력한 슬픔도 길들인다고 했어. 매너 학교는 우리 조부모님이 시작하신 가족 사업이야. (이렇게 말하며 테이트 사감을 향해 다정하게 고개를 끄덕인다.) 시간이 지나면 너도 이곳의 가족이 될 거야. 그러니까 눈물을 닦으렴, 아가."

던 양이 요란하게 흐느낀다.

"저 불쌍한 아이는 그저 자기 가족이 보고 싶은 거야." 프랜시스가 소곤소곤 말한다. 이 말은 경영자 자매를 날카롭게 질책하는 소리나 다름없다.

일라이자는 문득 지금쯤이면 하그레이브 교장이 이미 던 가족에게 딸이 끊임없이 슬퍼한다고 알렸으리라는 생각을 한다. 따라서 논리적으로 설명할 수 있는 유일한 방법은 가족이 던 양을 원하지 않는다는 것뿐이다. 적어도 끽끽대는 목소리, 여드름투성이 턱, 주체할 수 없는 슬픔이 뒤범벅된 상태에 있는 딸은 원하지 않을 것이다. 혹시나 고아인 자신의 상황을 비관하고 싶어진다면 일라이자는 부모가 있다고 해서 가정이 꼭 행복하지는 않다는 사실을 기억해야 한다.

사랑이 깃들어 있던 교장의 얼굴이 굳어지더니 시선이 자매에게 향한다.

자매는 곧장 행동을 취한다. "그럼 조용히 하기로 마음먹을 때까지 창고에 가 있거라." 테이트 사감은 서둘러 꼬마 던의 손을 잡고 식당을 나선다.

두꺼운 문으로 분리된 식당 옆 창고는 통제되지 않는 감정을 억누르는 용도로 쓰인다. 발작적인 분노나 웃음을 터뜨리는 아이도 있지만 대부분은 그냥 눈물을 흘린다. 일라이자는 한 번도 창고 문지방을 넘은 적이 없다. 그녀는 던 양이 학생 마흔 명의 따가운 눈총을 받으며 식탁에서 우느니 밀가루 포대 위에서 혼자 우는 걸 더 편안해할지 궁금해한다.

낸이 가슴에 손을 얹은 채 중학년들에게 속삭인다. "나도 똑같아. 바닷소리를 듣지 않으면 거의 잠을 잘 수가 없어. 그렇게 타고난 거지. 우리 엄마의 아버지가 선장이었으니까."

마거릿이 칼과 포크를 탁 내려놓는다. "너는 휴일이나 중간 방학마다 사랑하는 스카버러에서 시간을 보내잖아, 낸. 그러니까 이 얘기는 이제 그만하자."

패니가 입을 연다. "하지만……."

마거릿이 한쪽 손바닥을 들어 보인다. "게다가 저 꼬마 던은 슬퍼하는 습관이 들어 버렸어. 저런 습관은 반드시 고쳐야 해."

"고칠 수 있다면 당연히 고치겠지?" 프랜시스가 상냥하게 묻는다.

일라이자는 가끔 재치 있는 마거릿이 지나치게 성인 같은 프랜시스보다 훨씬 더 재미있는 친구가 되겠다고 생각한다. 하지만 이렇게 짝이 되면 마거릿과 일라이자가 공유하는 명백한 단점 때문에 주목을 너무 많이 받을 것이다. 엄마가 합법적으로 결혼하지 않았다는 단점 말이다. 그래서 일라이자는 논쟁을 무시하고 혀로 올리브 씨를 발라낸다.

고학년 사이에서 제인이 동급생들을 웃기고 있다. 제인의 시선은 동생 쪽으로 빠지지 않는다. 레인 자매는 가까웠던 적이 없지만 그래도 예전엔 지금보다는 가까웠다. 일라이자는 제인이 머리를 땋아 주던 일을 분명히 기억한다. 일라이자가 여섯 살, 제인이 여덟 살 때 마드라스에서 킹 조지 호를 타고 오면서 둘은 칼걸이에 걸린 검처럼 서로 어깨뼈를 맞춘 채 등을 맞대고 잠을 잤다. 그리고 첫 번째 학교였던 토트넘에서 일라이자는 제인이 허락하는 한 물에 빠진 사람처럼 제인에게 달라붙어 있었다.

주변을 맴도는 누군가. "나 주변 좀 둘러보고 싶은데 네가 구경시켜 줄래?" 리스터가 귀에 대고 말한다.

"지금은 점심시간이야." 머시가 생소한 단어를 설명하듯 말한다.

"나는 낮에는 배가 거의 안 고파, 스미스 양."

"하지만 우리는 항상 점심을 먹어." 낸이 항의한다.

리스터의 코웃음. "그것도 학교 규칙이야? 손꼽히는 의학 권위자들은 너무 적게 먹어서 죽는 사람보다 너무 많이 먹어서 죽는 사람이 더 많다는 데 동의하고 있어."

일라이자는 빠르게 햄을 삼킨다. 딱딱한 덩어리가 목구멍으로 내려간다. 그녀는 두 번째 위그케이크 조각을 주머니에 넣은 다음 접시를 들고 일어난다.

"우리 중 한 명은 애가 길을 잃지 않도록 지켜보는 편이 좋겠어." 일라이자는 어쩔 수 없다는 듯한 목소리로 다른 아이들에게 말한다.

"너는 징말 친절해." 프랜시스가 속삭인다.

일라이자는 우선 우산을 가지러 위층으로 올라간다.

"오늘 날씨 엄청 좋아." 리스터가 지적한다.

"햇빛을 가려야 해."

일라이자는 어릴 때부터 햇빛이 얼굴에 닿지 않도록 했다. 하지만 그런 애기는 자세히 하지 않을 셈이다.

앞에서 리스터가 계단을 한 번에 두세 개씩 밟고 올라간다. 일라이자보다 작으면서 자신이 거인이라도 되는 줄 아는 모양이다. 리스터는 비쩍 말랐음에도 매우 강해 보인다. 커다란 직사각형 형체가 치마의 윤곽선을 일그러트린다.

"그거 책이야?"

"아, 나는 어디든 책을 가지고 다녀. 지루함은 잠시도 견딜 수가 없거든."

리스터는 치마를 들어 속치마에 단 주머니를 드러내고는 바늘땀을 늘어 뜨리며 책을 꺼낸다. 『클라리사, 혹은 어느 젊은 여성의 이력』이라는 책의 셋째 권이다.

일라이자는 다시 숨기라고 손짓한다. "허가받지 않은 책을 가지고 있다가 들키면 곧장 빼앗기고 기만 벌점을 받을 거야."

리스터가 턱을 홱 치켜든다. "마음대로 하라고 해! 『클라리사』는 위험을 감수할 만해. 주인공이 미쳐 버리는 대목은 정말 괴로움 그 자체거든."

리스터는 좁은 소매에서 작은 수첩을 꺼낸다. 거기에는 몽당연필 하나가 줄에 연결돼 있다.

"나는 이것도 항상 가지고 다녀. 흥미로운 사실을 적어 두려고. 이것도 금지야?"

"수첩 소지를 금지하는 규칙이 있는지는 모르겠어." 일라이자가 털어놓는다.

그녀는 다음 계단을 올라가는 동안 벌점과 상점, 수업 카드, 평가와 결과 체계를 모두 설명해 준다.

리스터가 코웃음을 친다. "세븐업 카드 게임 규칙만큼이나 복잡하네. 내가 처음 들어간 학교에서는 그냥 매일 나한테 채찍을 휘둘렀어."

"뭘 했다고?"

"아, 그럴 만했어. 나는 말을 할 수 있게 된 순간부터 엄청난 말썽꾸러기였거든. 그래서 일곱 살 때 엄마가 웨스트라이딩의 리펀으로 보냈지."

"여학교에서 채찍을 휘둘렀다고? 매일?"

"거의."

일라이자는 이 대답을 과장을 인정하는 말로 받아들인다.

"너희 부모님은 두 분 다 살아 계시지?"

끄덕. "남동생도 둘이 있어. 샘이랑 존. 피커링 근처에 있는 학교에 다니지. 여덟 살짜리 여동생 메리언도 있는데, 정말 귀찮은 녀석이야. 6남매 중에 이렇게 넷이 아직 살아 있어."

리스터가 덧붙인다. "첫째 오빠 존은 내가 태어나기 전에 죽었고, 막내 제러미는 내가 열한 살 때 죽었어. 남한테 맡겨 놓아서 어떤 애인지는 거의 알지 못했지만."

대부분의 가족이 아이를 잃었지만, 이렇게 사적인 정보를 공유하는 가족은 매우 드물다. 일라이자는 할 말을 잃어버린다.

리스터가 이어 말한다. "조부모님은 돌아가셨어. 하지만 큰아버지와 고모들은 아직 많아."

일라이자도 자진해서 말한다. "우리 제인 언니랑 나는 친척이 네 명밖에 안 남았어."

"어떤 친척?" 리스터가 묻는다.

일라이자는 손가락을 꼽는다. "건강이 안 좋으신 큰아버지, 지능이 떨어지는 고모, 못된 남작 남편과 별거 중인 고모의 딸, 그리고 평판이 너무 안 좋아서 누구도 이름을 입에 올리지 않을 고모의 아들."

리스터는 이 모든 얘기를 아무렇지도 않게 받아들인다. "그럼 반대쪽은?"

일라이자는 그저 어깨만 으쓱한다.

살짝 경직된 태도. "내가 호기심이 많아서 그래. 미안."

일라이자는 리스터를 안심시킨다. "아니야. 질문이 불편하지는 않아. 그냥…… 엄마 쪽 친척 중에 아직 살아 있는 사람이 있는지 잘 몰라서 그래."

일라이자가 이렇게 말하는 이유는 평범한 가족처럼 보이고 싶어서다. 사실 그녀는 엄마가 오래된 집에 들러붙은 유령처럼 머틀그로브의 방들을 혼자서 미끄러지듯 드나들던 모습만 기억한다. 친척이나 친구와 차를 마시던 모습은 기억나지 않는다. 저녁에 아빠와 물담배를 피우거나 한 시간 동안 딸들을 부르던 모습만 기억날 뿐이다.(음악 같은 엄마의 웃음소리. 달콤한 빈랑나무 잎을 씹으며 내던 작고 매력적인 소리.) 일라이자는 사업차 방문한 사람을 빼고는 머틀그로브에서 인도 사람을 본 기억이 없다. 엄마는 영국인의 아내가 되면서 친척과 모든 연락이 끊어진 걸까?(엄마와 아빠는 그 단어를 사용했다. 아내. 사람들은 가끔 **국제결혼** 커플이라고 부르기도 했다. 여기에는 불법의 의미가 없었다.) 관계가 끊어진 게 아니라 그냥 마드라스 근처에 사는 친척이 없었는지도 모른다. 아니면 친척이 머틀그로브를 방문했는데 일라이자가 너무 어려서 까맣게 잊어버렸는지도 모른다. 일라이자는 여섯 살 때 배를 탄 이후로 얼마나 많은 기억이 사라졌는지 조금이나마 알고 싶다. 기억을 상세히 되돌릴 수는 없다고 해도 말이다.

리스터가 고개를 끄덕인다. "그럼 나이 든 사람 몇 명 말고는 친척이 없는 거네. 적어도 레인 박사님이 너한테 큰돈을 남겨 주셔서 천만다행이야."

일라이자는 이 솔직한 발언에 깜짝 놀란다. 아니, 그냥 무례한 건가?

"그렇게 두 가지를 단순히 비교할 수는 없어. 너도 4000파운드랑 가족을 바꾸지는 않을 거잖아."

일라이자는 리스터가 이미 자신에 관해 얼마나 알아냈는지 짐작할 수 있고 그럼에도 자신은 전혀 신경 쓰지 않는다는 걸 보여 주려고 4000파운드를 입에 올린다.

작은 입이 의심스럽게 씰룩거린다.

"안 바꿀 거잖아!"

"유혹하지 마." 리스터가 중얼거린다.

일라이자는 자기도 모르게 웃음을 터트린다. 고원에 있는 가족이 이 말을 들으면 얼마나 큰 충격을 받을까?

일라이자는 삐걱거리는 복도를 따라 서둘러 넷째 문, 두 사람의 다락방으로 향한다.

"낮에는 이 위에 있으면 안 돼. 하지만 들키면 내가 잘 설명할게."

그녀는 재빨리 들어가 기름칠을 한 초록색 비단 우산을 챙긴다.

방에서 나와 수납실을 지나며 일라이자는 문틈으로 흘끗 들여다본다. 거기서 두 손을 맞잡은 채 몸을 웅크리고 있는 익숙한 형체를 발견한다.

일라이자가 속삭인다. "머시 스미스야. 낮에 30분 정도 시간을 낼 수 있으면 가끔 저기 숨어서 기도를 해."

"무슨 기도를 하는 걸까?"

"스미스 가족은 번창하고 나머지는 지옥에 가라고?"

리스터가 깔깔 웃는다.

일라이자는 리스터를 끌어당긴다.

2층으로 내려왔을 때 일라이자가 말한다. "참, 이렇게 잠긴 문은 절대로 두드리지 마. 이런 방은 세입자 방이야."

"뭐야, 하그레이브 교장이 매너 건물 일부를 세 놔야 해?"

일라이자는 계속해서 작은 목소리로 설명한다. "내 생각에 그들 가족은 이 건물의 1센티미터도 소유한 적이 없는 것 같아. 그랜섬 경이 정부로부터 이곳을 빌려서 공간 대부분을 우리 학교에 임대한 거지. 그보다 작은 구역은 여러 상인한테 내주고. 저쪽엔 목공소들이 있고, 저쪽의 오래된 무도회장에는 곡물 창고가 있어."

"곡물 창고!"

"내가 들은 바로는 그래."

1층에서 일라이자는 늙은 하프페니 선생님과 대화를 나누고 있는 비커스 선생님을 발견한다. 눈이 움푹 들어간 이 여교사는 자신의 처지가 마음에 들지 않는다는 사실을 결코 숨기지 않는다. 하지만 이 미술 교사에게는 애정이 있는 것 같다. 일라이자는 바로 몸을 돌려 가장 가까운 문으로 서둘러 나간다. 리스터가 바짝 뒤를 따른다.

햇빛을 보니 기분이 좋아진다. 일라이자는 우산을 들어 얼굴을 가리면서도 레이스 터커 사이로 들어와 목에 닿는 온기를 만끽한다. 그녀는 산책하는 동안 위그케이크를 작게 부수어 입안에 슬쩍슬쩍 집어넣는다.

"그것도 범죄야?"

일라이자는 작게 웃는다. "식당에서는 빵을 먹는 게 허락되지만……."

"내 기억에 따르면 거의 의무였지." 리스터가 말한다.

"하지만 밖으로 가지고 나오는 순간 이 빵은 금지품이 됐어. 이게 다 너 때문이야."

일라이자는 들쭉날쭉한 사각형 건물을 돌아 길을 안내한다. 한쪽 모퉁이에서 기다란 구역이 나와 대문자 큐(Q) 모양을 만든다.

"밖에서 보면 매너의 설계를 더 잘 볼 수 있어."

리스터가 안경다리를 귀에 걸고 끔뻑끔뻑 굴뚝을 올려다본다. "설계는 적절한 단어가 아닌 것 같은데. 직선이 보이질 않잖아. 창문도 거의 두 개에 하나 꼴로 막혀 있고."

맞는 말이다. 계단과 창고들은 언제나 어둡다. "오래된 유리에 금이 가서 그러나?"

"알뜰하신 우리 교장 선생님께서 창문세[9]를 절반으로 줄이려는 거겠지."

일라이자는 창문에 세금이 붙는다는 사실을 전혀 몰랐다.

"석회석이랑 벽돌, 그리고…… 저건 목재인가?" 리스터가 묻는다. "수백 년 동안 엉성하게 쌓아서 산만하게 뻗은 허름한 건물을 만들었네. 완전 뒤죽박죽 잡동사니야. 하지만 이렇게 노후한 모습은 정말 그림 같아. 저쪽에 삼엽형 격자로 장식된 아치형 통로가 있는 신랑(身廊)[10]도 그렇고."

리스터는 긴 풀을 헤치고 가장 극적인 유적을 향해 천천히 달려간다. 저 멀리 머리 위에 고딕 창문 여덟 개가 아치를 그리며 솟아 있는 기다란 벽.

"나는 고대인의 발자취를 밟는 게 정말 좋아."

일라이자는 또래에게서 그런 말을 들어 본 적이 없다. "소똥은 밟지 않도록 조심해."

즐거운 환호성.

일라이자가 성큼성큼 걷는 리스터를 열심히 따라가는 사이 이 아이는 질문 공세를 펼친다. 얼마나 많이, 얼마나 높이, 얼마나 오래? 커다란 오리나무 아래 녹색으로 뒤덮인 잔해 속에는 뭐가 있지?

"나는 수도승 수백 명이 어디로 갔는지 정말 궁금해."

"언제?" 일라이자가 어리둥절한 표정으로 묻는다.

"헨리 8세가 넷째 왕비랑 지내러 왔을 때 말이야. 아니, 다섯째였나? 그때 수도원 문을 닫고 땅을 차지해 버렸잖아."

이 아이는 이제 막 왔는데도 킹스 매너의 역사를 일라이자보다 더 많이

---

9) 1696년에 도입된 세금. 당시 유리는 값비싼 재료여서 부의 상징이었고 영국 정부는 유리를 사용한 창문에 세금을 매겼다.

10) 교회 건축에서 좌우의 측랑 사이 신자석이 있는 구역.

아는 것 같다.

"하룻밤 사이에 수도승을 전부 쫓아냈나?" 리스터가 궁금해한다.

"퇴직시킨 걸까?" 일라이자가 짐작해 본다. 물론 희망 사항일 수도 있다.

"가족에게 돌려보냈을 거야."

"가족이 아직 살아 있었다면."

"그건 생각 못 했네." 리스터가 조금 풀 죽은 목소리로 말한다.

"가족이 살아 있었다고 해도…… 수도원에서 살다가 집으로 돌아가 다시 반바지를 입어야 한다면 정말 이상했을 거야" 일라이자가 말한다.

"내 말이!"

리스터는 잔해 사이에서 소머리를 몇 개나 찾을 수 있을지 추측하며 다시 원래 말투로 돌아온다. 그녀는 건초, 아마, 코크스, 강철의 가격이 모두 시장이라는 보이지 않는 손에 의해 결정된다고 일라이자에게 장담한다. 이 아이는 마치 몸만 소녀인 중년의 남성 사업가처럼 자신의 의견에 애정을 듬뿍 담아 말한다.

"저 벽 뒤에는 뭐가 있어?"

"강."

"우리……."

"오늘은 안 돼. 점심시간이 거의 다 끝났을 거야."

일라이자는 다시 매너 쪽으로 몸을 돌린다.

"아직 10분 남았어."

리스터가 시간을 확인하고는 사슬을 잡고 빙글빙글 돌리며 휘파람을 분다.

"휘파람을 불면……."

"말하지 마. 그러면 몰랐다고 할 수 있어." 리스터는 양쪽 귀에 손가락을 밀어 넣는다.

"그런 속임수는 한 번 이상 안 먹힐 거야."

"이건 어때? 경비가 쫓아올 정도로 크게 불지는 않을게."

"여기는 경비가……" 일라이자는 리스터의 말이 장난임을 깨닫고 미소 짓는다.

리스터는 덤불 속 새처럼 계속해서 휘파람을 불다가 돌연 멈추고는 앞을 가리킨다.

"로마 요새? 이것만으로도 마켓웨이턴에서 올 가치가 있었네."

"우리는 이걸 다각형 탑이라고 불러."

"하지만 위쪽은 **뫼르트리에르** 때문에 더 중세 탑처럼 보여."

"뭐…… 때문에?"

"살인자. 프랑스에선 전안(箭眼)을 그렇게 부르거든."

리스터는 거대한 벽 주변을 신나게 뛰어다닌다.

"들어가도 돼?"

"안에 들어가면……."

"이 뒤쪽이 부서져서 열려 있잖아."

리스터가 사라졌다가 안에서 외친다. "분명 **열** 개 면이 있었을 거야. 10각형 탑이야."

내부는 천장이 뚫린 헛간처럼 금이 간 침대 틀과 썩어 가는 수레로 가득하다. 리스터는 몸을 숙여 주먹으로 돌을 문지르고 있다.

리스터가 읽는다. "게니오 루, 아니, 게니오 로키 펠리키테르. 이곳의 천재성을 기뻐하라? 아니, 이곳의 기백을 기뻐하라가 더 적절한 해석이겠다."

"그만 돌아가야 해." 일라이자가 애원하듯 말한다.

하지만 리스터는 이제 매너를 마저 둘러 가는 편이 더 빠를 거라고 주장한다. 두 사람이 서둘러 움직이는 동안 리스터는 풍향계를 언급하며 요크의 우세풍에 관한 질문을 귀찮을 정도로 쏟아 낸다. 삼각소간과 처마면[11]에 관해서도 물어보는데, 일라이자는 그게 뭔지 전혀 알지 못한다.

일라이자는 수퇘지가 모습을 드러내기를 기대한다. 그래, 아주 운 좋게 녀석이 여기 있다. 모퉁이에 있는 자기 방에서 뒷다리로 일어선 채 앞발 두

---

11) 삼각소면은 아치와 아치가 만나는 부분에 생기는 삼각 면이고 처마면은 아치 발코니 같은 구조물의 아랫부분이다.

개를 창턱에 올려놓고 8월의 공기를 들이마시고 있다.

"궁전에서 날뛰는 돼지를 옛날 왕들이 본다면……. 아, 속세의 위엄은 얼마나 덧없는가." 리스터가 탄식한다.

"프리니는 날뛰지 않아." 일라이자가 새침하게 말한다.

"왕세자 이름을 따서 돼지 이름을 지었어?"

"뚱뚱하기로 그만큼 유명한 사람이 없잖아."

"얘한테 줄 빵 좀 남았어?"

"미안, 내가 다 먹었어."

"레인이랑 내가 내일 선물 가지고 올게." 리스터가 프리니에게 약속한다.

그녀는 뒤로 물러났다가 재빨리 벽으로 돌진한다. 그러고는 두 발짝을 올라가 창틀을 잡고 프리니의 크고 꺼칠한 주둥이를 쓰다듬는다.

"내려와!"

프리니 우리로 거의 들어갈 뻔한 걸 들키면 리스터는 집으로 돌려보내질 수도 있다. 오늘 아침이라면 일라이자는 그런 가능성을 반겼을 것이다. 하지만 어인 일인지 지금은 상황이 달라져 버렸다.

음악 수업은 매너 앞쪽에 있는 천장 높은 방에서 이루어진다. 벽지를 바르지 않은 벽에는 벽돌로 막은 오래된 문의 흔적이 유령처럼 남아 있다. 캐미지 선생님은 아직 오지 않았다. 그래서 일라이자는 재빨리 피아노 의자에 앉아 손을 흔들어 푼다. 여러 대의 스퀘어 포르테피아노 중 일라이자가 가장 좋아하는 건 흔들리는 가대에 놓인 이 적갈색 피아노다.(악기 모양은 여자의 관 같은데 왜 스퀘어, 정사각형이라고 불리는 걸까?) 일라이자는 도입부 화음을 찾은 뒤 〈터키 행진곡〉을 연주한다.

베티와 마거릿이 뒤에서 기타를 달랑거리고 있다. 베티는 굳이 목소리를 낮추지 않는다. "너 저애랑 사이가 아주 좋아 보인다."

일라이자의 손이 얼어붙는다. 조용한 대답. "어쨌든 저애랑 방을 같이 써야 하니까."

마거릿이 다음 말로 일라이자를 놀라게 한다. "아, 리스터 양도 장점이 있나 봐."

베티가 곁눈으로 친구를 힐끗 본다. "이그노라무세스한테 애써 보여 줄 장점은 없을걸."

일라이자는 중재를 시도한다. "그 말은 농담이었을 거야. 저녁 시간에 전교생을 만났는데 얼마나 긴장했겠어?"

베티가 흥 하고 숨을 내뿜는다. "그러시겠지. 완전 여동생 속치마를 입은 마구간 소년 같다니까."

"그래도 난 우리 감옥 생활에 변화를 줄 신입생이라면 얼마든지 환영이야." 마거릿이 말한다.

베티의 표정이 어두워진다. 충성스러운 부관이 배를 버리는 것인가?

마거릿이 왼손으로 화음을 만든다. "시작하자, 친구. 처음부터?"

두 사람은 동시에 줄을 뜯고 튕기기 시작한다. 일라이자가 더 멀리 가라고 손짓하지만 둘은 그저 등만 돌릴 뿐이다.

일라이자는 악보를 평평하게 펼치고 다시 연습을 하다가 옆에서 리스터가 축축한 악기 주둥이를 닦고 있음을 알아챈다. 물론 리스터는 플루트를 가지고 있을 것이다. 홱홱 움직이며 연주하기 때문에 숙녀답지 않게 팔꿈치가 드러난다는 이유로 많은 부모가 여자아이에게 허락하지 않는 악기.

주변이 떠들썩한 가운데 리스터가 크게 외친다. "완전히 난장판이네!"

일라이자가 대답한다. "네가 혼자 연습하는 데 익숙해서 그래. 캐미지 선생님은 이렇게 해야 집중력이 높아진다고 하셨어."

리스터는 믿을 수 없다는 듯 고개를 젓는다. 그러고는 플루트를 입술에 댄 채 능숙하고 활기차게 연주를 이어 간다. 마치 군중 속에서 자신을 보호하듯 팔꿈치가 쉼 없이 허공을 찌른다.

일라이자는 왼쪽으로 팔을 뻗어 포르테피아노의 앞쪽 음전(音栓) 두 개를 잡아당긴다. 이렇게 하면 음이 더 길게 유지되는데, 여전히 소리가 거의 들리질 않는다. 설상가상으로 낸과 패니는 구석에서 아일랜드 발라드까지 부르고 있다.

나는 무엇을 보고 싶어 한 걸까?

무엇을 듣고 싶었던 걸까?

모든 기쁨과 즐거움이

이 마을을 지상낙원으로 만들었네.

일라이자는 〈터키 행진곡〉에 집중하기 위해 발라드의 선율을 마음 한구석으로 밀어내려고 애를 쓴다. 조용한 개인 방에서 혼자 연주하면 얼마나 좋을까.

리스터가 일라이자 위에서 몸을 숙인 채 플루트를 창처럼 들고 가성으로 즉흥곡을 부른다.

모든 소음과 잡음이

이 마을을 지옥으로 만들었네.

일라이자는 자지러지게 웃느라 연주를 이어 가지 못한다.

"나는 집에서 북도 쳤어. 내가 트렁크에 북을 넣어 오지 못한 걸 다행으로 생각해." 리스터가 일라이자에게 말한다.

캐미지 선생님이 문간에서 천천히 박수를 치며 모두가 조용해지기를 기다린다. "미안해, 아가씨들. 대성당에 늦게까지 붙잡혀 있었어."

"선생님은 거기서 오르간을 치셔. 선생님 아버지도 그러셨거든." 일라이자가 리스터에게 속삭인다.

캐미지 선생님은 도덕주의자처럼 구는 경향이 있다. 너희 같은 요즘 아가씨에 관해 유감스러운 설교를 많이 하는데, 그래서 좁은 신발부터 늦잠, 빠른 마차에 이르기까지 모든 걸 학생 탓으로 돌린다. 하지만 음악을 향한 열정만은 너무나 뜨거워서 학생들에게 사랑받을 수밖에 없다.

예를 들어 지금 선생님은 학생들에게 4부 돌림곡 〈오 나의 사랑, 나를 사랑하나요〉를 연주시키고 있다. 뒤죽박죽 악기 소리가 아주 조화롭게 울려 퍼진다. 그런 다음 전곡을 다시 단조로 연주하게 하는데, 그러면 확실히 소리가 구슬퍼져 일라이자의 마음을 훨씬 더 사로잡는다.

수업이 끝나고 학생들은 줄줄이 교사 옆을 지나간다. 교사는 출석부에 적힌 각 이름 뒤에 글자를 하나씩 휘갈겨 쓴다.

"내 성적은…… P?" 리스터가 의아해한다.

일라이자가 설명한다. "꽤 잘했다(Pretty Well)는 뜻이야. V는 **아주 잘했다**(Very Well)인데, 그 성적은 학생들이 자만한다고 잘 주지 않아. **잘 못했다**(Not Well)는 뜻의 N은 학생이 부끄러울 정도로 엉망일 경우를 대비해 아껴 두는 편이야. 캐미지 선생님은 보통 모든 학생한테 P를 주셔."

오늘 저녁, 일라이자가 잠자리를 준비하는 사이 리스터가 구깃구깃한 모자를 벗어 던지며 후다닥 방으로 들어온다.

"안녕, 레인."

일라이자는 아이의 뒷머리가 목덜미에서 싹둑 잘려 있는 걸 보고 깜짝 놀란다.

"너 열병에 걸린 적 있어?"

일라이자의 시선에 리스터는 활짝 웃으며 머리를 문지른다.

"아니, 나는 그냥 깔끔하게 자르는 게 좋아. 빗질 시간이 절약되거든. 파리에서는 이 스타일이 유행이야. **티투스의 머리 모양**. 그 황제 알지?"

"보나파르트?" 일라이자가 당황한다.

"아니, 로마의 티투스."

"아, 그 사람." 이렇게 반응했지만 티투스에 관해 들어 본 적은 없다.

일라이자는 새로 온 동급생이 일부러 자신을 당황하게 만든다고 생각하지 않는다. 그저 연기처럼 학식이 리스터 밖으로 피어오르는 것뿐이다. 일라이자는 소녀의 갈색 머리칼 사이로 여기저기 드러난 분홍색 피부를 흘끗 본다. 문구점 창문에 붙은 인쇄물에서 가끔 머리가 짧은 여자를 보기는 했지만, 그들은 곱슬머리와 리본, 꽃으로 화려하게 치장해 전혀 고전적으로 보이지 않았다. 일라이자는 문득 우아하게 걸어 다니는 숙녀의 모자와 보닛 아래에 짧은 머리가 감추어져 있을지도 모른다는 생각을 한다. 곱슬머리 몇 가닥만 이마에 꺼내 놓으면 친한 친구 외에 누가 알 수 있겠는가?

"그럼 넌 파리에 가 본 거야?" 일라이자가 묻는다. 최근에 전쟁이 일어났으니 가 봤다 해도 몇 년 전이었을 것이다.

리스터가 멋쩍게 얼굴을 찡그린다. "난 아직 요크셔 밖으로 나가 본 적이 없어. 독서와 상상으로만 경험했지."

일라이자는 이렇게 인정하는 태도가 마음에 든다.

"나랑은 달리 레인 너는 여기까지 오면서 세상의 절반을 봤겠다."

일라이자는 그냥 레인이라고 불리는 상황을 어떻게 받아들여야 할지 아직 확신이 서지 않는다. 아버지도 분명 스카버러에 있는 학교에서 성으로 불렸을 것이다.

"거기서 떠날 때 난 겨우 여섯 살이었어."

"하지만 너는 훌륭한 관찰자야."

"왜 그렇게 생각해?"

"너의 검은 눈, 항상 지켜보는 것 같아."

검다라는 단어에 일라이자는 조금 불편해진다.

"나도 똑같아. 주변을 의식하고 기록하기를 좋아하거든. 베이컨이 말했듯 아는 것은 힘이니까." 리스터가 말한다.

일라이자는 어리둥절해하며 고기를 떠올리다가 리스터가 철학자 얘기를 하고 있다는 사실을 깨닫는다.

리스터가 경사진 천장 아래로 몸을 숙이다가 머리를 쾅 부딪힌다. "으, 나는 낮은 방이 정말 싫어."

"네 키가 그렇게 크지는 않잖아." 일라이자가 농담을 한다.

"아직은 아니지. 하지만 계속 자라고 있다고."

일라이자는 그 말이 의심스럽다.

"나는 평범하고 제한된 것은 뭐든지 경멸해." 리스터가 방 한가운데로 나와 상상 속 검을 머리 위로 휘두른다. "사람들이 우리 다락을 뭐라고 불러?"

"여기는 이름 없는 작은 굴일 뿐이야."

리스터가 관찰한다. "인간 잡동사니를 위한 벽장. 심지어 바닥도 삐딱하네. 저쪽 구석이 다른 곳보다 몇 센티미터 낮은 것 같아. 저 자리는 지옥 구덩이라고 부르자."

리스터는 커튼 뒤 공간으로 팔을 뻗어 걸쇠를 풀고 창문을 밀어 연다.

일라이자는 이 행동이 엄격히 금지돼 있다는 뻔한 말을 하고 싶지가 않다. 그래서 이 저녁 시간에 들판에 나와 있다가 그들을 보고 신고할 사람은 없을 거라고 자신을 설득한다.

"요크의 향기." 리스터가 얇은 입술을 핥는다.

"뭐라고?"

"양 배설물 냄새 같은 건 집에서보다 적은데, 다른 오물 냄새가 많이 나. 강. 화학물질. 뭔가를 굽는 냄새?"

복도에서 익숙한 발소리가 들리자 일라이자는 서둘러 창문을 닫고 커튼을 친다.

테이트 사감이 랜턴을 가져간 뒤 리스터는 침대에 등을 대고 눕는다.

그녀가 선언한다. "여기를 대각선 방이라고 불러야겠어. 아니, 비스듬한 방이 더 시적이겠다. 아니면 비탈이라는 의미로 슬로프?"

일라이자는 눈을 어둠에 적응시킨다.

리스터가 속삭인다. "그건 그렇고, 우리 전에도 만난 적 있어."

일라이자가 얼굴을 찌푸린다. "너랑 내가?"

"정확히 말하면 내가 너를 본 거지. 아무도 우리를 소개해 주지 않았지만."

"언제?"

"벌써 1년도 넘었어. 작년 8월 4일, 헌터 일가 집에서. 우리 고모가 나를 데려갔었지."

헌터 박사는 요크에서 정신병원을 운영한다. 일라이자는 피터게이트 거리 아래쪽에 있는 그 정신과 의사 집에서 파티가 열렸던 것을 어렴풋이 기억한다. 더핀 박사는 가끔 피후견인과 함께 있는 모습을 보이고 싶어 한다. 일라이자에게는 엄청난 고역이다.

"정말 나였어? 우리 제인 언니도 거기 있었을 텐데."

리스터가 고개를 젓자 침대가 작게 삐거덕거린다. "누가 누구인지 얘기들었어. 그리고 너희 자매, 하나도 안 닮았어."

명백한 한 가지 특징만 빼면 그렇겠지.

"얘기를 들었다고?" 일라이자가 차갑게 되묻는다.

"당연히 들었지. 베일에 싸인 고아 상속자 한 쌍인데."

베일에 싸였다는 말에 일라이자가 낄낄 웃는다.

"너는 남들과 전혀 달라, 레인."

일라이자의 몸이 굳는다. "다른 매너 학생이랑 다르다는 거지?"

"어디에 있는 누구와도 다를 거야. 너는 라라 아비스야."

일라이자가 한쪽 팔꿈치로 몸을 일으킨다. "방금 날 뭐라고 불렀어?"

"진귀한 새. 너 정말 라틴어 공부 좀 해야겠다."

일라이자의 심장이 아플 정도로 쿵쾅거린다. "그러니까 1년 내내 나를 특이한 애로 기억한 거네."

"아니, 살면서 본 가장 아름다운 여자로 기억한 거야."

일라이자의 얼굴이 화끈거린다. 칭찬해 줘서 고맙다고 해야 할 것 같지만, 대신 팔을 내리고 벽을 향해 돌아눕는다.

목요일 저녁 식사 후, 너무도 온화한 8월 저녁 날씨에 공부를 해야 하는 사람도 밖으로 나가 다른 이들과 함께 잔해 주변으로 모여든다. 그들은 치마에 초록 물이 들지 않도록 긴 풀 위에 낡은 담요를 깔고 앉는다. 일라이자는 수업을 전혀 듣지 않고도 프랜시스의 책을 앵무새처럼 따라 읽으며 프랑스어를 계속 공부하려는 머시의 단호한 결심에 늘 그렇듯 감동을 받는다.

일라이자는 매주 후견인에게 보내는 편지를 마저 쓰려고 애쓰는 중이다. 지난 토요일 저녁 식사를 하러 갔을 때 이미 더핀 부부와 나눈 소식들이다. 하지만 박사는 편지가 유용한 훈련이라고 생각하고, 더핀 부인은 일라이자의 필체가 나아지고 있다는 증거를 보고 싶어 한다. 음악 시간에는 모차르트 곡을 연습했고…….

리스터가 필기 상자를 들고 일라이자와 프랜시스 사이 좁은 공간에 들어와 재단사처럼 책상다리로 털썩 주저앉는다. "그건 뭐야, 셸비 양?"

프랜시스의 얼굴이 밝아진다. "퀼링 공예 해 본 적 없니, 리스터 양? 정확한 이름은 종이 필리그리야. 세상에서 가장 재미있는 활동이지."

"못 믿겠는데." 리스터가 일라이자의 눈길을 끈다.

일라이자는 오랜 친구를 배신하는 기분에 그녀 시선을 외면해 버린다.

프랜시스가 자신의 도구를 자랑한다. "오래된 깃펜의 펜촉을 자르고 한쪽 끝에 구멍을 내서 종이를 끼울 수 있게 했어. 보이지? 종이를 좁고 길게 잘라서 사리나 두루마리처럼 돌돌 만 다음 제자리에 풀로 붙이면 돼."

"무늬를 넣고 있는 그림이…… 이거 어밀리아 공주 머리야?"

"맞아! 공주님 생일 때 드릴 거야. 배경은 벨벳으로 할지 조개껍데기 부스러기로 할지 아직 결정 못 했어."

리스터는 일라이자를 향해 작은 입을 익살맞게 오므려 보인다.

일라이자는 프랜시스가 따분한 애가 아니라고 말하고 싶다. 왕의 막내딸을 기리며 예쁜 공예품을 만드는 게 뭐가 문제란 말인가?

리스터가 왼쪽으로 몸을 기울여 베티의 지도를 살펴본다. 중학년 중에서 가장 바느질을 꼼꼼하게 하는 베티는 일라이자가 여기 왔을 때부터 쭉 세계지도를 수놓고 있다.

"정말 잘한다, 포스터 양. 그런데 왜 지구 맨 밑에는 땅이 없을까?"

"원래 없으니까." 베티가 자신이 복사하고 있는 낡은 판화를 톡톡 두드린다.

"아니, 왜 지구가 그렇게 형성됐다고 생각하느냐고. 남극에는 바다밖에 없도록 말이야."

베티가 멍한 표정을 지어 보인다. "그걸 내가 어떻게 알아?"

"전능하신 신께서 무한한 지혜를 발휘해 지구를 그렇게 만드신 거야." 머시가 프랑스어 입문서에서 눈을 떼지 않은 채 말한다.

"하지만 왜 대륙이 더 고르게 분배되지 않았을까?" 리스터가 궁금해한다.

"호기심은 고양이도 죽일 수 있어." 베티가 쏘아붙인다.

일라이자는 리스터가 에덴동산에 있었다면 뱀이 나타나 유혹하기도 전에 선악과를 베어 물었을 거라고 생각한다. 그러자 입에서 웃음이 새어 나온다.

"뭐가 그렇게 웃겨?" 리스터가 묻는다.

일라이자는 그저 고개만 젓는다. "어쩌면 남극에 땅이 있는데 아무도 그걸 발견할 정도로 멀리 항해하지 못했는지도 몰라."

리스터가 작게 묵례를 한다. "드디어 내 모험심을 자극하는 설명이 나왔군."

일라이자는 무릎으로 일어나 눈을 가늘게 뜨고 베티가 능숙하게 꿰어 놓은 글자를 본다. **뉴홀랜드, 시암, 중국 타타르, 에티오피아해, 아라비아.**

"마드라스는 바로 여기에 넣어야 해." 인도아대륙의 위에서 3분의 2 정도 내려온 지점의 오른쪽을 손톱으로 가리킨다.

"이미 캘커타랑 봄베이[12]가 들어갔잖아."

아, 유럽은 이름으로 가득하지만 이 거대한 아대륙에는 도시 두 개만 들어갈 수 있는 모양이다.

"요크는?" 리스터가 묻는다.

"런던 이름을 넣을 자리밖에 없어." 베티가 항변한다.

리스터가 혀를 찬다. "여기가 영국 제2의 도시 아니야?"

"그건 브리스틀이야." 머시가 말한다.

"당연히 뉴캐슬이지." 마거릿의 눈은 여전히 자신이 읽는 희곡에 고정돼 있다.

"그래, 어쩌면 요크가 인구나 산업 면에서 둘째는 아닐지도 몰라. 하지만 품위로 따지면?" 리스터가 주장한다.

마거릿이 중얼거린다. "그런 주장은 요크셔 여자만 할걸."

베티가 저 멀리 대성당 탑을 향해 불만스럽게 손을 흔든다. "소위 말하는 우아함이 있다고 해도 나한테 여기는 그저 조용하고 오래된 마을일 뿐이야. 이곳의 유행도 예전 같지 않다고들 하잖아. 내가 아주 멋스러운 여성으로

---

12) 현재의 지명은 각각 콜카타, 뭄바이이다.

학교를 마치길 바라셨다면 우리 아빠는 나를 런던까지 보내셨을 거야. 아니, 적어도 배스까지는 보내셨겠지."

일라이자는 재미있어한다. 우즈에서 23킬로미터 아래로 내려가야 하는 베티의 고향 풍경은 요크보다 더 고적할 것이다. "우리는 학생이야, 베티. 유행이 얼마나 지났는지가 우리한테 뭐가 중요해?"

베티는 노려보지만, 리스터는 사람을 동요시키는 특유의 미소를 일라이자에게 지어 보인다.

"요크에는 우리 스카버러 같은 바다 경치가 하나도 없어." 낸이 한숨을 쉰다.

"대신 1700년이나 되는 역사가 있잖아, 이 바보야. 고대의 성벽을 걸을 수 있다고." 리스터가 두 팔을 내던지듯 뻗는다.

"발목을 삐고 싶다면 그렇겠지. 저학년 한 명은 그렇게 했다가 2주 동안 불명예 식탁으로 쫓겨났어." 낸이 투덜거린다.

리스터는 고개를 젓고 펜에 잉크를 채우기 시작한다.

패니가 감명을 받은 듯 몸을 기울인다. "그거 금속 펜촉이야?"

리스터가 무심하게 보여 준다. "은으로 된 거야. 여덟 살 때 글쓰기 상으로 받았어."

마거릿이 보지도 않고 코웃음을 친다. "너의 그 우아한 서체로 글을 쓴 거야?"

"거침없이 창의력을 발휘해 정확한 문장으로 글을 쓴 거야, 번 양."

코웃음. "매일 채찍을 맞던 곳이랑 같은 학교 얘기인가?"

일라이자는 리스터가 다른 아이에게도 자기 얘기를 했다는 사실을 깨닫는다. 이상하게 찌르는 듯한 아픔이 느껴진다.

"내가 여러 면에서 눈에 띄는 학생이었거든." 리스터가 검은색 봉랍을 만지작대며 중얼거린다.

머시가 경고한다. "아직 편지 봉하지 마. 교장 선생님이 읽어 보셔야 해."

리스터가 입술을 비죽거린다. "학생들 염탐하느라 골치깨나 아프겠네."

"양 떼 사이에 들어온 늑대한테 잡아먹히지 않도록 우리를 보호하려는 거야. 혹은 멍청한 양처럼 길을 잃지 않도록." 머시가 설명한다.

낸과 패니는 낄낄 웃는다.

리스터가 자기 종이를 톡톡 두드린다. "그럼 하그레이브 교장이 허락하지 않는 내용은 보내기 전에 전부 지워지는 거야?"

머시가 고개를 젓는다. "편지의 일부라도 마음에 안 들면 태워 버리라고 자기 자매한테 넘길 거야."

리스터가 허리를 더 꼿꼿이 세우고 앉는다.(일라이자는 그런 모습이 모슬린 옷을 입은 군인 같다고 생각한다.) "내가 이 검열 정책을 불평하는 편지를 쓰면?"

"그것도 태워 버리겠지. 그리고 넌 논쟁 벌점을 받을 테고, 더불어 편지를 쓰는 특권도 일주일 동안 박탈당할 거야."

"우체국에 가서 직접 편지를 부칠 수는 있을 거야. 하지만 너희 부모님이 너를 배신하고 교장 선생님께 일러바친다면?" 마거릿이 흥미로워하는 말투로 말한다.

"몰래 편지를 보냈다고 퇴학당한 고학년도 있어." 베티가 일라이자에게 말한다.

"사관후보생이랑 편지를 주고받았지." 마거릿이 상기시킨다.

리스터가 암울하게 말한다. "그래, 우리 감옥의 창살 개수와 두께를 알게 돼서 다행이다."

일라이자가 무언가를 알아챈다. "네 도장 그림은 도대체 무슨 모양이야?"

리스터가 일라이자에게 도장을 건넨다. "젖가슴에서 나오는 피를 새끼한테 먹이는 사다새[13]야. 우리 엄마의 새엄마한테 물려받았어. 그분의 첫 남편이 프로이센 백작이었지."

또 자랑이다. 베티가 마거릿에게 눈빛을 보낸다.

"네 건 뭔데?" 리스터가 일라이자에게 묻는다.

일라이자는 사다새를 돌려주고 자기 도장에 적힌 간단한 프랑스어 인용

---

13) 사도새과에 속하는 새로 백로, 왜가리와 비슷하게 생겼다.

구를 보여 준다. **팡세 아 무아(Pensez à moi).**

"나를 생각해 주세요. 편지에 딱 어울리는 문장이네."

리스터는 편하게 앉아 자기 도장을 다시 들여다본다. "여동생이 태어났을 때 엄마가 나한테도 젖을 맛보게 해 줬어. 기분이 엄청 좋더라."

중학년 사이에서 불편한 기색이 오간다.

"아기 때 일을 어떻게 기억해?" 낸이 궁금해한다.

"아기 때는 아니야. 나는 여섯 살이었어."

질색하는 외침들.

일라이자는 겹겹의 레이스에 덮인 가슴에서 아주 묘한 감각을 느낀다.

"모유는 배즙처럼 약간 달콤해." 리스터가 말한다.

머시가 벌떡 일어나 건물 쪽으로 성큼성큼 걸어간다.

하지만 일라이자는 리스터가 동급생을 불쾌하게 하려는 게 아님을 확실히 안다. 누가 불쾌해하든 않든 상관하지 않는 것도 아니다. 생각의 흐름이 샘물처럼 다급하고 거침없이 이어진다.

마거릿이 담요에 책을 내려놓고 말한다. "우리 놀이 하자."

"놀이!" 리스터가 외친다.

"상점." 베티가 단호하게 말하며 자수 도구를 주머니에 챙겨 넣는다.

"나는 그 놀이 모르는데."

마거릿이 리스터의 머리 위로 베티를 향해 히죽 웃는다. "금방 알게 될 거야."

"상점은 진짜 놀이가 아니야." 일라이자가 지적한다.

"신나게 뛰어다니는 놀이도 아니고." 패니는 실망한 목소리다.

"너 먼저 시작해, 친구." 베티가 마거릿에게 말한다.

이 둘은 어쩌다가 일라이자가 오기 한참 전에 중학년의 여왕으로 등극하게 됐을까?

마거릿이 말한다. "나는 상점에 가서, 코끼리 발 모양 우산꽂이(an elephant's foot umbrella stand)를 샀어."

베티가 이어받는다. "나는 상점에 가서 코끼리 발 우산꽂이를 사고……

커다란 식판(a large blue plate)을 샀어."

낸이 셋째로 끼어든다. "나는 상점에 가서 코끼리 발 우산꽂이를 사고, 커다란 식판을 사고, 그리고……." 그녀가 허우적대며 알맞은 단어를 찾는 사이 모두가 기다려 준다. "달걀(an egg)을 샀어."

"내 차례지?" 패니는 놀이를 하면 항상 정신이 없다. "나는 상점에 가서 코끼리 발 우산꽂이를 사고, 식판…… 아니, 커다란 식판을 사고, 달걀을 사고, 백랍 잔(a pewter mug)을 샀어."

리스터의 시선이 얼굴들 사이를 바삐 오간다.

많은 경우 실내 놀이의 유일한 목적은 규칙을 모르는 사람을 놀리는 것이다. 일라이자는 차라리 규칙을 아는 무리가 신입생을 구석에 세워 두고 밤을 던지는 편이 낫다고 생각한다.

일라이자가 도전한다. "나는 상점에 가서 코끼리 발 우산꽂이를 사고, 커다란 식판을 사고, 달걀을 사고, 백랍 잔을 사고, 흉측한 모자(a hideous hat)를 샀어." 에이치(H)로 시작하는 단어 두 개를 말하며 아주 살짝 몸을 숙이고 리스터를 바라본다.

상대를 꿰뚫는 듯한 두 눈에 응답의 불꽃이 튄다.

"힌트를 주는 건 반칙이야."

일라이자가 베티에게 멍한 표정을 지어 보인다. "부당하게 의혹을 제기하는 것도 마찬가지야."

"잠깐만, 단서가 있었어? 내가 놓친 거야?" 리스터가 자기 역할을 충실히 해낸다.

마거릿이 짜증스럽게 혀를 찬다.

일라이자는 리스터 쪽 입꼬리를 아주 작게 말아 올린다.

프랜시스는 상상 속 쇼핑 목록에 젤리 틀(an aspic mould)을 추가하고, 머시는 무명 조끼(a nankeen waistcoat)를 추가한다. 그렇게 자기 차례가 됐을 때 리스터는 단서 단어 코끼리(elephant)의 마지막 철자 티(t)에 맞도록 단어를 준비해 놓았다. 하지만 리스터는 한 발 더 나아간다. "흉측한 모자를 사고, 젤리 틀을 사고, 무명 조끼를 사고…… 작디작은 차 쟁반(a teeny-tiny tea tray)을 샀나?"

베티가 마거릿을 향해 얼굴을 찌푸린다. "일라이자가 알려 줘 버렸어."

"뭐라고?" 일라이자가 격분한 듯 묻는다.

"언제? 나는 그냥 내 추리력을 발휘한 것뿐이야." 리스터가 천진한 몸짓을 해 보인다.

"차라리 진짜 놀이를 했어야 해." 패니가 침울하게 말한다. "혹시 까막잡기 할 사람?"

취침 시간, 리스터는 벌써 잠옷을 입고 눈을 반쯤 감은 채 슬로프를 이리저리 서성이고 있다.

"뭐 해?" 일라이자가 옷을 벗으며 묻는다.

"애들을 기억하는 중이야. 베티 **포스터**(Foster), 침을 질질 흘리는 커다란 개한테서 도망치는 모습을 그리고 있어. 하지만 개가 **더 빠르지**(faster). 마거릿 **번**(Burn), 불에 너무 가까이 서 있어서 옷단이……."

일리이자가 한 손을 들어 말린다. "사람을 죽이는 상상은 하지 마, 리스터."

리스터가 활짝 웃는다. 일라이자가 자신이 원하는 방식으로 불러 주었기 때문일 것이다.

"걔들은 네 코를 납작하게 해 주려고 그런 놀이를 제안한 거야. 네가 프로이센 백작이랑 친척이라고 자랑했으니까."

리스터가 입을 삐죽거린다. "**먼** 친척이야." 이어서 안타깝다는 듯한 말투. "누군가 무례하게 굴면 가끔 난 너무 성급하게 상대를 철천지원수로 분류해 버려."

"그래도 누가 누구인지 외워 두려는 계획은 아주 좋아, 칭찬해."

일라이자는 빨간색 포켓케이스에서 깨끗한 종이 한 장을 골라 꺼내 평평한 가죽에 올려놓는다. 그녀는 토트넘 학교에 들어간 첫 주에 목록을 만들었던 일을 기억한다. 사회적 미로의 지도.

일라이자가 적는다. **노란 방, 베티 포스터.** "베티의 아버지도 은행가서. 그쪽 하항(河港)을 소유한 거나 다름없지."

일라이자는 노란 방에서 자는 다른 아이들 이름을 빠르게 적는다.

리스터가 거꾸로 읽은 이름 하나를 가리킨다. "횟비에서 온 심프슨 자매? 얘네 형제들이 내 남동생들이랑 같은 학교에 다닐 거야."

"그리고 마거릿 번은 노란 방 옆에 있는 예배실을 써."

"학생이 예배실에서 자?"

"아, 그냥 침실이야. 그런데 우리는 거기서 한때 비밀 예배를 올렸다고 상상하기를 좋아해. 창문이 뾰족한 모양이라 고딕 양식 같거든."

일라이자는 예배실이라는 글자 아래에 다른 합숙생들의 이름을 적는다.

"마거릿은 중학년에서 가장 똑똑한 학생이야."

물론 리스터가 오기 전까지 그랬지만 이런 사실을 인정할 필요는 없다.

"머시 스미스보다 똑똑해?"

"머시는 그냥 성실한 거야. 마거릿이 토끼라면 머시는 거북이지. 마거릿은 학교의 가장 큰 자산이기도 해."

"몇 천 파운드나 되는데?" 리스터가 묻는다.

"만." 일라이자의 4000파운드보다 두 배 이상 많은 금액이다.

이곳 아이들 중 일부는 부모에게 얼마를 상속받을지 솔직하게 혹은 장난스럽게 이야기한다. 나머지는 얼마가 됐든 상속받을 희망밖에 없거나, 희망노 거의 없다. 학생들이 모두 똑같은 흰색 치마를 입고 똑같은 강물을 마셔야 한다는 점을 생각하면, 미래에 손에 들어올 유산은 다소 비현실적으로 느껴진다.

"그런데……." 얘기해. 너도 이 아이처럼 솔직해져야지. 일라이자는 자신과 마거릿이 공유하는 단점을 말해 주기 위해 가장 정중한 단어를 선택한다. "마거릿은 치안판사의 사생아야."

리스터는 아무렇지 않게 고개를 끄덕인다.

테이트 사감의 가벼운 발소리. 리스터가 자신의 손그릇에서 가느다란 수지 양초 한 개를 휙 꺼내 촛대에 꽂고 불을 붙인다.

일라이자가 다급하게 속삭인다. "안 돼!"

개인 조명은 엄격하게 금지돼 있다. 작년에 고학년 두 명이 랜턴을 몰래 들여왔다가 하녀에 의해 신고당한 일도 있다.

리스터는 허리를 숙여 침대 아래에 양초를 둔 뒤 허겁지겁 문으로 가 테이트 사감을 맞이한다.

"아직 안 자니?"

"죄송해요, 사감님. 제 끈이 엉켜서 레인 양 도움을 받아 풀고 있었어요."

순발력도 좋지. 정말이지 청산유수 거짓말쟁이다.

"그런 건 어두워도 마저 할 수 있어." 테이트 사감이 가볍게 혼을 낸다.

"안녕히 주무세요, 사감님."

리스터는 침대 아래에서 새어 나오는 양초 불빛을 테이트 사감이 알아채기 전에 랜턴을 넘기며 문을 닫기 시작한다.

두 사람은 희미한 빛 속에서 서로를 응시한다. 잠시 뒤 일라이자가 하던 일을 재개한다. **초록 방, 낸 무어섬, 패니 피어슨**, 그리고 다른 이름 대여섯.

리스터가 말한다. "내가 열한 살 때 처음 만든 목록은 내 족보였어."

일라이자는 그 말이 재미있다. "경주마 혈통서처럼?"

"우리 증조할아버지부터 아담까지 138대를 올라가야 하더라고."

일라이자는 크게 웃는다. 틀림없이 별 볼일 없는 고원 출신이라 이렇게 허세를 부리는 것이리라. 리스터는 남루한 유랑 극단 배우처럼 자신의 몸에 화려한 옷을 걸친다.

그렇다고 일라이자 자신이 출생에 자부심을 느낄 이유가 있는 것은 아니다. 자신이 물려받은 4000파운드 중 절반이나 4분의 1을 옛날 자치주 이름과 바꿀 것이냐? 종합적으로 판단해 보면, 아닐 것이다. 백작이 된다고 좋을 게 뭐란 말인가? 어차피 편협한 사람은 그녀를 의심의 눈으로 보고 둥지 속 뻐꾸기라고 부를 것이다.

중간 홀. 일라이자는 이 방을 쓰는 퍼시벌 자매(모두 칙칙한 갈색 머리에 서로를 쪽 **빼닮았다**)와 다른 요크셔 아이들을 나열한다.

더블룸, 프랜시스 셀비. "프랜시스는 아마 우리 중학년 중에서 가장 태생이 좋을 거야. 걔네 아버지가 노섬벌랜드 공작의 대리인이거든. 걔네 집에는 외래종으로 가득한 온실도 있고 수세식 화장실도 있어."

"그리고 걔가 너의 단짝이지."

평서문일까, 의문문일까?

"아니면 그렇게 친하지는 않은가?" 리스터가 넌지시 묻는다.

"프랜시스는…… 처음으로 나를 친절하게 대해 준 아이였어."

리스터가 작은 소리로 웃는다.

일라이자의 손가락이 뺨 주변을 맴돈다. "토트넘 학교에서는 아무도 이 너머를 보지 못하는 것 같았거든."

피와 계급이 반씩 섞인 아이. 이와 관련한 무언의 단어들이 머릿속을 어지럽힌다.

"못된 계집애들."

일라이자의 눈이 눈물로 따끔거린다. 그녀는 고개를 끄덕인다. 자신이 느낀 바를 누군가 확인해 주니 거친 말에 충격을 받는 게 아니라 도리어 위안이 된다.

"그러면 당연히 셀비 양한테 고마운 마음이 들겠네. 하지만 고마움은 우정과는 다른 거야." 리스터가 말한다.

일라이자는 화제를 바꾸려고 이렇게 말한다. "프랜시스는 자기 피부에 그림을 그릴 줄 알아."

리스터가 입을 쩍 벌린다.

"뭐든 뾰족한 도구만 있으면 돼. 연필 같은 거 말이야. 그러면 분홍색 선이 부풀어 올라서 한 시간 정도 남아 있어. 아, 머시를 깜빡했다."

일라이자는 더블룸에 이름을 추가한다.

"머시는 단짝이 있어?"

"우리 구세주가 아마 단짝일 거야."

리스터가 코웃음을 친다. "다 함께 있을 땐 오랫동안 한마디도 안 하는 겁쟁이 아가씨가, 단둘이 얘기하니까 날카로운 칼을 휘두르네."

일라이자는 칭찬을 듣고 얼굴이 달아오른다. 리스터가 의도한 바가 칭찬이라면 말이다.

"내 말은 머시가 천국으로 가는 길 위에 있고 누구에게도 가로막히지 않

64

을 거라는 뜻이야."

"이름과 달리 아주 무자비(merciless)하네.[14]"

"하그레이브 교장이 양초를 공짜로 얻으려고 머시를 받아들인 거 알아?" 리스터가 고개를 갸우뚱한다.

일라이자는 새어 나오는 촛불을 향해 고개를 까딱인다. "스미스 씨가 샘블스 거리에서 양초를 만들거든. 어마어마한 양초 값 대신 딸 한 명을 입학시키기로 교장이랑 합의한 거지. 적어도 들리는 얘기로는 그래."

"양쪽 모두에게 아주 실용적인 방법이네." 리스터가 말한다.

"자, 또 누가 빠졌지? 더블룸을 쓰는 저학년 중에는 유명한 요크 회사의 메리 스완이 있고……."

"우리 고모들이 그 집 사람들이랑 친해." 리스터가 고개를 끄덕이며 말한다. "여기는 은행가 딸이 정말 많다."

"스완 꼬마랑 친한 애가 테이트 사감의 딸 일라이자 앤이야. 조심해. 일라이자 앤이 몰래 귀를 펄럭이고 다니면서 자기 이모한테 소문을 물어다 주니까."

"엄마가 아니라?"

"테이트 사감이 할 수 있는 일이라고 해 봐야 하그레이브 교장한테 보고하는 것뿐이야. 그래서 그애는 곧장 왕좌로 달려가는 쪽을 선호해."

"이 자매는 마사랑 메리지? 한 명이 하도 집안 문제로 호들갑을 떨어서 다른 한 명이 더 고차원적인 생각을 할 수 있는 것 같더라."

리스터는 일라이자의 다홍색 포켓케이스를 어루만지고 있다. 덮개가 여럿 달렸고 그 아래 가늘고 긴 구멍에는 편지와 지폐가 꽂혀 있다. "이건 인도에서 가져온 거야?"

일라이자가 고개를 젓는다. "모로코 당나귀 가죽이야. 집중해."

"나는 동시에 여러 가지를 생각할 수 있어. 여자 포켓케이스 중에 재질이 천이 아닌 건 처음 봐."

---

14) 영어로 머시mercy는 자비라는 뜻이 있다.

일라이자는 하얀 방에서 누가 자는지 기억해 내려고 애를 쓴다. 버턴 자매 셋은 저학년 교사 로빈슨 선생님과 같은 방을 쓰는데, 이 방 이름은 알지 못한다.

리스터가 종이로 손을 뻗는다. "이게 다야?"

"거의."

일라이자는 다시 종이를 당겨 맨 위에 여교사 이름을 적는다. 테이트 선생님을 제외한 남교사는 매너에 살지 않으므로 그들의 이름은 적지 않는다. 통학생은 맨 밑에 성만 적는다. 그래야 명단이 완벽해진다.

일라이자가 언급한다. "통학생은 항상 자기가 우월하다는 듯이 행동해. 자기는 세상을 드나드니까. 하지만 우리는 오히려 개들이 외부인이라서 아주 싫어해."

리스터가 싱긋 웃는다. "도와줘서 고마워, 레인. 아, 나도 추가해야지."

슬로프. 일라이자가 작은 공간에 적는다. 이제 이 다락을 이렇게 부른다면 말이다. 리스터 양, 마켓웨이턴.

리스터가 그걸 읽으며 얼굴을 살짝 찌푸린다. "시브던 저택 얘기가 새빨간 거짓말은 아니었어. 거기는 내 마음의 고향이야."

그녀가 목록을 집어 든다. "아, 네 이름을 깜빡했잖아."

일라이자는 종이를 다시 받아 E. 레인이라고 적는다. 그러고는 양(孃)으로 마무리하지 않은 것을 후회한다. 더핀 가족이 있으니 집은 요크라고 기록할 수 있다. 이건 정당하다. 박사는 윌리엄 레인과 함께 인도에서 일한 아일랜드인이고 아내는 영국인 부모 아래 인도에서 태어났지만, 더핀 부부는 미클게이트 거리에서 품위 있게 늙어 가는 다른 부부들만큼 철저히 영국인 같은 인상을 풍긴다. 일라이자는 결국 집을 쓰는 자리에 인도라고 적는다. 그런 다음 망설이다가 추가로 과거라는 말을 적어 넣는다.

토요일은 식당에서 식탁을 모두 양옆으로 밀고 학생들을 세워 둔 채 '평가와 결과'를 진행하는 날이다.

하그레이브 교장이 뒤쪽까지 거뜬히 낭랑한 목소리를 보낸다. "이 매너는

7세기 동안 은둔과 학업의 장소였습니다. 80여 년 전 우리 어머니의 부모님께서는 다음 세대를 구성하는 성스러운 책임에 걸맞도록 아내와 어머니들을 길러 내기 위해 이곳에 학교를 세우셨어요. 여자가 교육을 받기에 이 얼마나 영광스러운 시대인가요!"교장은 잠시 멈추고 자매를 향해 환히 미소 짓는다. "집에서 무지하게 지내던 수많은 여자가 이제는 교육기관에 들어가게 됐어요. 그중에서도 우리 매너는, 자랑이 아니라, 이 땅에서 손꼽히는 명성을 떨치고 있죠."

"북부에서는 단연 최고고요."테이트 사감이 중얼거린다.

하그레이브 교장의 말투가 근엄해진다. "하지만 여러분이 자기 자신과 이름에 걸맞지 않은 비열한 행동을 한다면, 그건 우리의 신성한 전통을 배신하는 거예요. 그러니 우리는 여러분이 모든 열정을 잘 통제하도록 부드러운 방식으로 가르치며 여러분의 잘못을 억제해야만 해요."

여기서 교장은 항상 자신이 여러 차례 목격한 안타까운 악행을 언급한다. 이번 주엔 신나서 떠드는 행위와 논쟁, 그리고 불결이 포함된다.(일라이자는 교장이 외설적 언어 사용을 질타하는지 매너 쇼어에서 이어지는 진흙 발자국이 발견되는 사태를 개탄하는지 알 수가 없다.) 하그레이브 교장은 고학년, 중학년, 저학년을 차례로 불러 교사 식탁 앞에 한 명씩 줄을 세운다.

로빈슨 선생님은 꽃다발을 들고 있다. 일라이자 눈에는 마리골드와 아욱, 서양체꽃과 솔나물처럼 보인다. 열정적인 저학년들은 항상 로빈슨 선생님에게 꽃을 가져다준다. 단지 선생님이 늙지도, 평범하지도, 괴팍하지도 않다는 이유에서다. 이 저학년 교사는 서법부터 체조까지 모든 과목을 가르쳐야 한다. 그러면서 짬짬이 시를 쓴다는 소문도 있다.

창백한 비커스 선생님은 이 모든 활동이 품위 없다고 생각하는지 어느 때보다 굳은 표정을 짓고 있다. 그녀는 모든 고학년이 기억할 정도로 오랫동안 매너에서 학생을 가르쳤다. 그리고 다른 기회가 왔다면 오래전 떠났을 거라는 사실을 애써 숨기지도 않는다.

"벌점을 받았니?"테이트 사감이 안타깝다는 말투로 제인의 친구 헤티에게 묻는다.

"욕심 벌점을 1점 받았어요." 헤티가 뺨을 붉히며 고백한다.

아무리 자신감 넘치는 학생이라도 전교생 앞에서 잘못을 고백해야 한다면 창피할 것이다. 일라이자는 컵을 떨어트리거나 자세가 구부정했다고만 고백할 때도 어쩔 수 없이 눈물이 고인다. 다행히 오늘은 대답할 차례가 오면 벌점을 1점도 안 받았다고 말할 수 있다.

교사는 자신이 일주일 동안 준 벌점을 모두 기억할 수 있을까? 일라이자는 문득 궁금해진다. 수업과 식사가 끝날 때마다 개인 수첩에 기록해 두나? 일단 비커스 선생님은 절대 그런 수고를 감수할 사람이 아니다. 그렇다면 잘못을 줄여서 보고할 수도 있을 것이다. 물론 그건 도박이다. 걸리면 빼먹은 항목마다 1점씩 기만 벌점을 받을 것이다.

리스터는 오늘 벌점 4점을 받지만, 뛰어난 암기력으로 수업 시간에 같은 점수의 상점을 받아 벌점을 상쇄한다. 대부분의 학생은 벌칙을 먼저 받은 뒤 혜택을 즐기는 쪽을 선호한다. 어느 토요일 일라이자가 바른 몸가짐 점수를 받았을 때는 혜택이 그레이비소스였다. 일라이자는 그레이비소스를 특별히 좋아하지는 않지만, 매일 저녁 자리에서 일어나 규칙에 따라 '그레이비소스를 먹겠어요'라고 외칠 때마다 휘몰아치는 전율을 느꼈다.

오늘은 학생 다섯 명이 쫓겨나 불명예의 상징으로 식당 구석을 바라보고 선다. 그중 한 명은 무언가 딸랑거리는 광대 모자를 쓰고, 다른 한 명은 허영 가면(퉁퉁 부은 빨간 입술과 진하게 화장한 얼굴이 일라이자에게 공포감을 안겨 준다)을 쓴다. 버턴 자매 둘째는 생강케이크를 다시 가져다 달라고 식모들에게 뇌물을 주다가 들켜 빨간 천으로 돌돌 말아 만든 커다란 삼각형 모형 '거짓말쟁이 혀'를 가슴 앞에 늘어뜨린다. 중학년 중에는 낸이 부주의 벌점 5점을 만회하기 위해 당나귀 귀를 착용하고 매너에 있는 모든 등피[15]를 닦아야 한다. 베티는 거리에서 장교들과 손을 흔들며 인사를 나눈 죄로 허리띠를 빼앗긴다. 그녀는 자신의 초록색 리본과 저학년의 유치한 파란색

---

15) 등불이 꺼지지 않도록 바람을 막고 불빛을 밝게 하기 위하여 남포등에 씌우는 유리로 만든 물건.

리본을 교환해야만 한다. 논쟁 벌점 2점을 받은 마거릿은 초록색 허리띠 위에 검은색 불평꾼 띠를 차고 모든 교사를 차례로 찾아가 자신의 성격에 관해 평가를 듣는다. 그녀는 벌칙을 잘 수행하지만, 끝날 때쯤엔 아랫입술이 씹혀 완전히 헐어 버린 것처럼 보인다. 마침내, 불명예 벌칙을 수행 중인 학생을 제외한 모두가 반일 휴가를 얻는다. 그렇게 중학년과 고학년은 담당 교사 없이 전원 지역으로 훌쩍 떠난다.

지금쯤 수확물은 대부분 잔뜩 쌓였다. 하지만 남자들은 여전히 허리를 숙인 채 계속해서 낫을 휘두르고 있다. 산울타리에서 개장미가 빨갛게 꽃을 피우고, 토끼 한 마리가 일라이자 앞으로 길을 가로질러 달려간다. 리스터가 울타리 계단을 넘어 일라이자에게 도움의 손길을 내민다. 리스터의 손가락은 조금 거칠고 매우 강하다.

리스터가 말한다. "나는 걷는 걸 너무나 좋아해."

"정말 잘 걷는구나." 일라이자가 말한다.

"내 말이 그 말이야. 나는 책을 읽는 것만큼이나 절실히 여기저기를 돌아다녀야 해."

일라이자는 보통 지금의 베티와 마거릿처럼 프랜시스와 팔짱을 끼고 걷는다. 하지만 프랜시스는 훨씬 뒤에서 낸, 페니와 대화를 나누고 있다. 소외감을 느꼈을까? 일라이자와 프랜시스는 리스터가 학교에 온 이후 서로 코빼기도 보지 못했다. 너랑 신입생, 짝짜꿍이 잘 맞는다. 어제 낸이 말했다. 일라이자는 그게 비난하는 말인지 한참을 고민하다가 대답을 잊어버렸다.

저 앞에서 제인 언니가 친구와 팔짱을 낀 채 산책을 하고 있다. 헤티는 한 나무에서 댐슨 자두를, 다른 나무에서 그린게이지 자두를 땄다. 암청색 빌베리와 화이트커런트도 함께 들고 있다.

오두막 밖에서 지푸라기를 꼬아 챙 넓은 모자를 만들고 있는 노부부를 줄줄이 지나며, 일라이자는 여름이 거의 끝났음에도 모자를 하나 사고 싶다는 충동을 느낀다.

"아주 소박하고 매력적이야." 일라이자가 모브 캡[16] 위로 모자를 써 보는 사이 베티가 외친다.

은근히 조롱하는 말투지만 일라이자는 모르는 척한다. "고마워."

그녀는 고래수염 뼈대가 깨지지 않도록 조심스레 우산을 내려 접은 뒤 단추를 채운다. 그러고는 걸어가면서 리본을 잡고 우산을 달랑달랑 흔든다. 벗어 버린 보닛도 옆에서 함께 달랑거린다.

"내가 들어 줄게." 리스터가 우산을 낚아챈다.

느릿느릿 움직이는 양 떼가 길을 막고 있다. 리스터는 모두 뒤로 돌아 표지판을 따라 뉴이어스윅 쪽으로 가자고 제안한다. 늦여름 태양이 내리쬐는 곳에서 헤더 꽃이 하얗게 빛난다.

"적어도 양은 이동 중에 먹을 수나 있지. 소몰이꾼은 가다가 멈춰서 소가 풀을 뜯게 해야 해."

"또 아는 척이다." 일라이자가 놀린다.

"너는 이런 거 별로 알고 싶지 않나 봐." 리스터는 노란 꽃이 점점이 박힌 가시금작화에 우산을 휘두른다.

일라이자가 바로잡는다. "알고 싶어 한다는 것 **자체를** 몰랐어."

이제 두 사람은 다른 아이들보다 한참을 앞서 있다. 리스터가 거의 35킬로미터씩 걸을 수 있다는 옛이야기에 나오는 장화를 신은 것처럼 움직이기 때문이다.

"오늘 아침에 한 평가……." 리스터가 또다시 갑작스레 주제를 바꾼다.

"그게 왜?"

"그렇게 망신을 주는 것보단 채찍질이 더 친절한 행동이겠어. 사람을 구경거리로 만들어 서로를 하찮은 존재로 보게 하려는 것 같아."

일라이자는 공정해지려고 노력한다. "규칙을 지키는 일이 그렇게 어렵지는 않아."

리스터가 무례한 소리를 낸다. 학교 안이라면 분명 부적절한 행위 벌점을 받을 것이다.

---

16) 18~19세기 여성들이 실내에서 쓰던 모자.

일라이자는 토트넘 학교를 떠올린다. 거기서는 눈을 뜨고, 말하고, 먹고, 싸고, 앉고, 일어나고, 걷고, 자는 모든 행동에 일일이 허락을 구해야 했다. 가끔은 허락을 상으로 받아야 했다. 마드라스에서 온 아이는 마치 무용수처럼 일과를 달달 외웠다. 거기에 비하면 매너는 나쁘기로는 절반에도 못 미치는 곳이다.

"대신 최악의 경우엔 퇴학을 당할 수도 있어. 그쪽이 더 나을 것 같아? 작년에는 고학년 한 명이 하룻밤 사이에 사라졌다고."

"혹시 선량한 두 자매가 그 학생을 깔개로 말아 우즈강에 던져 버렸을까?"

일라이자가 리스터를 향해 얼굴을 찌푸린다. "그애는 밤에 몰래 나가 남자를 만났어."

"**만났다라**……. 대화를 나눈 건가? 아니면 더 심각한 일?"

리스터가 일라이자의 우산 끝으로 무른 땅에 콕콕 구멍을 낸다.

"그만해."

리스터는 커다란 나뭇잎에 우산 끝을 닦는다.

"퇴학당한 학생은 요크셔 출신이었어?"

"런던. 그러면 뭐가 달라져?"

"가족이 저 멀리 남쪽에 있으면 그런 일을 얼버무릴 수 있잖아." 리스터가 확신에 차서 말한다.

"그렇게 생각해?"

"그애 가족은 아마 학교에 일이 생겨서 문을 닫았다고 지인들한테 말했을 거야."

"아니면 지금까지 딸을 다락에 가둬 놨거나." 일라이자가 암울하게 말한다. 그러고는 덧붙인다. "나는 갈 데도 없을 거야."

"아니야, 레인. 너희 더핀 박사님이 분명……."

"후견인은 아버지랑 달라."

리스터가 일라이자의 얼굴을 유심히 살핀다. "엄한 분이셔?"

"그냥 화가 좀 많으셔."

"매주 한 번씩 저녁 식사에 초대받지?"

"2주에 한 번."

일라이자는 미클게이트 거리에 사는 더핀 가족을 어떻게 설명할지 고민한다. "더핀 부부는 길 잃은 양들을 모아." 그녀도 이유는 확실히 알 수가 없다. 어린아이의 존재가 종종 박사의 신경을 건드리는 것처럼 보이기 때문이다. "박사님의 아일랜드 조카들도 찾아오고, 교구 신부 딸 마시 양도 항상 부산스럽게 드나들고, 예전에는 다른 인도 아이도 후견했고……."

사랑하는 애나 마리아 몽고메리, 아니, 이제는 제임스 부인. 지난 10월 더핀 부부 별장에서 결혼한 이후 애나는 일라이자에게 거의 잃어버린 자매가 되었다. 요크에서 8킬로미터 떨어진 곳에 정착했지만, 마치 8000킬로미터는 되는 듯하다. 최근에 아들을 낳았는데, 산모와 아이 모두 무사하기는 하지만, 더핀 부인의 말에 따르면 얼굴이 너무 창백해서 거의 알아보지도 못할 정도라고 한다.

두 사람의 속도가 느려진 모양이다. 어느새 나머지 중학년들이 둘을 따라잡아 바로 뒤에서 수다를 떨고 있다.

리스터가 몸을 휙 돌린다. "프랜시스 셸비, 너 네 몸에 종이처럼 글을 쓰는 은밀한 재능이 있다며?"

다른 아이들이 웃음을 터트린다. 프랜시스는 크림색 머리카락 뿌리까지 벌겋게 달아올라 일라이자를 향해 매섭게 눈을 흘긴다.

일라이자는 자신이 프랜시스를 놀렸다고 프랜시스가 지레짐작할까 봐 걱정을 한다.

프랜시스가 인정한다. "특이한 능력이지. 우리 아빠 말로는 엄마도 같은 재능이 있었대."

리스터가 보여 달라고 하자 프랜시스는 한쪽 소매를 걷어 길고 하얀 팔뚝을 드러낸 뒤 리스터에게 손톱으로 써 보라고 한다. "이상한 말은 쓰지 마."

"가만히 있어."

프랜시스는 자국이 나타나는 걸 보려고 목을 길게 뺀다. 리스터가 프랜시스의 손목을 놓아준다. 일라이자는 글자를 보러 더 가까이 다가간다. 흐르는 듯한 빨간 글씨로 이렇게 적혀 있다. **인간 종이.**

"너 정말 굉장하다. 중세 암흑기에는 이런 걸 악마의 표식이라고 불렀어." 리스터가 말한다.

"아니면 신이 성자를 선택했다고 하거나." 일라이자가 방어하듯이 끼어든다.

"아파?" 리스터가 묻는다.

"그냥 좀 간지러워." 프랜시스가 안심시킨다.

뒤이어 중학년 모두가 뭔가를 쓰거나 그리게 해 달라고 졸라 댄다. 결국 프랜시스의 양팔은 선원의 팔처럼 낙서투성이가 된다.

8월의 어느 밝은 아침, 잠에서 깬 일라이자는 1미터도 안 되는 거리에서 리스터의 작은 눈꺼풀을 바라본다. 다른 아이와 달라 보이지만 그렇다고 손가락을 대 볼 수는 없다. 이 좁은 얼굴은 어렴풋이 어떤 동물을 떠오르게 한다. 수달? 족제비?

물처럼 파란 눈이 깜빡깜빡 떠진다. "맙소사, 이번에도 정말 끔찍했어. 이 깃털 침대 말이야!" 리스터가 갑자기 몸을 비틀자 바퀴 달린 침대가 기울어진다. "이렇게 삐죽삐죽한 침대에서 자기는 난생처음이야. 도대체 어떤 형편없는 오리가 이런 깃대를 내준 걸까?"

"우리는 닭이라고 의심하고 있어." 일라이자도 일어나 앉는다. "잘 털지 않으면 깃털이 엉겨 붙어서 냄새가 나." 일라이자는 아래쪽 줄무늬 매트리스에서 토퍼를 벗겨 톡톡 두드리며 덩어리를 푸는 방법을 알려 준다. "내 침대 발치에 걸쳐 놔." 일라이자가 권한다. 리스터의 침대는 난간이 없어 그냥 상자처럼 보인다.

"분명 효과는 별로 없을 거야."

"다음에 날이 맑을 때 하녀들이 창밖에 매달아서 제대로 말려 줄 거야."

일라이자의 침대 끝에 매트리스 두 개가 모두 걸쳐진다. 리스터는 마지막으로 한 번 더 자기 매트리스에 주먹을 휘두른다. 천의 구멍으로 작은 깃털들이 빠져나와 사방으로 날리자 리스터가 재채기를 한다.

"이 '명성 높은 학교'는 사실 엉터리야."

일라이자가 빤히 쳐다본다.

"2세기 동안 회반죽 한번 안 바른 허름한 셋방에 학생을 재우고 있잖아." 리스터가 지적한다.

"중요한 것은 실내 장식이 아니라 학습이야."

코웃음. "그게 진짜 사기지."

아래층에서 종소리가 들린다.

리스터가 벽을 향해 엄지를 까딱인다. "도서관이라고 해 봐야 고작 수납실 크기고, 거기 있는 유일한 책장에는 교과서와 설교집, 100년이나 돼서 책등이 갈라진 『스펙테이터』 간행물 모음집 한 권밖에 없잖아! 여느 가정학교처럼 읽고 쓰고 계산하고 남편감을 낚아채는 데 도움이 될 주름 장식 몇 개를 다는 법 말고 우리가 뭘 배우고 있느냔 말이야. 마구잡이에 피상적이고 너무나 따분해. 옛날 책 몇 구절을 무작위로 우리 머릿속에 주입하거나, 다리를 꼬지 말라고 야단이나 치고 있어. 나는 이런 걸 교육이라고 부르지 않아."

불안감이 신물처럼 일라이자의 목을 타고 올라온다.

리스터가 자신의 간이침대에 털썩 주저앉는다. "그렇다고 다른 여학교가 훨씬 낫다는 말은 아니야. 수많은 여자가 시시하고 하찮은 삶을 영위하는 게 어찌 보면 당연한 거지."

일라이자는 묘하게 방어적인 마음이 든다. 매너는 그녀가 유일하게 집이라고 할 만한 장소다. "그렇게 **따분**하면 리스터 대령님한테 편지를 써서 너를 데려가 달라고 말씀드려."

리스터가 숨을 흥 하고 내뿜는다. "이번에는 최선을 다해 보기로 아빠랑 약속했어. 안 그러면 30기니를 버리는 꼴이 되니까."

리스터는 그 돈이 1년 치 숙식비와 기본 수업료밖에 안 된다는 사실을 모르는 것 같다. 교양 과목 수업료, 가구, 석탄과 양초, 깃펜과 습자 책 사용비, 빨래와 수선비가 포함되지 않은 금액이다.

"게다가 내가 농장에 있으면 엄마가 나 때문에 술을 마시지."

고음의 희극적 말투. 일라이자는 리스터가 나중에 이 말을 부정할지도 모

74

른다고 추측한다. 이제 이 아이가 하는 말의 행간을 읽기 시작했다.

"이리 와. 종소리가 멈췄어." 일라이자가 말한다.

둘은 작은 거울 앞에서 머리를 정돈한다. 일라이자의 앞머리 곱슬기는 거의 그대로 남아 있다. 하지만 리스터는 집게손가락으로 돌돌 말며 머리카락을 못살게 굴어야 한다.

"머리를 푸딩처럼 감싸고 곱슬머리 1센티미터만 앞으로 삐죽 내미는 관습은 도대체 왜 생긴 걸까?"

"내 말이." 일라이자가 중얼거린다.

"내가 뒤에서 단추 잠가 줄까, 레인?"

"부탁해."

일라이자는 왜 자신이 방을 혼자 쓰기를 더 좋아한다고 생각했는지 더 이상 기억이 나지 않는다.

무용 수업이 끝나고 뒷계단으로 내려가면서 리스터가 말한다. "선생님도 나처럼 이 수업이 가망 없다고 생각하신 것 같아."

일라이자가 미소 짓는다. "테이트 선생님이 원래 좀 그래."

"뭐야, 항상 구석에 앉아서 양손으로 머리를 감싸고 있는 거야?"

"항상은 아니고. 기분이 안 좋은 날."

"처음에 나는 그 사람이⋯⋯." 리스터가 보이지 않는 유리잔을 입술 쪽으로 기울인다.

일라이자가 고개를 젓는다. "그냥 우울감에 빠진 거야."

"우리 테이트 사감이랑 가족 관계야?"

"남편이야." 일라이자가 목소리를 낮춘다. "그런데 사감은 폭군같이 굴지 않고 그냥 걱정이 좀 많아 보여. 그러니까 남편의 상태 때문에 괴로워한다고 할 수는 없겠지?"

"결혼 생활에는 꼭 어두운 수수께끼가 있다니까." 리스터가 몸을 떨며 말한다.

"두 사람의 저학년 딸 일라이자 앤은 아빠가 어떤 사람이냐는 질문을 받으면 그냥 감성적이라고만 대답해."

리스터가 비웃는다. "나는 감정 기복이 심하고 항상 울적해하는 정신박약자를 참아 줄 수가 없어."

"너무 가혹해. 물에 떠서 헤엄치는 천성이 있다면 가라앉는 천성도 있는 법이야." 일라이자가 항변한다.

"재정난 때문에 그래." 마거릿이 뒤에서 너무 가까이 다가오는 바람에 두 사람은 깜짝 놀란다. "테이트 부부는 한때 마을의 여러 건물을 소유했어. 그런데 그걸 전부 팔아 버려야 했지. 그래서 지금 매너에서 지내는 거야."

"아, 빚 때문이구나. 그렇다면 비참할 만도 하지." 리스터가 말한다.

일라이자는 정말 그런지 확신이 서지 않는다.

프랑스어 수업이 끝난 뒤 리스터가 일라이자에게 다가와 교사의 이름을 묻는다.

"우리도 몰라." 일라이자가 고백한다.

"성도 모른다고?"

일라이자는 음산한 목소리로 말한다. "우리는 선생님이 프랑스에서 도망친 이후 자기 신분을 깊고 어두운 비밀로 간직해야 하는 처지라고 추측하고 있어."

"아, 가문의 오점 같은 건가?"

일라이자는 모르는 단어가 나오면 아예 무시해 버린다. "어쩌면 단두대 처형을 피해 도망친 엄청난 귀족일지도 몰라."

"신분이 드러나면 요크의 어두운 골목에서 암살을 당할까?" 리스터가 묻는다.

"그만해. 정말로 도망쳤는지도 확실히는 몰라." 프랜시스가 분위기를 가라앉히며 지적한다.

"하지만 많은 사람이 도망쳤잖아." 일라이자가 주장한다.

마거릿이 고개를 끄덕인다. "내 사촌들이 그러는데 소호 지역은 난민으로 가득하대."

일라이자는 특이한 옷차림과 놀란 표정으로 알아차릴 수 있는 새로운 이주자를 거리에서 보면 찌릿한 동질감을 느끼며 일곱 살 때 배에서 내리던 기억을 떠올린다.

리스터가 일라이자의 마음을 읽은 듯이 말한다. "불쌍한 프랑스인. 생각해 봐. 우리가 살아 있는 동안 전쟁이 계속 이어졌고 선생님은 아직도 여기에 갇혀 있잖아."

베티가 곱슬거리는 금색 앞머리를 손가락으로 돌돌 만다. "소름 돋는 점은 프랑스가 영국과 거의 **맞닿아 있다**는 거야."

리스터가 말한다. "도버에서 겨우 32킬로미터밖에 안 떨어져 있지. 어제자 《헤럴드》 신문에 따르면 불로뉴에 대기 중인 나폴레옹의 20만 대군이 바지선에 올라탈 준비를 하고 있대."

이 소식에 비명이 터져 나온다.

베티가 덧붙인다. "셰필드에서는 벽돌 가마에 피운 불을 봉화로 착각해서 한바탕 난리가 났지. 덕분에 우리 오빠들이 속한 의용대가 쓸데없이 동커스터로 진군을 했지."

베티는 형제들을 자랑할 기회를 절대 놓치지 않는다. 특히 소령인 큰오빠는 작년에 자기 중대원이 봉급 수령을 기다리지 않도록 전부 선지급해 줬다고 한다.

"하지만 프랑스가 쳐들어오면 우리가 완전히 박살 내 버릴 거야." 리스터가 주장한다.

옆방에서 첩자가 듣고 있을지도 모른다는 듯이 프랜시스가 속삭인다. "우리 아빠가 그러는데 프랑스는 풍차로 동력을 공급해 노를 젓는 거대한 뗏목을 만들고 있대."

리스터가 프랜시스를 안심시킨다. "우리 해군이 놈들의 바지선과 뗏목을 묵사발로 만들어 버릴 거야. 그리고 우리도 최후의 수단으로 해안을 지킬 거대한 탑 여든여덟 개를 짓고 있잖아."

"나폴레옹은 **날아서** 쳐들어올지도 몰라." 낸이 신음한다.

패니의 눈이 동그래진다. "어떻게 그럴 수가 있어, 낸?"

"피에 굶주린 프랑스인을 바구니에 싣고 이동하는 열기구 부대가 있다고 들었어."

리스터가 경멸하는 말투로 권위 있게 말한다. "이렇게 멀리는 절대 못 날아와. 더비서 산봉우리에서 가스주머니가 터져 버릴 거야."

"윈저까지만 오면 불쌍한 왕을 죽일 수 있어." 낸의 왼쪽 눈에서 눈물 한 방울이 떨어진다.

"그러면 우린 매일 프랑스어를 써야 할 거야." 패니가 흐느끼다시피 말한다.

이 아이들은 광란에 잘도 빠져든다.

"종 울린다." 일라이자가 지적한다.

매주 일요일 매너 학생은 더 질 좋은 흰색 치마를 입어도 된다. 필요하다면 캠브릭이나 비단 소재 옷을 입을 수도 있다. 성공회 신자가 아닌 학생 몇 명을 제외하고는 모두가 성 올리브 교회에 의무로 가야 한다. 가톨릭 신자는 바 수녀원에서 미사를 드리고, 감리교 신자는 새로 지은 화려한 교회로 간다. 장로교 신자는 그들의 오래된 교회로, 퀘이커 교도인 두 자매는 자기네 예배당으로 간다. 머시는 술집 위층에 있는 방에서 스미스 자매와 종일 시간을 보낸다. 아래층 술집에서는 옥외 변소의 내용물을 공업용으로 쓰기 위해 헐까지 운송하는 오물선 뱃사공이 예배를 진행한다.

예배가 끝나면 중학년은 자기들끼리 산책을 할 수 있다. 새로 만 리스터의 앞머리는 모브 캡 밖으로 빼꼼히 잘 나와 있지만, 주일용 치마는 평일용 치마와 전혀 다르지 않다. 일라이자는 리스터가 정말 옷에 신경을 안 쓰는지 아니면 그냥 속내를 잘 숨기는지 궁금해한다. 하지만 이 내용은 캐묻기에는 너무나 민감한 주제다.

부섬의 깔끔한 집들이 탁 트인 땅과 들판으로 바뀌고, 아이들은 15분 만에 클리프턴 녹지에 도착했다.

"사람한테 손 흔들고 있는 거야, 베티?" 리스터가 묻는다.

"흙무더기에 올라가 있는 미치광이들."

"저 길에 광기가 놓여 있구나." 마거릿이 손가락으로 가리키며 인용한다.

일라이자는 그 말이 셰익스피어의 희곡 문장인지 성경 구절인지 분간이 되지 않는다.

리스터가 안경을 벗어 치마에 닦는다.

일라이자는 여자들 머리가 옹기종기 모여 있는 쪽으로 고개를 까딱이며 말한다. 모두 매너 학생처럼 흰색 모자를 쓰고 있다. "저 벽 뒤에는 사설 정신병원이 있어. 봐, 정원 한가운데가 작은 언덕처럼 솟았지? 넘어갈 수 있을 정도로 벽에 가까이 가지 않고도 밖을 내다볼 수 있게 해 놓은 거야."

손 하나가 작은 백기처럼 위로 쑥 올라온다. 응답하는 건가? 중학년은 다 함께 손을 흔든다. 일라이자는 우산을 좌우로 기울이며 인사를 흉내 낸다.

"우리 매더 박사님이랑 벨컴이라는 정신과 의사가 소유주야." 마거릿이 말한다. 마거릿의 후견인이자 소비세 징수원인 매더 박사는 마을 사람 모두를 아는 듯하다.

"다들 얼굴이 정말 괴상해." 프랜시스가 슬픈 목소리로 중얼거린다.

"정신 질환으로 이목구비가 바뀌기도 할까?" 리스터가 눈을 가늘게 뜨고 멀리 보며 묻는다.

"글쎄……. 아마 이는 빠질 거야." 패니가 쌕쌕거리며 말한다.

"광증 때문에?" 리스터가 의심스러운 듯이 묻는다.

"양치질을 잘 안 할 테니까." 베티가 거든다.

일라이자는 가장 무기력할 때의 테이트 선생님을 떠올린다.

"어쩌면 이쑤시개를 못 쓰게 할지도 몰라. 서로를 찌를 수도 있으니까." 마거릿이 의견을 낸다.

낸이 말한다. "아니면 물지 못하도록 감시자가 이를 뽑아 버리나?"

패니와 프랜시스가 항의하듯 울부짖는다.

"우리 사촌 크로퍼드 여사는 엄니가 하마 같아." 일라이자가 말한다.

"어떻기에?" 베티가 묻는다.

일라이자는 오랫동안 아빠의 조카를 보지 못했다. 하지만 그런 얘기는 하지 않을 것이다. 게다가 준남작 남편과 별거 중이니 그렇게 자랑스러운 인맥이라고 할 수도 없다.

"약간 냄새가 나지."

"루인 선생님 이는 어떨까?" 마거릿이 궁금해한다.

"선생님 이에는 탄탄한 용수철이 달렸을 거야. 두 마디에 한 번씩 입 밖으로 튀어나오려고 하잖아." 리스터가 말한다.

패니가 뒤로 걸으며 정원에서 점점 줄어들고 있는 환자 무리를 바라본다. "그런데 정신착란은 치료할 수 있는 병 맞지?"

마거릿이 말한다. "당연하지. 저 사람들은 전부 경증 환자야. 옆집 남자들처럼 아직 회복 가능성이 있고 돈도 있는 여자들. **미쳐 날뛰는** 환자는 매더 박사님이랑 벨컴 박사님이 요크에 있는 다른 정신병원에서 엄격히 감시하고 계셔."

베티가 기억을 떠올린다. "조지왕은 우리가 태어나기도 전에 미쳤다가 치료를 받고 정신이 돌아오지 않았어?"

리스터가 말한다. "우리 큰아버지 말로는 다시 미쳐 버렸대. 요즘 불쌍한 폐하께서는 윈저성에 격리돼 계서. 말을 너무 많이 해서 입에 거품까지 문다나 봐. 그러면 젊은 하인이 위에 올라타 제압해야 하지."

"그런 얘기는 처음 듣는데." 베티가 말한다.

"당연히 정부는 인정하지 않으려고 하지. 특히나 전시에는 말이야. 적의 사기가 오를 수도 있으니까."

"우리가 나폴레옹을 이긴 거 아니었어?" 낸이 혼란스러워하며 묻는다.

"바다에서는 이겼지만 땅에서는 아직 아니야. 아직 한참 남았어." 리스터가 말한다.

"그 감미로운 노래 제목이 뭐더라? 어떤 미친 여자가 사슬을 덜거덕거린다는 노래 있잖아." 프랜시스가 기억하려고 애를 쓰며 얼굴을 찌푸린다.

일라이자는 뒤에 있는 클리프턴 녹지를 향해 고개를 끄덕인다. "저 불행한 사람들은 사슬에 묶이지는 않은 것 같아. 그냥 갇혀 있을 뿐이지."

"우리가 매일 밤 매너에 갇히는 것처럼?" 리스터가 묻는다.

기막힌 비유에 모두 웃음을 터트린다.

일라이자가 건조하게 덧붙인다. "그럼 저들과 우리의 가장 큰 차이점은 우리한테 이가 더 많다는 거겠네."

레인이 리스터에게,
1815년

사랑하는 리스터,

팡세 아 무아(Pensez à moi). 요즘 내 생각을 하기는 하니?

나는 수개월 전에 받았을 너의 마지막 편지를 찾아 내 소중한 편지 꾸러미를 계속 뒤지고 있어. 그런데 직원이 그걸 죄다 뒤섞어 놨나 봐.(자신들의 생각 없는 행동이 나한테 정신적 고통을 안겨 준다는 사실을 그들은 거의 알지 못해. 덕분에 이제 모든 이야기가 균열이 생기고 뒤죽박죽이 됐어.) 8년간 끊임없이 주고받던 편지가 이상하게도 갑자기 중단돼 버렸어. 정확히 말하면 네 쪽에서 끊겼지. 너를 탓하는 건 아니야. 이 눈물의 골짜기에선 아무런 악의도 없이 그저 우연히 길고 잔인한 침묵 같은 게 종종 시작되니까. 비난이 아니라 애정을 듬뿍 담아서 내 마음을 슬쩍 얘기해 볼게. 우리가 다시 편지를 주고받으면 나는 정말 감사할 거야. 편지는 혼란에 갇힌 이 아리아드네[17]가 어두운 미로를 더듬더듬 빠져나갈 때 너무나 자주 의지했던 가늘지만 강한 실 같은 존재거든.

솔직히 얘기할게. 너의 날카로운 눈을 피해 숨길 수 있는 건 없으니까. 네 소식을 간절히 듣고 싶어서 내 속마음을 종이에 털어놔. 수많은 취소선과

---

17) 그리스 신화에 나오는 미노스왕의 딸. 동굴 속에 있는 괴물 미노타우로스를 죽이기 위해 미로를 따라 들어가는 연인 테세우스를 위해 실을 쥐여주는 꾀를 낸다.

흐릿한 염분의 흔적 사이에서 네가 이 단어들을 알아볼 수 있기만 바랄 뿐이야. 너를 놀라게 할까 봐 망설여지지만……. 리스터, 난 지금 온전하지가 않아.

시간과 생각은 가장 강력한 슬픔도 길들인다. 나는 그렇게 배웠지. 하지만 많은 속담은 결국 거짓으로 판명돼. 내가 깨달은 바에 따르면 생각은 그저 슬픔을 더 깊이 갈아 넣으며 닳게 하고, 시간은 그걸 유리병에 담아 오래오래 보존하기만 해.

밤이 되면 심장이 너무나 욱신거려. 잠은 손이 닿지 않는 머나먼 기슭이야. 나는 서성이다가 뒤로 돌아 내 좁은 침대를 바라봐. 네가 일어나는 모습이 얼마나 생생히 눈앞에 펼쳐지는지, 여기 없는 사람이라는 사실이 거의 믿기지 않을 정도야. 하지만 두 손을 내미는 순간 넌 마치 유령처럼 흩어져 버리지. 기억은 즐거움을 주지만 한편으론 교활하기도 해. 그것이 뿜어내는 달빛 때문에 현실의 햇빛을 누릴 수가 없어. 아무래도 기억의 그림자 속에서 너무 오래 산 것 같아.

낮에는 열이 나고 몸이 처져서 거의 일어날 수가 없어. 식욕도 없어서 종일 물만 먹고 살아. 내 털실은 엉키고, 치맛자락 사이로 바늘도 잃어버려. 사회생활은 전혀 할 수가 없어. 이 집에 진짜 사회가 있기나 하다면 말이야. 더 거슬리는 세입자(여기선 우리를 이렇게 불러. 이곳에 있다는 굴욕감을 달래 주려고 고상한 완곡어법으로 표현한 거지)의 어리석은 행동에 웃어 보려고 노력해도 너와 함께 웃던 때를 떠올리면 괜히 더 우울해지기만 해. 여기도 매너만큼이나 사소한 규칙이 많은데 그런 불합리성을 비웃어 줄 너는 없으니까.

아주 잘함, 꽤 잘함, 잘 못함, 전혀 못함. 여기 우울의 파도가 밀려 들어와. 끈질기게 달라붙는 우울의 수증기를 떨쳐 내는 재주도 이제는 사라져 버렸어. 책이나 그림, 심지어 사랑하는 나의 자단목 피아노로도 불가능해. 새장을 열고 되새와 놀 기운도 없어. 내 마음은 영국박물관에 있는 미라처럼 붕대를 칭칭 감은 느낌이야. 습지를 헤치고 조금씩 나아가도 단단한 땅은 찾지를 못해.

시계가 끊임없이 째깍거려서 귀를 닫아 버리고 싶어. 우리에게 할당된 하루 편지 쓰기 시간은 왜 벌써 끝나 가는 걸까?

매더 박사님은 내가 회복할 가능성이 있다고 여전히 확신하시고, 벨컴 박사님은 이곳 클리프턴의 체제가 몸과 마음의 건강에 도움이 되도록 완벽하게 계획됐다고 안심시키셔. 하지만 나는 네 소식을 듣고 싶어 하는 열망으로 고문을 받는 기분이야, 리스터. 우리가 왜 헤어졌는지 도무지 이해가 안 가. 이해를 했더라도 아마 잊어버린 것 같아. 제발 편지 좀 써 줘. 방문해 달라는 것보다는 작은 부탁이잖아. 거절하지 않을 거지? 거절하지 못하겠지? 제발, 제발 여기로 와서 **감정 기복이 심하고 항상 울적해하는** 나를 구해 줘. 나의 황량한 영혼에 향유를 붓듯 현명하고 재치 있는 말을 쏟아부어 줘. 그러면 나도 이 비참한 상황을 받아들이려고 노력해 볼게. 너의 편지 한 장은 떠오르는 태양의 광선처럼 나의 땅을 되살리고 가장 푸르른 희망을 싹틔울 거야.

클라크슨 수간호사가 내 펜을 가지러 오고 있어. 나는 항의하지만, 수간호사는 늘 그렇듯 30분 이상 글을 쓰면 너무 무리

여자 친구들,
1805년 11월

연기 자욱한 어느 11월 저녁, 리스터가 초록 방 창문 밖으로 머리를 달랑거리고 있다.

"그러지 마." 머시가 애원한다.

"말해 봐, 머시. 오늘 밤 저 아래 거리에 있는 사람 중 누가 교장한테 우리가 창밖으로 몸을 내밀고 있었다고 말하겠어? 다들 훨씬 더 못된 짓을 꾸미고 있는데 말이야."

머시는 밧줄처럼 단단히 팔짱을 낀 채 얼굴을 찌푸리며 뒤로 물러선다.

지난여름이라면 이 까다로운 중학년은 동급생을 규칙 위반으로 신고했을 것이다. 하지만 이제는 아무도 리스터에게 저항하지 못한다. 리스터의 단짝은 일라이자지만, 이제는 모두가 습관처럼 그녀를 리스터라고 부른다.

가이 포크스의 날[18] 하루 전, 장난의 밤. 스톤게이트 거리 모퉁이에서 태어난 요크의 배신자는 내일 인형의 모습으로 불태워질 것이다. 동시에 터지는 폭죽은 정확히 200년 전 포크스와 가톨릭 공모자들이 터트리지 못한 폭탄을 상징한다. 이 쌀쌀한 가을밤에 매너 학생 수십 명은 왁자지껄한 분위기를 조금이나마 느끼기 위해 마을이 있는 동쪽으로 창문이 난 침실 하나

---

18) 1605년 11월 5일 영국에서 일어난 '화약 음모 사건'을 기념하는 날. 가이 포크스와 가톨릭 세력이 가톨릭교를 탄압한 제임스 1세와 의원들을 폭살하려다가 실패한 사건이다.

에 빽빽이 들어서 있다. 아이들은 아래층에 있는 테이트 사감이 머리 위 천장을 통해 부산스러운 발소리를 듣더라도 9시에 랜턴을 수거할 때까지 굳이 올라오지는 않기를 바라고 있다.

저 아래 건널목마다 놓인 타르 통에서 불길이 솟아오르고, 쨍그랑쨍그랑 냄비 부딪치는 소리가 거친 음악을 빚어낸다.

리스터가 갈망에 젖어 신음한다. "아, 저기에 있을 수만 있다면. 장난꾸러기 두 명이 가방을 매고 굴뚝을 오르려 하네. 연기를 피워서 저 집에 사는 사람들을 나오게 하려고……"

"끔찍해." 마거릿이 흥분한 목소리로 외친다.

"나라면 겁에 질려 얼어붙을 거야." 패니가 소매에 기침을 하며 말한다.(항상 아프다고 하소연하는 사람은 낸이지만, 겨울마다 폐가 안 좋아지는 쪽은 오히려 그녀의 친구다.)

일라이자가 인정한다. "나도. 특히나 이런 밤에는. 나쁜 사람이 고양이를 쫓고……"

"여자아이도 모욕하고." 낸이 덧붙인다.

"그늘마다 장난 요정이 숨어 있을지도 모르지." 패니가 덧붙인다.

"정말 장난 요정이 있다고 믿는 건 아니지, 패니?" 리스터가 놀린다.

패니는 대답하지 않고 그저 얼굴을 숨긴다.

낸이 고백한다. "나는 어두워지면 온갖 걱정에 시달려. 물약 수면제를 마시지 않으면 신경성 불면증으로 순교해 버릴 거야."

첫 번째 폭죽이 총알처럼 발사되자 리스터가 환성을 지른다.

머시가 경고한다. "너 때문에 위층에서 선생님이 내려오면 우리 전부 벌을……"

"안 받아." 마거릿이 머시를 안심시킨다. "그 끝내주는 소고기 스테이크 착색제 냄새 못 맡았어? 교사들이 다 같이 교장실에 모여 따뜻한 펀치를 마시고 있다는 데 1기니를 걸겠어."

이 말에 여기저기서 낄낄대는 소리가 들린다.

베티가 말한다. "물론 루인 선생님은 안 마실 거야. 건강에 좋은 수프만들이켜겠지."

"아니면 침을 먹거나."

"위가 놀라지 않도록 미지근하게 조금씩."

이제 빨간색 허리띠를 맨 파커 자매가 방으로 밀고 들어오며 중학년에게 창가 자리를 양보하라고 압박한다.

리스터가 일라이자에게 말한다. "작년 이맘때 나는 샘, 존이랑 같이 핼리팩스를 돌아다녔어. 펑키 랜턴을 흔들고, 문고리에 꿀을 바르고, 노커를 두드린 다음 도망치고……."

"네가 장난의 밤에 멋대로 날뛰도록 너희 가족이 내버려뒀다는 말을 우리더러 믿으라는 거야? 마치……." 베티가 말꼬리를 흐린다. 그녀가 선택하려는 표현은 너무나 모욕적이라 입 밖으로 꺼낼 수가 없다.

"펑키 랜턴은 뭐야?" 일라이자가 알고 싶어 한다.

리스터가 설명해 준다. "순무를 깎아 만든 랜턴이야. 필요하면 사탕무를 쓸 수도 있지. 한 번도 안 만들어 봤어?"

일라이자가 재미있어하며 묻는다. "채소를 조각하는 방법을 어느 학교에서 가르쳐 줬겠어?"

리스터는 그 말을 듣고 깜짝 놀란다. "내 생각에 학교는 바로 너의 영국이야."

"우와!" 더 많은 폭죽이 터지자 중학년이 소리를 지른다. 주황색 뜨거운 불꽃이 밤하늘에 흩뿌려진다.

마거릿이 노래를 시작한다.

진흙으로 잔뜩 뒤덮인 길
우리는 걸을 수가 없네.
그러니 그대의 두 팔로 나를 안아 들고
촛불을 꺼 주오, 내 사랑이여…….

남자가 두 팔로 **안아 들**면 어떤 기분이 들까? 일라이자는 궁금해한다. 불이 꺼진 뒤 찾아올 신선한 어둠, 뒤이어 따라올 말할 수 없는 비밀. 신혼 첫날밤 신부는 도대체 어떻게 용기를 낼까?

리스터가 묻는다. "〈베일리 양의 유령〉이라는 글리 합창곡 아는 사람? 불러 보자. 다들 금방 배울 거야."

핼리팩스의 용감한 대위
그는 시골 막사에 살았지.
그가 유혹한 아가씨가 어느 아침
자신의 가터로 목을 맸다네.

비난 섞인 야유가 터져 나온다. 가톨릭 신자인 파커 자매는 항의의 표시로 성호를 긋는다.

"유혹에 자살까지?" 머시가 금방이라도 튀어 오를 것 같은 목소리로 말한다.

리스터는 아이들을 밀치며 다시 창가로 간다. 그러더니 고개를 너무 멀리 내미는 바람에 밖으로 떨어지지 않도록 다른 아이들이 치맛자락을 붙잡아야 한다.

"저 재미있는 축제를 이 위에서만 보려니까 너무 감질나. 우리 모두가 라푼젤이 된 것 같아……."

한 시간 뒤 일라이자와 리스터는 리스터의 표현처럼 두 사람의 슬로프로 슬쩍 올라갔다. 그러고는 각자 이불 속에서 오들오들 떨고 있다. 한 방을 쓰는 학생은 추운 밤 온기를 나누기 위해 규칙을 어기고 껴안고 자기도 한다. 하지만 일라이자는 왠지 리스터와는 그럴 수 없을 것 같다는 느낌이 든다.

어둠 속에서 그녀는 여전히 탑에 갇힌 라푼젤을 떠올리고 있다.

"우리 아빠는 4년간 인도 감옥에 계셨어."(하인들이 아직 부엌에서 시끄럽게 술을 마시고 있으므로 굳이 목소리는 낮추지 않는다.)

리스터가 놀란다. "4년이라니! 어떤 전쟁이었는데?"

리스터는 윌리엄 레인이 어떤 죄로 수감됐는지 묻는 실수를 하지 않았다. 일라이자는 기뻐한다.

"우리 회사랑 남인도 마이소르 왕국 사이의 전쟁. 거기 통치자가 프랑스랑 동맹을 맺었거든."

"동인도회사 말하는 거야?"

"거기서 태어난 사람은 그냥 회사라고 불러. 세계 역사상 가장 강력한 회사니까. 화폐와 세금 제도도 따로 있고." 일라이자가 자랑한다.

더핀 박사에 따르면 회사는 런던의 작은 사무실에서 일하는 사무원 200명으로 구성돼 있고 외국에 주둔한 군인 15만 명의 지원을 받고 있다. **우리는 이미 인도의 3분의 2를 차지하고 있고 그곳의 군주들보다 더 훌륭한 통치를 하고 있어.** 하지만 일라이자가 하려던 말은 아빠의 포로 시절 이야기다.

"우리 군은 무시무시한 신무기를 마주하고 있었어. 마이소르의 전쟁 로켓."

"전쟁 로켓이 뭐야?"

"철관을 터트려서 수많은 칼을 수백 미터까지 날리는 무기야."

리스터가 휘파람을 분다.

일라이자가 말한다. "베일리 대령의 제국군이 산산조각 났어. 영국군과 토착민 병사들도 마찬가지고. 마이소르군은 몇 안 되는 생존자를 방갈로르 요새로 끌고 갔어. 거기에 아빠랑 다른 의사가 포함돼 있었지. 그 의사는 부상이 심해서 며칠 만에 죽어 버렸지만. 아빠 상처는 잘 아물었는데 그건 말 그대로 의학적 기적이었어."

"나는 불굴의 정신이 **존경스러워.**" 리스터가 말한다.

"너는 정말 남자로 태어나야 했다니까."

리스터는 작게 웃는다. "내가 생각해도 나는 정말 수수께끼야. 나를 만든 날 조물주 기분이 이상했나 봐. 어쩌면 내가 성별 간 연결 고리일지도 몰라."

일라이자는 이런 황당한 생각에 두 눈을 끔벅거린다. 도대체 누가 자신에 관해 그런 생각을 하고 입 밖으로 꺼낼 수 있단 말인가? 심지어 창피해하지도 않으면서 말이다. 이는 리스터가 이제 자신을 그만큼 믿게 되었다는 신호이리라. 일라이자는 스스로 되새긴다.

"너희 아버지는 어디를 다치셨어?"

"폴리루르라는 곳. 마드라스에서 내륙으로 더 들어가야 해." 일라이자가 말한다.

"아니, 몸의 어느 부위를 다치셨냐고."

"아, 말씀해 주신 적 없어." 윌리엄 레인은 자기 얘기를 잘 하지 않는 사람이었다. 질문을 받으면 과민하게 반응했다. "아빠는 다른 포로뿐 아니라 요새 사령관인 킬라다르의 가족도 치료하셨어. 킬라다르는 너무나 고마워하며 아빠의 족쇄를 풀어 줬지." 일라이자는 이 대목을 아주 높이 평가한다.

"족쇄가 풀리기 전까지 너희 아버지는 모든 게 끝이라고 생각하셨을 거야." 리스터가 말한다.

"그러셨을 것 같아. 마흔이 넘은 나이에 더러운 지하 감옥에서 고름을 흘리고 계셨으니까……."

일라이자는 마치 아빠 이야기가 어디로 흘러갈지 몰랐던 것처럼 이전과 전혀 다른 관점으로 이 문제를 바라본다. 그렇다. 아빠가 어떻게 절망을 물리칠 수 있었겠는가? 일라이자는 매너에서 삶은 생선 냄새가 진동을 하고 우울감이 문 아래 연기처럼 스멀스멀 들어오는 겨울날 오후에도 기운을 차리기 무척이나 힘들어한다. 만약 자유를 얻으리라는 희망이 거의 없는 족쇄 찬 포로 신세라면……. 자살이 최악의 죄일지라도 일라이자는 벽으로 고개를 돌려 음식을 거부해 버릴 것이다.

리스터가 말한다. "그런데 아무것도 보이지 않던 모퉁이를 돌자마자 완전히 다른 삶이 펼쳐진 거야. 인생이 어떻게 흘러갈지는 아무도 모른다는 사실을 증명한 셈이지."

일라이자는 어둠 속에서 고개를 끄덕인다. "건강과 번영이 함께하는 16년의 삶이 아빠를 기다리고 있었어." 사랑스러운 아내와 사랑스러운 빌라에서 함께하는 삶.

"그리고 두 딸도! 우리 아빠는 한 번도 포로로 잡힌 적이 없어. 하지만

70년대에 부상을 입으셨지. 혹시 보스턴이라는 도시에 대해 들어 봤어?"리스터가 묻는다.

일라이자는 못 들어 봤다는 말을 하고 싶지가 않다.

"원래 리스터 소위는 무기 회수를 명령받은 분견대의 일원이 아니었어. 그런데 어떤 겁쟁이 대위가 병에 걸린 척하며 에이브러햄을 속이는 바람에 아빠가 연대의 명예를 위해 자원한 거야."

"거기서 전투가 벌어졌어?"

리스터가 침대에서 벌떡 일어나자 침대 바퀴가 삐거덕거린다.

"벌어졌고말고! 콩코드라는 데서 용감한 영국군은 수적으로 열세에 있었어. 증원병을 요청했지만 거절당했지. 현재 병력이면 충분히 다리를 지킬 수 있다면서 말이야. 하지만 몰래 침투한 반란군은 영국 분견대를 **무참히** 공격했어. 우리 아빠는 미국인한테 다리를 넘기느니 차라리 무너트려 버리자고 제안했지. 그런데 첫 번째 판자를 끌어올리기도 전에 오른쪽 팔꿈치가 총알을 맞아 산산조각이 난 거야."

일라이자가 움찔한다.

"얼마나 혼란스러웠을지 상상해 봐. 불쌍한 영국군은 다리를 절고 피를 흘리며 보스턴까지 돌아갔어. 산울타리 뒤에서 끊임없이 날아오는 총알 세례를 받으면서 말이야."

"그럼 후퇴한 거야?"

"그게 명령이었으니까."리스터가 날카롭게 말한다. "우리 아빠는 어지러워서 말을 빌려 탔어. 또 다른 말은 부상병 한 명을 등에 싣고 양옆에 세 명을 더 매달아 이동했는데, 아빠가 말 옆을 지나는 순간 반란군 한 명이 녀석을 쏘아 죽인 거야. 그래서 아빠는 당연히 부상병에게 자기 말을 넘겨줬지. 아빠를 포함한 최후의 36인은 피를 뚝뚝 흘리며 24시간 만에 도합 100킬로미터를 행군했어."

"아버지 팔은? 팔을 잃으셨어?"일라이자가 묻는다.

"거의 잃을 뻔했어. 다음 반년을 고통 속에서 보냈지. 상처 부위를 두 번이나 열어 개암만 한 뼛조각을 여러 개 꺼내야 했으니까. 괴저를 막기 위해

하루 두 번 기나피 가루도 먹어야 했고." 리스터의 말투가 가벼워진다. "아빠는 항상 환자식 때문에 죽을 위험이 더 컸다고 말씀하셔. 고기 한 조각과 포도주 한 숟갈을 허락받아 먹고 나서야 마침내 회복되기 시작하셨지. 그런 다음 의병 제대를 하고 요크셔로 와서 예비역 대위가 되셨어."

차갑고 답답한 어둠 속에서 침묵이 뻗어 나간다.

일라이자가 말한다. "만약 그런 시기를 견디고 살아남지 못했다면 두 분은 우리 아빠가 되지 않았을 거야. 우리는 절대로…… 잉태되지 않았겠지."

성경에나 나올 법한 단어에 두 아이는 낄낄 웃는다.

리스터가 중얼거린다. "너도, 나도."

일라이자는 아빠가 자신과 제인에게 혈통을 알려 줬다는 점에서도 자신이 행운아라는 사실을 알고 있다. 아빠는 가명이 아니라 자신의 진짜 성을 딸에게 물려줬다. 이 자매는 어떤 경우에도 아빠를 비난할 수가 없다.

"나는 아빠가 **대부호**였냐는 질문이 정말 싫어. 마치 인도에 사는 영국인은 전부 발을 들이는 마을을 죄다 약탈하고 배에 동물 엄니와 다이아몬드를 잔뜩 실어 귀국한다는 듯이 말이야."

"그러면 의사는 어떻게 8000파운드를 버는데?"

일라이자는 눈을 깜빡인다. 리스터의 솔직한 질문은 항상 일라이자 안에서 비슷한 감정을 불러일으키는 듯하다.

"아무도 자세히 알려 주지는 않았어. 추측건대 회사 사람은 선물을 받고, 부업으로 상거래를 하기에도 좋은 위치에 있는 게 아닐까? 어쨌든 아빠는 호사를 누릴 만큼 오래 살지 못하셨어." 일라이자는 마지막 문장을 단호하게 덧붙인다.

"너는 몇 살이었어? 아빠가……."

"아홉 살."

"아빠를 잃어서 속상하겠다."

이 표현은 마치 일라이자가 아빠를 어딘가에 두고 잊어버렸다는 말처럼 들린다. 사실 일라이자와 제인이 윌리엄 레인을 진짜로 잃은 해는 그보다 이른 시기로, 3년 전이었다. 그날 아빠는 야자 껍질 섬유를 엮어 만든 작은 배에 어린 딸들을 태운 채 마드라스 모래톱을 지나 상어가 기다리는 끔찍한 쇄파[19]를 헤치고 나아갔다. 그렇게 두 딸을 킹 조지 호에 올려놓았다. 마치 소포처럼. 귀중히 다루긴 했지만 그래도 소포는 소포였다. 그날 들은 작별 인사는 일라이자가 아빠에게 들은 마지막 말이 되어 버렸다. 하지만 안타깝게도 일라이자는 그게 무슨 말이었는지 기억하지 못한다.

일라이자가 알고 싶어 하는 것이 한 가지 있다. 아빠는 딸들이 어느 정도 교육을 받고 성장하면 인도로 돌아오리라 기대했을까? 아니면 다시는 돌아오지 않으리라 생각했을까? 온전한 영국인이 되도록 딸들을 보내 버린 뒤 이제 할 일을 다 했다고 생각했을까?

일라이자가 리스터에게 말한다. "아빠는 휴가를 얻으셨어. 배를 타고 거의 아프리카 서쪽 끝에 있는 세인트헬레나섬까지 다다르셨지."

"그럼 너랑 재회하려고 항해 중이셨던 거야?"

일라이자는 망설인다. 자매가 지시받은 대로 아빠에게 보낸 편지에 답장은 하나도 오지 않았다. 자매는 아빠가 자기 일들을 어떻게 처리하려고 했는지 절대 알지 못할 것이다. 유언장을 통해 **사랑하는** 딸들에게 각각 거금 4000파운드씩을 지정해 물려주었다는 것을 알 뿐이다. 이 수사는 변호사가 제안한 상투적 문구일까? 아니면 윌리엄 레인이 직접 **사랑하는**이라고 적으라고 한 걸까?

리스터가 중얼거린다. "그럼 바다에 묻히셨겠구나. 뭔가 굉장히 숭고하게 느껴진다."

토트넘 학교에서 보낸 애도의 해에 관해 일라이자가 기억하는 건 옷이다. 버클 달린 신발과 검은색 상복.

"사실 나는 더핀 부부 집에 걸린 초상화를 통해서만 아빠를 상상할 수 있어." 일라이자가 고백한다. 칙칙한 정장 차림의 창백하고 둥근 얼굴. 상반신 초상화 양식으로 그려진 다른 신사와 거의 다를 바가 없다.

리스터가 깊어진 목소리로 암송한다.

---

19) 해안을 향해 부서지며 달려오는 큰 파도.

10미터 아래 물속에 누운 그대의 아버지,
그의 뼈는 산호로 만들어졌네.

일라이자는 그런 모습을 상상하며 충격을 받는다. 다홍색 산호로 이루어진 뼈대.
리스터가 덧붙여 설명한다. "『템페스트』야. 셰익스피어 작품 읽어 봤어?"
"아……. 소네트 몇 개만."
"희곡도 전부 다 읽어 봐. 이건 익사한 남자에 관한 요정의 노래 중 일부야." 리스터는 갑자기 다시 시구를 읊기 시작한다.

저 진주는 그의 눈이었으니,
그는 어떤 부분도 희미해지지 않으나,
무언가 화려하고 낯선 것으로
바다에 의해 변하는구나.

일라이자는 초상화 속의 윌리엄 레인이 바다에 의해 변한 모습을 상상해 본다. 이 비범한 젊은이는 끔찍한 것을 가져다가 짜릿한 경험으로 포장할 줄 안다. 이제 일라이자는 항상 남대서양 해저에 있는 잃어버린 아버지를 눈에 둥근 석류석을 끼운 채 어둠 속에서 희미하게 빛나는 청동 포세이돈으로, 보석으로 장식한 심해의 대부호로 생각할 것이다.

❖

겨울이 일찍 다가오는 관계로 매너에서는 달라진 복장 규정이 적용된다. 두꺼운 스타킹이 권장되고 속치마도 필요한 만큼 더 껴입는 것이 좋다. 맨 위에 입는 흰색 치마는 표백한 옥양목이나 삼베, 또는 리넨과 모의 교직물 소재가 허락된다.(하지만 군복을 만드는 데 쓰는 순모는 전쟁이 끝날 때까지 사용할 수 없다.) 일라이자는 짧은 스펜서재킷을 덧입어 단추를 잠그고 캐시

미어 숄을 걸치기를 좋아한다. 숄에서는 여전히 배에서 나방을 쫓는 데 쓰는 방향유 냄새가 흘러나온다.

교장 자매는 자신의 건강을 위해 각자 방에 불을 피운다. 하지만 젊은 여성의 경우, 서리가 식물을 더 강하게 만들 듯 추운 환경이 필요하다고 여겨진다. 리스터는 뼈에 붙은 살이 거의 없는데도 추위를 느끼지 않는다. 중학년이 정원 담장 밖에 있는 매너 쇼어에서 오락 시간을 보내기로 하면 일라이자는 자기 망토와 함께 안감을 댄 리스터의 망토까지 슬로프에서 가지고 내려온다. 그렇지 않으면 친구는 분명 망토가 필요 없다고 할 것이다. 혹시 리스터가 항상 움직이기 때문일까? 일라이자는 양손을 허리에 대고 선 채 발가락의 통통한 부분으로 깡충깡충 뛰거나, 한쪽 팔꿈치를 등 뒤로 축 늘어트린 채 의자에 앉아 몸을 비튼다. 그녀는 팔다리가 너무 많이 구부러진다. 여교사들은 그걸 보기 싫다고 표현한다. 다시 말해 '남자 같다'는 뜻이다.

리스터는 여전히 교사가 멀리 있어 소리를 들을 수 없을 때마다 휘파람을 분다. 음식도 배가 고플 때만 먹는다. 어떨 때는 거의 먹지 않고, 또 어떨 때는 마치 불을 지피듯이 먹는다. 책을 읽거나 바느질을 할 땐 안경을 벗어서 다른 사람 얼굴이 흐릿해지게 만든다. 테이트 사감이 랜턴을 가지러 오는 순간까지 불빛을 받으며 스타킹을 꿰매고 해어진 치맛단을 손본다. 수선하려면 소포로 보내야 하는데 그런 비용도 아끼려는 거다.

리스터는 너무나 활기가 넘쳐서 밤에도 잠을 자지 못한다. 종종 동 트기 몇 시간 전 일라이자가 반쯤 깨어 보면 병에 담긴 양초의 불빛으로 슬로프가 환하게 밝혀져 있고 룸메이트는 이국적 여행이나 축산학(알고 보면 이 단어는 '축복받는 출산'과 전혀 관련이 없다[20]), 또는 논리학에 관한 책에 푹 빠져 있다. 크레타인 철학자가 모든 크레타인은 거짓말쟁이라고 주장한다면, 그는 거짓말을 하고 있는 것인가? 리스터가 가장 좋아하는 시인은 기원전에 살았던 베르길리우스이고, 가장 좋아하는 베르길리우스 시구는 파타 보칸트

---

20) husbandry(축산학)와 husband(남편) 두 단어를 이용한 말장난.

(Fata vocant)이다. 리스터는 그것을 이렇게 번역한다. **운명이 부르고 있다.**

"그럼 우리는 무력하게 운명의 신 손바닥 안에만 있는 거야?" 일라이자는 어감이 마음에 들지 않는다.

리스터가 바로잡는다. "전혀 아니야. 부름을 받으면 대답해야 할 때도 있고 아닐 때도 있잖아. 그러니까 우리 운명도 스스로 정하는 거라고 할 수 있지."

리스터는 정확한 걸 좋아한다. 일라이자는 매력을 못 느끼는 특성이지만 리스터는 어차피 대체로 매력이 없다. 그녀는 수를 센다. 심지어 발걸음도 센다. 일라이자와 아침을 먹으러 서둘러 아래층으로 내려가면서 조용히 숫자를 중얼거린다. 소매에 있는 작은 수첩에는 편지가 며칠 만에 왔는지, 밤새 기온이 몇 도나 떨어졌는지를 기록한다.(기온은 사자와 유니콘으로 장식된 문 옆에 걸린 온도계로 잰다) 먼저 추정한 뒤 나중에 자신이 얼마나 정확했는지를 적어 두는 일도 좋아한다.

리스터도 부정하지 않을 것이다. 그녀는 특이한 존재가 되는 데 특이한 만족감을 느낀다. 일라이자는 리스터가 규칙을 어기고도 교묘히 빠져나가는 모습을 매일 목격한다. 감시를 피하거나, 뻔뻔스럽게 부인하거나, 교사가 인내심을 잃고 포기할 때까지 자신이 어떤 범주의 규칙을 어겼는지 변호사처럼 끝없이 논쟁을 벌인다. 자신감. 그게 리스터의 갑옷일까? 일라이자는 그녀가 거울 앞에서 마음에 안 드는 곱슬머리와 씨름하며 불안해하는 모습을 본 적이 있다. 하지만 리스터가 입을 열면 곧바로 유창한 언어가 흘러나와 일라이자의 기운을 다시 북돋아 준다. 물론 리스터가 모든 일을 잘하는 것은 아니다. 그림은 너무 빨리 그려서 정확하지 않고, 플루트 운지법은 어설프기 그지없다. 하지만 리스터는 모든 일에 흥미를 보이고 모든 걸 기억한다. 고학년 몇 명은 반쯤 조롱하듯이 리스터를 '리스터 사전' 또는 '학교의 솔로몬'이라고 부른다.

이제 일라이자는 확실히 **라라 아비스**가 아니다. 리스터 옆에선 평범한 참새일 뿐이다. 이 우정이 더할 나위 없이 반갑지만, 누릴 자격이 있는지는 모르겠다. 가끔은 한 가지 질문이 떠올라 괴롭기도 하다. 이 영재가 자신에게

96

바랄 게 뭐가 있겠는가?

쌀쌀한 아침, 회계 시간. 딱딱한 벤치에 일라이자의 뼈가 배긴다. 중학년은 작은 석판을 무릎에 올려놓고 계산을 하고 있다. 흰 치마에는 분필이 묻어도 보이지 않아서 다행이다. 로빈슨 선생님은 오늘 유독 힘들어 보인다. 헌신적인 저학년들이 선물한 국화 몇 송이가 옆에 놓인 병 안에서 축 늘어져 있다.

선생님이 읽는다. "암스테르담 상인이 런던 상인에게 642파운드를 빚지고, 이것을 개당 2실링씩 스페인 길더로 지불한다. 아니다, 이건 너무 어렵겠어."

리스터는 『청소년을 위해 쉽고 간단하게 쓴 산술 책』을 끝까지 휙휙 넘겨 본 뒤 일라이자의 귀에 대고 말한다. "이 책 전체에 여자가 한 명도 안 나와."

로빈슨 선생님이 커다란 칠판에 계산 문제를 적는다. 해외 전초 기지에 군인이 360명 있는데, 9개월 뒤 배로 식량이 다시 공급될 때까지 반년 치 식량으로만 버티려면 그중 몇 명을 돌려보내야 할까?

"남자가 하루에 얼마나 먹는지 내가 어떻게 알아?" 일라이자가 리스터에게 속삭이다.

"구체적인 수치는 필요 없어. 비율만 알면 되지."

"뭘 알면 된다고?"

물론 머시는 이미 계산을 절반이나 끝냈다. 머시의 석판이 네모난 숫자로 가득하다.

"360명이 각자 한 달 치 식량을 가득 채운 자루를 옮긴다고 상상해 봐." 리스터가 조언한다.

"그러면 썩지 않을까?"

"소금에 절인 소고기랑 건빵은 안 썩어. 이제 그 사람들이 여섯 자루씩을 들고 있어."

"어떻게 그래?"

"힘 센 영국군은 가능해." 리스터가 애국심이 느껴지는 목소리로 말한다.

"사담을 나누면 부주의 벌점을 받는다." 로빈슨 선생님이 중얼거린다.

머시가 바로잡는다. "부적절한 행위 벌점일 거예요."

"저희는 수학 얘기만 하고 있어요, 선생님." 리스터가 교사를 안심시킨다. 그러고는 일라이자의 귀에 대고 말한다. "그래서 자루가 몇 개나 보여?"

일라이자는 석판에서 360에 6을 곱한다. 2,160.

리스터가 이어 말한다. "하지만 지금 주둔군은 **아홉** 달을 버텨야 해. 매달 식량을 몇 자루 비우게 될까?"

일라이자는 9로 나눈다. "240개?"

"그건 몇 명한테 배급할 수 있지?"

"음…… 240명?"

"그럼 군인 360명 중에 몇 명을 보내야 할까?"

"120명."

리스터가 손가락을 튕기자 로빈슨 선생님이 노려본다.

"넌 이제 요새 전체를 다스릴 준비가 됐어." 리스터가 일라이자에게 속삭인다.

하지만 일라이자는 맨몸으로 쫓겨난 병사 120명이 앞으로 뭘 먹고 살지를 걱정한다.

수업이 끝난 뒤 리스터는 교실에 남아 천구의를 만지작거린다. 젊은 여성에게는 별이 필요하지 않다는 생각에 구석에 처박아 둔 물건이다. 일라이자는 리스터가 교사 의자 위로 올라가 석고 프리즈를 들여다보는 모습을 지켜본다. 당장이라도 누군가 들어와 그들을 발견할지도 모른다.

"내려와!"

하지만 리스터 눈에는 아직 세세한 무늬가 잘 보이지 않는다. 그래서 『아름다운 시 모음집』 세 권을 쌓아 밟고 올라간다. 범죄가 더 심각해졌다.

"석고 조각가가 나한테 말해 줬는데, 이게 헌팅던 백작의 문장이래. 엘리자베스 여왕 시대에 북부 의회에서 의장을 맡았던 사람이지."

"무슨 석고 조각가?" 일라이자가 혼란스러워하며 묻는다.

"울스턴홈 씨." 리스터는 매너의 금지 구역 중 한 곳이 있는 방향으로 고개를 까딱인다. 그러면서 화려한 석고 프리즈를 만진다.

일라이자는 리스터의 먼지투성이 옷단을 잡아당긴다. "이러다 점심시간에 늦겠어."

리스터가 읊조린다. "**인간은 빵만 먹고 살 수 없다.** 흠. 여기 곰 한 마리가 울퉁불퉁한 지팡이로 뭘 짚고 있는데, 저건 오렌지인가?"

"석류야." 일라이자가 바로잡는다.

"그거 전설 속 과일이지? 유니콘이나 그리핀처럼."

일라이자가 웃는다. "진짜 과일이야, 이 바보야. 마드라스에 있을 땐 모든 음식에 석류를 뿌려 먹었어. 루비처럼 광택이 나는 씨가 있거든."

아, 이 사이로 오도독 씹히는 그 시큼하고 달콤한 맛. 일라이자의 14년 인생 중 절반이 스르르 사라지고 그녀는 다시 입가에 빨간 얼룩을 묻힌 아이가 된다. 가마꾼 두 명이 어깨에 걸친 장대 아래에서 얇은 천으로 가린 가마가 흔들거린다.

리스터가 부러운 표정으로 가만히 내려다본다. "레인, 너는 이렇게 평범한 영국을 도대체 어떻게 견디는 거니?"

"처음 왔을 때 여기는 나한테 평범하기보다 이상한 곳이었어."

"하지만 지금은? 7년 동안 한 번도 석류 맛을 못 봤잖아."

일라이자는 어깨를 으쓱한다. "대신 갓 구운 케이크를 언제든 먹을 수 있지."

리스터는 책상으로, 마룻장으로, 염소처럼 폴짝폴짝 뛰어 내려온다. 그런 다음 맨 위에 쌓았던 『아름다운 시 모음집』에서 발자국을 툴툴 털어 낸다.

"이제 점심 먹으러 갈까?" 일리이자가 묻는다.

하지만 리스터는 의자를 들어 안뜰을 바라보는 창문 앞으로 옮겨 놓는다. 창문에 있는 다이아몬드 모양 판유리에는 매너 학생들이 몇 세대에 걸쳐 포로의 흔적을 남겨 놓았다.

"이 긁힌 자국 몇 개만 제대로 보고."

"리스터!"

리스터는 뒤꿈치를 들어 가장 높이 있는 글자를 읽는다. 더듬더듬. "내가

99

파리스였고 그곳에 센하우스 양이 있었다면 사과는…… 사과는 결코 비너스의 몫이 되지 않았을 것이다. 내니 라이트슨 씀. 아주 낭만적이군. 물론 몫은 틀린 글자지만 말이야." 리스터가 지적한다.

일라이자는 허리 높이에 있는 문구를 기억해 내고 손가락을 가져다 댄다. "이게 감동적이야. 올겨울에는 다른 연극을 보러 가도록 귀부인이 허락해 주시면 좋겠다." 일라이자가 소리 내 읽는다. "지난 세기에는 모든 교사를 귀부인이라고 불렀을까?"

"우리는 왜 극장에 안 가?"

"네가 하그레이브 교장 선생님한테 제안해 봐."

"내가 왜?"

"너처럼 뻔뻔한 학생은 없으니까, 리스터."

"이 학교에 아무도 없어?"

"아마 전 세계에 없을걸."

리스터는 활짝 웃는다.

그녀가 판유리 하나를 톡톡 두드린다. "봐, 호칭이 있어. 1786년, 크리스티나 엘리자베스 키스 여사가 매너에 왔다."

"이 학교는 확실히 그 시대 이후로 세계적이던 명성이 많이 떨어졌어."

일라이자는 납으로 창살을 친 유리 새장에 처음으로 글을 새긴 용감한 학생이 누구였는지 궁금해한다.

그녀가 걱정스럽게 말한다. "엄청 어린 학생도 있었어. 봐. M 보이스는 다섯 살에 매너로 왔다. 그렇게 어린 아이치고 글씨가 정말 훌륭해."

리스터가 읽는다. "나는 파커와 워커를 사랑한다. A M 아미티지. 아, 이 아미티지는 준남작일 거야. 이 가문 사람 몇 명이 요크의 하원의원이었잖아. 맞지?"

일라이자는 이 문구에 새겨진 어린 파커 양이 고학년 파커 자매의 늙은 고모인지 궁금해한다. 파커와 워커는 아미티지 양의 교사였을까, 친구였을까?

"다들 이렇게나 애정이 열렬하다니!" 이 글들을 보면 바로 그런 애정이 학교생활을 견딜 수 있게 해 준 유일한 지지대였던 것 같다.

"내가 더 사랑하는 사람은 그린 양이지, 미……. 이 글은 여기서 끊겨. 글자를 새기다가 방해를 받았나 봐." 리스터가 추측한다.

"굳이 덜 사랑하는 사람의 이름을 써넣어서 적을 만들지 않기로 했거나. 아, 네가 재미있어할 문구가 있어." 일라이자는 눈을 가늘게 뜨고 허리를 숙여 해당 문구를 찾는다. "모든 남자를 피해라. E.T."

리스터는 폭소를 터트린다. 그러고는 마침내 폴짝 뛰어 내려와 점심을 먹으러 간다.

다른 날 오후 미술 시간, 일라이자의 손끝에 감각이 없어진다. 일라이자는 식물이나 사람 스케치를 즐기지만, 하프페니 선생님은 중학년에게 종이 전체를 크로스해칭 기법의 다양한 음영으로 채우라고 지시했다.

"이건 분명히 종이 낭비야. 전쟁 중에 이런 짓을 하다니." 베티가 한탄한다.

"나는 이게 왜 이렇게 비싼지 모르겠어. 영국에서는 안 자라나?" 낸이 말한다.

"뭐가 자라?" 마거릿이 묻는다.

"종이 나무." 친구들이 빤히 쳐다보자 낸이 말을 더듬는다. "아니면 관목인가?"

교실에 웃음이 퍼져 나간다.

하프페니 선생님이 목소리를 높인다. "종이는 낡은 천으로 상당한 공을 들여 만드는 거란다, 무어섬 양."

"아. 아무도 얘기를 안 해 줬어요." 당황한 낸의 목소리가 바들바들 떨린다.

"나도 처음 듣는 것 같아." 패니가 의리 있게 거짓말을 한다.

"그냥 낡은 천도 안 돼. 눈처럼 하얀 것만 쓸 수 있어서 공급이 부족하지." 베티가 덧붙인다.

"여학교에서는 특히나." 마거릿이 늙은 교사가 듣지 못할 정도로 조용히 리스터에게 속삭인다.

리스터는 작게 코웃음을 친다.

일라이자는 그 농담을 이해하지 못한다. 그녀의 마음에 걱정이 스친다. 마거릿이 베티를 버리고 리스터를 빼앗으려는 걸까? 마거릿의 자질은 일라이자보다 훨씬 더 빛난다. 친구를 지키기 위해 경쟁해야 한다고 생각하니 일라이자는 껍데기 속 달팽이처럼 한껏 움츠러들게 된다.

다음 순간 일라이자는 두 사람이 중학년과 고학년의 말할 수 없는 고충을 빗대어 이야기하고 있음을 깨닫는다. 세면대에 걸어서 말리는 천 생리대, **그것들과 그들과 나의 주기**에 관한 암시. 일라이자는 제인에게도 **주기**가 있으리라 추론했다. 하지만 제인은 절대 동생에게 그런 얘기를 하지 않을 것이다.

낸은 여전히 얼굴을 찌푸리고 있다. "왜 꼭 흰색 천이어야 하는데?"

리스터가 버럭 소리를 지른다. "그래야 종이도 똑같이 흰색이 되니까, 이 바보야."

하프페니 선생님이 유감스럽다는 듯 말한다. "부적절한 행위 벌점이다, 리스터 양."

리스터는 군인처럼 거수경례를 한다.

중학년은 계속해서 크로스해칭을 한다.

리스터가 하품을 참는다. "선생님, 혹시 요크 대성당 소장 장식품을 공개했던 하프페니랑 친척이세요?"

교사가 기쁨에 벅차 두 눈을 깜빡인다.

일라이자는 자진해서 자기 이야기를 늘어놓는 이 교사가 마음에 든다. 그는 정원사의 아들이자 한낱 주택 칠장이였다. 그러다 요크 대성당을 재건하는 건축가의 사무원이 되었고, 판화를 독학하여 성당의 복잡한 고대 장식에 대한 관심을 불러일으켰다. 리스터는 교사가 좋아하는 주제에 그를 제대로 끌어들인다. 베티는 리스터가 교사를 놀리고 있다는 듯이 팔꿈치로 마거릿을 쿡 찌르고 윙크를 한다. 하지만 일라이자는 그런 고딕풍 석조물이 정말 리스터의 기이한 관심사 중 하나일지도 모른다고 추측한다. 리스터의 관심사에는 화석과 증기 동력 공장, 그리고 인체 해부학이 포함된다.

❖

반휴일 토요일인 다음 날. 각각 상점 1점으로 벌점 1점을 상쇄한 일라이자와 리스터는 스타킹을 주문하러 마을로 걸어간다. 사실은 빽빽하게 얽힌 요크의 길들을 따라 이리저리 돌아다니려는 핑계일 뿐이다. 오늘은 무척이나 흐린 11월의 어느 날이다. 일라이자는 굳이 우산으로 얼굴을 가리지 않았다. 게다가 골목 위로 기운 목조 주택들이 그늘까지 만들어 주고 있다.

일라이자와 리스터는 모퉁이를 돌아 대성당 옆면을 마주한다. 가운데 네모난 탑이 하나 있고 끝에는 뾰족한 탑이 두 개 있다.

"용이 등을 대고 누워 있는 것 같아." 리스터가 의견을 낸다.

"그러게! 발톱을 내밀고 말이야."

마을은 배달되는 물건과 거래하는 사람으로 가득하다. 남자아이들은 상금이 걸린 권투 시합의 벽보를 붙이고 있다. 벽보의 주인공은 **한때는 노예였지만 지금은 요크의 가구공이 된 검은 공포, 빌 리치먼드**이다. 일라이자의 시선이 조잡한 목판화에 사로잡힌다. 여기 사는 몇 안 되는 유색인을 보면 항상 그렇게 된다. 전언이 적힌 종이를 지닌 하인들, 수요일 시장에서 바늘과 방물 가판대를 운영하는 인도인 선원의 아내와 밝은 피부색의 아이들, 페이브먼트 거리에 상자를 깔고 열정적으로 설교하는 아프리카인 외모의 전도사, 자메이카 말씨 같은 어투로 신발을 주문하던 부유해 보이는 여자, 그리고 바다에서 보낸 과거를 기념하기 위해 모자에 거대한 모형선을 붙인 발라드 시인.

일라이자는 끈으로 묶여 못생긴 가죽 나막신이 된 자신의 평평한 신발을 내려다본다. "나무 덧신이 지겨워 죽겠는데 겨울은 이제야 막 시작됐어."

"그래도 네 건 달가닥 소리는 안 나잖아." 리스터의 덧신은 나무와 쇠로 만들어져 더욱 조잡하다. "휴일에 나는 내 동생 샘의 무릎 장화를 신고 돌아다니길 더 좋아해."

"그러면 샘은 뭘 신는데?"

리스터가 싱긋 웃는다. "나를 재빨리 따라잡아서 장화를 되찾을 수 있느냐 아니냐에 따라 다르지."

두 사람은 코니 가에 있는 커다란 블랙 스완 주막을 지난다. 그곳엔 항상 리즈, 칼라일, 헐에서 오가는 마차가 드나든다.

"런던은 이제 겨우 서른 시간 거리야." 리스터가 갈망하듯이 말한다.

"어른이 되면 너도 가게 될 거야." 일라이자가 배설된 지 얼마 안 된 말똥을 피해 걸으며 확신한다.

"나는 어른이 되면 **어디든 다 갈 거야.**"

노란 말들이 손님을 받을 준비를 한 채 줄지어 서 있다. 마부들도 똑같은 색 옷을 입고 파이프 담배를 태우고 있다.

"나쁜 여자들." 리스터가 잘 안다는 듯이 중얼거린다.

"어디?" 일라이자는 양옆으로 고개를 돌리다가 리스터가 비난한 여자 둘을 발견한다. "나쁜지 아닌지 어떻게…… 저 사람들 화장한 거야?"

절레절레. "주막 앞에 서 있을 다른 이유가 뭐가 있겠어?"

"마차에서 내리는 사람을 기다리고 있을지도 모르잖아." 일라이자가 반박한다.

하지만 두 사람이 대화하는 모습, 익숙하고 체념한 듯한 태도를 보니…… 리스터 말이 맞을 수도 있다는 생각이 든다. 작은 동전 한 줌을 얻으려고 낯선 이와 눕는다고 상상해 보라. 어떻게 매일 매시간 굴욕을 당하면서도 미치지 않는 걸까?

"나는 아주 어릴 때 저녁이 되면 우리 보모한테서 도망을 치곤 했어. 창문으로 나가 서민들 틈으로 들어갔지. 거기서 기묘한 장면을 몇 번이나 봤는지 몰라."

서민들 틈으로 들어갔다는 허세에 일라이자는 재미있어한다. 마치 신분을 숨기고 군인들을 방문한 왕의 이야기를 듣는 것 같다.

일라이자는 쌩하니 지나가는 이륜 쌍두마차를 피해 길가로 폴짝 뛰어나간다.

"정말 멋지게 어울리는 한 쌍이네." 리스터의 시선이 윤기 나는 말의 엉덩이에 머문다.

일라이자는 문득 친구가 결혼을 아주 잘해야겠다고 생각한다. 하지만 입 밖에 내지는 않는다. 실현될 법한 일이 아니기 때문이다. 리스터는 구혼자를 우르르 끌어모으는 유형이 아니다. 하지만 본인이 원하는 대로 살려면 결혼이 유일한 기회일 것 같다. 단정 짓는 게 아니라 가능성을 말하는 거다. 먼 도시들, 말 타기, 자유…….

일라이자는 당나귀 등 위로 늘어트린 페이스트리 가판대를 발견한다. 그러고는 납작한 슈루즈베리케이크를 몇 개 사려고 발을 멈춘다.

"계피 맛 먹을래, 장미수 맛 먹을래?" 일라이자가 어깨 너머로 외친다.

"나 지금 돈 없어." 이건 완곡한 표현이다. 리스터 지갑에 있는 돈은 애초에 몇 푼 되지도 않는다.

일라이자는 각기 다른 맛을 100그램씩 산 뒤 제빵사에게 매너로 돌아갈 때 접시를 돌려주겠다고 약속한다.

다시 리스터 옆으로 온 일라이자는 다음 골목 쪽으로 고개를 까딱인다. 길거리에서 간식을 먹는 모습을 들키면 안 되기 때문이다. 눈에 띄지 않는 데서는 장갑도 벗을 수 있다.

"네가 부루퉁해 있으면서 한마디도 안 할 땐 그냥 단것으로 달래기만 하면 되겠다." 리스터가 말한다.

일라이자가 손가락을 핥는다. "병어케이크는 주지 마. 진짜 맛없어."

"아, 사실 그 이름은 가짜야. 원래는 그냥 감초거든."

"요크셔에 온 첫 주에 더핀 부부가 몇 개를 줬는데, 좋은 척하느라 얼마나 힘들었는지 몰라."

리스터가 정색을 하고 묻는다. "더핀 부부가, 아니면 병어케이크가?"

일라이자가 손에서 부스러기를 털며 웃는다. "아마 내 탓일 거야."

"뭐가?"

"내가 더핀 부부랑 있을 때 가끔 느끼는 어색함. 미클게이트 집에서든 넌 몽크턴 별장에서든."

일라이자는 제인이 벌이는 말다툼에서 확실히 거리를 유지한다. 하지만 두 자매 모두 부부에게 방해가 된다는 느낌은 지울 수가 없다. 사이가 좋은 날에도 레인 자매와 더핀 부부는 그리 가까워지지는 않는 듯하다. 아마 우연히 형성된 가족이라 그럴 것이다. 윌리엄 레인의 죽음으로 자녀 없는 쉰두 살 남성이 어린 여아 두 명을 떠맡아 버렸으니 말이다.

"더핀 박사님이 아빠한테 엄청난 호의를 베풀고 있다는 사실은 쉽게 잊어버리기가 힘들어."

우정과 추억에 경의를 바치는 일은 벌써 7년째 이어지고 있다. 그것을 끝내려면 최소한 7년은 더 있어야 한다.

"우리 자금을 관리해 주시고 우리 건강과 교육에 신경 써 주시고……. 이렇게 보호해 주는데 어떻게 고마워하지 않을 수 있겠어?"

리스터가 얼굴을 찡그린다. "나는 후견인과 피후견인이 그냥 그런 관계라고 생각해. 위험을 피하는 사람과 보호해 주는 사람."

일라이자는 그런 단어에 관해 생각해 본 적이 없다.

"너희 언니는 매일 저녁 집에 있으니까 오히려 그 부부한테 딸 같은 존재인가?"

일라이자가 고개를 젓는다. "씨울 일만 더 많아. 그리고……."

일라이자는 여자 걸인을 보고 말을 멈춘다. 취한 듯 휘청거리지만 술병은 없고 어디든 끌고 다니는 자루 몇 개만 가지고 있다. 일라이자는 리스터의 팔꿈치를 당겨 골목 반대편으로 끌고 나간다. 동전은 내어 줄 수 있지만 사실 걸인이 바라는 건 이야기를 들어 주는 거다.

일라이자가 장갑을 다시 끼며 속삭인다. "나는 저 사람을 '미친 마저리'라고 불러. 발라드에 나오는 미치광이처럼."

리스터가 안경을 끼고 부랑자를 돌아본다. "저 사람이 미치광이인지는 정확히 알 수 없어. 어쩌면 그냥 가난한 걸지도 몰라. 배가 고프면 머릿속이 온통 뒤죽박죽이 될 테니까."

고급 상점이 즐비한 캐슬게이트 거리에 도착하자 두 아이는 문간에 걸린 수놓은 모슬린에 이끌려 어느 여성용품 가게로 들어간다. 일라이자는 보조 점원에게 다마스크 천과 벨벳 대여섯 개를 보여 달라고 한다.

"셀비 양도 건강히 잘 지내지?" 점원이 묻는다.

일라이자는 고개를 끄덕인다. 지난여름 프랜시스와 각자 새 치마를 주문하러 이곳에 왔더랬다. 개한테 물린 듯 고통스러운 죄책감이 밀려온다. 리스터가 학교에 온 이후 일라이자는 속치마를 갈아입듯 너무도 쉽게 옛 우정을 저버렸다. 선택을 후회하지는 않는다. 다만 그렇게 된 과정이 미안할 뿐이다. 누군가는 무자비하다고 말할 수 있을 정도로 너무나 빠르게 진행됐으니 말이다. 사실 이런 일은 모든 학교에서 일어난다. 놀이에서 짝을 바꾸는 일과 비슷하지만 그래도 불편하기는 마찬가지다. 요즘 프랜시스는 중학년 모두와 친하게 지낸다. 하지만 각별한 친구는 없다. 프랜시스가 동정받는다고 느끼지 않게 하면서 사과할 방법이 있다면 일라이자는 기꺼이 그렇게 할 것이다. 일라이자는 두 사람이 지금의 자신과 리스터처럼 친밀하지는 않았다며 자신을 다독인다.(이렇게 하면 자신이 저지른 짓을 변명하는 데 어떻게든 도움이 될까?)

리스터와의 관계는 일라이자가 최고의 우정이라고 생각한 관계가 아니다. 일라이자가 생각하는 최고의 우정은 편안한 지지다. 리스터는 일라이자를 불안하고 짜릿하게 만든다. 마치 선반에서 뭔가가 곧 떨어질 것처럼. 마치 뇌우가 다가오는 것처럼.

보조 점원이 프랑스에서 몰래 들여온 레이스가 서랍에 있다는 말을 넌지시 던진다. 하지만 일라이자는 이미 점원의 시간을 너무 많이 빼앗았다. 그녀와 리스터는 밖으로 나와 양말 가게를 찾는다. 양말 가게 여자는 제자리에 선 채 아주 빠르게 양말을 뜨고 있다. 두 아이의 스타킹 주문을 받아 적으면서도 뜨개질은 거의 멈추지 않는다.

미용실을 지나던 리스터가 창턱에 놓인 갈색 덩어리를 발견한다. 네모난 유리를 통해 들여다보니 둥그런 머리 선 위에 맞춰 꽂는 참빗이다. 양쪽에 곱슬머리 두 개가 달랑달랑 매달려 있다.

"진짜 편리하겠다!" 리스터는 안으로 휙 들어간다.

빗자루에 몸을 기댄 견습생이 프랑스에선 이걸 프리제트라고 부른다고 알려 준다. 가격은 2.5실링이란다.

리스터의 표정이 어두워진다. "요크의 물가란."

"내가 사 줄게." 일라이자가 지갑을 연다.

"아니야, 꼭 필요하지는……."

일라이자가 끼어든다. "네가 매일 아침 거울을 보며 앞머리 때문에 끔찍하게 호들갑 떠는 걸 멈출 수 있다면 2.5실링은 아주 훌륭한 가치야."

리스터는 점잖게 받아들인다.

"매너로 보내 줄까?" 견습생이 묻는다.

"포장해 주시면 저희가 가져갈게요." 일라이자가 말한다. 가짜 곱슬머리를 금지하는 애매한 교칙이 있을지도 모르니 조심해야 한다.

두 사람은 성 옆에서 회색 소모사 망토를 입은 스피닝 자선 학교 학생들의 긴 행렬을 지나쳐 간다.

일라이자가 몸을 떤다. "매일 온종일 빙글빙글 돈다(spinning)고 상상해 봐."

"쟤들은 숙식과 옷을 제공받고 글을 읽는 법도 배워." 리스터는 이렇게 지적하며 무너져 가는 아성을 가만히 올려다보고 있다. "봐, 저기가 요크의 용감한 유대인들이 스스로 목숨을 끊은 곳이야."

"뭐라고?" 일라이자는 유혈 낭자한 과거 사건을 좋아하는 리스터의 취향에 가끔 할 말을 잃어버린다. 어떻게 그토록 끔찍한 이야기를 머릿속에 가득 넣고도 이렇게 쾌활할 수가 있을까?

리스터가 설명한다. "십자군 전쟁 때 일어난 일이야. 기독교 신자들이 자기에게 돈을 빌려준 대금업자들의 집을 불태웠을 때 수백 명이 저 안에 들어가 방어벽을 쳤대." 리스터가 거대한 벽을 향해 손짓한다. "그들은 대학살을 당하거나, 항복하고 억지로 세례를 받을 수도 있었어. 물론 그러고 나서도 결국은 죽임을 당했을지 모르지. 그래서 차라리 아내와 아이들을 죽이고 자기들도 목숨을 끊은 거야."

일라이자는 이 대목에서 충격을 받는다. "아내랑 아이들에게도 결정권이 있었을까?"

"역사는 절대 어린아이를 고려하지 않아." 리스터가 암울하게 말한다.

"몇몇 아이는 마거릿이 유대인이라고 주장해." 일라이자가 언급한다.

"하지만 마거릿은 일요일마다 성 올리브 교회에 가잖아."

"내 말은 엄마가 유대인이었다고 주장한다는 뜻이야. 그래서 번 씨가 결혼을 못 했다는 거지."

리스터는 그런 말을 비웃는다. "남자는 결혼을 안 하는 데 특별한 이유가 필요하지 않아. 여자를 자기……." 그녀는 까다로운 장애물 앞에 선 말처럼 갑자기 멈춘다.

일라이자는 문장을 마무리한다. 여자를 자기 매춘부로 만들어 버리고도 말이야. 그녀는 이렇게 말하고 싶다. 우리 엄마는 아빠의 매춘부가 아니었어. 한 나라가 너무 멀리 떨어져 있을 때 그 나라 관습을 설명하기란 정말 어려운 일이다.

대신 일라이자는 재봉사를 고용할 수 있다는 표시로 문 위에 걸어 둔 커다란 나무 바늘을 빤히 쳐다본다. 그런 다음 판유리 창문을 새로 단 식료품점을 바라본다. 창가에 배와 오렌지를 담은 접시들이 진열돼 있다.

"그냥 더 간단히 설명할 가능성이 크다는 뜻이야." 리스터가 일라이자의 팔에 팔짱을 낀다. "우리 배 보러 내려갈까?"

"좋아. 하지만 워터레인 거리로는 안 돼." 워터레인은 성과 강 사이에 난 지저분한 샛길로 출입이 금지돼 있다.

"나도 규칙은 알아." 리스터가 한숨을 쉰다.

오늘 우즈강에는 쌍돛대 범선 한 척과 더 작은 범선 여러 척이 있다. 스켈더게이트 거리의 진흙투성이 부두에서는 거대한 기중기가 바지선에서 화물 자루를 끌어올리고 있다.

리스터가 헐로 가는 커다란 석탄 배를 끄는 말들을 감탄 어린 눈으로 바라본다. "머시가 그러는데 가끔은 남자 수십 명이 서로 밧줄로 연결해서 말대신 뱃머리를 끌기도 한대. 정말 굉장한 광경일 것 같지 않아?"

"너 지금 좀 베티 같다. 그애는 항상 잘생긴 남자를 보고 싶어 하거든." 일라이자가 놀린다.

"아, 차이가 있어. 나는 그저 세상을 궁금해하는 거고 베티는 골수 바람 둥이라는 거지."

돌아가는 길에 리스터는 신문을 보러 문구점으로 휙 들어가 버린다. 그 바람에 일라이자는 인도에 남겨져 잠시 기다린다.

일라이자는 엉뚱하게도 공공장소에 혼자 있는 것을 두려워한다. 친구와 있을 때보다 특별히 시선을 더 받는다고 생각하지는 않지만, 혼자 있으면 자신의 피부색을 두 배로 더 의식하게 된다. 낯선 이 한명 한명의 눈길은 채찍처럼 그녀를 할퀸다. 그래서 보닛을 앞으로 당기고 고개를 푹 숙인 채 옆에 있는 기둥에 붙은 벽보를 읽는다. 천문학과 직류 전기에 관한 강의를 홍보하는 벽보, 그리고 투계장에서 열리는 소 꼴리기 놀이를 홍보하는 벽보.

리스터가 두 장짜리 《요크 헤럴드》를 펼치며 밖으로 나온다.

"왜 이렇게 오래 걸려?" 일라이자가 말한다.

"이러면서 나더러 참을성이 없다고 하는 거야?"

"나는 사람들이 빤히 쳐다보는 게 싫단 말이야."

"그 사람들을 탓할 수 있을까?"

일라이자가 발끈한다.

"누가 너를 안 보고 싶어 하겠어? 어쩌면 선망일 수도 있고, 순전히 흠모일 수도 있어."

"놀리지 마."

"그 정도 친절은 베풀어 줘. 보라고 해." 리스터는 손을 뻗어 일라이자의 보닛을 뒤로 살짝 민다. "그들에겐 땅을 밟는 여신을 보는 일이랑 가장 가까운 경험이 될 거야."

일라이자는 웃음을 터트린다.

"이제 이걸 읽어야 해. 딱 30분 동안만 빌렸어." 리스터는 진지한 표정으로 안경을 가방에 집어넣는다.

"나한테 말하면 내가 사 줬……."

"반 페니만 내면 빌릴 수 있는데 뭐 하러 6펜스를 내?"

일라이자는 그게 진짜 이유가 아니라는 사실을 안다. 리스터는 가능한 한

빚지지 않고 살고 싶어 하는 아이다.

두 사람은 조금 걷다가 벤치를 발견하고 앉는다. 리스터는 작고 얼룩덜룩한 글자 위로 고개를 숙여 소리 내 기사를 읽는다. 길르앗 강장 향유 광고와 입에 담기 민망한 질병을 가장 안전하고 비밀스럽게 치료하는 구타 살루타리스라는 약물의 광고는 어디서나 발견하게 된다. 도무지 피할 수가 없다.

"오, 이거 흥미롭다. 주인 외에는 누구에게도 아무런 쓸모가 없을 서류 한 꾸러미가 분실됐다. 블랙 스완에서 어떤 여성과 함께 마차에 실렸다고 한다. 아니면 이건 어때? 블레이크 가 왕립 극장 옆에 있는 요크 학교에서 윌리엄스 씨가 젊은 신사들에게 대입과 취업 준비를 시키고 있다. 프랑스어, 독일어, 이탈리아어, 라틴어, 그리스어, 히브리어, 식물학, 화학, 그리고 펜싱을 가르친다." 리스터가 신음한다. "히브리어! 펜싱! 우리는 속치마 노예 신세인데."

일라이자는 이 말뜻을 이해하는 데 조금 시간이 걸린다. "너는 여자가 히브리어를 공부하지 않아서 억압받는다고 생각해?"

"당연하지. 아, 우리가 롱 코트로 몸을 감싸고 목소리를 위장해서 요크 학교에 입학할 수만 있다면……."

"나는 됐어. 언어를 여섯 개나 배우기에는 머리가 너무 나쁘거든."

"무슨 소리야, 레인. 너 정도 머리면 뭐든지 할 수 있어."

일라이자는 그 말이 사실이기를 바란다. "나는 매너에 남아서 너를 향해 창밖으로 손수건을 흔들어 줄게."

"그럼 나도 도망 안 가. 너무 그리울 거야." 리스터의 코가 종이에 거의 닿아 있다.

일라이자가 기다린다. "매너가?"

"친구가."

리스터는 일라이자를 의미하는 걸까? 아니면 더 일반적으로 여자 친구들을 뜻하는 걸까? 물어볼 수 없는 여러 질문 중 하나다.

다음 날 회계 수업이 끝난 뒤 로빈슨 선생님이 일라이자를 불러 하그레이브 교장의 응접실 다과회에 초대됐다고 알려 준다.

적어도 일라이자는 자신이 무슨 짓을 했기에 메두사 같은 교장의 눈길을 끌었는지 궁금해하며 괴로워할 필요가 없다. 매달 첫째 화요일에 두 학생을 초대하는 행사이기 때문이다. 소위 접대도 하고 예절도 가르친다는 명목이다.

오늘의 또 다른 손님은 프랜시스로 밝혀진다. 프랜시스는 교장실 밖에서 만난 일라이자에게 수줍게 미소 지어 보인다. 일라이자도 조심스럽게 미소 짓는다. 두 사람은 9월 중간 방학 전부터 제대로 대화를 나눈 적이 없다. 테이트 사감은 지난 7월에 두 학생의 이름을 친구로 묶어 놨을까? 아니면 단순히 알파벳순으로 레인과 셸비를 묶은 것일까?

문 뒤에서 웅성거리는 여자들 목소리. 프랜시스가 겨우 들릴 듯 말 듯한 소리로 가볍게 문을 두드린다.

응접실 안에서 일라이자의 눈은 곧장 강렬한 터키 카펫으로 향한다. 하그레이브 교장과 테이트 사감이 사감의 과묵한 남편과 찻상을 사이에 두고 앉아 있다.

"아, 레인 양. 훌륭한 박사님은 잘 지내시니?" 교장의 첫 질문이다.

어른들은 종종 일라이자의 후견인을 **훌륭하다**거나 **자애롭다**고 묘사한다. 상투적인 표현이지만 일라이자는 박사가 레인 사매를 받아 준 일을 두고 어른들이 칭찬하는 게 아닌가 생각한다.

"박사님과 더핀 부인 두 분 다 아주 잘 지내세요. 감사합니다, 선생님."

"지금 마을에 계시고?"

"아니요, 선생님. 넌몽크턴에 있는 별장에 계세요. 여기서 두 시간 거리예요."

선생님을 괜히 한 번 더 붙였나? 이런 모임에서 일라이자는 자신이 외국에서 태어난 걸 무심코 드러낼 수 있는 작은 실수라도 저지를까 봐 어리석을 정도로 두려워한다. 그녀는 자신이 윌리엄 레인의 무릎에 앉아 영어를 배운 사실을 되새긴다. 영어는 자신의 아버지 언어다.

교사 시중을 드는 키 크고 뚱한 표정의 하녀가 마침내 차를 들고 서둘러 들어온다. 찻잔은 손잡이가 없이 세로로 홈이 파인 구식 그릇이다. 일라이자

는 도자기 주전자에 시선을 빼앗긴다. 거기엔 약간 어설픈 글씨로 이렇게
적혀 있다.

병자에게 건강을,
용자에게 영광을,
연인에게 성공을,
노예에게 자유를.

"우리 어머니 거야." 테이트 사감이 미소 지으며 말한다.

일라이자의 시선이 사감에게로 휙 돌아간다. "네?"

"위그노[21]셨던 우리 증조할아버지는 프랑스의 폭정을 피해 난민으로 이
나라에 오셨어. 덕분에 우리 가족은 항상 탄압받는 이에게 공감하며 살았
지. 테이트 씨랑 내가 결혼할 때쯤엔 어머니가 무역을 혐오해 피 묻은 설탕
을 포기하셨고."

사감은 반대쪽이 보이도록 주전자를 돌린다. 사슬에 묶인 채 한쪽 무릎을
꿇고 앉아 있는 여성의 형체가 먹색으로 그려져 있다.

일라이자는 당황해 온몸이 뜨거워진다. 이 경영자 자매에게는 그녀가 이
서투른 그림에 나오는 인물처럼 보이는 걸까? 일라이자는 프랜시스도 그림
을 빤히 보고 있는지 확인하기 위해 굳이 곁눈질을 하지는 않는다.

하그레이브 교장이 말한다. "우리 자매는 어머니 기억에 충실한 편이야.
그래서 기꺼이 할증료를 내고 너희 고향에서 들여온 설탕을 산단다, 레인
양. 서인도 노예 제도의 폐해를 피하려고 말이야." 교장은 들쭉날쭉한 설탕
덩어리를 집게로 집어 일라이자의 잔에 넣은 뒤 갈색 액체를 따른다.

테이트 사감이 학생들에게 설명한다. "동인도에서는 정해진 시간 동안
계약을 맺은 고용인이 사탕수수를 잘라. 바베이도스나 안티구아섬에 있는

---

21) 프랑스의 개신교인들을 가리키는 말인데 어원은 분명치 않다. 가톨릭 진영은 1572년
성 바르톨로메오 축일에 위그노들을 대거 학살했다.

불쌍한 노예와 달리 목숨이 거래되지 않지. 그래서 비용이 더 드는 거야."

일라이자는 이런 내용을 전혀 알지 못한다. 어린 시절 저 멀리 수수밭에서 수확을 하던 사람이 어떻게 살았는지도 모르고, 카리브해 섬 사람이 어떻게 사는지도 모른다. 계약 노동자와 노예 사이에 엄청난 차이가 있다는 테이트 사감의 말을 곧이곧대로 받아들여야 한다. 이 경영자 자매가 오늘 이 주제를 꺼낸 이유는 단지 일라이자가 이 자리에 있기 때문일 것이다. 자신들의 인도 학생을 감동시키려고, 혹은 굴욕을 주려고, 아니면 어떻게든 연관성을 찾아보려고.

"퀸케이크 하나 먹을래?"

케이크는 작다. 일라이자는 테이트 사감이 **하나**가 아니라 **몇** 개라고 했으면 좋았겠다고 생각한다. 그녀는 하나를 집는다.

일라이자는 첫입을 베어 물어 삼킨 뒤 새로운 화제를 꺼낸다. "셀비 씨가 과수원에서 보내 주신 사과로 요리사가 아주 훌륭한 푸딩을 만들고 있어요." 그녀는 프랜시스를 향해 고개를 까딱이며 공감을 끌어내려 한다.

하지만 프랜시스는 이마를 찡그린 채 끔찍한 일상 이야기로 다시 대화를 돌려 버린다. "솔직히 저는 설탕이 어디서 오는지를 두고 걱정할 생각도 못했어요."

"'설탕이 어느 곳에서 오는지.'" 하그레이브 교장이 상냥하게 교정해 준다.

"네, 선생님. 감사합니다."

"학교 푸딩에는 죄책감의 얼룩이 없어. 우리 자매는 비용이 얼마나 드는 매너 식탁에 올라오는 설탕은 **모두** 동인도산을 쓰는 것을 의무로 여긴단다." 교장이 보증한다.

일라이자는 손끝의 열기를 참으며 잔을 들어 입술에 가져다댄다. 분명 회사 차이리라. 너무나 달다. 일라이자의 시선이 크림색 찻주전자의 둥근 표면 위 족쇄를 차고 무릎을 꿇은 검은 윤곽에 고정된다. 아빠의 죽은 여자 형제의 남편 이름이 뭐더라? 래설스였나? 그들 가족은 바베이도스에서 막대한 재산을 모았다. 그런 끔찍한 사실이 일라이자의 평가에 적용될 수 있을까? 그러면 일라이자도 노예 주인과 연대 책임을 져야 하는 걸까? 일라이자는 셸비 씨의 사과 이야기를 '11월치고 좋은 날씨' 같은 다른 화제로 그럴듯하게 연결할 방법을 미친 듯이 생각해 낸다.

하지만 프랜시스는 멈추지 않는다. "저희 아빠가 언급하셨던 것 같은데, 이 지역 의회 의원이 노예 해방을 열렬히 지지하는 분이라면서요?"

테이트 사감이 다정하게 고개를 끄덕인다. "윌버포스 씨가 키는 작아도 성 안뜰 가대에 올라가 외치면 우렁찬 목소리가 얼마나 잘 들리는지 몰라. **신은 하나의 피로 인간의 모든 민족을 만드셨습니다.**" 사감이 경건하게 인용한다.

테이트 선생님이 한숨을 쉰다.

일라이자는 무용 교사가 왜 여기 있는지 궁금해한다. 아내와 처형이 다과를 혼자 즐기지 못하게 하는 걸까?

하그레이브 교장이 언급한다. "상원에서 윌버포스 씨 법안을 부결했다고 들었어. 영국이 성급하게 시장에서 철수하면 우리 적이 그걸 독점해 버릴 거라고 말이야. 프랑스 해군 함장은 인정사정없이 밀어붙인다고 알려져 있거든. 그러니까 무역은 안에서부터 조금씩 개혁하는 쪽이 더 나을지도 모르지."

"인신매매를 개혁한다고요?"

일라이자는 무용 교사의 걸걸한 목소리에 깜짝 놀란다.

교사의 아내가 고개를 갸웃한다. "뭐라고요, 테이트 씨?"

교사가 투덜댄다. "어떻게 개혁하는데요? 이웃이 사슬에 묶여 있으면 그대로 두느냐 사슬을 끊어 버리느냐 둘 중 하나 아닌가요? 중간은 없잖아요."

당황한 일라이자는 자신의 흰색 삼베 치마에 시선을 고정한다.

하그레이브 교장이 제부에게 말한다. "아주 복잡한 문제를 지나치게 단순화하고 있는 것 같아요. 이건 우리 시대 위대한 사람들도 갈피를 잡지 못한 문제예요."

"그럼 더 멍청한 거죠."

"여보, 당신은 무용에나 전념해요."

일라이자는 테이트 선생님이 이렇게 날카롭게 말하는 걸 들어 본 적이 없다.

그녀는 퀸케이크 끝부분을 힘겹게 삼킨 뒤 프랜시스와 함께 양해를 구하고 방을 나선다. 그러다가 복도에서 한쪽 눈과 한쪽 발을 잃은 매너 고양이 '해적 페그'에게 발이 걸려 넘어질 뻔한다.

프랜시스가 헐떡인다. "1년에 한 번 이상은 초대를 안 했으면 좋겠어."

"마른 케이크 두 입만큼도 가치가 없더라."

그날 밤 침실로 올라가는 계단에서 일라이자는 창문 위 판자에 난 틈으로 밖을 엿보고 있는 리스터와 부딪칠 뻔한다.

"뭐야?"

"그냥 불빛. 정말 많아." 리스터가 중얼거린다.

"어디?" 요크에는 수도와 달리 가로등이 없다.

"집들에."

일라이자는 생각한다. 고원의 작은 농장에 비하면 저 집들이 밝게 빛나는 것처럼 보이겠지.

나란히 위층으로 올라가며 리스터가 일라이자에게 시선을 돌리고 묻는다. "왜 그래?"

"어떻게 알았어?"

리스터는 일라이자의 관자놀이에 좁은 손끝을 가져다 댄다. "우리 마음은 연결돼 있어, 레인. 당연히 알지."

일라이자가 끔찍한 다과회 이야기를 하자 리스터는 함께 웃으며 넌더리를 낸다. "분명 다음 찻주전자에는 너를 그려서 방문객한테 보여 줄 거야. 자기들의 고결한 본성이 편견을 완전히 넘어선다는 증거로 말이야."

"내 말이!" 일라이자가 갑자기 냉정해진다. "그런데 아빠의 여자 형제 중 한 명이 자꾸 생각나. 그분 남편이 그 부도덕한 노예 사업으로 돈을 벌었거든. 지금은 둘 다 죽었지. 나는 만난 적도 없고."

"괜찮아. 노예 노동으로 이득을 본 친척이 있는 사람이 어디 너뿐인 줄 알아? 패니한테도 사우스캐롤라이나에서 농장을 운영하는 삼촌이 있어." 리스터가 말한다. 그러고는 부끄러운 듯 덧붙인다. "우리 할아버지 형제들도 버지니아에서 담배 농장으로 한몫 보려다가 실패했고."

일라이자는 얼굴을 찌푸리며 고개를 젓는다. 사슬에 묶여 무릎을 꿇고 있는, 찻주전자의 검은 윤곽이 여전히 마음에 걸린다.

두 사람이 어둠 속에서 침대에 누워 있을 때 리스터가 깜짝 놀랄 질문을 한다. "너는 마드라스 집으로 갈 거야?"

집. 그걸 집이라고 할 수 있을까? "글쎄, 리스터. 잘 모르겠어. 너무 멀잖아."

설렘 가득한 중얼거림. "엄청나게 멀지."

일라이자가 설명한다. "제인 언니랑 내가 타고 온 배는 여객선도 아니었어. 그냥 비단과 황마와 쪽을 실은 동인도 무역선이었지. 거기에 우리 같은 사람 몇 명이 방해하지 않는 조건으로 끼여 탄 거고." 일라이자는 다른 아이들과 종종걸음으로 돌아다니던 일을 떠올린다. "성탄절에는 케이프 식민지에 정박했는데……."

리스터의 목소리가 밝아진다. "아프리카?"

"거기서 남자들이 술에 잔뜩 취해 버린 거야. 그때 이등항해사는 선장한테 주먹을 날려서 남은 여정을 짐칸에서 사슬에 묶여 지냈어."

헉 하는 소리. "반란죄로 처형당했어?"

"엄밀히 말하면 반란죄는 배 위에서 일어난 일에만 적용돼."

"아는 **척하긴**." 리스터가 비꼬듯 인용한다.

"그 사람은 2년간 궁정 재판소 감옥에 갇혀 있었어."

일라이자는 문득 그렇게 악명 높은 감옥에 투옥되는 건 그냥 천천히 죽어 가는 일에 불과할지도 모른다고 생각한다.

"또?" 리스터가 왕성한 호기심을 주체하지 못하고 묻는다.

"음……. 한번은 무시무시한 태풍이 불었어. 나는 온몸이 아팠고, 제인 언니는 우리가 틀림없이 조난을 당할 거라고 생각했지."

"너희 언니는 왜 너한테 한마디도 안 해?"

일라이자는 억지웃음을 짓는다. "다른 유치한 것들이랑 같이 나도 버린 것 같아."

"바보가 아니고서야 너를 어떻게 버리겠어, 레인?"

일라이자는 어둠 속에서 미소를 짓는다. "선원 한 명이 상어를 쏴서 그물로 끌어올린 적도 있어. 그거로 며칠간 수프를 해 먹었지."

리스터가 갈망하듯이 한숨을 쉰다. "요즘은 항해가 더 짧아졌겠지? 모든 게 빨라지고 있잖아."

"배가 프랑스 해군에 나포되지만 않는다면." 일라이자가 의견을 낸다. "나는 아주 위대한 여행가가 될 거야."

그냥 돌아다니는 게 아니라 **여행가**가 될 거란다. 하나의 직업처럼. 일라이자는 누군가 이런 야망을 드러내는 걸 들어 본 적이 없다. 특히나 노리치까지 갈 돈도 부족한 여자아이 입에서는 더더욱 들을 일이 없었다.

리스터가 갑자기 노래 한 소절을 부르기 시작한다.

나는 갑니다, 나의 낸시 벨 아가씨,
낯선 나라를 보러, 보러, 보러
낯선 나라를 보러.

세 방 옆에서 작게 벽을 두드리는 소리가 들리자 일라이자는 리스터에게 '쉿!' 하고 말한다. 요리사와 하녀들은 약 50인분의 아침 식사를 준비하기 위해 아주 일찍 일어나야 한다.

일라이자가 속삭이는 소리로 이어 말한다. "우리 요새는 반짝반짝 빛나서 '백색 마을'로 알려졌어. 열주가 떠받치고 있는 커다란 건물들이 해안을 따라 모두 추남을 바라보고 늘어서 있었지. 추남은 눈부시게 빛날 때까지 다듬을 수 있는 석고의 한 종류야. 우리 방문객들은 추남이 이탈리아 대리석 같다고 말했어."

순간 일라이자는 불안해진다. 백색 마을로 알려진 이유가 정말 벽 때문이었을까?

"너희 가족이 요새에 살았어?"

"아니, 남서쪽으로 1.6킬로미터 정도 떨어진 곳에 살았어. 작은 강 두 개를 건너면 나오는 줄트리 대평원에. 오로지 영국인만 사는 거주지였지. 거의 다 회사 가족이었고. 우리는 구릉지가 보이는 머틀그로브라는 가든 빌라가 있었어. 너 머틀이 뭔지 알아?"

"들어는 봤어." 리스터가 말한다. 이번만은 자신 없는 목소리다.

"커다란 관목이 하얀 별로 뒤덮인 모습을 상상해 봐. 향기도 아주 좋아."

"가든 빌라는 정원에 있는 작은 찻집 같은 거야?"

"아니, 아니. 베란다가 있는 넓은 방갈로야." 하지만 이 단어는 둘 다 인도 용어다. 일라이자는 거만한 아이에게 어릴 때 살던 집을 설명할 때 가끔 **저택**이라고 표현했다. "바닷바람을 맞을 수 있도록 단을 올리고 사방에 테라스를 설치한 커다란 단층 빌라였어."

"위층이 아예 없다고?"

"필요가 없었거든. 건물이 뻗어 나갈 공간이 아주 많았으니까. 사방으로 발코니도 만들 수 있고."

일라이자는 가끔 장맛비가 지붕을 뚫으면 무시무시한 홍수가 일어났다거나 배설물 연료 냄새가 지독했다는 이야기는 하지 않기로 한다. 책과 호랑이 가죽 깔개를 갉아 먹던 흰개미 이야기도, 욕조 밑에 똬리를 튼 코브라를 밟을 뻔했던 일도 마찬가지다. 일라이자는 친구가 머틀그로브를 상쾌한 곳으로, 홀에서 얇은 천을 늘어뜨린 문간을 통해 셀 수 없이 많은 방이 막 뻗어 나가는 집으로 상상하기를 바란다.

"정원에는 과일이 가득했어. 코코넛, 망고, 바나나……."

"나 바나나 그림 본 적 있어. 정말 이상하게 생겼더라. 노랗고 길쭉한 손가락처럼." 리스터가 말한다.

"자랄 땐 초록색이야. 보관할 때만 노랗게 되지. 껍질을 벗기면 흰색이고."

"뭐? 남자의……."

일라이자가 다급히 속삭인다. "리스터!" 이 음탕함이 충격적이면서도 왠지 간질간질하다.

"바나나는 무슨 맛이야?"

"담백하고 편안한 맛이야. 사과보다 부드럽고, 자두보다 건조하고, 구스베리보다 달콤하고."

"코끼리도 진짜 있었어?" 리스터의 목소리는 마치 이야기를 듣는 작은 아이의 목소리 같다.

일라이자가 보증한다. "석류랑 바나나처럼 진짜 있었어. 녀석들이 느릿느릿 지나가면 땅이 막 흔들렸지."

화환을 쓴 소도 있었다. 그걸 어떻게 설명해야 할까? 염색공이 강에 친츠 면을 담그면 그 자리에 파란 구름이 피어나면서 금빛 물고기 떼가 배를 드러내고 죽었다. 죽은 물고기를 늘어놓은 장소 위로는 독수리가 모여들었다. 리스터는 어떤 이야기를 재미있게 들을까?

"원숭이의 한 종류인 마카크는 나무에서 꽥꽥 소리를 질러."

빨갛고 털 없는 얼굴과 뾰족한 귀, 나선형으로 난 머리털. 녀석들은 다섯째 팔다리처럼 회색 꼬리를 휘감으며 나무에서 나무로 자유롭게 옮겨 다녔다. 음식만 보면 낚아채고, 몸을 긁고, 심지어 길 한가운데서 음란하게 발정까지 했다.

"재미있는 사실 하나 알려 줄까? 마카크가 미소 지으면 화가 났다는 뜻이야. 방문객은 그걸 몰라서 혼쭐이 나지."

"위선자!"

일라이자가 말한다. "속이려고 그러는 건 아닐 거야. 이빨을 드러내고 있는데 여행객이 자기도 모르게 '저 귀여운 원숭이 좀 봐!' 하면서 안아 올리려고 하는 거지. 그러다 결국 뼈까지 물어뜯기는 거고."

리스터가 작게 웃고는 말한다. "너희 아버지는 왜 영국 여자랑 결혼하지 않으셨을까?"

일라이자는 숨을 들이마시며 시간을 번다. "마드라스에는 거의 한 명도 없으니까."

그녀는 문득 더핀 박사는 한 명을 찾았다는 생각을 한다. 인도에서 나고 자랐지만 더핀 부인은 영국 여자였다.(생각해 보면 참 이상하다. 더핀 부인은

서가명강

서울대 가지 않아도 들을 수 있는 명강의 ○

* 서가명강 시리즈는 계속 출간됩니다.

일라이자가 여섯 살이 될 때까지 50년을 아대륙에서 보냈다. 하지만 사람들은 아무도 박사의 아내를 인도인이라고 부르지 않는다.) 윌리엄 레인은 분처럼 하얀 신부를 친구만큼 열심히 찾지 않은 걸까? 일라이자는 리스터가 묻지 않는 질문을 들을 수 있다.

"가끔은 그런 걸 국제결혼이라고 불러." 이런 결합이 얼마나 흔하고, 얼마나 존중받고, 얼마나 오래가는지 리스터에게 어떻게 납득시킬 수 있을까?

리스터가 고개를 끄덕이며 말한다. "나는 **신분 간 결혼**이라는 표현을 들은 적이 있어. 아니면 **수채화 아내**라든가."

일라이자는 그런 표현을 들어 본 적이 없다. 점점 색이 바래는 엄마. 그렇다. 지나가는 파도와 흘러가는 세월에 조금씩 씻겨 나가고 희석돼 아주 희미한 흔적만 남는 것이다.

하지만 일라이자는 엄마가 버림받은 정부가 아니었다는 사실을 리스터가 알아줬으면 한다. "아빠가 돌아가신 뒤 엄마는 우리 빌라에서 2년 더 살다가 돌아가셨어. 내가 열한 살 때."

"왜 돌아가셨는데? 아버지보다 어리셨던 거 아니야?"

"더핀 부부도 못 들은 것 같아. 들었는지는 몰라도 우리한테 말하지 않았어."

일라이자는 작은 기억의 조각들을 떠올린다. 엄마가 감염을 막기 위해 한쪽 코에 달았던 정교한 보석 코걸이. 보석으로 장식한 실내화의 둔한 마찰음, 유리와 금은 팔찌가 짤랑거리는 소리, 걸을 때 그것들이 서로 어우러져 나는 행운의 소리, 챙챙 챙챙.

다음 순간 일라이자는 다른 무언가를 불러낸다. 목을 움켜쥐는 손 같은 기억. "배에서 제인 언니가 어떤 영국 여자아이랑 싸운 적이 있어." 커피지 대령의 창백한 딸 중 한 명으로, 자매와 똑같이 영국 땅을 밟아 본 적이 없는 아이였다. "그애가 처음으로 우리를 뭐라고 불렀는데…… 나는 처음 듣는 단어였지."

리스터가 중얼거린다. "아, 별명이 얼마나 많은지 몰라. 자신이 태어난 환경에 책임이 없는 사람을 모욕하는 말이 정말 한두 개가 아니야."

리스터의 장난스러운 말투에 일라이자의 긴장이 누그러지면서 생선 가시처럼 목에 꽂히리라고 생각한 단어가 불쑥 튀어나온다. "그애가 한 말은 사생아였어."

"멋지네. 나는 취해서 낳은 자식이 더 마음에 들지만."

일라이자는 이렇게 고통스러운 문제를 가볍게 다루고 있다는 사실이 영 믿기지가 않는다. "우연한 일격도 있어. 아니면 곁가지." 또 뭐가 있을까? "실수. 이불 밖에서 태어난 아이."

"우연의 아이. 구름에서 떨어진 아이. 숲속의 수망아지." 리스터가 쏟아낸다.

일라이자는 모두 처음 듣는 표현이다. 두 아이의 낄낄대는 소리가 방 안에 퍼지다가 너무 커지자 세 방 옆 요리사가 다시 벽을 두드리기 시작한다.

리스터가 속삭인다. "너희 어머니가 너 같은 분이셨다면 왜 너희 아버지가 사랑에 빠질 수밖에 없었는지 알 것 같아."

일라이자는 할 말을 잃은 채 어둠 속에서 가만히 누워 있다.

루인 선생님이 학생들에게 『우드하우슬리의 일반 역사』한 쪽을 암기하고 다시 한 목소리로 외우라고 지시한다.

리스터는 손을 들어 전 세계 과거를 다루는 책치고 요크가 너무 자주 언급된다고 말한다.

"이유가 뭘까?" 교사가 학생들에게 묻는다.

머시의 팔은 깃대처럼 항상 위로 뻗어 있다. "크지는 않을지 몰라도 요크는 빼어난 도시니까요."

"너는 샘블스에서 태어났으니까 그렇게 말하겠지." 베티가 중얼거린다.

머시가 차갑게 덧붙인다. "아니야. 306년에 여기서 황제로 칭송받은 콘스탄티누스 대제가 그렇게 피력했어."

일라이자는 피력하다가 증언하다와 같은 뜻인지 궁금하다.

루인 선생님은 고개를 끄덕이며 손가락으로 치아를 다시 제자리에 끼워 넣는다. "로마인은 이 도시를 에보라쿰이라고 불렀단다. 콘스탄티누스는 자신의 왕관, 다시 말해 월계관을 지키기 위해 18년 동안 경쟁자들과 싸워야 했어. 하지만 어머니 뜻에 따라 기독교로 개종하면서 자신의 군대에게 방패에 십자가를 그리라고 명령했고, 결국은 승리를 거뒀지."

"그렇게 하나의 참된 신앙이 옳다는 게 증명되죠." 머시가 주장한다.

루인 선생님은 866년으로 넘어간다. 그해에 앵글로색슨족이 에오포위치라고 부른 도시의 주요 시민들은 대성당에 모여 만성절을 기념했다. 그사이 이교도 바이킹이 몰래 쳐들어와 도시를 점령했고, 이름을 요르비크로 바꾸고 거리를 피로 물들였다.

리스터가 파리처럼 일라이자의 귀에 대고 속삭인다. "그때는 참된 신앙이 왜 승리하지 못했는지 물어보고 싶네."

일라이자는 웃음을 참는다.

교사가 덧붙인다. "당시 바이킹을 이끈 사람은 '무골(無骨) 이바르'라는 악당이었어."

리스터가 코웃음을 친다. "죄송합니다, 선생님. 그냥 좀 의아해서…….뼈가 없었다고요?"

루인 선생님은 가발 가장자리 아래를 긁으며 인정한다. "고대 스칸디나비아 언어를 번역하는 과정에서 뭔가 혼동이 있었나 봐. 이제 암기한 구절로 돌아가자. 마지막으로 외운 사람이 누구였지?"

바로 그때 성 올리브 교회의 종이 울리기 시작한다. 여섯 개의 종이 모두 다른 음높이로, 복잡한 순서로 우렁차게 울린다. 일라이자는 1~2분이면 끝나리라 예상하지만, 예상은 빗나간다.

연주는 계속된다. 낸이 신음한다. "도시가 또 공격당하는 건가?"

"그럼 경보가 한 음으로 울릴 거야." 머시가 큰소리로 답한다.

그렇다, 이건 축제 음악이다. 일라이자도 이 정도는 구분할 수 있다. 귀청이 터질 듯 요란하게 끝없이 이어지는 특별한 기념곡.

리스터가 일어선다. "우리가 무슨 일인지 알아보자."

"뭐라고?" 루인 선생님이 가발을 움켜쥔다.

"금방 돌아올게요." 리스터는 일라이자를 낚아채 벤치에서 끌어낸다.

두 사람은 밖으로 뛰쳐나가 등 뒤로 문을 쾅 닫는다. 여전히 손을 맞잡은 채 방들을 지나 계단을 내려간다. 일라이자는 숨이 찬다. 머릿속에서 압도적인 종의 울림이 메아리친다.

축축한 11월 야외로 나가 빠르게 잔디밭을 가로지른다. 일라이자는 성 올리브 교회 쪽으로 가는 줄 알았지만 리스터는 매너의 정문 쪽 진입로로 일라이자를 끌고 내려간다. 부섬은 평일 한낮의 장터처럼 사람으로 가득하다. 빙빙 돌며 춤을 추고, 술을 마시고, 서로 껴안는다. 시민들이 미쳐 버린 걸까? 이 놀라운 광경 뒤로 성 올리브 교회의 커다란 종 여섯 개와 도시 전역의 모든 종이 정신없이 장대한 음악을 연주한다.

리스터는 대문을 힘껏 밀어 열고 일라이자와 함께 거리에 몸을 던진다.

그녀가 가장 가까이 있는 남자에게 묻는다. "뭐예요? 무슨 일이에요?"

"우리가 나폴레옹을 이겼잖아."

리스터는 모든 종보다 높은 소리로 꽥 비명을 지르고 두 팔을 뻗어 숨이 막힐 정도로 일라이자를 얼싸안는다.

그날 저녁, 황급히 축하 만찬이 준비된다. 송아지 머리로 만든 가짜 거북 수프, 병조림 송어, 혀, 고기를 넣은 냉수프, 저장 자두를 넣은 반죽 푸딩, 웬슬리데일 치즈. 매너 학생들은 만찬을 즐기며 모든 이야기를 듣는다. 트라팔가르곶이라는 스페인 해안에서 해군이 프랑스 함대를 완파했단다. 불행히도 영국 해군 제독은 총에 맞아 죽었지만 말이다.

"적선 스물두 척이 침몰했는데 우리 배는 한 척도 가라앉지 않았대." 리스터가 흡족해한다.

"그럼 우리가 전쟁에서 이긴 거야?" 패니가 묻는다.

"글쎄…… 당연히 그렇겠지."

일라이자는 친구의 지식에 한계가 있음을 깨닫는다. 이상하게 감격스러워진다.

"적어도 이제 적이 쳐들어올 가능성은 없어." 리스터가 주장한다.

"물론 열기구를 쓰지만 않는다면." 일라이자는 장난으로 한 말이지만 리스터는 다시 얼굴이 경직된다.

베티가 말한다. "프랑스가 그런 방법을 쓰면 우리 오빠들 대대가 놈들의 가스주머니를 총으로 쏴 터트려 버릴 거야."

프랑스어 시간, 선생님이 **멍청한 꼬마들**에게 속담 목록을 쥐여 준다. 중학년은 책 위로 몸을 숙인 채 속닥거리며 기억 속에 격언을 아로새긴다.

교사가 도마뱀처럼 빠르게 자리에서 벌떡 일어선다. "Fermez vos livres!"

학생들은 책을 덮는다.

교사가 패니를 향해 손가락을 튕긴다. "Chacun voit midi……."

패니의 입이 벌어지며 부들부들 떨린다.

교사가 재차 말한다. "Chacun voit midi!"

패니가 쉰 목소리로 도전한다. "음…… chacun voit midi chaque jour?"

일라이자는 이를 꽉 물고 웃음을 참는다. 패니는 **모든 사람이 매일 정오를 본다**고 말했다. 아무 의미 없는 옛날 금언 중 하나처럼 거의 그럴듯하게 들린다.

선생님은 손가락 하나를 위협적으로 치켜든다. 첫째 실수라는 뜻이다. 실수를 세 번 하면 벌점 1점을 받을 것이다.

패니는 힘겹게 숨을 들이쉰다.

베티가 무거운 억양으로 정확한 속담을 읊는다. "Chacun voit midi à sa porte."

"Ce qui veut dire…… 아무나 답해 보렴. 이게 무슨 뜻일까?" 교사가 말한다.

모든 사람이 자기 문 앞에서 정오를 본다고?

마거릿이 모음을 길게 늘이며 유창하게 말한다. "Ça veut dire, Monsieur, que chaque personne voit les choses différemment."

우리는 모두 사물을 다르게 본다. 선생님은 정답이 나왔음에도 만족하지 못하는 듯하다. 일라이자는 모든 교사가 첫 주에 멍청한 학생과 똑똑한 학생을 파악한다고 생각한다. 하지만 이 교사는 토스트에 버터를 바르듯 학급 전체를 같은 수준으로 끌어올리고 싶어 한다.

"다음, Le jeu……." 교사가 기다린다. "Mademoiselle?"

일라이자는 자기 차례임을 알아차린다. "Le jeu……." 이건 기억이 나지 않는다.

"Le jeu ne vaut pas……."

어떤 경기는 '무엇'만큼의 가치도 없다……. 그녀는 마음속 깊은 곳에서 허겁지겁 맞는 단어를 찾는다. 양초. "La chandelle."

"Le jeu ne vaut pas la chandelle." 교사는 고개를 끄덕이며 같은 문장을 반복해 말한다. "Ce qui veut dire……."

리스터가 손도 들지 않고 의미를 말한다. "Pas la peine de s'embêter."

굳이 애쓸 가치가 없다.

교사가 리스터에게 날카로운 눈빛을 보낸다. 너무 격식을 차리지 않는구나. "Vous vous exprimez trop informellement."

"Mais j'ai raison? C'est correct?"

몇몇 아이가 입을 쩍 벌린다. 리스터는 회화체 표현이라도 자기 대답이 맞다고 주장한다.

교사의 콧수염이 씰룩거린다. 분노 때문일까, 아니면 즐거움 때문일까? 일라이자는 궁금해한다.

수업은 계속된다. 어느 순간 교사가 낸에게 거의 노력을 하지 않는다고 지적한다. "Vous ne vous intéressez guère à la langue française?"

"Non, Monsieur!"

방금 낸이 실수로 그렇다고 인정한 건가? 프랑스어에 별로 관심이 없다고?

낸은 필사적으로 자신의 말을 바로잡는다. "제 말은…… Je veux dire oui, si, tellement, vraiment." 힘없는 대답. 아니, 정말 진심으로 프랑스어를 좋아한단다.

"Eh bien, pourquoi?"

혹시 수사의문문인가? 일라이자는 궁금해한다.

낸의 눈이 가운데로 몰린다.

선생님은 기다리지 않고 다음 학생 프랜시스에게 손짓한다.

"Le français, c'est une belle langage." 프랜시스가 아름다운 언어이기 때문이라고 대답한다. 나무랄 데 없는 의견이다.

이렇게 재미없는 프랜시스를 어찌 그리 오래 견뎠을까? 일라이자는 가끔 의문이 든다.

"Une belle langue." 선생님이 프랜시스의 실수를 바로잡는다. "Mais pourquoi l'étudier?" 프랑스어를 왜 공부하냐고?

문명인이라면 모두 **격식 있는** 언어를 써야 한다며 마거릿이 의견을 낸다. La langue de la littérature, des arts……

"C'est la langue de nos ennemis."

선생님이 획 돌아선다. 적의 언어. 방금 리스터가 정말 그렇게 말한 건가? 일라이자는 낄낄 웃을 뻔한다. 프랑스인이 가르치는 수업에서 리스터가 무언의 규칙을 깨고 전쟁 이야기를 꺼냈다.

교사는 날카롭게 고개를 끄덕인다. "**정확해.** 적의 언어를 완벽히 익히는 것은 **아주 중요한** 일이야. 그렇지?"

패니가 기침을 토해 낸다. "왜요? 침략당할까 봐요?"

선생님이 얼굴을 찌푸린다. "글쎄, 그런 일이 생기지 않도록 각자 다른 교회에서 기도해야겠지?"

리스터는 나폴레옹이 왜 굴복하지 않고 지금 빈으로 진군하고 있는지 선생님의 생각을 묻는다.

"그걸 왜 나한테 묻니?" 선생님이 따져 묻는다. 소위 나폴레옹 황제라 불리는 작자는 뼛속까지 피비린내 나는 **전쟁광** 괴물이고, 이 불행한 교사는 세계를 집어삼키려는 그자의 계획에 관해 전혀 아는 바가 없단다.

리스터가 몰아붙인다. "그 사람을 본 적이 있으신가요?"

선생님이 목멘 소리로 말한다. "분명히 얘기하지만 나는 **공포정치** 시기에 내 목숨을 걸고 내 조국을 떠났어. 게다가 11년 동안 **멍청한 여학생들**을 가르치는 보잘것없는 시골 교사로 아주 고생스럽게 살았지……"

일라이자는 **보잘것없다**는 단어가 선생님에게 어울리지 않는다고 생각한다. 하지만 선생님이 정말 국왕을 죽인 당파를 피해 도망쳤다는 이 새로운 정보는 무척이나 흥미롭다.

"그러니까 내 대답은 '아니'야, 리스터 양. 나는 그 위대한 야만인을 보지 못했어. 만약 본다면 그자에게 **침을 뱉을 거야!**" 교사는 소리만 요란하게 마른침을 뱉는다.

리스터가 활짝 웃는다. "그럼 선생님은 우리 친구네요. 우리 적의 적이니까요."

놀랍게도 선생님이 웃는다. "우리 속담집에 추가할 만한 훌륭한 문장이구나. 다들 받아 적으럼. L'ennemi de mon ennemi est mon ami."

아이들은 그대로 받아 적는다.

수업이 끝난 뒤 땅거미가 지는 4시 반경, 리스터는 중학년을 이끌고 매너쇼어로 내려가는 습관이 생겼다. 머시는 외출을 허락받지 못할 거라 생각해 함께 가지 않겠다고 한다. 그렇다. 뒷벽에 난 문은 관례적으로 항상 잠그지 않는다. 하지만 머시는 일꾼이 가축이나 손수레를 끌고 구내를 드나들 수 있도록 문을 열어 놓은 것뿐이라고 주장한다.

커다란 느릅나무와 참나무들은 이제 잎이 없다. 쇼어에서 본 우즈강 폭은 30미터는 되어 보인다.

"저 흙무더기 꼭대기에 까맣게 변한 자리는 봉화 자리야?" 리스터가 강 반대편을 가리키고 있다.

마거릿이 고개를 끄덕인다. "트라팔가르 승전 소식이 전해진 날 밤 불이 켜졌어. 내가 창문에서 봤어."

백조 한 쌍이 미끄러지듯 지나가며 일라이자에게 경멸의 눈빛을 보낸다.

리스터가 묻는다. "그거 알아? 표시가 없는 백조는 모두 원칙적으로 왕의 소유래."

짧은 정적. 이어서 베티가 거짓말을 한다. "그걸 누가 몰라?"

리스터는 곧장 둑으로 내려가 몸을 기울인다.

"그러지 마!" 일라이자가 달려가 리스터의 팔꿈치를 붙잡는다.

"그냥 최고 수위 선을 확인하려는 거야." 리스터는 차가운 손가락을 일라이자 손가락에 끼워 다시 몸을 세운다.

렌들 탑 저수지를 채우는 증기 양수기의 철커덕 소리와 쉭쉭 소리만 나지 않으면 아이들은 지금 시골에 있는 것이나 다름없다. 급수 시설 옆에 있는 건물은 테이트 사감이 2주에 한 번 학생들을 데려가 시프트 원피스를 입은 채로 씻게 하는 대중목욕탕이다. 아이들은 그렇게 학교 안내서에 적힌 대로 **정숙한 학생이 되기 위해 최고 수준의 위생을 유지한다.**(일라이자는 온욕을 좋아하고 어떤 아이는 미지근한 물을 선호한다. 물론 머시는 찬물을 선택한다.)

어두워지는 오후에는 날씨가 너무 추워서 쇼어의 풀밭에 앉아 있기가 어렵다. 그래서 중학년은 이리저리 서성이며 왕의 손녀이자 막내 공주인 샬럿에 관해 이야기를 나눈다. 샬럿은 고작 아홉 살이지만 하인 수십 명과 함께 자기 소유 집에 살고 있다.

프랜시스가 말한다. "나는 싫을 것 같아. 학교 친구가 없잖아."

리스터가 말한다. "샬럿은 명랑하지만 고집불통에 제멋대로야. 휘파람 불기랑 말타기를 좋아한대. 변장한 채로 거리에 나가는 것도……. 가끔은 주먹다짐도 한바탕 벌인다더라."

일라이자가 보기에 리스터는 샬럿 이야기를 하는 척하며 자기 이야기를 하고 있다. "거짓말하지 마, 리스터."

"성경 이야기만큼이나 진짜야."

"엄마는 어디 있는데?" 낸이 알고 싶어 한다.

"왕세자가 매춘부라면서 아내를 추방했잖아." 베티가 속삭인다.

"그런 단어는 쓰지 마." 프랜시스가 애원한다.

마거릿이 말한다. "런던에 있는 내 사촌들이 그러는데, 왕세자빈은 샬럿을 만나는 것도 금지됐대. 유일한 자식인데 말이야. 그래서 수양아들, 수양딸을 수십 명이나 들였지. 불쌍해!"

중학년 몇 명이 너무 춥다고 불평한다. 그래서 리스터는 이른바 '사병 놀이'를 제안한다. 그녀는 자신을 대장으로 임명하고 나머지를 대형에 맞춰 줄 세운다.

"20보 앞으로."

아이들은 지시를 따른다.

"속보 행진! 이제 멈춰. 10보 뒤로."

"군인이 10보 뒤로 가라는 명령을 받을 일이 뭐가 있어?" 마거릿이 항의한다.

"사병들 조용! 연기 나는 커다란 화약 더미에서 차근차근 후퇴하는 거야."

아이들은 낄낄거리며 조금씩 뒤로 물러선다.

"이제 15보 옆으로."

"옆으로 가라는 명령 따위는 세상에 없을 텐데." 일라이자가 언급한다.

리스터가 소리친다. "꽃게처럼, 빨리!"

대형이 흐트러진 가운데 아이들은 나름대로 최선을 다한다. 그러다가 패니의 옷단이 낸의 몸에 걸려 그만 찢어져 버린다. 낸이 맹세한다. "잠들기 전까지 하나도 안 보이게 고쳐 놓을게."

"자, 제군들……."

"명령은 충분히 내린 것 같은데요, 대장님." 일라이자가 경고하듯 말한다.

"마지막이야. 모든 병사는 한쪽 무릎을 꿇는다."

"그럼 리넨에 초록 물이 들 거야."

"어차피 너희가 안 빨잖아." 리스터가 지적한다. "어서, 꿇어!"

중학년은 시키는 대로 한다. 몇몇은 다른 아이보다 더 적극적이다. 리스터는 줄 끝으로 성큼성큼 걸어간다.

일라이자는 뭔가 의심스럽지만 아무 말도 하지 않는다.

가짜 대장은 프랜시스를 힘껏 밀어 옆에 있는 마거릿에게 넘어지게 한다. 마거릿은 베티에게 넘어지고, 그렇게 계속 이어져 줄 전체가 도미노처럼 와르르 무너진다. 속치마 소녀들은 한데 뒤엉켜 흐느낀다 싶을 정도로 자지러지게 웃는다.

저녁 식사 전 일라이자는 친구 헤티와 함께 홀에 있는 제인을 발견한다. 헤티는 평소보다 더 통통하고 예뻐 보인다. 두 사람은 새끼 염소 가죽 장갑을 끼고, 새로 산 포크 보닛을 쓰고 있다. 얼굴을 가리기 때문에 **인비저블스**라고 부르는 보닛이다. 챙이 앞으로 너무 길게 튀어나와 차라리 말의 눈가리개를 하는 게 더 나을 듯싶다.

헤티가 일라이자를 보고 미소 짓는다. "제인, 네 동생이 너랑 얘기 좀 하고 싶나 봐."

제인이 입술을 비죽거린다.

"에이, 동생 놀리지 마."

제인이 주변을 맴도는 일라이자를 향해 고개를 돌리자 일라이자가 빠르게 말을 쏟아 낸다. "내가 지난 일요일에 거기서 읽던 더핀 부인 소설책 좀 가져다줘. 아마 쿠션 밑에 뒀을 거야. 에지워스 작가의 『벨린다』."

제인이 홀을 훑어본다. "여기에 하녀는 없어. 지금 누구한테 명령하는 거야?"

"부탁하는 거야." **옳지, 착하지** 전략은 성격이 다른 자매에게만 효과가 있을 것이다. "테이트 사감이 못 보게 제목은 가리고." 일라이자는 그 책이 금서로 간주된다는 사실에 갑자기 불안해진다.

헤티가 쇠못이 박힌 커다란 문에 작게 나 있는 나무문을 연 채로 잡고 있다. 헤티와 제인이 밖으로 나가고, 일라이자도 슬머시 뒤를 따른다. "제인 언니, 제발. 다 읽고 친구한테 빌려주기로 약속했단 말이야."

"어떤 친구? 고원에서 왔다는 어설픈 말괄량이?"

일라이자는 그 말을 무시한다. "미클게이트까지는 어느 길로 가? 렌들 페리 타고 건너가?"

"블레이크 가로 가서 회관을 지난 다음 우즈 다리를 건너. 거기서 나랑 헤어지지." 헤티가 알려 준다.

제인이 갑자기 화제를 바꾼다. "회관의 회원 무도회가 12월에 시작한대."

"우!" 헤티가 감탄한다. 그녀는 주머니에서 종이로 싼 기다란 보리엿을 꺼내 일라이자에게 한 조각을 잘라 준다.

고마워. 일라이자는 입 모양으로 인사한 뒤 입안에 엿을 획 집어넣는다.

"첫 번째 무도회에서 더핀이 날 소개하게 할 생각이야." 제인이 이어 말한다.

정말이지 부주의한 결례다. 후견인에게 경칭조차 붙이지 않는다니.

일라이자는 혀를 움직여 볼 쪽으로 엿을 밀어 낸다. "너무…… 이르지 않을까?"

"뭐 하러 기다려? 결혼을 잘하려면 런던이나 배스, 하다못해 요크에서라도 무도회 철을 보내야 한다고."

일라이자는 어깨를 으쓱한다. "나는 무서울 것 같아. 모든 시선을 한 몸에 받으며 무도회장에 들어서는 게 말이야."

헤티가 아작아작 엿을 씹으며 공감한다고 중얼거린다.

제인이 따진다. "나라고 안 무섭겠어? 하지만 숲으로 들어가지 않으면 사슴을 잡을 수가 없잖아."

제인의 친구가 작게 웃는다.

제인이 일라이자에게 달려든다. "수업 잘 들어, 이 바보야. 너랑 내가 돈을 물려받는 시점은 각자 스물한 살이 되는 날, 아니면 결혼을 하는 날이야. 둘 중에 먼저 오는 날. 후견인이 허락하면 여자는 열두 살부터 결혼할 수 있고……."

일라이자는 질색하는 소리를 낸다.

제인이 이어 말한다. "그러니까 물어볼게. 법이 요구하는 나이보다 이미 4년이나 더 기다렸는데 여기서 5년을 더 기다려야 할 이유가 도대체 뭐가 있겠어?"

정적. 제인의 친구가 보리엿의 긴 조각을 뚝 부러트린다.

"헤티, 길거리에선 안 돼!"

헤티가 엿 조각을 입안에 밀어 넣자 볼의 모양이 이상하게 일그러진다.

세 사람은 이제 대문 앞에 와 있다. 일라이자는 뒤로 물러난다. "그럼 잘 가."

제인이 철커덩 대문을 닫고, 일라이자는 부섬 바 아치문을 향해 빠르게 멀어지는 두 사람을 지켜본다.

일라이자는 가끔 거울을 지나다가 곁눈질로 자기 얼굴을 흘끗 보고는 마치 도둑을 마주친 양 잠시 불안해하던 때를 떠올린다. 제인은 일라이자에게 남은 가장 가까운 친족이다. **똑같은 갈색 피부.**(일라이자는 마음속으로 이 구절을 속삭인다.) 제인은 동생을 볼 때 바로 그 점을 본다. 분명 그래서 시선을 피하는 것이리라.

저녁을 먹으러 들어간 일라이자는 우편물을 발견한다. 저학년 두 명이 각자 남동생이 태어났다는 소식을 들었다.

"정말이지 행복한 우연이야." 프랜시스가 계속해서 말한다.

일라이자는 형제나 자매를 행복의 필수 요소로 여기는 프랜시스의 생각에 이의를 제기하고 싶다.(외동아이는 흔히들 그렇게 생각한다.) 하지만 그런 마음을 입 밖으로 꺼내지는 않는다.

마거릿이 식탁 너머로 속삭인다. "아기는 두 명에 한 명 꼴로 죽는 것 같아."

중학년들이 빤히 쳐다본다.

리스터가 조용히 주장한다. "세 명에 한 명 정도일 거야. 너무 작고 연약해서 어떤 병으로도 죽을 수 있는 것 같아. 여름에는 콜레라랑 장티푸스가 문제지."

"겨울에는 독감이 문제고." 프랜시스가 속삭인다.

"우리가 모두 아기였고 각자 살고 죽을 확률이 반반이었다고 생각하면 기분이 이상해." 일라이자가 살짝 몸을 떨며 말한다.

그녀의 눈이 저학년 사이에 있는 어린 던 양에게 향한다. 던은 이제 몇 개월째 울지 않고 있다. **시간과 생각**이 열한 살짜리의 슬픔을 길들인 걸까, 아니면 무심한 세상에 슬픔을 드러내 봐야 아무 의미가 없다는 사실을 깨달은 데 불과한 걸까? 던은 옆에 있는 빨간 머리와 친하게 지내는 듯하다. 일라이자는 이 사례에서 우정이 치료제 역할을 했다고 믿기로 한다. 어쨌든 매너에서 자신의 존재도 리스터가 지팡이를 한 번 휘두르면서 완전히 바뀌어 버렸으니 말이다.

경주 주간 토요일, 무척 흥분되는 날이다. 메리 스완의 할아버지가 네이브스마이어 특별관람석의 최초 후원자 중 한 명인 덕분에 메리의 아버지는 평생 입장권인 은색 토큰을 가졌다. 그리고 매너의 경영자 자매와 학생 열두어 명을 오늘 오후 경기에 초대했다. 중학년에서는 리스터, 베티, 일라이자가 명단에 올랐다. 일라이자는 어떻게 세 사람이 선택됐는지 도무지 이해가 되지 않는다.

특별관람석은 걸어서 3킬로미터 정도 거리에 있다. 하그레이브 교장이 우즈 다리를 건너며 강의를 한다. "경간(徑間) 하나가 21미터야! 영국에서 가장 큰 다리로 묘사됐지만, 내가 볼 때 리알토 다리와는 비교도 안 돼. 베네치아에 있는 다리 말이야." 교장은 뒤에 있는 저학년들을 위해 목소리를 높여 마지막 말을 덧붙인다. 일라이자의 장화 아래 돌들이 나무 덧신, 편자, 바퀴에 닳아 울퉁불퉁하다.

일행은 퀘이커 학교를 우르르 지나간다. 그곳 학생들은 매너 아이들보다 훨씬 더 밋밋한 옷을 입었다. 그럴 수 있다는 사실이 놀라울 따름이다. 레이스도 없고 색 허리띠도 없다.

베티가 주장한다. "하지만 퀘이커 가족들은 재산이 엄청 많을 거야. 종교적 규율 때문에 술이나 담배, 도박에는 한 푼도 못 쓰니까."

"나는 학생들이 산책을 하면서 프랑스어 동사를 암송해야 한다고 들었어." 일라이자가 베티에게 말한다.

테이트 사감이 뒤로 돌아 아이들에게 상기시킨다. "두 줄로 잘 맞춰서 걸으렴. 꾸물거리지 말고."

"잊지 마. 시간 낭비는 자기 자신에게서 도둑질을 하는 거야." 교장이 평소에 보이던 평온함은 이번 소풍으로 흐트러진 듯하다. 교장은 이제 고학년들에게 말하고 있다. "처음에 나는 반대를 했어. 운동경기장은 어린 여성에게 어울리지 않는다고 생각했으니까. 아주 최근까지 경마장에서 범죄자를 교수형에 처하고 무시무시한 경고의 의미로 매달아 놨었거든."

테이트 사감이 자매의 팔을 토닥인다. "요즘 교수형은 성에서 더 점잖게 집행해."

리스터가 일라이자의 귀에 대고 말한다. "어떤 여자아이가 자기가 낳은 신생아를 죽여 버려서 얼마 전에 목이 매달렸다는 기사를 읽었어.”

일라이자는 그런 모습을 상상하며 몸을 움츠린다.

“경주를 품위 있는 행사로 만들기 위해 모든 노력을 기울였다고 스완 씨가 장담하셨어.” 테이트 사감이 이어 말한다.

베티가 말 수백 마리를 몰아넣을 수 있는 마구간과 연병장을 갖춘 근사한 건물을 가리킨다. “봐, 기병대 막사야! 지금 그랜섬 경이 저 안에서 장교들과 술을 마시고 있을지도 몰라.” 베티는 웨스트라이딩 의용 기병대 소령이자 매너의 소유주인 젊은 남자에게 지나치게 관심을 보인다.

리스터가 기세를 꺾으며 말한다. “여기 있는 연대는 상비군이 아니야. 그러니까 그랜섬 경은 런던에 있을 가능성이 가장 높아.”

“그래도, 꿈은 꿀 수 있잖아.”

“무슨 꿈? 그랜섬 여사가 되는 꿈?”

베티가 히죽 웃는다. “분명히 경고하는데, 나는 학교를 퇴거시키고 킹스 매너 전체를 내 타운 하우스로 개조할 거야. 곡물 창고도 다시 무도회장으로 바꾸고.”

“그래도 프리니는 내쫓지 않을 거지?” 일라이자가 묻는다.

“안 내쫓아. 옛정을 생각해서 녀석은 자기 우리를 쓰게 해 줄 거야.”

일행은 멀리서 특별관람석을 발견한다. 겨울 목초지 위로 우뚝 솟은 2층 높이의 고전적인 궁전. 알고 보니 메리 스완을 제외한 모든 학생이 경주를 한 번도 본 적이 없다고 한다. 메리는 이곳 잔디를 밟은 전설적인 경주마들의 이름을 읊는다. 짐크랙, 이클립스.

“위층에서 봐도 되나요?” 리스터가 테이트 사감에게 묻는다.

사감이 망설인다. “그건 관중이 몇 명이냐에 따라 달라. 인파에 치이고 싶지는 않을 테니까.”

“그럼 발코니는요?”

메리 스완이 새된 소리로 말한다. “지붕에 관람대가 있어.”

“오, 거기는 좀 위험할 것 같구나.” 테이트 사감이 말한다.

“하지만 주변에 낮게 담이 쳐져 있어요.” 베티가 손가락으로 가리키며 말한다.

메리의 아버지가 밖으로 나와 지나치게 큰 소리로 딸의 학교 친구들을 맞이한다. "거의 2000미터 밖에서부터 너희를 발견했단다!"

일라이자와 리스터가 눈을 마주친다. 혹시 반쯤 술에 취했나?

스완 씨는 요크의 은행가로서 특별관람석에 있는 모든 사람의 이름을 아는 것 같다. 그는 매너 일행을 위층으로 안내하고 차와 둥근 빵을 주문한다. 하지만 먼저 주문한 사람이 많아 아이들은 한참을 기다려야 한다. 스완 씨는 아이들이 방금 여섯 살 말 경주를 놓쳤다며 아쉬워한다. 달링턴 백작의 말 햅해저드가 우승을 했다고 한다. 오늘 행사의 마지막은 100기니 상배(賞杯)가 걸린 경주가 장식할 텐데. 그때쯤이면 학생들은 매너에서 이불을 덮고 누워 있을 것이다. 현재 진행 중인 걷기 대회는 한밤중에야 끝난다. 선수두 명이 셰필드까지 왕복 160킬로미터 거리를 터벅터벅 걸어갔다가 돌아오는 중이다.

스완 씨가 마구 떠들어 댄다. "1788년 기록이 아직 깨지지 않았어. 21시간 35분이었지."

리스터기 일라이자에게 속삭인다. "나도 걷기를 아주 좋아하지만, 아픈 발을 질질 끌며 마을로 절뚝절뚝 들어오는 선수 두 명을 기다리는 게 어떤 매력이 있는지는 도무지 모르겠어."

초대자는 학생 모두에게 붐비는 지붕 위로 올라오라고 손짓한다. 일라이자는 짚으로 만든 보닛을 얼굴 앞으로 당겨 햇빛이 얼굴에 닿지 않게 한다.

스완 씨가 설명한다. "오늘 오후에 아주 색다른 광경이 펼쳐질 거야. 그래서 군중이 이렇게 늘어난 거지. 여자가 경주를 하거든!"

"여자가요, 스완 씨?" 하그레이브 교장이 매우 혼란스러워하며 방금 들은 말을 반복한다.

일라이자는 월등한 근육질 다리 덕에 종마와도 거뜬히 맞붙을 수 있는 빠르고 강인한 여자를 상상한다. 이름이 A로 시작하는 그 여신이 누구더라?

스완 씨가 말한다. "여성 기수를 말하는 거예요. 물론 상금이 걸린 경주는 아니고 그냥 곁들이로 재미 삼아 하는 거죠."

"도대체 어떤 점이 재미있나요, 스완 씨?" 교장이 묻는다.

"손턴 대령이라는 친구가 주장하기를 자기 아내가 사냥단원처럼 말을 타고 사냥을 잘한다는 거예요. 그래서 동서인 플린트 대위와 경쟁을 붙이고 아내한테 거금 1000기니를 걸었어요."

테이트 사감이 초조해한다. "저런, 대령이 정말 큰돈을 잃겠네요."

스완 씨가 말한다. "이제 나오네요. 스포츠 세계에서 처음 벌어지는 일일 거예요."

하그레이브 교장이 천국과 천성에 관해 의견을 내기 시작한다. 하지만 관중이 술렁이자 매너 학생들은 옥상 구석으로 우르르 몰려간다. 앞에 놓인 담은 고작 무릎 높이의 경계석이어서 일라이자는 사람이 넘어질 경우 한 명도 막을 수 없겠다고 생각한다. 한 사람을 둘러싼 채 군중이 소용돌이치고, 아이들은 그쪽을 유심히 내려다본다. 여자는 노란 셔츠에 뒤쪽 땅까지 끌리는 기다란 자주색 승마복을 입었고, 어딘가 어울리지 않는 같은 색 기수 모자를 썼다.

완전히 매료된 리스터가 자기 손을 움켜잡는다. "손턴 부인도 두 다리를 벌리고 말을 타나요, 스완 씨?"

테이트 사감이 얼굴을 찌푸리며 리스터를 내려다본다.

스완 씨가 말한다. "아니, 다리는 당연히 모으고 타야지. 이제 남편 말이 나오는구나. 늙은 빈가릴로, 경험이 아주 많아."

리스터는 황제의 색깔인 자주색 옷을 입은 이 여전사가 되어 수천 명의 비평과 조롱을 받고 싶은 걸까? 일라이자는 궁금해한다. 자기라면 차라리 죽어 버릴 것이다. 정말이지 두 사람이 이보다 더 다를 수가 없다. 그러면서도 마치 퍼즐 조각처럼 서로 너무나 잘 맞는다.

손턴 부인이 늙은 빈가릴로에 올라타 저 멀리 출발선으로 빠르게 멀어지자 아이들은 숨을 헉 하고 들이쉰다.

"거의 끝날 때까지 아무것도 안 보이겠어." 리스터가 불평한다.

"돈은 6 대 4로 여자에게 더 많이 걸렸단다." 스완 씨가 유쾌하게 말한다.

"다시 말해 군중 대부분은 여자가 이길 거라고 생각한다는 뜻이야." 스완 씨의 딸 메리가 어깨 너머로 언니들에게 알려 준다.

"오! 출발한 것 같아." 베티가 외친다.

"호각 소리가 안 들렸어." 일라이자가 반박한다.

메리가 말한다. "기수들이 6000미터나 떨어져 있어서 그래."

"여자가…… 부인이 앞서고 있나요, 스완 씨?" 리스터가 묻는다.

스완 씨가 고개를 끄덕인다. "아직은 그래. 음, 이제 한참을 앞섰구나. 간격을 많이 벌리고 있어."

리스터가 일라이자의 손을 고통스럽게 움켜잡는다. "부인이 이길 거야."

스완 씨가 말한다. "속단하기에는 너무 일러. 경주는 길면 10분까지도 걸릴 수 있거든."

일라이자가 리스터에게 묻는다. "너는 어떻게 확신하는 거야?"

"남자는 말만 타면 누구나 경주에 참가할 수 있잖아. 하지만 여자가 역사상 처음으로 출전하려면…… 실력이 얼마나 좋겠어?"

"다 알까?" 일라이자가 속삭인다.

메리 스완이 우연히 그 말을 듣는다. "우리 아빠는 경마 애호가야."

"아니, 늙은 빈가릴로 말이야. 자기가 여자를 태우고 있다는 사실을 알겠느냐고."

리스터는 눈을 가늘게 뜨고 경주로를 빠르게 지나가는 자주색 삼각기를 내려다본다. "기수가 다리를 모으고 앉았는데 말이 못 느낄 수는 없을 거야. 무게도 더 가벼울 테고."

일라이자가 의견을 낸다. "신호도 다르겠지. 고삐를 잡은 손의 느낌도."

관중이 함성을 지른다.

"여자가 1마신(馬身)이나 앞섰어." 스완 씨가 전한다.

리스터의 손톱이 일라이자의 축축한 손가락을 파고든다. "최초의 여성 기수가 승리하는 날 우리가 운 좋게 이 자리에 있다니, 믿어져?"

그때 무슨 일이 일어난다. 일라이자는 틈새로 내다보기도 전에 옥상에 낮은 탄식이 퍼지는 소리를 듣고 일이 벌어졌음을 느낀다. 자주색 옷을 입은 기수가 갑자기 속도를 줄이고 있다. 말의 왼쪽 옆구리로 조금씩 미끄러져 내려간다.

"안 돼!"

스완 씨가 신음한다. "뱃대끈이 풀린 모양이구나."

"그럼 멈출까요?"

"튕겨져 나가서 짓밟힐 수도 있어."

리스터가 묻는다. "플린트 대위가 기다려야 하는 거 아닌가요? 뱃대끈 때문이면 공정한 경주가……."

하지만 남자는 먼지구름을 일으키며 계속 말을 달리고 있다. 이제 경주로에 혼자 남아 인파로 가득한 특별관람석을 전속력으로 지나간다. 환호성. 동시에 들리는 야유와 힐책의 소리. 남자는 석회 가루로 그린 선을 쏜살같이 지나간다.

스완 씨가 전한다. "대위가 이겼구나. 불쌍한 손턴 부인. 아주 기백이 넘치는 경기였어."

"치사하게 다리를 모으고 앉게 해서 그래요!" 리스터가 너무 큰 소리로 말한다.

테이트 사감이 고개를 갸우뚱한다.

리스터가 주장한다. "이건 공정한 시합이 아니었어요. 다리를 벌리고 앉아서 말 몸통을 제대로 붙잡을 수 있었다면……."

"**조용!**" 테이트 사감이 입술에 손가락을 가져다 대며 다급히 속삭인다. "논쟁 벌점 1점이다."

일라이자는 잠자코 있으라는 의미로 리스터의 손을 꽉 잡는다. 그녀는 손턴 부인에게서 눈을 뗄 수가 없다. 말에서 미끄러진 부인은 고개를 높이 쳐든 채 마지막 힘을 다해 녀석을 끌고 가고 있다. 그사이 군중은 부인을 향해 아우성을 친다.

❖

이제 12월이 가까워졌다. 해는 4시도 되기 전에 지평선 아래로 사라지고,

학생들은 기상 종에 침대 밖으로 겨우 몸을 빼낸다. 일라이자는 어둠 속에서 더듬더듬 옷을 입는데 아무리 지치고 휘청거리는 상태라고 해도 리스터 덕분에 항상 낄낄댈 수밖에 없다.

『헤럴드』 신문에 따르면 나폴레옹의 군대가 수적으로 훨씬 열세임에도 불구하고 아우스터리츠에서 러시아와 오스트리아 연합군을 격파했다.

리스터가 암울하게 전한다. "이제 나폴레옹에 저항할 나라는 영국밖에 없어. 우리가 최후의 보루야."

고학년은 연휴를 어떻게 즐길 생각인지 서로 자랑하느라 여념이 없다. 약혼한 두 학생은 약혼남에게 줄 작은 초상화를 그릴 계획이다. 얼굴 전체가 아니라 연인의 눈이라 부르는 눈썹 하나, 눈, 곱슬머리 몇 가닥만 그린 뒤 코담뱃갑이나 로켓[22]에 끼울 것이다. 얼굴을 모두 드러내지 않는 이런 부분 초상화는 신사가 약혼녀의 아름다움을 조심스레 암시할 수 있기 때문에 요즘 대단한 인기를 끌고 있다.

일라이자는 보통 크리스마스 축제를 아주 고대하지만 올해는 인도에서 기병대 기수로 복무하던 더핀 부부의 조카가 열병으로 죽는 바람에 부부의 기분이 가라앉아 있다. 이떤 겨울 무도회에도 데러가 줄 수 없다는 말을 들은 제인은 몹시 반항적이다. 어느 12월 아침 매너로 걸어가면서 제인이 일라이자에게 투덜거린다. "내 피부색이 조금만 더 밝았다면 더핀은 분명 모험을 했을 거야."

과연 그럴까? 일라이자는 의문을 품는다. 피부색이 어떻든 열여섯 살 아이를 온 마을에 보여 주고 다니면 돈을 노리는 북부의 모든 구혼자를 초대하는 것처럼 보일 수 있다. 하지만 일라이자는 그런 말을 꺼내 제인을 화나게 하지 않을 것이다. 사실 어느 정도는 언니 말이 옳을 가능성도 있다. 어쨌든 편견은 좀처럼 자신을 드러내지 않으니까. 그래서 장막 너머를 유심히 보고, 희미한 소리를 열심히 듣고, 공기에 남은 미세한 냄새를 맡아야 한다.

이번 연휴 동안 일라이자가 즐겁게 기대할 수 있는 건 딱 하나, 유명한 그

---

22) 뚜껑을 여닫을 수 있게 되어 안에 사진이나 그림 등을 넣어 두고 다니는 목걸이.

리말디 무언극을 보러 갈 가능성이 있다는 것이다. 미클게이트 집에서, 그 것도 내 방 같은 느낌이 전혀 안 드는 북향의 손님방에서 한 달을 꼬박 보내 야 한다고 생각하면, 정말이지 종이처럼 납작해지는 기분이다. 리스터가 없 는 한 달이라니.

리스터도 단짝 없이 가족과 집에 있을 것이다. 그녀가 일라이자를 그리워 할까? 아니면 형제들과 노느라 정신이 팔려 일라이자는 생각조차 하지 않을 까? 날 그리워해 줄 거야?라고 물으면 한심할 것이다. 그러면 나약하고 연약 하고 불안한 친구처럼 보여 리스터가 떠나길 잘했다고 생각할 것이다.

저학년은 학교를 꾸밀 호랑가시나무 화환을 만든 뒤 손끝이 쓰리다고 호 소한다. 가시에 찔린 부위가 빨갛게 부풀어 올랐다. 종업식 날은 식당에서 상품을 나눠 준다. 리스터는 프랑스어 신약성경 한 권을 받고 머시는 **경쟁 보상**이라고 새긴 작은 메달을 받는다. 이번에 아무것도 받지 못한 마거릿은 조금도 개의치 않는다고 주장한다.

"연휴 동안 나한테 꼭 편지 써, 사랑하는 내 친구." 낸이 벌써 눈시울을 붉히며 패니에게 간청한다.

"그렇게, 친구야."

"이렇게 허약한 몸으로는 잊혀 버리는 걸 견딜 수가 없어."

"절대 안 잊을 거야." 패니가 기침으로 사방에 침을 튀기며 말한다.

일라이자는 이 대화를 들으며 리스터에게 편지 한 장 보내 달라는 부탁조 차 하지 않으리라고 다짐한다.

이제 마지막 무용 시간. 테이트 선생님이 학생들을 짝지어 줄 세운다. 키 가 더 큰 '신사'는 1.2미터 정도 떨어져 '숙녀'를 마주 보고 선다. 선생님은 바이올린으로 짧은 악구들을 연주하며 사이사이 지시 사항을 크게 외친다. 선율이 즐거울수록 교사의 표정은 더욱 처량해진다.

이제 교실 위쪽으로 올라가는 한 쌍만 동작을 취하고 있다. 그래서 다른 학생들은 담소를 나눌 기회가 많다.

"'요크 구더기'라는 역겨운 이름을 붙인 춤을 우리가 왜 춰야 할까?" 베 티가 알고 싶어 한다.

일라이자가 말한다. "구더기는 귓속으로 꿈틀꿈틀 들어가는 선율을 의미할 뿐이야."

"그건 나도 알아! 테이트 선생님이 연주를 멈추기만 하면 이 구더기는 아주 쉽게 털어 버릴 수 있을 거야."

"적어도 리고동 춤곡은 아니잖아. 나는 그렇게 폴짝폴짝 뛰는 게 정말 싫어." 마거릿이 한숨을 쉰다.

베티가 자기 가슴을 의미심장하게 슬쩍 내려다보며 고개를 끄덕인다. "모든 게 들썩 올려졌다가 털썩 떨어지지."

일라이자 건너편에 있는 명목상 숙녀들 사이에서는 리스터가 모두를 집중시키는 이야기를 하고 있는 모양이다. 전혀 여성스럽지 않지만 리스터는 그들과 함께 있는 걸 진심으로 즐기고 있다. 마치 고양이 무리와 노는 개 한 마리처럼. 일라이자는 가끔 몸을 부르르 떨며 궁금해한다. 리스터는 첫날 밤 우연히 배정받은 룸메이트가 누구든 간에 그애와 짝을 이루었을까? 일라이자 인생 최초의 진실하고 소중한 우정은 단지 운에 불과한 것일까? 일라이자는 이 우정을 쉽게 얻은 만큼 사소한 이유로도 쉽게 잃을 수 있을까?

"더블유(W) 모양은 나오면 안 돼!" 교사는 여전히 바이올린을 들고 아이들 사이사이를 돌아다니며 뾰족하게 튀어나온 팔꿈치를 볼 때마다 그쪽으로 고개를 홱 젖힌다. "가능하면 구불구불하게 곡선을 그리렴. 백조의 목처럼." 교사는 큰 기대 없이 주문한다. "피어슨 양, 마지막 스텝은 사이드 샤세가 아니라 콩트르탬스여야 해."

패니는 근심에 젖어 진땀을 흘린다. "선생님, 잠깐 숨 좀 돌려도 될까요?"

테이트 선생님은 학생들에게 시간을 1분 준다. 그런 다음 어김없이 왕세자가 가장 좋아하는 선율로 알려진 〈나는 더 이상 그 마을로 가지 않으리〉를 연주하기 시작한다.

일라이자가 말한다. "최근에 회관에서 두 시간 반 동안 이 곡을 계속 연주했다고 들었어."

아이들은 신음을 내뱉는다.

그런데 '나는 더 이상'이 끝나자 리스터가 곧 성탄절이라는 이유로 마지막 20분 동안 '커벌리의 로저 경'을 들려 달라고 교사를 설득한다. 성탄절에 인기가 있고 아무 생각 없이 춤만 출 수 있는 음악이다. 교실의 아래에 있는 신사와 위에 있는 숙녀가 뒤로 물러섰다가 다가간다. 그다음에는 신사가 위에, 숙녀가 아래에 선다. 이번에는 팔짱을 끼고 같은 동작을 반복한다. 그런 다음 나선형으로 움직이고, 다시 바늘에 실을 꿰듯이 움직인다. 맨 위에 있는 커플이 뒤로 돌아 각각 줄지어 선 사람들 안팎으로 이리저리 지나간다. 그렇게 다시 만나 여유롭게 제자리로 돌아간다. 이 춤은 모두가 미소 지을 때까지 계속 이어진다.

물론 테이트 선생님은 예외다. 일라이자는 이 모든 게 테이트 선생님에겐 악마가 대혼란을 일으키는 소리로 들릴지도 모르겠다고 생각한다.

학생들이 쏟아져 나가는 사이 리스터가 계단에서 어린 일라이자 앤 테이트를 붙잡는다. "잠깐만, 아가씨. 너희 아빠는 이 일을 온전히 즐기지도 않으면서 도대체 왜 직업으로 삼은 거야?"

아이가 턱을 삐죽 내민다. "아빠의 아빠가 무용 교사셨어. 엄마의 엄마가 부모님한테 매너 학교를 물려받고 딸들에게 넘겨주신 것처럼."

"뭐야, 우리 모두 조상의 발자취를 따라야 하는 거야?"

테이트 꼬마는 당연하지 않느냐는 듯 리스터를 멍하니 마주 본다.

일라이자는 이것이 무용과 비슷하다고 생각한다. 미리 정해진 패턴. 더핀 부부는 제인과 일라이자가 의사나 회사 사람과 결혼해 아들을 낳고 회사 사람이나 의사로 키우기를 내심 기대하고 있을까? 일라이자의 인생길은 거의 시작하자마자 이미 정해진 걸까?

일라이자 앤 테이트가 이어 말한다. "앤 이모한테는 아이가 없어서 나한테 교장 자리를 물려주기로 약속하셨어."

리스터가 웃는다. "그러셔, 이 거드름쟁이 꼬마야?"

일라이자는 이 테이트 꼬마가 얼마나 자신만만한지, 그리고 본인이 대를 이을 거라는 생각에 얼마나 신나 하는지를 보며 깜짝 놀란다.

저녁 식사 후, 해산하기 전 마지막 오락 시간, 하그레이브 교장은 중학년과 고학년에게 스냅 드래곤 놀이를 허락할 정도로 많이 누그러져 있다. 아이들은 브랜디를 담은 접시에 건포도와 아몬드를 떨어트리고 불을 붙인다. 그런 다음 한데 모여 불꽃이 스러지는 순간을 기다린다. 불이 꺼지면 맛있는 과일과 견과를 재빨리 먹고 불에 그을린 손가락을 날름날름 핥을 수 있다.

취침 시간 직전, 웨이츠(고대 도시 밴드로, 성탄절 무렵 그리고 의례가 열릴 때면 여전히 거리에 모여 음악을 연주한다)의 날카로운 피리 소리가 들린다. 학생들은 허락을 받고 서둘러 방으로 가 망토를 입은 뒤 다시 음악을 들으러 밖으로 나간다.

"딱 5분이다." 테이트 사감이 벌써 후회하는지 큰 소리로 외친다.

밴드는 낮고 단조로운 소리를 내는 목관악기 숌을 들고 킹스 매너와 성벽 사이 밧줄 제조 공장에 모여 있다. 오래된 석조물 뒤에 선 아이들 눈에는 보이는 것이 거의 없다. 지위를 나타내기 위해 알록달록한 가운 위에 걸친 은색 쇠줄이 구멍 사이로 언뜻언뜻 보일 뿐이다. 밴드는 **팔랄라**라는 소리로 가득한 캐럴을 한 곡 부른 뒤 다시 기다란 피리를 들고 흥겹게 연주한다. 일라이자는 너무나 흥겨운 나머지 지갑에 있는 동전을 모두 꺼내 리스티와 함께 벽 너머로 높이 넌져 올린다. 동전은 밴드 연주자들 머리 위로 비처럼 쏟아져 내린다.

레인이 리스터에게,
1815년

내가 가장 사랑하는 리스터,

네가 나를 거의 알아보지 못할 거라는 사실을 전하게 돼서 기뻐. 우울이 마법처럼 즐거움으로 변했어! 머리에 흰색 새틴 리본을 다는 나만의 스타일도 다시 하기 시작했어. 잠은 훨씬 적게 자지만 피로는 더 잘 풀리는 느낌이야. 여기엔 정말 나한테 필요한 게 다 있어. 나는 나 자체로 하나의 작은 세상이야. 내 뇌에는 흥미로운 정보가 구더기처럼 바글거려. 질문과 추측과 생각이 많아서 조금도 우울할 새가 없어. 나는 등반가처럼 인생의 정점에 올라 잠시 한숨을 돌려. 그리고 고요하고 행복한 눈으로 발아래 세상의 모든 혼란과 시련을 내려다봐. 그리고는 거기서 벗어난 나 자신에게 축하를 보내. 모든 사람은 자기 문 앞에서 정오를 본다. 옛 속담은 이렇게 말하지. 나는 이제 사방에서 맑고 반짝이는 하루를 봐.

동료 세입자들과 오후 산책을 나가면(그냥 솔직하게 환자라고 부르자. 전속력으로 달리거나 종종거리거나 땅에서 기거나 굴러다니지 않고 똑바로 걸을 수 있는 환자) 사람들이 알랑대는 시선으로 나를 빤히 쳐다보는 걸 알아차릴 수밖에 없어. 내가 남보다 눈에 띄기는 하나 봐. 회갈색 무리 안에 다소 이국적인 외모와 깃털을 가진 새 한 마리처럼. 자만인지는 모르겠지만 이곳 주민들도 내 태도, 말, 자세, 복장을 흉내 내기 시작했어. 이 변변찮은 작은 마을에서 대도시 스타일로 돌아다니니 마치 진귀한 나비처럼 보이는 거야.

나는 사방으로 미소를 보내. 클라크슨 수간호사가 항상 우리를 재촉하지만 않으면 가게 몇 군데에서 돈도 넉넉히 써 줄 거야.

집으로 돌아오면(가장 참된 의미로는 우리 정신병원, 우리 보호 수용소, 우리 안식처, 우리를 괴롭히는 환경에서 피난하는 거소) 나는 연주할 기회를 절대 놓치지 않아. 물론 두통에 시달리는 환자는 퍼셀, 크레이머, 클레멘티(코렐리인가?)의 유쾌한 선율도 견디지 못해. 내가 놀랍도록 빠른 속도로 연주하는 법을 배운 〈터키 행진곡〉도 마찬가지고. 나는 반주를 하면서 우리가 가장 좋아하던 노래 〈케 파로〉를 즐겨 불러. 내 사랑 없이 나는 무얼 해야 하고 어디로 갈 수 있을까? 얼마 전에는 새로 들어온 환자가 내 음악에 화를 냈어. 아니, 어쩌면 능숙하게 건반을 치는 모습에 불타는 질투심을 느꼈는지도 몰라. 내 어깨를 꽉 깨물더라고. 하지만 나는 웃으면서 연주를 계속했어. 봐, 미치광이라고 전부 이가 빠지는 건 아니야!

악기 사용이 금지되면 나는 정원으로 나가 파르나소스산을 올라. 이게 뭘 의미하는지 짐작할 수 있겠어? 작은 언덕, 길 너머를 조망할 수 있는 흙무더기를 말하는 거야. 나는 나이팅게일 새처럼 선 채로 오래된 노래를 불러. 그러다가 클라크슨 수간호사가 나를 데리고 들어가려고 하면 가만히 미소만 지어. 그 무엇도 나의 행복한 기분을 짓밟을 수는 없으니까. 나는 몇 시간 동안 쉬지 않고 책상에서 아주 조용히 놀아.("조용! 조용!" 테이트 사감이 다급하게 속삭이고는 했지.) 아마 이 소식을 들으면 너도 깜짝 놀랄 거야. 내가 하룻밤 사이에 무려 열네 곡이나 만들었거든. 그중에 여덟 번이나 변주되는 곡 하나는 제목을 '웰리의 작별 인사'로 지었어. 옛날에 너와 웰즐리 소장을 비교하며 붙여 준 별명을 암시하는 거야. 인도에서 마라타족을 상대로 용맹을 떨친 웰즐리 소장은 한참 뒤 나폴레옹을 물리치고 웰링턴 공작이라는 칭호를 얻었어. 어쩌다 보니 그 지명도 '웰리'처럼 들리네!

기하학은 한 달 안에 완전히 이해해 볼 생각이야. 복잡한 삶의 미로를 연상시키는 각도들이 얼마나 매력적인지 몰라. 그리고 너는 이 소식도 좋아할 거야. 폐를 튼튼히 하려고 내가 낼 수 있는 가장 힘 있는 목소리로 셰익스피어의 모든 작품을 읽고 있거든. 다음에는 이탈리아, 그리스, 터키의 유럽 지역과 아시아 지역, 그리고 아시아 전체의 역사와 지리를 살펴볼까 해. **낯선 나라를 보러, 보러, 보러, 낯선 나라를 보러.** 나는 이렇게 전 세계를 돌아다니기로 마음먹었어. 그래야 마침내 우리 적이 우월한 영국의 힘에 굴복할 때 내가 직접 항해를 할 수 있을 테니까.

나한테 지위나 보호자가 없기 때문에 이룰 수 없는 야망이라고? 글쎄, 그건 모르는 거야. 누가 알 수 있겠어? 감옥 문은 예고도 없이 활짝 열렸어. 우리는 앙상한 절망의 뼈대에 등을 돌리고 부드럽게 구부러지는 희망의 팔다리에 매달려야 해. 어쩌면 가방에 권총을 넣고 동반자이자 경호원으로 나와 함께 여행하자고 너를 설득할 수도 있지 않을까, 리스터? 우리는 열네 살 때 어디든 다 가겠다고 맹세했어. 그걸 잊지 않았기를 바라. 전설적인 아르노강뿐 아니라 다뉴브강, 모스크바강, 심지어 인더스강과 갠지스강의 기슭에서도 너랑 내가 왜 마음껏 먹고 즐기지 못하겠어?

지금 이 순간 내 눈에는 이 종이 위 잉크처럼 네가 선명하게 보여. 너는 내 기억의 촉수가 너무 민감하다며 나를 비웃는 것 같아. 하지만 바로 이게 강력한 힘의 원천이 아닐까? 소란한 가운데서든 고독 속에서든 성인의 시체처럼 기적적으로 변함없이 내가 사랑하는 사람의 모습을 떠올릴 수 있는 것 말이야.

너와 내가 직접 만날 수만 있다면 나는 펜 대신 혀를 사용해 종이에서는 차갑지만 실제로는 따뜻하게 흐르는 유창한 말로 이야기할 수 있을 거야. 그러면 잃어버린 걸 모두 되찾을지도 몰라. 너는 별자리가 도는 것만큼이나 필연적으로 나에게 돌아올 거야, 리스터. 너는 폭풍우가 몰아치는 해안에서 나를 이끌어 준 밝은 별이야. 현관문을 두드리는 소리가 들릴 때마다 내 귀가 쫑긋해져. 혹시

진귀한 물건,
1806년 1월

성탄절. 주현절. 1년 농사를 시작하는 '쟁기 월요일'. 미클게이트 거리의 더핀 부부 집에서는 하루하루가 느리게 흘러갔다. 일라이자는 리스터가 편지를 쓸지도 모른다고 생각했다. 먼저 움직이는 쪽이 꼭 리스터여야 할 이유는 없지만 자신이 먼저 편지를 보낼 엄두는 감히 내지 못했다. 일라이자는 이게 소심한 염려라는 사실을 안다. 하지만 학교는 그 자체로 작은 세상이다. 학기 중이 아닐 때에는 우정이 여전히 견고하고 이슬처럼 증발하지 않았다는 사실을 굳게 믿기가 어렵다.

매너가 다시 문을 열 때쯤 1월은 절반 정도가 지났다. 눈이 들판을 차지하고, 백색이 수도원 잔해에 이르고, 서리가 잔디를 은빛으로 물들인다. 더러운 창문 너머로 붉은 해가 막 떠오르는 오전 8시 15분, 일라이자는 덜거덕거리며 마을을 가로지르는 마차 안에서 리스터 목록에 단어를 추가한다. 반의어, 모순되는 말, 불가능한 조합들.

꼼꼼한…… 하지만 저돌적인.
활기찬…… 하지만 쉽게 따분해하는.
시간을 잘 지키는…… 하지만 태평하기 그지없는.
관대한…… 하지만 성마른.
암울한…… 하지만 쾌활한.

익살맞은…… 하지만 영웅적인.

공손한…… 하지만 거만한.

공상에 잘 빠지는…… 하지만 현실적인.

너그러운…… 하지만 흥정에는 끈질긴.

솔직한…… 하지만 음흉한.

이렇게 반대되는 모든 특징이 동시에 사실일 수 있을까? 아니면 단순히 일라이자가 너무 둔해서 지금껏 만난 가장 흥미로운 사람을 제대로 이해하지 못하는 걸까?

세상일에 밝은 낭만주의자.

현실적인 몽상가.

시골 출신 세계인.

어설픈 매력덩어리.

야심 찬 장난꾼.

진지한 광대.

적어도 몇 가지는 확실하다.

리스터는 영리하다.

리스터는 이상하다.

리스터는 리스터다.

소용없다. 종잇조각이 글자로 가득 차도 일라이자는 결론에 다다르지 못한다. 그녀는 종이를 구겨 작은 공으로 만든 뒤 창문을 조금 내리고 물에 잠긴 배수로에 휙 던져 버린다. 잠시 후 마차는 자갈을 깐 고리형 진입로로 들어서 사자와 유니콘이 달린 킹스 매너의 오래된 문 앞에 일라이자를 내려준다.

일라이자는 위층에서 리스터를 만나고 싶다. 두 사람의 작은 슬로프에서. **네가 많이 보고 싶더라.** 일라이자는 이렇게 말할 것이다. 하지만 거기엔 리스터의 낡은 트렁크와 가방들만 있을 뿐이다.

일라이자의 친구는 식당에서 우유를 마시고 있다. 그녀의 코와 턱이 햇볕에 까맣게 탔다.

"어디 있었길래 그렇게 탄 거야? 지브롤터[23]?" 마거릿이 묻는다.

"팀북투[24]?" 낸은 셔틀콕을 치듯 농담을 이어 가려고 노력 중이다.

리스터가 친구들의 머리 너머로 일라이자를 보며 활짝 웃고는 대답한다. "그냥 핼리팩스에 있었어. 마켓웨이턴에 갔더니 엄마가 갓 태어난 아기를 보여 주며 우리를 놀라게 하더라고. 그래서 샘이랑 존이랑 나는 시브던 저택에서 큰아버지, 고모들과 연휴를 보냈지. 나무도 수십 개나 오르고."

"멋지다! 남자아이야, 여자아이야?" 프랜시스가 감상에 빠져 묻는다.

리스터가 말한다. "오, 갓난아기는 그냥 살덩어리에 불과해. 너희 그거 알아? 아기의 두개골 판은 제자리에 고정돼 있지 않대. 그래서 나올 때 머리가 꽉 끼지 않고 압착될 수 있는 거래."

항의의 신음 소리. 낸은 배를 움켜잡는다.

마거릿이 묻는다. "근데 정말, 남자아이야, 여자아이야?"

리스터가 고백한다. "또 여자야. 신이시여, 그 아이를 돌보소서."

"그게 무슨 얼빠진 소리야!"

"나는 미치지 않고도 이상할 수 있어. 그러길 바라. 특별한 자질이니까."

베티가 킥킥거린다.

리스터가 자세를 취한다. "Etiam si omnes, ego non. 베드로가 우리 주님께 말했지. 무슨 뜻이냐면……."

"누가 물어봤니?" 마거릿이 항의한다.

리스터는 개의치 않고 번역한다. "다 주를 버릴지라도 나는 언제든지 버리

---

23) 스페인 남단에 있는 영국의 직할 식민지.

24) 아프리카 말리에 있는 도시로 오래전부터 서구에는 황금이 넘치는 땅으로 알려졌다.

지 않겠나이다."[25]

일라이자는 무리 안에서 리스터에게 어떻게 말을 걸어야 할지 알지 못한다. 재담이 너무 빨리 오고 간다. 일라이자는 주로 지켜보고, 듣고, 나중에 던질 질문을 생각한다.

"네 새로운 여동생은 예뻐?" 낸이 묻는다.

"갓난아기 중에 예쁜 아이가 어디 있어?" 리스터가 의문을 제기한다.

"다 예쁘지! 대부분은." 프랜시스가 한발 물러선다.

"그냥 인정하면 안 될까? 그애들은 살이 좀 오르기 전까진 작고 이상한 원숭이일 뿐이야."

"이제 사람을 잡아먹는 거인처럼 말하네." 일라이자가 중얼거린다.

리스터는 눈을 반짝이며 포효하듯 이를 드러낸다.

"너도 아이를 낳으면 엄청 예쁘다고 생각할 거야." 낸이 리스터에게 장담한다.

리스터가 얼굴을 찡그린다. "번식은 골치 아픈 일이야. 나는 포도를 좋아하지만 불쌍한 포도나무가 되고 싶지는 않아." 리스터는 과일 무게에 축 늘어지는 나뭇가지 같은 몸짓을 취한다. 모두가 그 모습을 보고 깔깔 웃는다. "참, 베티, 너한테 전할 말이 있어. 신문을 보니까 우리 소유주가 결혼을 했다더라."

베티가 얼굴을 찌푸린다. "그랜섬 경이? 확실해?"

"나도 이름은 읽을 줄 알아. 확실해. 여자가 백작의 딸이래."

베티가 투덜거린다. "그럴 줄 알았어. 깃털이 같은 새들은 무리에 끼려는 신참을 매섭게 쪼아 쫓아 버린다니까."

중학년들은 피트 총리가 마흔여섯 살에 위장 파열로 죽은 이유를 추측한다. "더핀 박사는 포트와인을 너무 많이 마셔서 그렇게 됐다고 했어." 일라이자가 언급한다.

리스터는 회의적인 표정을 짓는다. "과로 때문은 아닐까? 대영제국을 운

<hr />

25) 신약성경 마태복음 26장 37절.

영하는 일이 얼마나 부담스럽겠어. 특히나 전쟁 중에는."

"걱정 마. 그런 책임이 네 어깨에 지워질 일은 절대 없을 거야." 마거릿이 놀린다.

"죽음은 그냥 일어나는 사건이야." 머시가 너무나 음산하게 말하는 바람에 중학년들이 빤히 쳐다본다. "원인을 예측하려고 하는 건 날짜를 예측하는 것만큼이나 아무 도움도 되지 않는다고 생각해. 우리는 끝을 예상하면서 살아야 해."

"그동안 이렇게 단란하고 유쾌한 수다가 정말 그리웠어." 리스터가 중얼 거리자 모두 깔깔 웃는다. 심지어 머시도 웃음 짓는다.

중학년들이 하루 중 대부분을 보내는 교실에는 거대한 튜더식 난로가 있다. 하지만 불이 아주 작아서 온기를 느낄 수가 없다. 오늘 오전 수업 내내 일라이자의 손가락은 감각이 전혀 없는 상태다.

식당도 마찬가지다. 저녁 오락 시간에 테이트 사감과 하그레이브 교장은 가리개를 세워 열기로부터 얼굴을 막은 채 불 바로 옆에 앉는다.

"1분만이라도 우리가 몸 좀 녹이게 자리를 비켜 주면 얼마나 좋아." 낸이 두 번째 숄을 목에 감으며 원망스럽게 속삭인다.

중학년들은 홀의 추운 쪽 끝에서 수수께끼 놀이를 하고 있다.(머시는 예외다. 그저 프랑스어 불규칙 동사를 암기하느라 바쁘다.)

"완전히 벗었을 때 입을 수 있는 것은?" 마거릿이 묻는다.

"아무것도 안 입었는데 뭘 입고 있을 수가 있어?" 패니가 묻는다.

"아마 말장난일 거야." 머시의 시선은 자신의 책장에 고정돼 있다. "프랜시스, 이건 어떻게 발음해?"

프랜시스가 몸을 기울인다. "엘 파엥(Elles paient). 그들은 값을 지불한다."

"다들 포기하는 거야?" 마거릿이 알고 싶어 한다.

"아니!"

"다시 말해 줄게. 완전히 벗었을 때……."

리스터가 말한다. "잠깐만, 나 알 것 같아. 벌거벗은(bare)……. 곰 가죽 (bearskin)!"

마거릿이 축하의 미소를 보낸다. "보상은, 다음 문제를 네가 내는 거야."

일라이자는 누가 요청한다고 바로 문제를 만들어 내지는 못한다. 자신의 지능이 천천히 피는 꽃 같다는 사실을 잘 알고 있다.

리스터가 손가락을 튕긴다. "생각났다. 내리닫이창은 왜 분만하는 여자 같을까?"

외설적인 화제가 나오자 패니가 연기를 물리치듯 두 손을 흔든다. "테이트 사감이 들으면 우리 모두 벌점을 받을 거야."

리스터가 약속한다. "부적절한 행위는 나 혼자 했다고 얘기해서 안심시킬게. 맞혀 봐. 내리닫이창은 왜……."

패니가 속삭인다. "아, 나 알 것 같아. 혹시 판유리(pane)랑 관련된 거야?"

리스터가 놀라며 말한다. "대단한걸, 친구. 고통(pain)으로 가득하기 때문이야."

일라이자는 최근에 해산을 한 리스터 부인을 떠올린다. 부인은 이전에 일곱 자녀 중 둘을 잃었다. 이번 아기도 엄동설한을 견디지 못할까 봐 두려워하고 있을 것이다. 베티의 엄마도 마찬가지다. 아홉 자녀 중 고작 다섯 명만을 살려 냈다. 일라이자는 몸을 부르르 떨며 스펜서재킷의 딱 붙는 소매 위로 두 팔을 문지른다. 이 여자들은 어떻게 그런 비극을 겪고, 또 갓난아기를 먹이고 달래고, 그러면서도 그렇게 자주 아기를 묻을 수 있는 걸까? 도무지 상상이 가지 않는다.

"테이트 사감님?" 리스터가 외친다.

"조용!"

리스터는 가까이 다가가 더 조용한 목소리로 말한다. "추워서 죽을 것 같아요. 뛰어다니는 놀이를 하며 몸을 덥혀도 될까요?"

테이트 사감은 거부할 명분을 찾지 못한다.

리스터는 중학년들을 시켜 의자를 둥글게 배치한다. 저학년 두어 명도 끼워 달라고 간청하지만 결국은 쫓겨나고 만다.

리스터가 중앙에서 말한다. "나는 묻는 사람이고, 너희는 모두 답하는 사람이야. 당신은 이웃을 사랑하나요, 패니?"

"음……."

"그렇다고 해."

"네, 사랑합니다."

"마거릿, 당신은 이웃을 사랑하나요?"

"그런 것 같아요."

"당신은 이웃을 사랑하나요?" 리스터가 눈빛으로 일라이자를 꼼짝 못 하게 한다. 리스터는 남 앞에선 다른 아이처럼 **일라이자**라고 부르지 않는다. 그렇다고 **레인**이라고 하지도 않는다. 그 성은 여전히 두 사람 사이에서만 쓰이는 사적인 이름이다.

"아니요." 일라이자가 말한다. 패턴을 깨면 어떻게 되는지 보려는 것뿐이다.

"이러면 내가 '의자를 바꿔라, 여왕님이 오셨다'라고 외칠 거야. 그러면 아니라고 답한 사람을 제외한 모두가……", 일라이자를 가리키며, "원 밖으로 달려서 새 자리를 찾아야 해. 단, 방금 옆에 있던 이웃이 비운 자리가 아닌 곳으로. 이해했지?"

아이들은 고개를 끄덕인다.

"좋아. 내가 여왕님이 오셨다고 말하기 전에 움직이거나, 여왕님이 오시지 않았다고 했는데 움직이면, 한 대 맞는 거야." 리스터가 의자 모서리 위에서 들썩거리고 있는 낸에게 말한다.

낸은 움츠러 들며 다시 의자에 앉는다.

"설마 얼굴을 때리겠어?" 일라이자가 속삭인다.

"그럼 손을 때릴게. 애정을 담아서 가볍게 톡." 리스터는 자신의 오른손으로 왼손을 때리며 시범을 보인다. 소리를 들으니 따끔할 것 같지만, 자신은 아프게 때리지 않으리라는 사실을 일라이자는 잘 알고 있다.

"자, 레인 양, 당신은 이웃을 사랑하나요?"

"아니요."

"의자를 바꿔라……", 리스터는 아이들을 기다리게 한다. "여왕님이 오셨다!"

천둥 같은 발소리와 흰 치마의 소용돌이. 리스터는 일라이자 옆 빈자리에 털썩 앉아 그녀를 보며 환하게 미소 짓는다.

"나는 의자가 없어." 낸이 주변을 맴돌며 불평한다.

"그럼 이제 네가 묻는 사람이 된 거야."

놀이가 시들해지자 리스터는 복잡한 규칙을 하나 더 끼워 넣는다. "답하는 사람은 특정 이웃이 의자를 포기하지 않아도 되도록 의무를 면제해 줄 수 있어. 예를 들어 이렇게 말하면 돼. 아니요. 단, 예외가 있어요. 이름이…… F로 시작하는 사람이에요. 여기 패니를 암시하면서."

"그건 프랜시스한테도 해당하잖아." 베티가 언급한다.

"그럴 땐 혼란을 피하기 위해 이렇게 말하면 돼. 이름이 F로 시작하고 머리카락이 갈색인 사람이에요."

놀이는 아이들 모두 숨을 헐떡이고 얼굴이 붉어질 때까지 계속된다. 적어도 잠깐 동안은 몸이 따뜻해진다.

취침 시간 전, 전교생이 식당에 무릎을 꿇고 앉는다. 오늘 밤에는 프랜시스가 늘 그렇듯 소심한 목소리로 시편을 읽는다.

교장이 한숨을 쉰다. "셀비 양, 내가 우리 아가씨들에게 항상 흉성을 연마해서 낮은 음역, 절제된 어조로 말하라고 조언하기는 하지만, 지금 네 목소리는 너무나 억제돼 있어. 마치 성경을 읽어서 청중을 귀찮게 할까 봐 두려워하는 것 같아."

"더 열심히 노력할게요." 프랜시스가 희미한 소리로 말한다.

저학년 절반이 입을 가리고 하품을 하자 하그레이브 교장이 마침내 학생들을 해산시킨다.

교장은 자매와 함께 계단 아래에 서서 말한다. "잠자리에 들며 한번 자문해 보렴. 중요한 사회적 의무 두 가지를 지키기 위해, 즉 유용해지고 상냥해지기 위해, 그동안 무엇을 했는지 말이야." 학생들은 차례로 한 발을 뒤로 빼며 무릎을 굽혀 잠자리 인사를 한다. "퍼시벌 양, 계단을 오를 때 필요 이상으로 치마를 높이 들어 올리는구나."

당황한 아이의 사과 한마디. 일라이자는 그애가 벌써 코르셋을 입고 있음을 알아챈다. 정말 터무니없는 일이다. 실제로 이 아이들 중 몇 명은 기숙사 생활을 하기에 너무나 어리다. 하지만 퍼시벌 자매 다섯 명은 언제나 무리 지어 다니기를 고집한다.

테이트 사감이 고학년 한 명에게 입을 맞추며 올라가서 동상 입은 자리를 치료해 주겠다고 약속한다. 저학년 한 명과 패니에게는 시럽형 기침약을 가져다주겠다고 한다. 테이트 사감은 기침감기로 자녀 한 명을 잃은 경험 때문에 걸걸한 기침 소리를 참지 못한다고 알려져 있다.

이제 드디어. 일라이자와 리스터가 단둘이 슬로프로 들어간다.

뒤에서 문이 닫히고, 서로 치마 고리를 풀어 주고, 일상용 시프트 원피스를 취침용으로 갈아입고, 수면 양말을 신으면서도, 일라이자는 리스터의 새로운 머리 모양과 혹독한 날씨 이야기나 할 수 있을 뿐이다.

"으, 너무 추워서 몸을 못 펴겠어!" 리스터는 이렇게 말한 뒤 요크셔 억양을 빼고는 묻는다. "영국에서 처음 겨울을 날 때 너도 부들부들 떨었니?"

일라이자는 무언가를 깨닫는다. 리스터는 말하는 방식을 바꾸는 데 성공했다. 매너에 온 이후 다섯 달도 안 되는 동안 조금씩 조금씩. 일라이자는 얼마나 노력했을지 궁금해한다. 어린아이가 서툴게 자신을 고쳐 나가는 모습을 보면 다소 불안한 느낌이 든다. 리스터는 마음만 먹으면 또 어떻게 변할 수 있을까? 자아 중 절대 변하지 않는 부분도 있을까?

"레인?"

"미안. 너무 오래전 일이야. 이제 내 인생의 절반 이상이 지났잖아." 일라이자는 자신이 일곱 살이던 해를 기억해 내려고 안간힘을 쓴다. "토트넘 학교 식사가 아무 맛도 안 나던 건 기억나. 가짜 음식이었지. 아이들이 만드는 진흙 파이처럼."

리스터는 싱긋 웃는다. 그러면서 모래와 비누를 섞어 여드름 몇 개를 문질러 닦는다. 일라이자는 족집게를 꺼내 거울을 들여다보며 윗입술에 난 털

한 가닥을 뽑는다.

"연휴엔 재미있게 놀았어?"

"글쎄……." 일라이자는 뭐든 떠올리려고 노력한다. "장검무를 봤어."

리스터가 코웃음을 친다. "나는 세 번이나 봤어. 성탄절 무렵 요크셔에서는 한 발짝 내디딜 때마다 장검에 걸려 넘어지거든. 마지막 공연은 얼마나 지루한지, 무용수가 칼을 놓쳐서 손가락이 잘리면 좋겠다는 생각까지 했다니까." 리스터는 엄지손가락을 물어뜯어 각질 한 조각을 떼어 낸 뒤 양초에 가져다 대고 자세히 살펴본다. "이것 봐. 지문이 끝까지 이어져 있어."

"으, 얼른 버려." 일라이자가 진저리를 친다.

"내 기도를 방해하지 마. 나는 창조의 경이로움에 감탄하고 있는 거야." 리스터는 진지함이 절반을 넘을 때면 종종 건방진 말투를 사용한다. "우리가 정확히 몇 겹으로 이루어졌는지 알고 싶어. 어떻게 피부 한 조각이 떨어질 때마다 완벽한 조각이 자라 빈자리를 메꾸는 걸까?"

일라이자는 세면대에서 앞머리를 적셔 반드시 밖으로 내야 하는 곱슬머리 네 가닥을 만드느라 여념이 없다. 그녀는 윤기 나는 검은 머리카락 가닥을 종이로 감싸 연필로 돌돌 만 다음 매듭을 지어 단단히 고정한다.

리스터는 침대보 사이로 뛰어든다. 그녀가 냉기를 없애기 위해 질주하는 조랑말처럼 다리를 움직이자 이불이 들썩거린다.

"테이트 사감은 이미 하그레이브 교장 침대에 뜨거운 돌 병을 넣어서 따뜻하게 데워 놨을 거야." 일라이자가 말한다.

"맞아! 교사는 왜 항상 침실에 적은 온기라도 있으면 학생의 기질이 나빠질 거라고 생각할까?"

일라이자는 조용히 웃는다. "젤리를 굳히는 것처럼 엄격하게 통제하면 인격이 형성된다고 생각하나 봐."

일라이자는 마지막 곱슬머리를 풀고 다시 만든다. 아주 작은 불이라도 있다면 고데기를 쓸 수 있을 것이다. 물론 더핀 부부 집에서 그렇게 하다가 화상을 입은 적이 있기는 하지만 말이다.

일라이자는 리스터와 떨어져 있는 동안 얼마나 따분했는지 고백하고 싶은 충동을 느낀다. 그녀가 말한다. "있잖아, 연휴는 나한테 오히려 시련이야."

"왜······."

"나도 몰라." 일라이자는 편지 쓸 생각은 전혀 안 했니?라고 물어볼 수가 없다. "수업이 없으니까 하루가 흐물흐물 지나가는 듯하고, 제인 언니는 내가 자기를 쫓아다니는 귀찮은 새끼 고양이라도 되는 양 방 밖으로 성큼성큼 나가 버려. 더핀 박사는 매일 체스에서 나를 이기고는 응용력이 부족하다며 혼내기만 하고."

"듣기만 해도 비참하다. 너는 시브던 저택으로 왔어야 해. 내 형제들이랑 나는 학교 규칙 따위는 떨쳐 버리고 우리가 하고 싶은 대로 하거든."

일라이자가 초대받지 않았다는 사실은 둘 중 누구도 언급하지 않는다.

"너는 같이 놀 사촌이 한 명도 없나 봐?" 일라이자가 묻는다.

리스터가 설명한다. "아, 우리 큰아버지랑 고모들은 형제자매야. 전부 미혼이지. 우리 가족은 결혼에 별로 관심이 없어. 대를 이은 리스터는 우리 아빠뿐이야."

일라이자는 이 말이 무엇을 의미하는지 이해한다. "아, 그러면 너희 큰아버지 땅은······."

"아마 아빠한테 갈 거야. 아니면 샘한테 가거나. 결국은 그렇게 되겠지. 시브던 저택의 주인 역할은 내가 훨씬 잘할 수 있지만, 제임스 백부는 여자한테 상속한다는 개념 자체를 받아들이지 않으시니까." 리스터가 씁쓸한 유머를 곁들여 말한다.

일라이자는 문득 이런 생각을 한다. 만약 자신과 제인에게 불행히도 남자 형제가 있었다면 그가 8000파운드 중 대부분 또는 전부를 상속받았으리라.

"그래도 나는 언젠가 샘, 존이랑 같이 거기서 살고 싶어. 아주 편안하게."

울타리에 앉은 새처럼 형제들의 삶에 걸터앉아 있을 노처녀 리스터를 생각하니 기분이 정말 이상하다. "결혼을 안 하면 그렇게 되겠지."

"레인. 맙소사. 그게 상상이 돼?"

일라이자는 상상을 해 보려다가 이내 고개를 젓는다.

리스터는 아주 분명하게 말한다. "결혼은 내 본성에 반하는 일일 거야."

하지만 그들이 지금 훈련을 받는 이유는 결혼에 대비하기 위해서다. 그렇다면 본성이 도대체 무슨 상관이란 말인가? 그리고 여자가 인생을 보내는 다른 방법이 도대체 뭐가 있단 말인가?

리스터는 일라이자가 긴 뒷머리를 빗질하는 모습을 지켜보며 침대에 누워 있다. "솔직히 말하면 나도 너처럼 연휴가 너무 길게 느껴졌어."

"뭐? 시브던에서 그렇게 나무를 타며 놀았는데도?"

"나이가 드니까 나랑 마음이 통하는 사람이 필요한 것 같아. 그런 사람이 없으면 세상은 온통 사막이고 나는 군중 속에 혼자 남겨진 느낌이 들어."

일라이자는 갑자기 따뜻한 온기를 느낀다. 마치 보이지 않는 커다란 통나무가 두 사람 사이에서 탁탁 소리 내며 타고 있는 것 같다.

일요일 오후. 성 올리브 교회는 매너에서 풀이 길게 자란 잔디밭을 가로지르면 바로 도착할 수 있다. 하지만 경영자 자매는 항상 다른 신자에게 품위 있는 모습을 보여 주기 위해 학생들을 데리고 메리게이트 거리를 따라 먼 길을 돌아간다.

기다란 학생 행렬이 모퉁이를 돌자 리스터가 뒤로 빠지며 성모 탑의 들쭉날쭉한 둥근 벽을 가리킨다. "갱도를 파서 이 탑을 폭파한 사람이 누군지 알아?"

"무슨 갱도? 탄광?" 패니가 묻는다.

마거릿이 말한다. "으이그, 이 바보야. 학교를 몇 년이나 다녔는데 그러는 거야. 정말 아무것도 못 배웠니?"

낸이 친구를 옹호하며 반대로 쏘아붙인다. "너는 몇 년이 지나도 여전히 매너에서 가장 심하게 독설을 내뱉는구나."

마거릿은 낸에게 경멸의 손 키스를 날린다.

리스터가 패니에게 말한다. "갱도는 화약으로 방어 시설을 폭파하기 위해 판 굴이야. 그걸 만든 사람은 올리버 크롬웰이었어! 아니, 정확히는 그를 중심으로 한 원두당(圓頭黨)[26]이었지."

---

26) 17세기 왕당파와 대립한 의회파로 내전에서 승리해 공화정을 수립한다. 이들은 머리

"나는 옛날에 원두당 사람들 머리가 유독 둥글었나 보다고 생각했어." 일라이자가 고백한다.

여기저기서 웃음이 터진다. 하지만 패니는 약간 긴장한 표정이다. 그녀도 방금까지 그렇게 생각한 모양이다.

리스터가 아이들에게 말한다. "소한테 약을 먹이러 온 수의사한테 전부다 들었어. 용감한 왕당파가 왕을 위해 우리 매너를 지키고 있었는데, 갑자기 쾅! 벽에 구멍이 뚫리면서 백병전이 시작됐대." 리스터는 허공을 베고 마구 찌른다. "그렇게 과수원과 잔디 볼링장에 시신이 널리게 됐지."

일라이자는 매너에 여전히 과수원과 잔디 볼링장이 있으면 참 좋았겠다고 생각한다.

메리게이트 거리를 절반 정도 내려갔을 때 교장 자매가 뒤를 돌아보며 짜증스럽게 빨리 오라고 손짓한다.

"낯선 남자랑 대화를 나눴다고 신고를 당하면 너는 불명예 식탁에 가게 될 거야." 베티가 리스터에게 말한다.

코웃음. "재미있네. 너한테 그런 말을 듣다니!"

"그게 무슨 뜻이야?"

"인정해, 친구야. 이 학교에서 추파를 가장 잘 던지는 사람은 바로 너잖아." 이런 말을 하고도 조용히 넘어갈 수 있는 사람은 오직 마거릿뿐이다.

베티는 히죽 웃으며 절대 떨어지지 않는 단짝의 팔에 자신의 손을 끼워 넣는다.

경영자 자매가 중세 교회 문 앞에 서서 기다리고 있다.

"부적절한 행위 벌점 1점이다, 리스터 양." 테이트 사감이 씩씩거린다.

"네. 감사합니다, 사감님."

순간 일라이자는 리스터가 또 벌점을 받으리라고 생각한다. 하지만 어떤 명목일까? 논쟁이 아니라 쾌활하게 뻔뻔한 태도가 문제일 듯하다.

하그레이브 교장은 화난 얼굴로 학생들에게 서둘러 들어가라고 손짓

를 삭발하여 원두당이라고 불렸다.

한다.

일라이자는 이 제도가 정말 천재에게는 먹히지 않는다고 판단한다. 리스터에게는 나쁜 행동으로 벌점을 받아도 암기 점수로 얼마든 만회할 수 있다는 자신감이 가득하다. 어쩌면 처벌과 보상엔 도덕과 지능 두 가지 범주가 있어야 하는지도 모른다. 하지만 모든 건 이미 터무니없을 정도로 복잡해 보인다. 어쩌면 그게 리스터의 영향력인지도 모른다. 리스터가 오기 전까지 일라이자는 의심할 생각조차 하지 못한 삶의 측면이 너무나 많다.

하그레이브 교장이 측랑에서 속삭인다. "기억하렴. 한 명도 빠짐없이 성가를 부르되 옆 사람보다 노랫소리가 더 크거나 작으면 안 돼. 충분히 경건한 눈빛도 유지해야 하고."

성 올리브 교회에는 이상하게 눅눅한 냉기가 돈다. 벽걸이 장식은 더러운 베이즈 천으로 돼 있고, 수놓은 캔버스 천이 이미 해어진 무릎 방석은 판석만큼이나 딱딱하다. 예배가 이렇게 늦은 오후에 열리는 이유는 워즐리 목사가 안식일마다 요크 교회 네 군데를 종종거리며 돌아다니느라 이 낡은 수도원 교회에 오래 머물지 못하기 때문이다. 매너 학교의 교사는 대부분 신랑이 높아 창으로 빛이 환하게 들어오고 캐미지 선생님의 오르간 명연주도 들을 수 있는 마을의 대성당을 선호하지만, 경영자 자매는 매너의 자체 교회에서 절대 벗어나려고 하지 않는다.

워즐리 목사는 절대 즉흥적으로 설교하지 않고 책에서 내용을 가져온다. 이번 주 주제는 예의인 것 같은데, 너무나 따분한 탓에 일라이자는 수첩에 주제를 적자마자 읽을거리를 찾아 나선다. 기도서보다는 성경이 조금 더 재미있다.

리스터는 목을 길게 빼고 벽 기념물을 살펴본 뒤 바닥에 박힌 묘비들로 시선을 돌린다. 그러고는 일라이자를 쿡 찌르며 바로 옆 묘비를 향해 고개를 까딱인다. 거기에는 날개 달린 모래시계 모양이 새겨져 있다.

리스터가 중얼거린다. "Tempus fugit. 나는 베르길리우스의 문장이 더 좋아. Fugit inreparabile tempus. 돌이킬 수 없는 시간이 달아난다는 뜻이지."

"쉿." 일라이자의 시선이 아내를 기리는 부서진 대리석 명판에 닿는다.

깍지 낀 두 손은 여전히 보이지만 머리는 사라졌다.

아내는…… 뭐라고 해야 할까.
여자가 어때야 하는지 생각해 보라. 아내는 그런 사람이었다.

열두 단어. 하지만 이 홀아비는 아내에 관해 아무 말도 하지 못했다. 언젠가 이렇게 묘사되는 것이 매너 학생이 바랄 수 있는 최선이라고 생각하자 일라이자의 마음은 극도로 우울해진다. 좋은 여자의 순수하고 공허한 삶.
물론 리스터는 예외다. 그녀의 명판에는 도대체 어떤 글이 새겨질까?
리스터가 숨을 몰아쉬며 씩씩거린다. "저렇게 거대한 오르간을 두고 아무도 손을 안 대다니, 얼마나 터무니없는 낭비야. 내가 간단한 곡을 쳐 보고 싶어. 〈다 감사드리세〉 같은 거. 첫 줄에 두 음밖에 없으니까……."
일라이자는 조용히 하라는 뜻으로 리스터의 신발 끝을 힘껏 밟는다.

이 두 사람은 닮은 구석이 하나도 없다. 하지만 일라이자는 매일 리스터와 마음이 맞는 지점을 새롭게 발견한다. 두 사람 사이에서 동류의 연민이 꽃이 피는 잡초처럼 쑥쑥 자라난다.
두 사람은 **사랑하는 친구**야라고 부르는 식으로 절친한 사이임을 과시하는 데 조금도 관심이 없다. 하지만 다른 중학년은 이미 둘의 관계를 눈치챘다. 일라이자는 자신과 리스터를 **공모자**, **허물없는 친구** 또는 **그림자**, **항상 붙어 다니는 사이**, **손발이 척척 맞는 사이**라고 부르는 말을 여러 번 엿들었다. 애정의 언어는 왜 음모를 꾸미는 아이들 한 쌍처럼 그렇게 비밀스러운 걸까?
어느 날 아침, 잠에서 깬 일라이자는 반대편 침대에서 희미하게 삐걱거리는 소리를 듣는다. 그녀는 가만히 누워 어떤 소리일지 골똘히 생각해 본다. 리스터가 배를 움켜쥐고 웃는 걸까? 조용히 흐느끼는 걸까? 에너지를 배출하지 못하는 따분한 순간에 가끔 그러듯이 앞뒤로 몸을 흔들고 있는 걸까?
일라이자는 침대에서 몸을 일으켜 리스터의 단단한 어깨 곡선을 마주 본다. 그녀의 뒷머리, 사방으로 뻗친 짧은 머리카락을 살펴본다. 그러고는 문득 뒤에서 보면 이 아이가 여자인지 전혀 알 수 없겠다고 생각한다.

삐거덕 소리가 멈췄다. 일라이자가 상상한 거였나?

"일어났어?" 그녀가 속삭인다.

"아직 몽롱해." 리스터가 두 팔을 넓게 뻗으며 크게 하품을 한다. 왼손에는 책 한 권을 쥐고 있다.

"뭐 읽어?"

"그냥 사전."

믿을 수 없는 말이다. 그래서 옷을 입은 뒤 리스터가 아침 식사를 하러 서둘러 내려가는 사이 핑계를 찾아 방에 홀로 남는다. 일라이자는 리스터가 단어의 뜻을 공부했을지 정확한 발음을 공부했을지 궁금해하며 『발음과 설명 사전』을 훑어본다.

그녀는 몇 가지 표제어 옆에 연필로 희미하게 찍은 점을 발견한다. 그러고는 책장을 휙휙 넘기며 해당 표시를 찾는다.

처녀, 명사, 남자 경험이 없는 여자.

스크랫, 명사, 도깨비, 괴물, 악마, 자웅동체.

사랑, 명사, 다른 성 사이에서 느끼는 열정.

더듬다, 동사, 어둠 속에서 느끼다.

일라이자는 왠지 모르게 난처해져 얼굴이 빨갛게 달아오른다. 남의 책을 몰래 엿봤으니 인과응보이리라. 그녀는 책을 덮고 리스터의 베개 밑으로 쓱 밀어 넣는다.

❖

프랑스어 시간이다. 이제 선생님은 학생들에게 더 많은 속담을 외우게 한다. Il y a anguille sous roche. 바위 아래 장어. 일라이자는 왠지 같은 의미의 영어 속담 '풀 속의 뱀'보다 장어의 이미지가 더 혐오스럽다고 느낀다.

163

Ce n'est pas la mer à boire. 별일 아니다. 바닷물을 모두 마시지 않아도 된다. 일라이자는 별 도움이 안 되는 이 위로의 말이 꽤나 마음에 든다.

Qui n'avance pas, recule. 가만히 있는 건 물러서는 것이다.

Petit à petit, l'oiseau fait son nid. 새는 조금씩 둥지를 짓는다.

Qui vivra verra는 살다 보면 알게 된다는 뜻이다. 시간이 말해 줄 거라는 속담보다 더 날카로운 표현이다. 일라이자는 선생님이 겨우 도망친 단두대를 떠올린다. 그 어떤 손도 시간을 잡을 순 없다라는 인도 격언도 기억난다.

선생님은 시간을 물을 때 'Quel temps est-il?'라고 말해야 한다고 믿는 아이가 있다며 계속해서 불평을 늘어놓는다. "전에도 말했지만 L'heure는 계산된 시간을 의미하고 le temps은 셀 수 없는 시간이나 날씨를 나타내는 데 사용한단다."

셀 수 없는 시간. 일라이자는 이 문구를 기억하려 한다

리스터가 영어 속담 하나를 언급한다. 친구들 사이에서는 시간이 빠르게 흐른다. 프랑스에도 그런 말이 있을까?

교사는 고개를 젓는다. "우리에게는 다른 속담이 있어. L'amour fait passer le temps, le temps fait passer l'amour."

리스터의 표정이 어두워진다. "Mais c'est si cynique, Monsieur."

"뭐가 냉소적이라는 거야?" 패니가 속삭인다.

"사랑이 시간을 흘려보낸다고?" 낸이 말한다.

일라이자가 고개를 저으며 작은 소리로 번역해 준다. "사랑은 시간을 죽이고, 시간은 사랑을 죽인다."

깔끔한 표현이다. 프랑스인은 이런 농담에 재주가 있다. 하지만 이 말에는 날카로운 가시가 돋쳤다. 일라이자는 선생님이 이 슬픈 신조를 믿는지 궁금해한다. 선생님은 정말 많은 걸 잃은 사람처럼 보인다.

❖

같은 주 금요일, 매너 학생들은 세모날[27] 앞에 줄을 선다. 아이들은 거북

딱지로 손잡이를 만든 매더 박사의 작은 칼을 보지 않으려고 노력한다. 대신 자기들끼리 여러 사례를 이야기한다.

"우리 이모는 아예 앞을 못 봐. 어릴 때부터 그랬어." 낸이 자진해서 말한다.

베티의 오빠의 아내의 남동생은 커다란 흉터 주름 하나 때문에 외모가 아주 흉하다고 한다.

의사가 패니의 멀쩡한 팔 상완을 긁자 패니가 꺅 소리를 지른다.

"많이 아파?" 낸이 동정 어린 목소리로 묻는다.

패니가 대답을 하기도 전에 의사가 끼어든다. "안 아파. 살짝 긁은 것뿐이야."

패니가 눈을 깜빡이며 눈물을 참는다. "그냥 무서워서 그래."

매더 박사는 손가락 끝으로 병에서 작은 물질을 꺼내 패니의 팔에 문지른다.

낸이 신음한다. "낯선 사람의 농포를 갈아서 만든 거죠!"

"무어섬 양, 전교생에게 설명했듯이 나는 현대식 제조법을 따른단다. 이건 우두에 걸린 낙농장 여직원의 림프액일 뿐이야. 우두는 천연두보다 훨씬 가벼운 감염병이고."

"그래서 **백신**이라고 하는 거야. 소를 뜻하는 **바카**에서 유래했지." 리스터가 줄 뒤쪽에서 말한다.

"저 허풍쟁이는 또 잘난 척이네. 도대체 멈출 줄을 모르나?" 제인이 고학년 사이에서 말한다.

일라이자의 얼굴이 리스터를 대신해 뜨겁게 달아오른다.

"밤에 기침이 난다고 했는데 좀 어떠니?" 매더 박사가 패니에게 묻는다.

"비슷해요."

"다음 주에 들러서 가슴에 거머리를 놓아 주마."

"감사합니다. 박사님." 패니가 벌벌 떨며 인사한다.

---

27) 예리한 의료용 칼로 우두를 놓을 때나 해부할 때 쓰인다.

마거릿이 베티에게 말한다. "머시는 도서관에서 안 내려올 거야. 동물의 신체 일부를 자기 몸에 넣는 건 기독교 정신에 어긋난다고 부모님이 말씀하신대."

리스터가 코웃음을 친다. "소고기 한 접시를 먹는 건 동물의 신체 일부를 자기 몸에 넣는 행위가 아닌가?"

낸이 팔에 생긴 빨갛고 작은 반점을 들여다본다. "그럼 저는 이제 우두에 걸리는 건가요?"

매더 박사는 고개를 젓는다. "어떤 사람은 작게 딱지가 생기고 어떤 사람은 약하게 불쾌감을 느끼지만, 그뿐이야. 괜히 속을 태우다가 고열이 나는 사람도 있지. 특히 남에게 영향을 많이 받고 병적인 망상에 시달리는 어리석은 학생의 경우에 말이야."

아이들은 모두 까르르 웃는다.

『우드하우슬리의 일반 역사』를 교과서로 쓰는 루인 선생님의 수업은 인도 부분에 다다랐다. 두 쪽을 가득 채우는 분량이다. 그중 한 구절이 일라이자의 머릿속에 박힌다. 회사가 어떻게 그곳을 정복하고 완전한 소유권을 획득했는지 설명하는 내용이다. 이상하게도 신혼 첫날밤을 맞은 어느 남자의 말처럼 들린다.

리스터가 최근에 나폴레옹이 나폴리로 진군해 자신의 형제를 왕위에 앉힌 일을 언급한다.

루인 선생님이 리스터를 꾸짖는다. "그건 전혀 다른 문제야. 우리 적인 프랑스는 유럽의 왕국들을 무참히 침략하고 있어. 영국처럼 제국 전역에서 명백히 우월한 통솔력으로 다른 나라를 설득하는 게 아니라고."

우드하우슬리의 책에서 일라이자가 가장 좋아하는 문장은 이거다. 인도는 가장 초기에 교양을 갖춘 유럽 국가들이 인문학, 과학, 문학 지식을 얻은 훌륭한 학교였을 가능성이 매우 높다. 하지만 인도가 학교라면 일라이자는 여섯 살 때 퇴학을 당한 것이다. 따라서 그녀가 무엇을 배울 수 있었는지는 정확히 알 길이 없다.

"마드라스 얘기 좀 더 해 줘. 들으면 따뜻해질 것 같아." 그날 밤 리스터가 차가운 간이침대에서 주문한다.

일라이자는 백신을 맞아 화끈거리는 부위를 문지르며 미소를 짓는다. 그러고는 향기로 가득한 머틀그로브의 잃어버린 땅을 떠올려 보려고 노력한다. "흔들거리던 게 기억나."

"뭐가?"

"나는 요람에 넣고 흔들어 줘야만 잠을 잘 수 있었어. 그래서 '아야'라고 부르던 보모가 날 위해 침대를 만들어 줬지. 그……." 일라이자는 커튼 사이로 새어 들어오는 희미한 달빛 아래에서 손을 앞뒤로 움직이며 더듬더듬 단어를 찾는다.

"해먹?"

"근데 나무로 만든 거야. 정원에서도 그걸 사용했어. 커다란 바니안나무 한 그루에 우리가 자주 타던 그네가 매달려 있었지."

제인과 일라이자는 바니안나무 잎사귀를 잘라 치아에 유액을 바르며 달콤한 입 냄새를 유지했다. 그렇게 하면 악몽을 쫓을 수 있다고도 알려져 있었다.

"앉아서 탔어?"

일라이자는 고개를 젓는다. "판자를 밟고 일어서서 탔어. 말 위에 똑바로 선 곡마사처럼." 일라이자는 리스터가 서커스를 간절히 보고 싶어 한다는 사실을 잘 안다.

"공중을 달렸구나!"

일라이자가 기억해 낸다. "줄라. 내가 쓰던 흔들 침대를 그렇게 불렀어." 아니면 졸라였나? 때때로 기억은 이렇게 농간을 부린다. "그리고 밤에는 하인들이 반딧불이를 잡아 병에 담아 줬어."

"반딧불이가 뭐야?"

"몸에서 빛을 내는 벌레의 한 종류야. 그런데 허공을 날아다녀."

리스터는 크게 감탄한다.

다음 수업 시간, 하프페니 선생님은 중학년들에게 실물을 그리라고 한다. 부적절한 행위를 방지하기 위해 그냥 얼굴만 그려야 한다. 아이들은 팔 길이만큼 벤치 두 개를 띄워 놓고 짝을 지어 앉아 휴대용 책상에 종이를 깔고 스케치를 한다.

일라이자의 시선이 리스터의 시선과 만난다. "나 웃기지 마."

"그런 건 꿈도 안 꿔."

잠시 후 일라이자가 다급하게 속삭인다. "그만해."

"내가 뭘 어쨌는데?"

"그냥…… 네 모습 그대로인 거." 날카로운 파란 눈, 살짝 오므린 작고 단단한 입. 아름답지는 않다. 지금껏 누구도 앤 리스터 양을 미인이라고 묘사하지는 않았다.

일라이자의 양쪽에서는 쾌활한 말다툼이 일어나고 있다.

"얼굴 좀 들어 줄래, 낸?"

"지금 표정 그대로 있어."

"무슨 표정?"

"베티! 입술 좀 움직이지 마."

"딱 좋아. 나를 정면으로 봐."

"턱 좀 다시 들어 줄래?"

일라이자는 토트넘 학교 시절을 떠올린다. 그때도 똑같은 활동을 한 적이 있다. 일라이자를 그려야 했던 런던 아이는 목탄 옆면으로 얼굴 전체를 까맣게 칠한 뒤 교사가 설명을 요구하자 이렇게 투덜거렸다. 어쨌든 레인 양 피부가 종이 색깔은 아니잖아요.

못된 계집애. 일라이자는 혼자 입 모양으로 중얼거리고는 조용히 만족감을 느낀다.

모델들이 그림을 유심히 보며 이의를 제기하고 있다.

"내 코가 정말 이렇게 커?"

"콧수염이 난 것 같잖아!"

"내 귀는 양배추 같아."

"미안. 목탄이 미끄러졌어."

일라이자는 계속 그림을 그린다. 리스터의 얼굴과 목과 어깨의 선을 따라간다. 거리를 두고 그 선을 더듬는다. 정말이지 묘한 느낌이다.

리스터는 자신의 스케치를 일라이자에게 보여 주지 않는다. "완전히 망쳤어. 네 외모의 10분의 1도 안 담겼어." 리스터는 허공에 그림을 그리려는 듯 한 손을 빙글빙글 돌린다.

하프페니 선생님은 학생들의 스케치를 보고 오랫동안 말을 꺼내지 못한다. 일라이자는 선생님이 무정하게 굴고 싶지 않다는 걸 알 수 있다. 다음으로 선생님은 학생들에게 자기 자신을 그리라고 한다. 자기 이목구비에는 더익숙할 테니 그림에 더 정확히 담으리라 기대하는 것이다. 하지만 어쩐된까닭인지 이 작업은 훨씬 힘들다. 중학년은 두 명씩 줄을 서 벽난로 위 거울을 1분씩 들여다보며 고운 목탄 막대로 자신의 이목구비를 모사한다. 그런다음 자리로 돌아가 그림을 마저 그린다.

리스터는 허둥지둥 그림을 완성하고 손바닥 아랫부분으로 마구 문지른다.

일라이자가 말한다. "너를 곱슬머리 로마인으로 만들었구나. 젊은 군인으로."

리스터는 그 말을 마음에 들어 한다. 그녀는 일라이자의 그림을 평가한다. "보자⋯⋯. 왼쪽 눈은 나쁘지 않아. 눈썹 곡선으로 윤곽을 잘 잡았어."

"아첨은 사양할게." 일라이자가 냉소적으로 말한다.

일라이자는 자신이 그린 불완전한 이목구비를 살펴본다. **살면서 본 가장 아름다운 여자.** 리스터는 그렇게 말했다. 일라이자는 그 여자를 찾을 수가 없다. 적어도 오늘은 그럴 수 없다. 얼굴 구석구석에서 아름다움이 모두 새어 나가는 것 같다.

반대쪽에서 리스터와 마거릿이 뉴캐슬 광산 임대인지 뭔지를 두고 활기차게 대화를 나눈다.

가장 아름다운 여자. 리스터는 그저 위선자, 거짓말쟁이, 허풍쟁이일 뿐일까? 모든 크레타인은 거짓말쟁이다. 일라이자는 배수로에 고인 물처럼 마음속에서 부끄러움이 차오르는 것을 느낀다. 조금도 아름답지 않다. 그녀는 그림을 갈기갈기 찢어 버린다.

이 소리가 시선을 끈다.

"레인 양?"

"죄송해요, 선생님, 망쳐 버렸어요. 다시 그릴게요."

일라이자는 돌돌 말린 종잇조각을 모아 휴지통으로 가져간다.

❖

저녁 시간, 일라이자는 양파를 곁들인 토드 인 더 홀[28]을 접시에 담아 들고 리스터를 찾아간다. 리스터는 패니를 심문하고 있다. "네가 그렇게 들었다는 것은 나도 알아. 하지만 말이 안 돼. 두 살짜리 아이가 벼랑 끝에서 뛰어다니도록 너희 보모가 내버려뒀다는 거야?"

패니가 당황하며 눈을 깜빡거린다. "휫비 웨스트 절벽, 깃대랑 포대(砲臺) 사이에서 그랬어."

낸이 끼어든다. "거기 땅은 전부 속치마 단처럼 닳고 해어졌어. 하지만 이 메그라는 보모는 분명 보행 연습용 줄에 패니를 연결해 놨을 거야."

리스터가 고개를 젓는다. "그랬다면 넘어가지 않았을 거야. 안 그래, 패니?"

패니는 짧은 쪽 팔을 문지르며 인상을 쓴다. "내 손을 잡고 있었나? 아니면 나를 안고 있었나?"

"둘 중 어떤 경우라도 두 사람은 같이 한참 아래로 떨어졌을 거야."

"그렇게 캐물을 필요는 없잖아." 베티가 중얼거린다.

리스터는 다시 의자에 구부정하게 앉아 일라이자를 향해 얼굴을 찌푸린다. 논쟁에 끌어들이는 것이다.

"둘 다 절벽 너머로 굴러떨어지기 전에 바람이 메그한테서 너를 떼어 낸 게 아닐까?" 일라이자는 무거운 물체가 가벼운 물체보다 더 빨리 떨어지는

---

28) 반죽을 입혀 구운 소시지 요리.

지 기억해 내려고 애쓰고 있다.

낸이 고개를 끄덕인다. "스카버러에는 엄청난 돌풍이 불어. 물론 우리가 있던 절벽이 조금 더 높기는 하지만 말이야."

마거릿이 마지막 소시지 한 조각을 삼키며 말한다. "만약에 같이 넘어졌는데 너는 작은 바위 턱에 걸리고 보모는 굴러떨어진 거라면……."

리스터가 고개를 젓는다. "가정이 너무 많아. 논리적인 설명은 딱 하나뿐이야, 패니. 메그가 절벽에서 몸을 던졌다는 거."

헉 하는 항의의 소리.

"그렇게 너를 혼자 내버려둔 결과 네가 넘어져서 팔이 부러진 거지."

머시가 깨끗이 비운 접시를 밀어내며 리스터에게 말한다. "자살은 **극악무도한 죄악이야.**"

"자살을 권장한 게 아니라 그렇다고 말한 것뿐이야."

마거릿이 쏘아붙인다. "이건 무작위로 고른 잔혹한 이야기가 아니야. 패니가 실제로 겪은 일이라고."

리스터가 주장한다. "그래서 더더욱 패니가 진실을 알아야 해. 너희 보모가 불행해했니? 아니면 정신이 온전하지 않았어?"

"그런 말은 아무도 하지 않았어!"

"패니는 겨우 두 살이었잖아." 낸이 아이들에게 상기시킨다.

베티가 말한다. "듣자 하니 어떤 마부가 권총으로 자기 목숨을 끊어 버렸대. 그런데 조사를 해 보니까 그냥 사고사였다는 거야. 다들 알았지만 아무도……."

"조용!" 잔뜩 화가 난 테이트 사감이 어느새 아이들 옆에 와 있었다.

얼음처럼 차가운 어느 오후, 로빈슨 선생님은 이렇게 추운 날에도 숄을 더 걸치고 안뜰에서 체조를 해야 한다며 고집을 부린다. 반짝이는 겨울 태양 아래에서 아이들이 아령을 들었다 내렸다 하는 사이 일라이자는 도대체 어떻게 이런 운동이 학교 안내서에 약속된 내용대로 **몸매를 아름답게** 할 수 있는지 궁금해한다.

베티가 리스터에게 말한다. "예전에는 앞뜰에서 운동을 했어. 그런데 언제부턴가 내가 아는 젊은 신사 몇 명이 울타리 사이로 구경을 하러 모여들었지."

일라이자는 재미있어한다. "그 사람들은 그냥 지나가던 길이었어."

베티는 돌처럼 차가운 눈빛으로 일라이자를 꼼짝 못 하게 한다. "우리의 우아한 움직임을 보고 잔뜩 흥분한 거야. 그래서 우리 중 한 명을 납치하려 들까 봐 교장이 걱정을 했지."

"누군가 납치를 당했다면 아마 너였을 거야." 마거릿이 단언한다.

"아니야, 너였을 거야, 내 친구."

"너희 정말 납치범이 누구를 선택할지를 두고 논쟁하고 있는 거니, 이 바보들아?" 리스터가 묻는다.

"아니!"

"맞아." 머시가 동의한다.

리스터가 말한다. "나는 잘 이해가 안 가. 혹시 강간을 당하고 싶은 거야?"

베티와 마거릿이 아우성을 친다.

"아가씨들!" 로빈슨 선생님이 아령 두 개를 머리 위에서 부딪치며 새로운 동작을 보여 준다. "피어슨 양, 넌 그냥 하나만 쓰렴."

"감사합니다, 선생님." 패니가 말한다.

중학년은 모두 발을 질질 끌며 한 줄로 서서 교사를 따라 한다.

일라이자가 진저리를 내는 새로운 놀이가 있다. 이 놀이는 갑자기 시작한다. 예를 들어 오늘 저녁 오락 시간, 찬바람이 술술 들어오는 식당에서 그랬다.

베티가 자신의 수틀 위로 몸을 숙인 채 머리를 들고 불평한다. "아! J'ai perdu la partie."

"뭘 졌는데?" 일라이자가 알고 싶어 한다.

마거릿이 한숨을 쉰다. "나도."

리스터가 불평한다. "너희 둘 때문에 이제 나도 졌어."

마거릿이 히죽 웃는다. "그게 바로 이 놀이의 핵심이야."

일라이자는 나중에 슬로프에서 지금껏 읽은 책 중 가장 좋았던 책에 관해 수다를 떨 때 리스터에게 이 놀이가 뭔지 물어보려고 생각했다가 결국 잊어 버린다.

그런데 바로 다음 날 아침 식사 자리에서 패니가 갑자기 고통스러운 듯 관자놀이에 손을 가져다 댄다. "J'ai perdu la partie."

낸과 마거릿의 신음.

"이게 무슨 놀이야?" 일라이자가 묻는다.

"그 놀이야." 패니가 순진한 목소리로 말한다.

"J'ai perdu la partie 놀이." 낸이 의기양양하게 덧붙인다.

"어떻게 하는데?"

"안타깝게도 너는 이미 졌어." 낸이 일라이자에게 말한다.

"말도 안 돼. 나는 시작도 안 했는걸."

베티와 마거릿이 고개를 젓는다.

"너희가 벌이는 멍청한 놀이, 나는 안 할 거야." 일라이자가 아이들에게 통지한다.

"아, 하지만 이 놀이는 모든 사람이 항상 하고 있지."

그날 밤 일라이자는 머리를 빗다가 리스터에게 물어보려고 했던 걸 기억 해 낸다. "아까 한 놀이 설명해 줘."

"이런, 젠장!"

일라이자는 욕설을 듣고 눈썹을 치켜올린다.

"방금 너 때문에 나까지 졌어, 레인."

"내가 뭘 어쨌는데?"

"그 놀이를 언급했잖아."

"스코틀랜드 희곡[29] 같은 거야? 이름을 소리 내서 말하면 안 되는?"

---

29) 셰익스피어의 『맥베스』를 말한다. 극장에서 제목을 말하면 불운이 따른다는 미신이 있다.

리스터가 고개를 젓는다. "이름을 말하지 않아도 너는 졌어."

"어째서?"

"그건 비밀 서약을 했기 때문에 말 못 해."

일라이자는 이를 바드득 간다. "나한테 말하지 않겠다고 맹세하게 한 사람이 누구야? 마거릿? 베티?"

"아니야, 화내지 마. 그냥 규칙이 그래."

"이 고약한 놀이가 **도대체** 뭔데?"

"나는 말할 수 없어." 리스터가 일라이자의 침대로 폴짝 뛰어오르자 판자가 삐거덕거린다. 리스터는 아주 가까이 몸을 기울인 채 속삭인다. "너무 많이 생각하는 건 정말 추천하지 않아."

"하지만 모두가 항상 그 놀이를 하고 있다면…… 너희는 생각하는 거잖아."

리스터는 어깨를 으쓱이며 고개를 끄덕인다. "그래서 우리가 얼마나 자주 지는지 너도 봤잖아."

일라이자는 화를 떨치고 곰곰이 생각해 보려고 노력한다. 일라이자가 눈살을 찌푸린다. "그러니까…… 그 놀이를 생각하면 진다는 거야?"

함박웃음.

"그러면 잊어버리는 놀이인가?"

리스터는 손가락 하나로 자신의 입술을 누른다.

"그러니까 이기는 방법은……."

"아, 이기는 사람은 결국엔 아무도 없어. 지는 걸 미룰 뿐이지."

"어떻게? 오랫동안 그 놀이를 생각하지 않으면서?"

리스터는 상상 속 모자를 벗어 들어 올리며 축하한다.

일라이자가 묻는다. "생각만 안 하면 이기는 거야? 그런 사실을 의식하는 순간 지는 거고?"

리스터가 일라이자에게 말한다. "그걸 공표할 때 느끼는 어떤 만족감이 있어. 그렇게 하면 네 말을 듣는 사람도 모두 져 버리니까. 고민을 공유하면 반으로 줄어든다, 뭐 그런 거지."

일라이자는 웃음을 터트린다. "이걸 누가 만들어 낸 거야? 살면서 들어본 가장 바보 같은 놀이다."

리스터가 어깨를 으쓱한다. "겨울은 기니까."

눈이 온 땅을 덮는다. 추위서 손에 감각이 없다. 이것이 어떻게 교화와 교육에 도움이 될까? 일라이자는 도무지 이해할 수가 없다.

문법과 문학 시간, 중학년 몇 명은 팔 아래 겨드랑이에 손가락을 밀어 넣는다. 일라이자가 2행 연구(聯句)를 살펴본다.

그리하여 헛되고 현혹적인 기쁨들이여,
아비 없이 자란 어리석음의 자식들이여.

"밀턴 씨가 **아비 없이 자랐다**는 말로 의미하는 게 뭘까?" 루인 선생님이 묻는다.

침묵. 침묵이 어색하다. 이렇게 느끼는 건 과연 일라이자뿐일까?

아니나 다를까. 머시의 손이 황무지에 덩그러니 자란 묘목처럼 쑥 올라간다. "비유적 표현입니다, 선생님. 기쁨을 어리석음의 사생아로 의인화한 거예요."

사생이라는 말이 냄새처럼 허공에 떠 있는 듯하다. 일라이자는 속눈썹 아래로 마거릿의 무표정한 얼굴을 흘끗 본다.

교사가 고개를 끄덕인다. "그러면 다음 연에서 왜 시인은 우울의 얼굴을 **검은색으로 덮어씌워졌다**고 묘사할까?"

리스터가 말한다. "너무 밝아서 우리를 눈부시게 할 테니까요. 그래서 여신이 지혜의 색으로 자신을 가려야 했던 거예요."

베티가 손을 든다. "그냥 검은 베일을 뜻하는 거 아닌가요?"

루인 선생님이 한쪽으로 고개를 기울이자 가발이 살짝 미끄러진다.

"실제로 피부색이 어둡지는 않을 거 아니에요."

일라이자는 눈에 보이지 않는 가구의 일부가 되려고 무던히 애를 쓴다.

코웃음. 리스터가 손가락으로 책장을 톡톡 친다. "바로 여기에 그렇게 적혀 있잖아, 베티. 시인은 우울을 에티오피아 여왕에 비유하고 있어."

"하지만……."

"이해력이 달리는 독자에게 이보다 더 명확히 설명할 수는 없다고."

베티의 눈이 분노로 툭 불거져 나온다.

루인 선생님이 목소리를 높인다. "너희끼리 마음대로 싸우지 말고 제발 발언권을 얻어서 말하렴."

리스터는 입술을 꾹 다문다.

패니가 짧은 쪽 팔을 반쯤 들어 올린다. "죄송합니다. 선생님. 이해가 안 가는데요. 그건 질병 아닌가요?"

어두운 피부가? 일라이자는 고개를 숙이고 있다. 저 아이는 진심으로 어두운 피부가 나병처럼 전염된다고 믿는 걸까?

루인 선생님이 설명한다. "우울은 기분으로 정의하는 게 더 적절하단다. 그게 지나치면 지속적인 마음의 고통으로 악화할 수도 있지. 하지만 여기서 밀턴 씨가 이 단어를 쓰는 이유는 진지한 성향을 암시하기 위해서야. 그래서 우울의 아름다움을 자세히 칭찬하는 거고. 이제 시 「사색하는 사람」에서 열두 줄씩을 외우렴. 어떤 줄을 외울지는 각자 선택해도 돼."

으. 이건 마치 죄수에게 채찍을 고르라고 하는 일과 같다. 일라이자는 발음하기 어려운 단어가 하나도 없는 듯한 구절을 찾는다. 킹스 매너를 떠오르게 하는 구절이다. 일라이자는 그것을 집요하게 반복해서 읽는다.

그러나 나의 마땅한 발은 절대 실패하지 않게 하기를,
학구적인 수도원의 구내를 기필코 걷게 하기를,
활처럼 흰 높은 지붕을 사랑하게 하기를,
오래된 기둥과 방대한 증거…….

점심 식사를 하러 가는 길, 리스터가 눈에 살짝 덮인 뒤쪽 안뜰로 일라이자를 이끈다.

"이쪽 아니야."

"너한테 보여 줄 게 있어, 레인." 리스터는 커다란 야외 돌계단 위로 일라이자를 끌고 가 문 한 쌍의 걸쇠를 푼다.

"우리 이러면 안 될 것⋯⋯."

"빗장은 안 쳐져 있잖아. 안 그래?" 리스터가 묻는다.

거대한 곡물 창고는 거의 자루로 채워져 있다. 뚱뚱하고 팽팽한 자루들이 너저분한 피라미드 모양으로 높이 쌓여 있다. 가느다란 겨울 햇살에 비쳐 마치 거인의 쿠션 더미처럼 보인다.

일라이자의 입이 쩍 벌어진다. "리스터! 이런 거 본 적 있어?"

리스터가 말한다. "지난 일요일에 들은 창세기 구절이 생각나. 요셉의 꿈 이야기. 그 관리로 장차 올 풍년의 모든 곡물을 거두고 그 곡물을 바로의 손에 돌려 양식을 위하여 각 성에 적치하게 하소서."[30]

이로써 일라이자의 의심이 사실로 확인된다. 일라이자는 강제로 암기해야 하는 몇 줄만 무작위로 외우는 반면, 리스터는 나중에 써먹을 수 있도록 통째로 머릿속에 보관해 둔다.

리스터가 킁킁거리며 공기를 들이마신다. "어떤 곡식을 저장하고 있는지 궁금해. 밀보다는 귀리 냄새에 가까운 듯한데⋯⋯. 혹시 보리도 있나?"

노란 햇빛이 베어 들어오면서 허공에 점점이 흩뿌려진 왕겨의 먼지가 보인다. 이런 풍경은 일라이자에게 다른 세상처럼 보인다. 방 안 가득한 지푸라기를 자아 금실을 만들어야 했던 어느 소녀의 옛날이야기처럼.

일라이자는 창고를 가로질러 창밖을 엿본다. 매너의 담장과 오래된 성벽 사이에 있는 밧줄 제조 공장이 내려다보인다. 일꾼들은 먼지투성이 섬유를 양쪽으로 끝없이 펼쳐 놓고 그것을 허리에 두르며 열심히 꼬고 감는다. 추운 날씨에도 얼굴에는 땀이 줄줄 흐른다.

리스터가 옆에서 중얼거린다. "300미터."

---

30) 구약성경 창세기 41장 35절.

"뭐라고?"

"해군용 밧줄. 규정 길이가 300미터거든."

"아는 척하기는." 일라이자가 자동 반응으로 중얼거린다.

리스터는 다시 창고로 돌아가 곡물 자루 하나로, 그리고 그다음 자루로, 재빨리 기어오른다.

"그러지 마!"

리스터는 나무 위 원숭이처럼 일라이자를 내려다보며 활짝 웃는다. "뭐 어때? 올라와. 설마 무서운 거야?"

일라이자는 이를 악물고 옷자락을 치켜든 채로 첫 번째 자루를 오른다. 꽁꽁 얼어 경직된 근육이 항의한다.

리스터는 낄낄거리며 위쪽으로 도망친다. 자신이 어디로 가는지는 보지도 않는다.

일라이자는 양팔을 내밀어 균형을 잡는다. 이미 너무나 높다. 그녀는 에티오피아 여왕을 생각한다.

리스터가 천장에 난 구멍을 가리킨다. "저게 환풍기일 거야. 여기서 춤을 출 때 저거로 공기를 식힌 거지."

일라이자는 자루에 담은 곡물 대신 빙글빙글 도는 취객으로 가득한 방을 상상한다. 그러고는 힘겹게 몸을 끌어올려 리스터에게 더 가까이 다가간다. "잡을 수 있으면 잡아 봐." 다음 순간 리스터가 비스듬히 기울어진다. 자루 두 개 사이로 다리 하나가 쑥 빠져 버렸다.

두 사람은 산사태를 일으킬 수도 있다. 수많은 이야기책에 나오듯이 제멋대로 구는 아이들처럼 압사할 수도 있다.

일라이자가 외친다. "끼였어?"

"전혀. 한 번만 당겨 줄래?"

일라이자는 위로 올라가 쪼그려 앉은 뒤 리스터의 팔꿈치를 잡는다. 쓰러질 듯한 무더기 안에서 찍찍거리며 잽싸게 달려가는 존재가 느껴진다. 일라이자는 쥐라는 존재를 견딜 수가 없다.

리스터는 웃음을 멈추지 못한다.

"너도 밀어 올려." 일라이자가 주문한다.

눈 한구석으로 뭔가 움직이는 모습이 보여 일라이자는 깜짝 놀란다. 확인해 보니 해적 페그일 뿐이다. 쥐는 페그가 확실히 처리해 주겠지?

리스터는 다음 시도에서 성공해 의기양양하게 자루를 박차고 나와 일라이자를 세게 껴안는다. 일라이자는 자신의 갈비뼈가 삐걱거리는 소리를 듣는다. 그녀는 현기증을 느끼며 옆에 있는 자루에 미끄러지듯 주저앉는다. 어느새 오른쪽 스타킹이 드러나 있다.

"이런, 내 신발은 어디 있지?"

"어디서 벗겨졌어?"

"내가 어떻게 알아?"

암녹색 낸킨 면(綿) 신발 한 짝이 사라져 버렸다.

일라이자는 종종걸음으로 슬로프까지 올라가 신발을 편상화로 갈아 신어야 한다. 더불어 점심 식사에 늦은 죄로 부주의 벌점 1점을 받는다.

오늘 밤은 일라이자가 먼저 슬로프에 들어온다. 그녀는 회청색 들판을 내다보며 몸을 부르르 떨고는 재빨리 커튼을 친다. **우울의 아름다움.** 마치 연애소설에 나오는 여인처럼 합당한 이유 없이 부드러운 슬픔을 탐닉하는 그 사치스러운 느낌.

일라이자는 잠자리에 들 준비를 하며 랜턴 불빛 옆에서 곱슬거리는 앞머리를 손질한다. 머리를 돌돌 마는 데 쓰는 종이는 너무나 많이 적셨다가 말린 탓에 닳고 닳아 금방이라도 부스러질 듯하다. 8월까지는 항상 여기 혼자 있었지만, 지금은 혼자인 상황이 익숙지 않고 조금 지루하기까지 하다. 그래서 맨 아래 서랍에 숨겨 둔 보물을 살펴본다. 윌리엄 레인의 텅 빈 금색 로켓, 무릎 버클, 어깨 장식, 은색 종. 상아와 황동 철사로 만든 반구형 작은 새장은 동전으로 가득 차 있다. 은색 파남과 루피, 금색 모후르와 파고다.(토트넘 학교에서 제인에게 외면당했을 때 일라이자는 얕게 양각된 그림에 다른 성격을 부여하며 이 동전들을 가지고 놀기 시작했다.) 고급 천들도 잘 개어 놓았다. 색을 입힌 친츠, 물결 모양 줄무늬 알레자, 공작과 코끼리가 그려진 무명 침대보. 딱정벌레 날개를 무지갯빛으로 수놓은 금은 세공 벵골 모슬린은 학생이 쓰기에 지나치게 고급스러운 천이다.

일라이자는 리스터의 맨 아래 서랍을 살펴보며 새로운 읽을거리를 찾는다. 영웅시격 2행 연구로 쓴 「희망의 기쁨」, 로마제국 역사서 여섯 권, 역학이라는 것에 관한 에머슨 씨의 책(이 도식은 바람으로 동력을 얻는 탈것을 나타낸 건가?). 『루이스 드 카몽이스의 포르투갈 시』에서 가슴 아픈 시 한 편도 읽는다. 재미있게도 리스터는 경영자 자매에게 들키지 않기 위해 책 몇 권을 가짜 표지로 위장해 놓았다. 『쥘리』라는 프랑스 소설은 『우주의 교육자』라는 가면을 쓰고 있다.

오비디우스의 라틴어 시집에서 종이 한 조각이 나풀나풀 땅으로 떨어진다. 일라이자는 그것을 줍고 혼란스러워진다. 눈을 그린 스케치?

일라이자의 눈. 리스터가 미술 시간에 휴지통에서 꺼낸 것이 틀림없다.

복도에서 들리는 발소리. 일라이자는 작은 그림을 다시 오비디우스 책에 끼워 넣고 책을 서랍 안으로 밀어 넣는다. 종이를 원래 위치에 꽂았는지는 확신이 서지 않는다.

리스터가 서둘러 들어온다.

"왜 이렇게 늦었어?"

"프랜시스 아빠가 보내 준 토끼 한 쌍으로 요리사가 고기 자르는 연습을 하게 해 줬어."

일라이자는 일주일을 줘도 질문에 대한 답을 짐작조차 못했을 거다. "푸줏간을 차리는 게 너의 비밀스러운 야망 중 하나야?"

리스터가 빠르게 잠옷을 입는다. "우리랑 놀라울 정도로 비슷해."

"푸주한이?"

"**포유류**에 속하는 모든 생물이 말이야. 팔다리도 네 개고, 장기도 똑같고……."

일라이자는 살짝 욕지기가 난다.

테이트 사감은 리스터가 들어온 지 불과 몇 분 만에 도착한다. 사감은 잠자리 인사를 한 뒤 두 사람의 랜턴을 가져간다.

일라이자는 어둠 속에서 여전히 자신의 종이 눈을 곰곰이 생각하고 있다.

"나 이야기 하나만 해 줘, 리스터."

"잠 좀 자자."

"내가 못 자는데 네가 자면 안 되지."

"으, 이 귀찮은 녀석, 이 성가신 녀석, 이 매력적인 골칫덩어리!"

일라이자가 구슬린다. "짧은 이야기 하나만. 네 책에서 읽은 거로."

"알았어. 어디 보자." 리스터가 숨을 길게 들이마신다. "최초의 인간을 만든 신들에 관한 오래된 전설이 있는데, 그거면 되겠어?"

"아주 좋아."

"이 인간들은 각각 팔 두 개와 발 두 개를 가지고 있었어."

"우리랑 똑같네, 뭐." 일라이자는 토끼를 떠올리며 문제를 제기한다.

"그런데 머리도 두 개였지."

일라이자는 그런 모습을 상상하려고 노력한다.

리스터가 이어 말한다. "땅의 아이는 두 여자의 이름이고, 해의 아이는 두 남자의 이름이었어. 달의 아이는 남자와 여자가 있었고."

일라이자는 이런 개념에 깜짝 놀란다.

리스터의 목소리가 바뀐다. "그런데 이 새로운 생명체가 너무나 경이롭고 강력해서 올림포스 신들을 치받을까 봐 제우스가 겁을 먹은 거야. 그래서 아이들을 각각 반쪽짜리 두 사람으로 갈라 버렸어."

"정말 이상한 이야기다."

"달의 아이는 남자와 여자가 되고, 해의 아이는 두 명의 남자, 땅의 아이는 두 명의 여자가 됐지. 아이들은 각자 두 다리로 휘청거리며 서로에게서 멀어져 혼자가 됐어. 쌍둥이와 갈라지는 고통이 어떨지 한번 상상해 봐, 레인."

일라이자는 칠흑 같은 어둠 속에서 고개를 끄덕인다.

리스터가 말한다. "너무나 외롭고, 항상 그리워하고, 먹지도 마시지도 자지도 못했어. 그렇게 전 세계를 돌아다니며 자신이 잃어버린 것, 빼앗긴 것을 찾아 헤맸지. 그러다 운 좋게 잃어버린 짝을 찾으면 두 반쪽은 다시 온전해질지도 모른다는 헛된 희망으로 서로를 꼭 껴안고 있었대."

"왜 헛된 희망이야?"

리스터가 현실적으로 말한다. "그야 가까워지기나 할 뿐 더 이상 한 몸이될 수는 없으니까. 다시는."

일라이자는 그 말에 천천히 빠져든다. "그래도 엄청 반가웠겠다."

"맞아. 행복에 가장 가까운 감정이었지. 그러니까 말이야, 내 친구 레인, 그게 바로 사랑의 창조에 관한 이야기야."

일라이자는 자리에 누워 이 이야기를 골똘히 생각한다. 그러면서 리스터가 시계 초침처럼 부드럽고 규칙적으로 호흡할 때까지 그녀의 숨소리에 귀를 기울인다.

2월 첫째 날, 중학년들은 미끄러운 우즈 다리의 꼭대기까지 경주를 한다. 일라이자가 비틀거리며 넘어질 뻔한다. "돌 하나가 흔들렸어!"

리스터가 다리에 새겨진 숫자를 톡톡 두드린다. 1566. "이 다리는 250년동안 여기 있었어. 앞으로도 영원히 굳건할 거야."

마거릿이 숨을 헐떡인다. "250년이나 됐으니까 무너질 가능성이 매일 더커진다고 볼 수 있지."

중학년들은 난간 너머로 몸을 기울여 창살이 쳐진 시립 감옥 창문에서 사람 얼굴을 찾는다. 오늘은 아무도 보이지 않는다.

"저 안은 엄청 축축할 거야." 프랜시스가 걱정스러운 목소리로 말한다.

리스터가 물수제비를 뜨자고 제안한다. 돌을 두 번 이상 튀길 수 있는 사람은 리스터뿐이다. 하지만 하류로 내려가는 배에 돌이 맞아 뱃사공이 고함을 쳤고 리스터는 큰 소리로 사과를 해야 한다.

베티가 말한다. "저 사람은 우리 항구를 거쳐서 갈까? 포스터 배는 우즈강 전체를 운항하거든. 우리는 외돛배 한 척이랑 커다란 쌍돛배 한 척이 있어. 그리고 아빠가 300톤이 넘는 배를 한 척 더 만들고 있지."

중학년은 성 발렌티누스에 관한 대화로 넘어간다. 그 성인의 날에 젊은남자가 맨 먼저 보는 여자는 그 남자의 진정한 사랑이라는 유쾌한 미신이있다.

"그렇게 되도록 여자가 계획을 세우면 그런 인연은 인정되지 않아. 예를 들어 동트기 전부터 남자의 집 문밖에서 서성대거나 하면 말이야." 마거릿이 베티를 놀린다.

베티가 항의한다. "누가 그런 짓을 해!"

"애들아, 저기 굴 껍데기가 있어. 저거로 물수제비를 더 잘 뜰 수 있을 거야." 리스터가 다리의 경사면을 전속력으로 달려 내려간다.

일라이자는 서둘러 난간으로 가 리스터가 조심조심 가장자리로 향하는 모습을 지켜본다. 리스터의 새끼 염소 가죽 반장화는 이미 발가락 부분이 어두워졌다.

"엄격하게 금지된 행위야." 머시가 외친다.

일라이자는 이렇게 말하며 스스로 깜짝 놀란다. "아이, 홍 좀 깨지 말고 조용히 있어."

머시는 겸연쩍게 두 눈을 깜빡인다.

리스터가 껍데기 열두어 개를 들고 서둘러 다시 올라온다. 던져 보니 실제로 돌보다 더 잘 날아간다. 중학년들은 껍데기를 모두 쓸 때까지 같은 자리에서 물수제비를 뜬다.

다음 날 아침 루인 선생님은 학생들에게 『초급 영문법 및 어형론』에서 유난히 긴 문단을 외우라고 한다. 이렇게 시작하는 문단이다. **종속절은 하위 계급이 상급자의 권위에 복종하듯 주절에 종속한다.**

리스터가 끙 앓는 소리를 낸다.

"복종하지 않을 생각이니, 리스터 양?"

아이들은 서로를 돌아본다. 교사가 농담을 던진 건가?

리스터가 활짝 웃는다. "그렇게 무턱대고 닥치는 대로 외우기에는 저희 나이가 너무 많지 않나요, 선생님?"

루인 선생님은 또다시 갑자기 열이 오르는지 붉어진 뺨에 부채를 펄럭거린다. "유익한 자료를 암기하는 건 배움의 초석이야."

"그냥 초석이 아니라 건물 전체인 것 같아요." 리스터가 투덜거린다.

"여기서 우리의 목표는 머리에 지식과 지혜를 채우는 거야."

리스터의 입꼬리가 내려간다. "저장된 물자는 썩을 수도 있지 않나요? 더 다양하고 어려운 내용을 공부하면……."

"나는 동의할 수 없어."

모두가 일라이자를 바라본다. 그녀는 손을 들지 않고 말했을 뿐 아니라 친구의 주장을 반박하기까지 했다. 일라이자는 얼굴이 뜨거워진다.

놀랍게도 루인 선생님은 일라이자에게 계속하라고 손짓한다.

일라이자는 리스터에게 시선을 고정한 채 더듬더듬 말한다. "내 말은…… 넌 이미 머리가 금고나 다름없어서 암기를 경멸할 여유가 있을지 몰라. 재물로 가득 차 있는데 아직도 더 넣을 수 있는 것 같으니까. 너는 책을 한 번만 훑어보면 내용을 전부 습득하잖아!"

이 말은 칭찬이다. 그런데 왜 비난처럼 나오는 걸까?

"맞아." 낸이 한숨을 쉰다.

"우리는……." 아니, 일라이자는 학급을 대변할 수 없다. "우리 중 다수는 읽은 내용의 일부라도 머릿속에 담기 위해 열심히 노력해야 해. 어느 구절이나 어느 줄을 우연히 기억해 낼지 단정할 수가 없어. 그러니까 암기는……." 일라이자는 주장의 맥락을 잃고 말꼬리를 흐린다.

리스터가 한쪽으로 머리를 기울이며 일라이자에게 미소 짓는다. "하지만 추론하는 훈련은 하지 않고 기억하는 훈련만 계속하면 기억력이 지나치게 발달해서 두뇌의 균형이 무너지지 않을까?"

루인 선생님이 작게 코웃음을 친다. "너희 머리가 **지나치게** 발달할 가능성은 별로 없어서 그리 걱정되지는 않는구나. 이제 과제로 돌아가렴, 아가씨들."

하그레이브 교장이 민스터야드 거리에 있는 시커모어 트리에 중학년들을 데리고 왔다. 아주 특별한 선물이다. 술집에 들어갈 수 있을지 확신하지 못해 머뭇거리고 있는데 블랙 씨가 행주로 손을 닦으며 서둘러 다가온다.

"여기 있는 진귀한 물건들이 교육적이라는 얘기를 들었는데, 맞나요?"

"교육적이다마다요, 선생님! 모두가 아는 세계의 여러 장소에서 신기한 물건, 진기한 것들을 들여왔어요. 자연에서 모은 것과 사람 손으로 만든 물건 모두 있습니다." 블랙이 교장에게 장담한다.

"직접 모으셨나요, 블랙 씨?"

블랙의 입이 일그러진다. "어디에도 갈 기회가 없어서 세계를 여행하는 중개상에게 의존하죠."

학생 몇 명이 성인 여자처럼 보인다며 블랙이 다소 상스러운 농담을 하지만, 테이트 사감은 학생 1인당 6펜스로 입장료를 협상한다.

중학년들은 맥주 냄새가 진동하는 휴게실과 나무 칸막이가 박힌 기다란 벤치들을 서둘러 지나간다. 탁자의 한쪽 끝에선 축 늘어진 젊은 여자가 술을 벌컥벌컥 들이켜고, 반대쪽에선 한 남자가 판자에 얼굴을 댄 채 쿨쿨 잠을 자고 있다. 취했나 봐. 낸이 신이 나서 다른 아이들에게 입 모양으로 말한다.

위층에서 아이들은 뿔뿔이 흩어져 유리에 덮인 장식장을 들여다본다.

블랙이 외친다. "선반에 있는 건 절대 만지지 말아 주렴. 귀중하고 부서지기 쉬운 물건들이야."

리스터가 묻는다. "여기 있는 건 전부 죽었나요?"

술집 주인이 말한다. "전혀 아니야. 거북이랑…… 병에 있는 곤충들, 녀석들은 살아 있어."

"안 움직이는데요."

"자는 거야. 아니면 동면 중일 수도 있고." 블랙이 의견을 낸다.

"저희 남동생 학교에서는 피커링에서 살아 있는 짐승을 모아 둔 곳을 방문했대요." 리스터가 블랙에게 말한다.

"나는 런던 여행을 하면서 하마랑 인도호랑이를 본 적이 있어." 마거릿이 뒤질세라 말한다.

블랙이 주장한다. "그렇구나. 하지만 동물원은 완전히 달라. 냄새도 아주 고약하고. 여기는 원더룸, 경이의 방이란다." 블랙은 한쪽을 가리키며 덧붙인다. "이 멋진 악어는 내가 받을 때만 해도 멀쩡히 살아 있었어. 새끼 양처럼 순하게 방 안을 돌아다녔지."

"그런데 어떻게 된 거예요?" 프랜시스가 묻는다.

"활력을 잃어버렸어. 우리 요크서 겨울에 적응을 못 하는 것 같더라."

블랙이 일라이자를 보고 있는 건가? 그에게는 일라이자가 외래종처럼 보이나? 일라이자는 눈길을 돌린다.

블랙이 외친다. "여기, 아가씨들, 3미터짜리 보아뱀 옆에서 자세를 취하고 있는 이 침팬지 좀 보렴."

막대기 골조에 연결돼 넘어지지 않도록 받쳐진 이 유인원은 불행히도 십자가에 못 박힌 그리스도와 닮았다.

중학년들은 보존된 표본 사이를 이리저리 돌아다닌다. 바다코끼리의 커다란 턱과 얼룩다람쥐라고 부르는 작은 박제 동물, **위대한 화식조**(마치 마술사의 예명 같다)라는 이름표가 붙은 믿기 힘들 정도로 커다란 새가 일라이자의 관심을 끈다. 마거릿이 간절히 써 보고 싶어 하는 앤 불린의 밀짚모자, 리스터가 간절히 입어 보고 싶어 하는 일본 전사의 갑옷, 발이 기이할 정도로 작은 중국 여자의 신발 한 켤레, 와이트섬 하늘에서 비처럼 쏟아졌다는 피를 담은 유리병. 조개껍데기, 광물, 복잡한 회양목 조각품. 일라이자는 다양성이라는 게 얼마나 빨리 관찰 욕구를 약화시키는지를 생각한다. 그녀는 **자연 발생적 기이함**이라는 이름표가 붙은 구역에서 병에 담긴 다리 다섯 개짜리 송아지와 유니콘 뿔이라고 알려진 물체를 유심히 본다.

리스터는 **쌍두**(雙頭) 소년의 두개골이라는 이름표가 붙은 물체를 들여다보고 있다.(일라이자는 이름표가 잘못 붙여졌기를 바란다.) "나는 언젠가 시신을 해부해 보고 싶어."

"너는 그냥 나를 괴롭히려고 그렇게 말하는 거야." 일라이자가 중얼거린다.

블랙 씨가 이 말을 우연히 들은 모양이다. 그가 웃으며 리스터에게 말한다. "너의 과학 정신에 박수를 보낸다, 아가씨."

일라이자는 남자들이 리스터를 좋아할 수밖에 없음을 진작에 알아챘다.

아이들이 몸을 배배 꼬기 시작하자 블랙은 작은 병에 담그기만 하면 불이 확 타오르는 새로운 성냥을 보여 준다. 그런 다음 절단 틀이라는 발명품도 보여 주는데, 이걸 쓰면 여덟 명이 손가위로 자르는 양의 직물을 한 사람이 크랭크만 돌려 자를 수 있다고 한다.

"나머지는 어디로 가요?" 일라이자가 알고 싶어 한다.

"무슨 나머지?"

"나머지 일곱 명요. 그 사람들은…… 음…… 굶나요?" 일라이자는 더 점 잖은 단어를 떠올리지 못한다.

블랙은 어깨를 으쓱한다. "아마 다른 방법으로 생계를 이어 가야겠지."

하그레이브 교장이 말한다. "진보의 흐름은 결코 막을 수 없는 거란다."

다음으로 블랙은 금속 두 조각과 죽은 개구리의 다리를 연결해 전기를 일으킨다. 그러자 개구리가 벌떡 살아나고, 이 놀라운 마술에 박수갈채가 쏟아진다.

리스터가 일라이자에게 속삭인다. "런던에는 교수형을 당한 범죄자한테 이 기술을 쓰는 사람이 있어. 시체가 눈을 깜빡이고 주먹을 꽉 쥐게 만든대."

일라이자는 리스터를 살짝 밀어 낸다.

블랙은 아이들에게 손을 잡고 둥글게 서라고 한 뒤 전기 충격을 보내 아이들을 곧장 통과하게 한다. 패니는 어찌나 심하게 몸을 뒤틀고 낄낄 웃는지 금방이라도 오줌을 지릴 것 같다.

교장은 패니에게 과한 웃음은 전혀 품위가 없다고 말한다.

블랙이 아주 과장된 몸짓으로 구석에 있는 커다란 물건에서 먼지막이 덮개를 걷는다. 실물 크기의 아름다운 금발 소녀 인형이 책상에 기대어 있다.

"Mirabile dictu!" 리스터가 놀랍다고 외친다.

일라이자는 동급생 뒤에서 목을 길게 빼고 인형을 본다. 블랙이 만지작거리자 자동인형이 손에 든 깃펜을 움직여 종이에 글을 쓴다. "잉크가 나오고 있어!"

베티가 소리 내 읽는다. "사랑하는……."

"머리가 글자를 따라 움직여, 봐." 일라이자가 말한다.

"눈도 마찬가지야." 머시는 충격을 받은 목소리다.

일라이자가 읽는다. "사랑하는 매너 학교……."

블랙이 경고한다. "만지지 말렴. 40년도 넘은 인형이야. 내 수집품 중에서도 그야말로 보석이지. 스위스 시계공이 6000개의 부품으로 만들었다고."

"태엽은 어디서 돌리나요?" 하그레이브 교장이 묻는다.

"안 돌려도 돼요. 스스로 동력을 얻거든요."

교장은 이해한다는 인상을 주려고 조심스럽게 고개를 끄덕인다.

자동인형은 계속 글을 쓴다. 사랑하는 매너 학교 아가씨들…….

아이들은 소리를 지른다.

"우리를 어떻게 아는 거예요?" 일라이자가 걱정한다.

블랙이 히죽 웃으며 어깨를 으쓱한다.

리스터가 일라이자의 귀에 대고 말한다. "주인이 어떻게든 알려 줬을 거야."

그렇다 해도 두려운 건 마찬가지다. 일라이자는 주인의 비밀 명령을 수행하는 인형보다 스스로 움직이는 인형이 더 낫겠다고 생각한다.

기계가 글을 다 쓰고, 마치 다음에 쓸 글을 생각하듯 허공에 펜을 든 채 멈춰 서자 블랙이 종이를 휙 빼내 높이 들어 보인다. 사랑하는 매너 학교 아가씨들, 내가 진귀하지 않나요?

이제 남자는 창문에 블라인드를 치고 마지막으로 환등기 쇼로 아이들을 놀라게 한다. 허공을 맴돌며 차례로 작아졌다가 다시 커지는 유령들, 자신의 관을 직접 여는 해골들. 하지만 일라이자를 여전히 두렵게 하는 건 글 쓰는 인형이다. 일라이자는 인형이 앉아 있는 방 한편 가장 어두운 구석을 계속해서 훔쳐본다.

다음 날 아침, 베티가 사라졌다.

마거릿이 전할 수 있는 얘기는 친구가 하그레이브 교장의 응접실로 불려 갔다는 것뿐이다. 중학년은 베티가 어떤 규칙을 위반했는지를 두고 수군수군 토론을 한다.

점심시간, 베티가 모브 캡 끝에 살짝 삐딱하게 검은 리본을 달고 저쪽에 앉아 있다. 베티의 사랑스러운 얼굴이 부풀어 오르는 밀가루 반죽처럼 퉁퉁 부었다. 베티는 삶은 달걀과 절인 양배추에 거의 손도 대지 않은 채 돌처럼 차갑게 자신의 소식을 전한다.

그렇게 놀랄 일이 아님에도 아이들은 모두 충격에 빠진다.

"연세가 어떻게 되셨어?" 낸이 묻는다.

"쉰여덟."

"우리 아빠도 딱 그 나이였어." 마치 간수가 죄수를 잡듯 마거릿이 베티의 팔 윗부분을 움켜잡는다.

"그동안 아프셨던 거야?" 일라이자가 떠올릴 수 있는 질문은 이것뿐이다.

"나는 못 들었어."

누구도 베티를 다시 울리고 싶지 않다.

"뭐라도 좀 먹어, 친구야." 마거릿이 베티에게 말한다.

베티는 포크로 꽃양배추 한 조각을 뒤집는다. "가서 짐 싸야 해."

"장례식 끝나고 오래 있을 거야?" 패니가 알고 싶어 한다.

베티의 목소리가 희미하다. "엄마한테서 편지를 받았어. 장례를 치르러 집에 가면 돌아오지 않을 거야."

모두가 빤히 쳐다본다.

"안 돼." 마거릿이 투덜댄다.

리스터가 핵심을 찌른다. "이제 돈을 낼 형편이 못 되는 거야?"

마거릿이 외친다. "돈이야 당연히 낼 수 있지. 여전히 포스터 가족이잖아. 은행, 조선소, 가게, 전부 다 오빠들이 계속 운영할 거야."

베티가 아주 단조롭게 아이들에게 말한다. "엄마가 그러는데 내가 집에 있어야 한대. 유일한 미혼 여자니까."

얼마나 오래 있어야 할까? 일라이자는 일종의 두려움을 느끼며 궁금해한다. 그녀는 사랑스러운 베티가 사교계에 첫발을 내딛지 않는 모습, 떠들썩한 군중 속에서 자신이 고른 구혼자를 끌어내지 않는 모습을 상상한다. 여생을 작은 마을에 갇혀 **쓸모 있고 호감 가는** 사람이 되거나, 최소한 장식품

같은 존재가 되는 모습.

"너희 엄마한테 말해 봐……. 부탁해 봐……. 애원해 봐……."

베티는 꼭 끌어안아 마거릿의 말을 막은 뒤 몸을 빼낸다.

그날 저녁 슬로프에서 리스터는 신발을 박박 문질러 광을 내고 있다. "나는 베티 포스터를 특별히 좋아하지는 않아. 자기 자신을 지나치게 호의적으로 생각한달까."

"그애를 흉보면 안 돼." 게다가 자기만족이라면 리스터에게 필적할 사람이 도대체 누가 있단 말인가?

"그런데 우리 숫자에 구멍이 뚫린 걸 보면 정말 소름이 돋아. 전투에서 병사 한 명을 잃은 것처럼."

"왜 이래, 리스터. 베티는 죽지 않았어." 그저 가족을 잃고 유배를 당하는 것뿐이다.

"우리한테는 죽은 거야. 베티의 교육은 이렇게 끝난 거라고." 리스터가 손가락을 튕긴다. "그런데 이유라는 게 고작 아빠의 심장이 멈춰서 엄마가 의지할 사람이 필요해졌다는 거야. 아니, 그냥 누군가 있으면 좋겠다고 생각한다는 거야. 가족은 단지 우리 딸들의 봉사가 필요할 때까지 자신들에게 방해가 되지 않도록 우리를 학교에 보내는 걸까, 레인? 우리의 삶은 전혀 우리 소유가 아닌 걸까?"

일라이자는 답을 알지 못한다. "너한테 그런 일이 생길까 봐 무서워?"

리스터가 싱긋 웃는다. "무슨 일? 내가 엄마의 버팀목이자 위안거리로 집에서 썩어야 한다고 우리 엄마가 고집을 부리는 일? 이 역할은 메리언이 하면 돼. 아니면 새로 태어난 여동생이 하거나. 아니, 나한테는 원대한 계획이 있어."

"샘이랑 존이랑 시브던 저택에 사는 거?"

"그보다 훨씬 더 큰 계획이야." 리스터의 목소리가 음모를 꾸미듯 작아진다. "나는 내 삶의 주인이 돼서 세상을 보고 싶어. 내가 얼마나 멀리 갈 수 있을지 누가 알겠어? 미국까지 항해를 할지도 몰라. 아니면 육로로 덴마크,

러시아, 페르시아, 메소포타미아…… 심지어 인도까지 갈 수도 있지."

일라이자는 직설적이다. "하지만 여행비용을 도대체 어떻게 감당하려고?"

리스터는 당당하게 어깨를 으쓱한다. "도박판에서 몇 백 파운드는 마련할 수 있을 거야."

"리스터!"

"나는 반드시 내 이름을 떨칠 거야. 어쩌면 펜으로 명성을 얻고 밥벌이를 할지도 몰라."

"글을 쓰겠다고? 출판용으로?"

"그러는 여자도 있어. 나는 여행기랑 고전 번역을 생각해 봤어. 필명은 '비아토르'로 할 거야. 마침내 왕한테 남작 작위를 받는다고 상상해 봐!"

일라이자는 이 환상을 무시하고 말한다. "이름은 마음에 드네. 비아토르."

"나그네를 뜻하는 라틴어야. 내 첫째 목적지는 작은 에트루리아 왕국[31]에 있는 피렌체가 될 거야."

"왜 피렌체야?"

"예술가와 외국인으로 가득한 문화 도시거든. 고대 유적, 깨끗한 거리, 심지어 여왕도 있지. 아니, 어린 아들을 위해 왕좌를 지키고 있는 섭정이라고 해야겠다. 거기에 있는 내 모습이 머릿속에 그려져. 아르노 강둑에서 미켈란젤로와 갈릴레오의 발자취를 따라 걸으며 자유롭게 사는 모습."

그 순간 일라이자는 완벽히 이해한다. 리스터가 하고 많은 장소 중 피렌체에 강하게 끌리는 이유는 그곳에 가는 일이 아예 불가능하기 때문일지도 모른다. 나폴레옹이 거대한 거미처럼 대륙에 손을 뻗치고 있는 한 피렌체는 신화 속 별천지나 다름없으니 말이다.

다음 날 비 오는 오후 역사 수업이 끝난 뒤, 두 사람은 교실에 남아 창문

---

31) 고대에 이탈리아 중부 지방과 코르시카섬까지 지배했다. 로마인들은 에트루리아인을 투스키라 불렀고 이는 오늘날 토스카나라는 지명에 남아 있다. 토스카나의 주도가 피렌체이다.

에 새겨진 오래된 낙서를 읽는다. 다음 수업은 무용이지만 리스터는 테이트 선생님이 나타나지 않으리라는 사실을 알고 있다. 선생님의 어린 딸이 메리 스완에게 오늘 아침 자기 아빠가 침대에서 일어나지 못했다고 털어놓는 걸 우연히 들었기 때문이다.

"날씨 때문에 선생님 기분이 축 처지나 봐." 일라이자가 말한다.

"나는 개인적으로 비가 참 좋아. '레인, 레인' 하고 말하는 것 같아."

일라이자는 혼란스러워하며 얼굴을 찌푸린다.

"네 이름 말이야." 리스터는 곧장 위를 가리킨다. "하늘이 부르고 있다고. 레인!"

일라이자는 기분이 좋아진다. 그때 손목 위로 물방울 하나가 떨어져 일라이자를 깜짝 놀라게 한다. 이곳의 오래된 지붕은 헨리왕이 넷째 혹은 다섯째 부인과 함께 방문한 이후로 한 번도 고쳐지지 않았다. 일라이자는 한쪽으로 가 눈을 가늘게 뜨고 작은 마름모꼴 유리를 바라본다.

일라이자가 읽는다. "나는 바이얼릿 양을 사랑한다."

"S 카빌은 이 건물에서 단연코 넬슨 양을 가장 사랑한다." 리스터가 거든다.

"여기 이 아이는 자기가 좋아하는 친구 두 명의 이름을 적었어. 리처드슨과 덩컴. 봐, 몇 명은 너랑 나처럼 성을 사용했어! 그리고 여기도 사랑 선언문이 더 있다. 우드와 콜린스."

하지만 일라이자는 평범한 3인조로 다른 아이와 나란히 지목되고 싶지는 않을 거라고 생각한다.

리스터가 말한다. "봐, 캐서린 피셔는 누군가를 사랑한다. 피셔 양은 딱 이 정도로만 명시하고 싶었나 봐."

"너라면 감히 더 쓸 수 있겠어?"

"당연하지!" 리스터는 이렇게 말한 뒤 얼굴을 찌푸린다. "다이아몬드가 있으면 좋을 텐데. 유리에 가장 정확히 글을 쓸 수 있다고 하거든."

일라이자는 이 학생들이 몇 세대에 걸쳐 다이아몬드를 넘겨줬으리라고 생각하지 않는다. 틀림없이 강철 칼끝이나 줄, 못으로 해결했을 것이다.

하지만 일라이자는 아주 무심하게 말한다. "나한테 있어. 가져올까?"

이번만은 리스터가 할 말을 잃는다.

두 사람은 들키지 않도록 매우 주의를 기울이며 손을 맞잡고 위층으로 달려간다. 멀리서 바이올린 켜는 소리가 들린다. 분명 고학년 몇 명이 무용 수업의 반주자로 동원된 것이리라. 이 시간에는 비어 있는 요리사 방과 하녀 방, 그리고 조용한 수납실을 지난다.

슬로프에서 일라이자는 자신의 맨 아래 서랍을 열어 새장을 들어 올린 뒤 동전 아래에 돌돌 말아 둔 뚱뚱한 비단 뭉치를 찾는다. 안에서 보석이 쏟아져 나온다.

리스터는 눈부신 진열품을 보며 휘파람을 분다.

"우리 엄마가 줬어. 내가 마드라스를 떠나던 여섯 살 때."

"우리 엄마는 따귀 말고는 나한테 준 게 없는데." 리스터가 농담을 한다.

태양과 별 모양 머리 장식, 유약을 바른 새와 꽃 세공품. 목걸이, 걸쇠가 달린 팔찌, 발가락 반지, 진주 다발에 물고기를 매단 귀걸이. 옥, 전기석, 황옥. 단 하나뿐인 손가락 반지에는 커다란 다이아몬드 두 개가 빛나는 조각들에 둘러싸여 있다.

일라이자가 말한다. "이건 무굴 제국에서 깎은 골콘다 보석이야. 최고급이지."

리스터는 반지를 빙글빙글 돌리며 감탄한다. "밑면이랑 안쪽도 겉면만큼이나 아름다워."

일라이자는 금에 새겨진 잎사귀 문양을 만지작거리며 고개를 끄덕인다. "갈까?" 이상하게 부끄러운 기분이다.

두 사람은 다른 사람과 마주치지 않도록 조심하며 교실로 돌아간다. 리스터는 판유리 아래쪽에서 작은 공간을 찾는다.

(일라이자는 눈길을 끌지 않기 위해서라고 생각한다.)

리스터가 유리에 다이아몬드 반지를 댄다.

"설마…… 이름을 쓰지는 않을 거지?" 일라이자는 하마터면 내 이름이라고 말할 뻔했다. 그런 생각에 경악했는지 설렜는지 자신도 알 수가 없다.

리스터가 얼굴을 찡그린다. "유리에 이름들을 적으면 약간 천박해 보일 것 같아. 몇 백 년 동안 사람들이 입을 쩍 벌리고 보게 되잖아."

이름들. 그녀는 리스터는과 사랑한다 사이에 여러 이름을 넣고 싶은 걸까?

"뭐라고 쓸 거야?"

"정말 불멸로 남고 싶지 않아?" 리스터는 반쯤 웃고 있다.

일라이자는 불멸을 원하지만 동시에 겁이 난다.

"이름은 쓰지 마." 일라이자가 속삭인다.

"좋으실 대로 하세요, 아가씨."

리스터는 쭈그리고 앉아 납틀에 기댄 채 깔끔한 선으로 글자를 새기며 작업을 시작한다.

나는, 저게 첫째 단어인가? 일라이자는 아주 가까이 몸을 구부린다. 조바심이 그녀를 옥죄어 온다. 나는 이 다이아몬드로. 아, 일라이자에 관한 글이 아니다. 보석이 자신의 이야기를 하고 있는 모양이다. 일라이자는 실망감을 삼킨다. 그녀는 한 번에 한 글자씩 읽는다. 나는 이 다이아몬드로 이 유리에 새겼다.

"잘 봐." 리스터가 중얼거린다.

"여기에 더 있다가는 잡히고 말 거야." 그러면 몇 백 년 동안 보존될 미완성 메시지가 하나 더 남게 된다.

"재촉하지 마. 서두르면 절대 지우지 못할 실수를 저지를 거라고."

일라이자는 어쩔 수 없이 인내심을 발휘한다. 나는 이 다이아몬드로 이 유리에 새겼다, 일라이자는 다시 읽는다. 그리고 다음 단어를 기다린다. 그리고 이 얼굴로⋯⋯.

얼굴? 다이아몬드의 얼굴? 아니면 리스터의 얼굴?

리스터가 갑자기 고개를 돌려 일라이자에게 키스한다. 낮게 걸린 과일을 따듯 그녀의 입을 차지한다.

그런 다음 (빙글빙글 도는 세상에 이렇게 이상하고 지속적인 고요를 가져다주는 키스가 시작이나 끝이 있다고 말할 수 있다면) 리스터는 아무 일도 없었다는 듯이 작업을 다시 시작한다.

일라이자는 눈을 깜빡이며 리스터가 완성하는 문구를 빤히 쳐다본다.

나는 이 다이아몬드로 이 유리에 새겼다.

그리고 이 얼굴로 어떤 아가씨에게 키스를 했다.

리스터가 작게 묵례를 한다. "요청하신 대로 이름은 안 썼습니다. 하지만 읽어 낼 분별력만 있다면 누구든 알 수 있도록 적었지."

일라이자는 아무 말도 하지 못한 채 고개만 끄덕인다. 다른 학생이 이 글을 발견할까? 전에는 전혀 알아차리지 못한 오래된 메시지라고 생각할까? 남자가 썼다고 믿을까?

"여기." 리스터가 평평한 손바닥에 반지를 올려 앞으로 내민다. 단단한 보석은 조금도 손상되지 않았다.

순간 일라이자는 리스터가 자신에게도 뭔가를 쓰라고 한다고 생각한다. 하지만 키스에 놀라 어안이 벙벙한 상태다. 너무나 많은 감정이 피어나 말로 다 표현할 수가 없다. 게다가 리스터는 작가이자 행동가이자 도전하는 사람이다.

"네 거잖아."

아, 그냥 반지를 돌려주는 것이다.

"아니야." 일라이자가 나직이 말한다.

"받아."

"됐어. 나는 한 번 준 건 돌려받지 않아."

리스터의 얼굴이 밝아진다. 그녀는 손을 오므려 다이아몬드를 꽉 움켜쥔다.

레인이 리스터에게,
1815년

사랑하는 리스터,

요 근래 내가 약간 혼란스러운 것 이상으로 제정신이 아니었다는 사실을 알게 됐어. 편지에 뭐라고 썼든 전부 사과할게.

사실 생각해 보면 너는 최근에 내가 쓴 편지를 한 통도 받지 못했을 거야. 내 마음의 표현을 클라크슨 수간호사가 철저히 검토하도록 차마 맡길 수가 없어서 봉투마다 아마도 핼리팩스에 있을 앤 리스터 양이라고 적고는 침실 창문 밖으로 떨어트리는 습관이 생겼거든. 지나가는 착한 사마리아인이 그걸 주워 수고스럽게 발송해 주기를 바라면서 말이야. 하지만 이제 정신을 차리고 보니 내 편지가 저 아래 배수로에 쌓이고 있을 가능성이 매우 크다는 사실이 명확해졌어. 비를 맞아서 읽기도 어려워졌을 거야. 주인 외에는 누구에게도 아무런 쓸모가 없는 서류 한 꾸러미. 네가 한 통이라도 편지를 받았다면 동정심에서라도 지금쯤 답장을 했으리라고 믿어야 공평한 일이겠지.

이제 차분해져서 마음속으로 여러 사건을 명확히 서술해 보려고 노력하는 중이야. 클라크슨 수간호사 말로는 내가 1814년이었던 작년 10월 마지막 날에 이곳 클리프턴 하우스 정신병원으로 왔대. 그 말을 받아들일 수밖에 없어. 혼자서는 뒤엉킨 기억의 실타래를 풀기가 너무나 어렵거든. 순간순간은 기억하지만 순서가 온통 뒤죽박죽이야.

더핀 부부 집 문을 쾅 닫고 비단 실내화를 신은 채 완전히 흐트러진 상태로 미클게이트 거리를 도망치듯 내려가던 일이 생생히 기억나. 피신할 만한 곳이 전혀 떠오르지 않아서 피터게이트 거리를 따라 벨컴 박사 집으로 쏜살같이 달려가 마리아나에게 자비를 빌던 내 모습이 머릿속에 그려져.(내 주치의이기도 한 마리아나의 아버지는 딸과 똑같은 눈을 가졌어. 박사를 볼 때마다 그 아이가 생각나.) 나는 이 일을 '운명의 신의 잔인한 장난 중 하나'라고 불러, 리스터. 네가 사랑하는 마리아나가 나에게 친절을 베푸는 사이 너는…… 아니다. 비난하지 않을게. 나는 오늘 아주 차분하니까.

도무지 기억나지 않는 게 있는데 내가 정신병원에 들여보내 달라고 부탁한 사람이 벨컴 박사였는지 매더 박사였는지 모르겠어. 어쨌든 도와 달라고 애원하던 건 확실히 기억나. 그래서 지금 여기에 있는 거야. 여기에 갇혀 있는 거야. 내가 불안을 호소할 때마다 클라크슨 수간호사는 내 병이 완전히 치료될 때까지 조금 더 머물러야 한다고 설득해.

수간호사 말에 따르면 사람은 계층을 막론하고 누구나 정신병에 걸릴 수 있대. 유전적 질환이기도 하고 격렬한 슬픔의 결과이기도 하지. 옆 건물 남성 병원에 있는 환자 중에는 네 번째로 입원한 청년이 있는데, 그 사람의 광기는 항상 술에서 비롯된다고 해. 내 경우에는 원인이 명확하지가 않아.(물에 떠서 헤엄치는 천성이 있다면 가라앉는 천성도 있는 법이야. 내가 너한테 그렇게 말했지.) 우리 언니가 남편 없이 인도에서 돌아온 뒤로 하도 거칠고 부끄럽게 행동해서 벨컴 박사는 우리 자매 피에 문제가 있다고 생각하고 싶어 해. 물론 우리 아빠의 누나(크로퍼드 여사의 엄마)가 지능이 떨어지기는 하지만, 매더 박사는 인도 쪽에 더 심각한 취약점이 있다고 의심하지. 나는 거기에 관해 아무 말도 할 수가 없어. 두 박사 모두 내 병이 지난가을 폭풍처럼 갑자기 찾아와 나와 가까운 사람들을 마구 몰아세우게 한 이유는 설명하지 못해. 그저 신의 섭리라고만 이야기할 뿐이야.

내가 두 해 전 여름에 알렉산더 대령과 약혼할 뻔했는데, 더핀 박사가 그 얘기를 했나 봐. 박사의 동료들이 나한테 '사랑에 대한 실망감'이 있는지 반복해서 물었어. 그러면 나는 그저 멍한 표정만 지어 보여. 사실은 나도 내 몰락의 시작이 사랑이었다고 믿어, 리스터. 하지만 이건 괜히 발설해서 깨

버리고 싶지 않은 소중한 비밀이야. 사람을 취하게 하는 물약을 처음 맛봤을 때 난 겨우 열네 살이었고, 그때 너무 많이 마셔 버린 게 분명해.

하지만 너는 내 깃펜에서 더 이상 슬픈 음악을 듣지 못할 거야. **지난 일은 되돌릴 수 없다.** 게다가 곰곰이 생각한다고 해서 득 될 것도 없지. 기억은 내 주변으로 서서히 차오르는 밀물이야. Qui n'avance pas, recule. 나아가지 않고 가만히 서 있으면 뒤로 미끄러져서 과거에 잠길 수 있어. 전력을 다해 병적인 집착을 떨쳐 내고 새로 찾은 평온을 단단히 붙잡아야 해.

매더 박사는 나한테 여러 가지 신경성 혼합물을 써 보고 있어. 녹용, 감홍, 디기탈리스, 라벤더 물. 클라크슨 수간호사는 나한테 샤워를 시키는데, 자극을 위해선 따뜻한 물을, 진정을 위해선 차가운 물을 써. 이곳 클리프턴의 식이요법은 아주 적당해서 어떤 환자도 합리적으로 불평할 수가 없어. 우리는 일찍 일어나.(물론 단체 생활에 맞지 않는 사람은 예외지. 그중 한 명은 자기 방에서 끊임없이 앓는 소리를 내.) 그런 다음 아침에는 새로 짠 우유를, 오후에는 차를 곁들인 빵을, 저녁에는 사고야자의 전분을 먹어. 거울은 불안감을 일으킨다고 여겨지기 때문에 하나도 없어. 더 넓은 풍경을 보고 싶으면 정원에 있는 흙더미로 올라가. 나는 항상 매너 학교 학생이 지나가기를 기대하는데, 아직은 한 명도 못 봤어. 우리는 일요일마다 교회에 가고 매일 오후엔 전원 지역을 산책해. 오늘은 클라크슨 수간호사가 우리를 데리고 워터엔드 거리를 따라 우즈강을 건너는 페리 선착장으로 내려갔어. 강이 다 내려다보이고 지평선에서 요크의 탑들도 얼핏 보이더라. 백조도 한 쌍이 있었는데, 혹시나 우리가 봤던 녀석들인지 문득 궁금했어.

오래된 노래가 내 머릿속에서 맴돌아. **오 나의 사랑, 나를 사랑하나요? 오 나의 사랑, 나를 사랑하나요?**

신문은 마음을 어지럽힌다는 이유로 보여 주지 않아. 하지만 수간호사, 의사와의 대화를 통해 요즘 일어나는 일들은 아주 잘 알고 있어. 리버풀 백작이 총리라는 거. 노예 소유는 여전히 가능하지만 노예 매매는 윌버포스 씨가 마침내 금지시켰다는 거. 불쌍한 왕이 다시 미쳐 버려서 한때 새끼 돼지였던 아들이 이제 섭정 왕자로 우리를 통치한다는 거. 어미 없는 살쾡이

인 샬럿 공주가 어른이 돼서 오라녜 왕자와의 약혼을 깼고, 말을 훔쳐 달아나다가 섭정 왕자에게 다시 끌려와 갇혔다는 거. 하지만 공주도 아버지가 땅에 묻히면 만족할 거야. 자신이 제국 전체의 왕이 될 테니까. 대(對)프랑스 전쟁이 마침내 승리로 끝나고, 나폴레옹이 하필이면 세인트헬레나섬으로 추방됐다는 소식도 들었어. 나는 세상 끝에 있는 그 뜨거운 암석을 생생히 기억해. 내가 일곱 살 때 우리 배가 거기에 멈췄고, 2년 뒤 우리 아빠 시신이 세인트헬레나섬 해안에서 푸른 바다로 미끄러져 들어갔지.

이미 잃어버린 건 계속 언급하지 않는 편이 좋아. 나는 잘 통제된 생활 규칙을 따르면 내 정신이 완전히 회복될 수 있다고 되새기고 있어. 커다랗게 불거져 나온 눈이 천장에서 나를 내려다보며 어디든 따라다니고 있다고 상상해. 여기 직원은 모두 환자를 회복시켜서 가족과 친구의 품으로 돌려보내려고 이 일을 하는 거니까.

물론 나한테 친구나 가족이 남아 있다는 뜻은 아니야. 시간, le temps, 셀 수 없는 시간. **미완료 과거형**의 시간. 시간의 커다란 낫은 눈앞에서 모든 걸 베어 버려. 나의 어린 시절은 이제 어떤 배로도 닿을 수 없는 머나먼 나라야. 나에게는 언니가 있었어. 서류상으로는 지금도 있지. 하지만 우리는 전혀 닮지 않았고 서로를 잃어버린 거나 다름없어. 아빠도 있었지만, 그분은 지금 10미터 아래 **물속**에 누워 있어. 엄마도 있었지만, 나는 엄마의 언어를 잊어버린 지 얼마나 오래됐는지 몰라. 이 모든 이보다 더 소중한 사람. 나에게는 한때 누구보다 훨씬 가까운 친구가 있었어. 사랑하는 그 사람의 이름은 내 심장에 영원히 새겨질 거야.

방금 클라크슨 수간호사가 왔어. 그래서 5분만 더 펜을 쓰게 해 달라고 간청했어. 나는 지금 아주 아주 차분하니까. 수간호사는 글을 너무 많이 쓰면 평온을 빼앗길 수 있다고 말해. 그러면서도 1분 더 주기는 했어.

시간이 이렇게 짧으면 무슨 말을 해야 할까? 물론 네가 이 글을 읽지는 않을 테지만 말이야. 네가 내 글을 읽기를 간절히 바라지만, 도무지 이 글을 검열에 노출시킬 수가 없어. 나는 이 종이들도 창밖으로 떨어트릴 거야. 그렇게 바람에 실어 보낼 거야.

내 양초가 꺼지고 있어. 여기에 교훈이 있지. '우리는 풀과 같다.'

시간이 다 돼서 수간호사가 다가와. 이만 서명할게.

한때 너의 것이었던

레인

추신, 이제 비가 내 이름을 말하면 너는 그저 얼굴만 찌푸리니? 아니면 더 이상 비가 내 이름을 말하지 않니?

추추신, 나는 아직 치아가 있어.

땅의 아이들,
1806년 3월

다이아몬드로 글자를 새긴 이후, 키스한 이후, 두 사람 사이는 언덕을 굴러 내려가는 돌이 된다.

애정, 하지만 더 까다로운. 온기, 하지만 일라이자를 떨게 하는. 두 사람 사이의 끌어당기는 힘은 거의 낚싯바늘처럼 고통을 안긴다.

리스터는 아침마다 스펜서재킷을 입는 일라이자를 도와주고, 일라이자는 침대 두 개를 모두 정리한다. 혹시나 리스터가 복통을 느끼면 일라이자는 테이트 사감에게 가 뜨거운 벽돌을 달라고 한다. 리스터는 일라이자의 세면대에 하루는 눈풀꽃을, 다음 날은 앵초를 올려 둔다. 그녀는 오후에 30분 정도 시간이 나면 항상 산책을 제안한다. 일라이자는 살면서 이렇게 많이 걸어 본 적이 없다. 길리게이트 거리로 나가 첫 번째로 만나는 통행료 징수소까지 북쪽으로, 몽크게이트 거리를 따라 성벽 주변으로, 우즈 다리를 넘어 다시 렌들 페리를 타고 매너 쇼어로. 두 사람은 농부가 봄밭에 보리와 밀의 씨를 뿌리는 모습을 지켜본다. 조용히 있어도 대화를 나누는 것 같다. 비조차도 그들을 막지는 못한다.(비가 말한다. 레인, 레인!) 리스터에게는 손잡이에 가죽끈을 끼워 들고 다니는 신사용 우산이 있다. 두 사람 모두를 덮을 정도로 커다란 우산이다.

아이들은 걸으며 함께 노래를 부른다. 하지만 소리는 작아서 다른 사람이 듣고 거리에서 시끄럽게 떠든다며 신고하지는 않을 것이다.

잘 가요, 그대, 내가 그대에게 품은 사랑,

희망은 없지만 그래도 진정으로 남을 사랑,

당신을 만나기 전에 나는 누구도 사랑하지 않았어요,

당신 같은 이는 다시 만나지 못할 거예요.

두 사람이 좋아하는 노래 중에는 〈내가 집 밖에서 걷고 있을 때〉, 〈검은 눈의 수전〉, 〈이리 와서 돛을 모두 펼쳐라〉 등이 있다. 일라이자는 베개에 놓인 '나는 린도르' 악보 맨 위에서 연필로 쓴 메시지를 발견한다. 부르는 이: 가난뱅이로 위장한 백작. 사랑병에 걸릴 수 있으니 너무 자주 연주하지는 말 것.

3월로 접어들면서 날씨가 다시 더욱 매서워진다. 일라이자는 이제 무릎까지 오는 털외투를 입고 헐렁한 소매를 손으로 모아 쥔다. 플란넬 속치마도 하나 더 입고, 팔꿈치까지 올라오는 손모아장갑도 낀다. 하지만 여전히 교실에 가만히 앉아 있으면 몸이 덜덜 떨리고 수업 내용을 따라 하라고 지시를 받으면 이가 딱딱 맞부딪친다.

루인 선생님은 이제 홍조가 많이 나아진 듯하다. 하지만 콧물이 뚝뚝 떨어지는 코끝은 자주 닦아 내고 있다. "겨울이 왜 이렇게 길어!"

"남부 어느 지역에서 오셨는지 여쭤 봐도 될까요, 선생님?" 프랜시스가 묻는다.

"해머스미스에서 왔단다, 셀비 양. 수도 서쪽에 있는 유쾌한 소도시지. 우리 이웃 중에는 시인, 화가, 음악가가 많았어." 루인 선생님은 자신이 요크셔에 있다는 사실에 상당히 짜증이 난 목소리다.

요즘은 모두가 짜증을 잘 내는 듯하다. 오직 일라이자와 리스터만이 예외다. 두 사람 사이에 생긴 무언가는 마치 추하기 짝이 없는 벽돌과 배수관을 생기 넘치는 녹색으로 뒤덮는 덩굴 식물처럼 쑥쑥 자라난다.

마거릿은 베티에게서 소식을 듣지 못했고 편지를 쓰지도 않았다. 어느 날 점심시간에 일라이자가 문자 어깨를 으쓱한다. "우리 길은 다시 만나지 않을 것 같아."

"오, 마거릿. 도대체 왜?"

"순진하게 굴지 마. 학창 시절 우정은 원래 이런 거야."

너한테는 그렇겠지. 일라이자는 이렇게 말하고 싶다. 그녀는 매너에서 보내는 이 시간이 진짜 인생에 가까운 어린이용 인생일 뿐이라고 믿지 않을 것이다. 우정, 살아 있는 참된 우정은 깊이를 알 수 없는 경이로운 우물이라는 사실이 증명되었다. 리스터는 일라이자에게 키스를 했고, 나아가 영원히 남도록 유리에 새겨 놓았다. 리스터는 언제나 일라이자를 소중히 여기고 이세상 누구보다 더 아껴 줄 것이다. 이제 일라이자는 절대로 혼자가 아니다.

식탁 건너편에서 편지를 읽던 낸이 고개를 든다. "나 남동생 생겼어. 정확히는 이복동생이지."

중학년들이 낸에게 축하를 보낸다.

"결혼한 지 6개월 만에 아기를 낳았네." 리스터가 말한다.

낸이 크게 콧방귀를 뀐다. "거의 7개월이야. 애가 엄청 작대."

"아기가 그렇게, 음…… '일찍' 나온다고 하자. 그러면 보통 그렇게 묘사하지."

"놀리지 마, 리스터." 패니가 유난히 단호한 태도로 말한다.

"괜찮아." 낸이 패니에게 말한다. 그러고는 심술궂게 "전혀 놀랍지 않아"라고 속삭인 뒤 리스터에게 말한다. "내가 너의 먼 친척 중 한 명을 모욕하더라도 기분 나쁘게 듣지는 마."

리스터가 양손을 휙 들어 올린다. "하이홈 저택의 가족은 나랑 모르는 사이야."

"하지만 정말이지 우리 아빠의 새신부는 그저 더러운……."

"낸!" 머시가 불쾌한 단어가 튀어나오지 못하게 가로막는다.

마거릿이 머시에게 경고한다. "감히 신고할 생각은 하지도 마. 낸은 감당할 일이 이미 많다고."

일라이자는 구운 모샘치의 마지막 남은 살을 뼈에서 발라낸다. 무어섬 씨는 겨우 스무 살이 된 여자와 아슬아슬하게 때를 맞추어 결혼하면서 그녀의 평판을 얼마간 높여 준 듯하다. 하지만 사람들은 여전히 험담을 할 것이다. 사람들의 험담은 절대 막을 수가 없다.

그날 밤 슬로프에서 리스터가 가짜 곱슬머리를 휙 떼어 내며 말한다. "샘한테서 편지가 왔어. 우리 창조자가 계속 우리를 부끄럽게 한대."

일라이자는 창조자라는 말이 무슨 뜻인지 정확히 몰라 짐작해서 묻는다. "너희 엄마?"

"넘치는 기백으로 자신만의 길을 가는 엄마를 존경해야 하나 봐. 하지만 이대로 두면 엄마는 젊은 남자를 애완동물로 삼고 아양을 떨 거야. 술도 얼마나 많이 마시는지."

일라이자는 키스를 한 이후로 리스터가 자신에게 훨씬 더 솔직해졌음을 깨달았다.

"너희 아빠는 어떻게 참으셔?"

"아, 우리 대령님도 엄마만큼 술을 마셔. 하지만 남자는 그거로 평가받지 않지." 리스터가 쏘아붙인다. "아빠는 싸구려 술집에서 외박하면서 감당도 못 할 청구서를 잔뜩 껴안고 와. 둘 중에 누가 더 천박한지는 우열을 가릴 수가 없어."

일라이자는 리스터의 팔꿈치 안쪽에 손을 밀어 넣는다.

리스터는 팔을 옆구리에 꽉 붙이며 일라이자의 손가락을 따뜻하게 가둔다. "정말 견딜 수 없을 정도로 천박한 한 쌍이야. 시브던 저택에 있는 큰아버지랑 고모들이 나를 입양해 주면 좋겠어."

"하지만 너희 부모님은 적어도 너를 아주 좋아하실 거야. 분명히 네 재능을 자랑스러워하실 거야."

리스터가 코웃음을 친다.

"두 분이 네 천성을 이해하시면……."

"누가 이해하겠어, 레인? 너니까 가능하지." 리스터의 시선이 일라이자의 눈에 너무 강하게 꽂혀 일라이자는 숨을 쉬기가 힘들어진다. "이렇게 끔찍한 이야기를 할 수 있는 사람은 지금껏 한 명도 없었어."

"나도 그래."

"부담을 덜고 내 고민을 보물처럼 확실히 안전하게 보관해 줄 마음에 맡기는 일……. 너의 종이에 나 자신을 잉크처럼 쏟아붓는 것……."

일라이자는 그저 고개만 끄덕일 수 있을 뿐이다.

"그런 안도감에 내 심장이 뛰어. 느껴져?" 리스터는 일라이자의 손을 들어 뼈가 딱딱하게 튀어나온 자신의 손목을 일라이자의 둥근 손바닥에 올려놓는다.

일라이자는 손가락을 움켜쥔다. 리스터의 가는 손목뼈가 돌아간다.

"네 심장이 뛰고 있는지는 잘 모르겠어. 지금 느끼기로는 내 심장의 박동인 것 같아." 일라이자가 고백한다.

이 말에 두 사람은 웃음을 터트린다.

❖

다음 주 수요일, 아가씨들은 민트야드 모퉁이에 있는 왕립 극장에 갈 예정이다. 아주 특별한 선물이다.

"이 발표에 이렇게 난리법석이라니, 우리 일상이 그만큼 따분하다는 얘기야." 리스터가 지적한다.

일라이자가 리스터에게 말한다. "조용히 해. 이번 학기 중 가장 신나는 소식이잖아."

낸이 말한다. "버틀러 씨 극단은 매년 겨울 노스라이딩 지역에서 순회공연을 해. 나는 〈잉클과 야리코〉를 포함해서 온갖 공연을 다 봤어."

마거릿이 말한다. "내가 어릴 때 배우 가문인 켐블 가족이 뉴캐슬까지 올라왔어. 시던스 여사가 하룻밤은 아주 고풍스러운 오필리아를, 다음 날은 풍만한 햄릿을 연기했지."

프랜시스가 미소 지으며 기억을 떠올린다. "나도 아빠랑 그 공연을 봤어. 여배우와 남배우, 서로 다른 두 사람이 아니라는 게 도무지 믿기지가 않더라."

리스터가 말한다. "지금까지 나는 인형극밖에 못 봤어. 줄을 매단 꼭두각시 말이야. 장터에서 할리퀸 광대가 나오는 무언극도 봤고."

일라이자 역시 극장에 가 본 적은 없지만 아이들 앞에서 그렇다고 말하지는 않을 것이다. 그녀는 예전의 자신보다 훨씬 용감하지만 리스터에 비하면 여전히 절반만큼도 용감하지 않다.

못 박힌 벽보에 따르면 유명한 희극 배우 조던 여사가 〈뜻대로 하세요〉를 선보인다고 한다. 리스터는 견학을 준비하기 위해 작품을 소리 내 읽어 봐야 한다며 수업 시간에 루인 선생님을 간신히 설득해 낸다. "괜찮으시면 제가 로절린드를 할게요, 선생님."

교사가 고개를 젓는다. "너는 우울한 자크를 하렴."

리스터가 신음한다.

교사는 오해한 척한다. "바로 그거야. 세상의 모든 슬픔에 시달리는 거지. 스미스 양, 너는 아주 정확히 글을 읽으니까 네가 로절린드 역을 맡으렴."

"로절린드가 남자 옷을 입는 사람인가요?" 머시가 조심스럽게 묻는다.

"맞아. 하지만 너는 네 옷을 입고 있을 거야."

"저는 어떤 극장도 가지 않을 거예요." 뽐내는 말투.

루인 선생님은 확고하다. "그러면 교실에서 우리 국민 시인의 작품에 대한 감상을 더 풍요롭게 하는 일이 더더욱 중요하지."

일라이자는 실리아 역할을 배정받는다. 실리아는 혼란스럽게도 어느 공작의 딸이자 다른 공작의 조카다.

리스터가 다시 신음한다.

"나한테 역부족이야?" 일라이자가 속삭인다.

리스터는 설명할 수 없다는 듯이 고개를 가로젓는다.

이 희곡은 셰익스피어 작품 스물한 권 중 여덟 번째 책에 있다. 일곱 아이는 두꺼운 책을 돌려보며 소리 내 읽는다.

처음 몇 장면이 지나자 일라이자는 리스터의 불만을 이해한다. 리스터는 분명 일라이자가 맡은 실리아에게 로절린드의 대사를 간절히 읽어 주고 싶어 하는 것이다. 이 사촌들은 평범한 사촌이 아니라 그 이상인 것 같기 때문이다. 사실은 친구다. 리스터와 일라이자처럼 아주 특별한 친구. 실리아의 아버지가 로절린드를 배신자로 몰아 궁에서 쫓아내려고 하면 실리아는 딸인 자신도 추방하라고 대든다. 그 아이와 함께하지 못하면 저는 살 수가 없어요. 실리아는 일라이자라면 비밀로 할 이야기를 놀랍도록 자신감 넘치는 태도로 세상에 선언한다.

우리는 여전히 함께 잤고,
동시에 일어나고, 배우고, 놀고, 함께 먹었으며,
어디를 가든 유노 신[32]의 백조처럼
여전히 갈라놓을 수 없는 한 쌍으로 다녔다.

200년 전에 쓴 이 희곡은 웬일인지 두 사람의 비밀을 폭로하고 있다.

일라이자는 교실 벤치 위에서 곡선으로 물결치는 치마 아래로 리스터의 손을 움켜쥔다. 그러고는 서로의 맥박이 뒤섞인 진동을 느낀다. 그녀는 수면을 떠다니는 거만한 백조를 떠올린다. **갈라놓을 수 없는 한 쌍.**

일라이자는 머시가 최선을 다해 대사를 단조롭게 만들고 있음에도 불구하고 이내 로절린드가 아주 짜릿한 인물이라고 판단한다. 특히 다음 막에서 로절린드가 치마를 반바지로 갈아입고(아, 리스터는 이 부분을 정말 좋아한다) 스스로 가니메데[33]라고 칭하는 장면이 인상적이다. 로절린드는 변장을 어색해하기는커녕 완전히 해방된 듯하다. 프랜시스가 대사를 읽는 피비라는 어리석은 양치기 소녀가 가니메데로 변장한 로절린드에게 추파를 던지는데, 그때 로절린드는 이렇게 경고한다. 나와 사랑에 빠지지 말아요. 나는 **포도주로 맺은 서약보다 더 거짓되답니다.**

루인 선생님은 프랜시스가 어떤 단어도 특별히 강조하지 않는다며 호되게 나무란다. "예쁜 청년이에요. 아주 예쁜 게 아니라요. 이 대사는 아주라는

---

32) 제우스의 아내로 그리스 신화에서는 헤라, 로마 신화에서는 유노이다.
33) 그리스 신화에 나오는 가니메데스로 인간 중에서 가장 용모가 아름다워 제우스마저 연정을 품었다고 한다.

단어를 강조하지 않으면 의미가 안 통해."

프랜시스는 얼굴을 붉히며 대사를 다시 읽는다. 그녀가 목을 긁은 자리에 커다란 자국이 솟아오른다. 일라이자는 이런 굴욕도 질책의 대상으로 삼아 프랜시스를 '자의식에 대한 자의식의 소용돌이'에 빠트릴 정도로 루인 선생 님이 멍청하지는 않기를 바란다.

장면은 계속 이어진다.

이런 3월 말 저녁의 식당 난로는 너무나 비효율적이라 중학년들은 리스 터를 올려 보내 경영자 자매를 홀리게 한다. 리스터는 '너무 시끄럽게 하지 않는 조건으로' 놀이를 하며 몸을 덥혀도 좋다는 허락을 받고 돌아온다.

'꽥꽥 돼지 꽥꽥' 놀이는 의자를 둥글게 놓아 만든 우리에서 농부가 눈을 가리고 빙글빙글 세 바퀴를 돈 다음 어지러운 상태로 베개를 받으며 시작한 다. 농부는 무작위로 손가락을 움직여 돼지 한 마리를 고른 뒤 돼지 무릎에 베개를 놓고 그 위에 앉는다. 거기서 꽥꽥거리는 돼지 울음소리를 듣고 그 소리를 내는 사람의 이름을 추측해야 하며, 성공하면 그 돼지가 다음 농부 가 된다. 하지만 추측이 틀리면 계속 우리에 갇힌 채 성공할 때까지 여러 번 반복해서 빙글빙글 돌아야 한다. 어느 날 저녁은 패니가 어지러움을 이기지 못하고 비틀비틀 변소로 나가 구토를 하고 만다. 나머지 중학년은 모두 머 시에게 붙어 테이트 사감에게 보고하지 않아도 된다고 설득한다.

일라이자는 '여기서 굽고' 놀이를 좋아한다. 모든 아이가 손을 잡고 원을 이루어 시작하는 놀이다. 가운데에서 신부가 손 한 쌍을 만지며 "여기서 굽 고"라고 말한다. 그런 다음 다른 손을 만지며 "여기서 끓이고", 또 다른 손 을 만지며 "여기서 내 결혼 케이크를 만들어요"라고 말한다. 그러고는 마지 막으로 손 한 쌍에 뛰어들며 "여기를 뚫고 나갈 거예요"라고 말한 뒤 빠르 고 강하게 밀어 두 손을 떼어 낸다. 아이들은 대부분 신부가 되는 게 무섭다 고 하지만 일라이자는 그 역할이 아주 재미있다고 생각한다. 원 주변을 천 천히 서성이다가 갑자기 난폭해질 수 있는 영광스러운 자격이 생기기 때문 이다. 신부가 탈출하면 손이 먼저 떨어진 아이가 그 자리로 가야 하고, 탈출

에 실패하면 신부가 다시 시도해야 한다. 세 번 실패하면 신부는 벌금을 낸
다. 벌금은 중대한 비밀 말하기, 또는 조각상처럼 의자에 선 채 다른 사람이
팔다리를 움직여 기괴한 자세를 만들어도 가만히 있기 등등이다.

그날 저녁 슬로프에서 리스터는 일라이자에게 손톱 가위로 머리를 다듬
어 달라고 부탁한다. 아마도 미용실 비용을 아끼려는 거겠지만 일라이자는
영광으로 받아들인다. 처음에는 긴장했지만 이내 리스터의 머리 형태를 따
라 머리카락을 짧게 자르는 행위를 즐기기 시작한다.

"앞머리도 잘라 줘."

"하지만……."

"가짜 곱슬머리 있잖아. 어서!"

싹둑싹둑. 끝. 놀랄 만큼 짧다. 갑자기 드러난 불꽃처럼 리스터의 얼굴 전
체가 환하게 빛난다.

복도에서 테이트 사감의 발소리가 들리자 일라이자는 떨어진 머리카락을
재빨리 주워 바구니에 넣는다. 리스터는 취침용 모자를 당겨 써 맨머리를
가린다.

테이트 사감이 랜턴을 가져간 뒤 리스터는 숨겨 둔 양초와 셰익스피어의
여덟 번째 책을 꺼낸다. 어떤 주머니에도 들어가지 않을 정도로 크다.

"그걸 어떻게 교실에서 몰래 가지고 나왔어?" 일라이자가 묻는다.

리스터가 자랑한다. "허벅지 사이에 꽉 끼고 나왔지. 계단이 너무 많아서
올라오느라 정말 힘들었어."

두 사람은 곧장 「뜻대로 하세요」에서 사촌이 나오는 장면을 펼친다. 공작
이 딸의 엄포를 허세로 생각하고 겁박해도 실리아는 두려워하지 않는다. 우
리가 떨어질까? 우리가 헤어질까? 아니. 우리 아버지에게 다른 상속자를 찾으
라고 해.

리스터는 마치 로절린드 역을 하기 위해 태어난 것처럼 실감나게 연기한
다. "아, 이 평범한 세상은 온통 찔레나무로 가득하구나!"

변장 계획을 세우는 장면에서는 벌떡 일어나 실연을 해 보인다.

나는 키가 보통 이상이니까
완전히 남자처럼 옷을 입으면
더 낫지 않을까?
허벅지 위에는 화려한 커틀도끼를 꽂고,
손에는 멧돼지 창을 들고……

"커틀도끼가 뭐야?" 일라이자가 알고 싶어 한다.
리스터는 어깨를 으쓱한다. "왠지 단검일 것 같아." 그녀는 일라이자의
솔빗을 낚아채 베고 속이고 막는 동작을 한다.
일라이자는 실리아가 그저 말뿐인 몇몇 여자아이와 달리 말한 바를 실행
한다는 점에서 마음에 든다. 난 너와 함께 갈 거야. 실리아는 약속을 하고, 바
로 그렇게 행동한다. 모든 걸 뒤로한 채 로절린드와 함께 숲으로 뛰어 들어
간다.

이제 우리는 만족스럽게
추방이 아니라 자유를 향하여 간다.

❖

드디어 수요일. 극장은 소금에 절인 소고기를 담은 통처럼 사람으로 가득
차 있다. 일라이자는 이런 인파에 섞여 본 적이 없다. 루인 선생님 말에 따
르면 이 극장은 500명 이상을 수용한다. 선생님은 학생들을 지켜볼 수 있을
정도로 가까운 자리에 친구와 함께 앉아 있다. 학생들은 머시를 제외한 중
학년과 고학년 모두가 극장에 와 무대와 아주 가까운 낮은 자리의 벤치 두
개에 앉아 있다. 일라이자는 프랜시스와 마거릿이 나란히 앉아 수다를 떨
고 있음을 알아챈다. 이전 친구를 잃은 두 사람이 서로 친해지고 있는 걸까?
정말 합리적인 아이들이다. 일라이자는 아예 선택지가 없는 것보다 두 번째
선택을 할 수 있는 상황이 훨씬 낫다고 생각한다.

극장은 너무 밝고 시끄러워서 공연자에게 집중하기가 어렵다. 관객이 아주 흡족해하는 군악대 연주가 끝나고, 상당히 뚱뚱한 남자가 나와 관객을 이끌며 〈브리타니아[34]여, 통치하라〉를 부른다. 다음으로는 베티 도런님이라는 작은 남자아이가 나와 모자와 터번을 바꿔 쓰며 다양한 희비극의 대사를 읊고 연기한다. 모든 연기에는 거창하게 팔을 흔드는 동작이 들어간다.

낸이 전한다. "겨우 열세 살이래. 작년에 코번트 가든 극장에 등장했을 때 사람들이 서로를 밟고 난리가 났었어."

"밟다니? 깔려 죽은 거야?" 리스터가 의심스러운 듯 묻는다.

낸은 그런 건 사소한 일이라는 듯 어깨를 으쓱한다.

요크 사람들은 베티 도런님이 그리 인상 깊지 않은 모양이다. 관객이 너무 시끄럽게 떠드는 바람에 일라이자는 도런님 말을 거의 듣지 못한다. 맨 위층 관람석에서는 노동자들이 아이를 무대 밖으로 내보내려고 뒤꿈치를 구르기 시작한다. 일라이자는 너무 더운 데다 벌써 요강이 필요할까 봐 걱정이다. 그래서 다리를 꼬고 그런 생각을 마음속에서 지워 버린다. 그녀는 목에서 뜨거운 열기를 느끼고 누군가 자신에게 뭔가를 던졌다 생각하며 깜짝 놀란다. 하지만 머리 위 촛대에서 밀랍이 떨어졌을 뿐이다.

주요 공연이 시작되고, 일라이자는 『뜻대로 하세요』를 미리 읽었다는 사실에 안도한다. 그러지 않았다면 이 모든 소동을 따라가기가 힘들었을 것이다. 그 유명한 조던 여사는 정말이지 자연스럽고 예쁘다. 몸은 통통하고 마음은 따뜻한 소녀 같다. 그녀는 로절린드 역을 맡아 우울한 척하며 처량하게 등장해 이렇게 말한다. "사랑하는 실리아, 난 지금 환희의 왕보다 더 큰 환희를 보여 주고 있어. 그런데도 내가 더 즐거워하기를 바라니?" 그러자 관객들이 박수를 치고 발을 구른다. 그렇다. 관객은 더 즐거워지고 싶은 것이다. 조던 여사는 윙크를 하고 장난스러운 자세를 취하며 객석에서 폭소와 함성을 끌어낸다. "그러면 우리 어떤 놀이를 할까?" 여사는 자신의 사촌에게 묻지만, 교태스러운 눈빛으로 관객 전체를 훑고 있다.

---

34) 고대 로마제국 시대에 오늘날의 그레이트 브리튼을 이르던 말.

일라이자는 2막에서 여사에게 더욱더 빠져든다. 여사는 리본을 단 판탈 롱 바지[35]를 입고 으스대며 걸어 다니다가 잠시 멈춰 여러 번 인사를 한다. 말씨만 들으면 아일랜드 사람이라는 사실을 전혀 알지 못할 것이다. 얼굴과 날렵한 걸음걸이를 보면 마흔을 넘겼다는 사실 역시 전혀 알 수가 없다.

"듣자 하니 클래런스 공작의 아이를 **수십 명**이나 낳았대." 리스터가 일라 이자의 귀에 대고 말한다. 일라이자는 믿기가 힘들다. 그러면 흔적이 남지 않을까? **구름에서 떨어진** 그 왕족, **숲속의 수망아지들**이 지금 어디에 있는지 궁금하다.

그러니까 이것이 바로 스타의 삶일 터다. 일라이자는 조던 여사가 지닌 특별한 재능이 일종의 너그러움이라고 판단한다. 여사는 오늘뿐 아니라 매 일 밤 관객 500명에게 자신의 표정, 몸짓, 말을 아낌없이 내어준다. 속보처 럼 전달하는 대사를 제외하고는 거의 모든 대사를 재미있게 만든다. 그녀는 마치 일라이자에게만 이야기하는 것처럼 낮은 쪽 좌석을 향해 다음 대사를 곧장 던진다. "사랑은 한낱 광기일 뿐이야. 그러니 단언컨대 미치광이를 대 하듯 마땅히 어두운 집에 가두고 채찍으로 다스려야 해." 여사는 올랜도라 는 남자를 놀리고 있지만, 진심 어림 말처럼 들리기도 한다. 마치 사랑이 터 무니없는 혼란이자 이 세상에서 유일하게 조금이나마 말이 되는 행위인 것 처럼. 하지만 이 대사는 잔인하다. 일라이자도 미치광이에게 어둠이 필요할 수는 있다고 생각한다. 정말 난폭한 환자를 제압하기 위해서는 필요하다면 채찍질까지도 해야 할 것이다. 하지만 **마땅히**?

레슬링 장면은 펜싱 시합 장면으로 바뀌어 더욱 고상해 보인다. 어릿광 대 터치스톤은 바닥에 난 작은 문 아래로 떨어지거나 무대 안팎으로 내던져 지며 곡예를 펼칠 기회를 하나도 놓치지 않는다. 중간에 연극 전체가 멈추 고 〈로빈 굿펠로〉라는 무언극이 올라와 관객이 깜짝 놀라기도 한다. 짜릿한 효과도 많다. 불, 폭발, 갑자기 바위에서 자라나는 나무. 하지만 일라이자가 가장 놀란 것은 마지막에 올리버가 갑자기 죽고 실리아가 자크와 대신 결혼

---

35) 몸에 딱 붙는 바지.

하는 대목이다.

"내용을 바꿨어." 일라이자는 리스터에게 귓속말로 항의한다.

"괜찮아. 셰익스피어는 아주 오래전에 무덤으로 들어갔잖아. 신경 안 쓸 거야."

노래가 가미된 익살극을 시작한다는 안내가 나오지만 하그레이브 교장은 자리에서 일어난다. 테이트 사감도 같은 줄 반대편에서 벌떡 일어나 마치 시간이 늦은 게 아이들 탓이라는 듯 학생들에게 손짓을 한다. 아이들은 남은 저녁 공연을 반값에 보려고 밀고 들어와 자리에 앉는 새로운 관객 무리를 지나쳐 좁은 틈을 비집고 밖으로 나간다.

춥고 어두운 바깥에서 테이트 사감은 작은 꽤꾼 아이를 불러 연기가 폴폴 나는 횃불로 매너까지 가는 길을 비추게 한다. 아이는 마치 개미 행렬 같은 학생들을 이끌고 간다.

리스터는 뒤에서 여러 자세를 취하며 뽐내듯 걷는다. 그러다가 부섬 바아치문 아래를 지나기 직전, 위에 있는 실물 절반 크기의 석조 인물상 세 개를 가리키며 의견을 낸다. "내 눈에 저 사람들은 항상 훌쩍 뛰어올라 자살할 생각을 하는 것처럼 보여."

"정말 소름 끼치는 생각이다." 일라이자가 말한다.

리스터는 일라이자의 손을 잡고 팽이처럼 감은 뒤 자갈길을 가로질러 핑그르르 돌게 한다.

테이트 사감이 외친다. "레인 양!"

"죄송합니다. 사감님." 리스터는 웃음을 주체하지 못해 겨우 이렇게 말할 뿐이다.

밤이 깊었지만 일라이자와 리스터는 살면서 이렇게 정신이 말똥했던 적이 없다. 게다가 커튼을 활짝 걸어 두어 슬로프는 별빛으로 환히 밝혀졌다. 두 사람은 수납실 반대편에 누워 자고 있는 하녀를 방해하지 않기 위해 소곤소곤 대화를 한다.

일라이자가 물어봐야 했던 질문이 커다란 열매처럼 입안에서 부풀어 오른다. 질문을 가로막던 두려움이 갑자기 사라진다. 전혀 두렵지 않다. 어떤 것도 두렵지 않다.

"리스터, 너랑 내가…… 네가 말한 이야기 같을 수도 있을까?"

"어떤 이야기?"

"신이 갈라놓은 사람에 관한 옛날이야기 말이야." 일라이자는 기다린다. 가슴에서 심장이 쿵쾅거린다. "잃어버린 반쪽과 헤어진 두 여자. 이름이 뭐더라?"

"땅의 아이." 리스터는 생각에 잠긴 말투다.

"우리는 아니라고 생각해?"

"확실히 알 수는 없어."

일라이자의 기분이 가라앉는다. "그렇겠지."

"시도해 보지 않으면."

일라이자는 빛나는 밤하늘 아래에서 눈을 깜빡인다. 이해가 가지 않는다. "시도?"

"다시 완전해지려는 시도. 하나가 되려는 시도."

"하나……."

"몸이 붙은 사람." 리스터가 말한다.

"아."

"일단 옷을 벗어야 해."

일라이자는 침을 꿀꺽 삼킨다. 하지만 맞는 말이다. 이 모든 천이 방해가 된다는 걸 알겠다. 그래서 허리를 펴고 앉아 머리 위로 꿈틀꿈틀 잠옷을 벗는다. 그런 다음 모자도 벗는다. 이렇게 된 김에 아예 밤껍질을 벗기듯 죄다 쉽게 벗어 버린다.

리스터가 환하게 빛난다. 벌거벗은 몸통이 고대 그리스의 대리석 조각상 같다. 여자 사냥꾼의 작은 젖가슴. 일라이자는 눈이 부시다.

아주 낮은 소리. "내가 널 볼게, 레인."

일라이자는 이 강렬한 시선에 몸을 떤다. 그녀는 허리를 곧게 편다.

리스터가 말한다. "우리는 똑같지 않아. 하지만 얼추 맞을 정도로 비슷해."

"더 가까이 서 보자." 일라이자는 간신히 목소리를 낸다.

"그래야 할까?"

이건 **생각**할 문제가 아니다.

"더 가까이?"

"가까이, 더 가까이." 일라이자가 나직이 말한다.

"최대한 가까이."

"더 가까이." 일라이자가 조른다.

둘은 더 가까워진다. 피부의 접촉. 겉은 차갑지만 안은 뜨겁다.

"함께." 리스터의 속삭임은 일라이자의 귓속에서 날개를 펼치는 한 마리 나비다.

두 사람은 세게, 더 세게, 몸을 밀착한다.

여전히 속삭이며. "네 개의 다리."

"네 개의 팔."

"누구의 것인지 구분할 수 없이."

"모든 부분을……."

"꽉 껴안아."

"더 세게."

"우리는 하나야. 온전해."

"그대로 있어."

"이렇게."

입까지. 입술은 따뜻하면서 동시에 시원하다. 뱀 같은 혀. 절대 풀 수 없을 정도로 뒤엉킨. 절대 깨지지 않는 포옹.

아침이 되자 모든 게 달라진다. 두 사람은 식사 시간에 중학년들 사이에 앉아 우유를 홀짝이며 아무도 보지 않는 틈을 타 눈에서 티끌을 닦아 낸다.

하루가 비현실적으로 느릿느릿 지나간다. 모두들 형편없는 희곡의 아가씨 역할을 연기하는 것 같다. 일라이자는 오직 다가오는 밤만을 생각한다.

저녁 시간에 교장이 젊은 여성을 위한 조언서를 단조로운 소리로 읽어 준다. 일라이자는 귀를 닫으려고 노력한다.

보거나 듣는 모든 것에서 가르침을 얻기 위해 노력하라.

세상에는 거짓된 말뿐 아니라 거짓된 표정, 심지어 거짓된 침묵도 있다.

우정은 문을 열지만, 안으로 들어가는 사람은 협력자가 아니면 믿을 수 없는 적이다.

드디어 슬로프. 두 사람은 등을 돌린 채 어색한 침묵 속에서 옷을 벗는다. 테이트 사감의 부드러운 발소리. 일라이자는 랜턴을 들고 서둘러 문으로 가 사감을 맞이한다.

"준비됐니, 레인 양, 리스터 양?"

"준비됐어요, 사감님." 일라이자는 테이트 사감을 안심시킨다.

"그럼 잘 자렴."

"안녕히 주무세요."

이제 랜턴도 없이 칠흑 같은 어둠 속에서 일라이자는 복도가 조용해지기를 기다린다. 슬며시 끼어들지도 모르는 거리낌을 두려워한다. 길게 호흡하며 기다린다.

정적.

일라이자와 리스터는 서로에게 달려든다.

두 사람은 아무것도 보지 못한 채 그저 감각의 미로 안에서 더듬더듬 나아가기만 한다. 나체의 놀라움. 덩굴처럼 구불구불한 목덜미 위 머리카락, 축 늘어져 대롱거리는 살덩어리, 갑자기 봉긋 살아나는 젖가슴, 부드러운 무릎 뒤쪽, 다양하고 향기로운 끈적임, 벨벳처럼 매끄러운 뼈의 강한 압박. 들어올리기, 떨어뜨리기, 열기. 살의 베개(pillows of flesh) 속에서 완전히 소음되는 울부짖음. 다섯 손가락과 손꿈치로, 입술과 혀와 치아로, 손목과 허벅지와 몸의 경첩인 관절로, 그들이 찾아서 하는 일들…….

커다란 파도가 일라이자를 해안으로 내던진다. 입술은 짜고, 몸은 엉망이고, 눈은 멀었다.

그리고 다시 한 번. 조용히 헐떡이고 숨을 죽인다.

물어볼 필요가 없다. 두 사람이 직접 고안한 춤 같은 것, 폭풍 같은 것이다. 그것은 두 사람의 체액 한 방울 한 방울까지 요구하고 그들을 만신창이로 만든다. 그런 다음 강제로 일어나 처음부터 다시 시작하게 한다. 이제 두 사람은 너무 피곤해서 스르르 잠이 들었다가 깨기를 반복한다. 그러면서도 다음 날 첫 번째 빛이 커튼 사이로 들어올 때까지 계속해서 서로를 꽉 붙잡는다. 기상 종이 댕댕 울릴 때까지 완전히 미쳐 아무것도 의식하지 못한다.

일라이자는 거울 앞에서 모자에 머리카락을 밀어 넣으며 여명에 휩싸인 자신의 모습을 본다. 이것이…….

이것이 바로…….

이것이 방탕한 짓을 한 여자의 얼굴인가?

일라이자는 이렇게 깨끗하다고 느껴 본 적이 없다.

회계 시간, 리스터가 석판에 빠르게 긴 나눗셈을 풀고 일라이자는 그걸 옮겨 적는다. 리스터는 치마 속 주머니에서 낡은 베르길리우스 책을 슬며시 꺼내 『쉽고 간단하게 쓴 산술 책』이 드리우는 그림자 안으로 밀어 넣는다. 그런 다음 일라이자 외에는 아무도 알아채지 못하도록 한 줄에 무심히 손가락을 가져다 댄다. ‘Nunc scio quid sit Amor.’

일라이자는 이 문장을 세 번 읽는다. 그저 사랑에 관한 글임을 추측할 수 있을 뿐이다.

리스터는 흔적이 거의 남지 않을 정도로 아주 가볍게 연필을 움직여 문장 밑에 주석을 단다. 나는 이제 사랑이 무언지 안다.

하루하루가 안개 줄기처럼 지나간다. 오직 밤만이 현실이다. 테이트 사감이 복도 아래로 멀어지자마자 두 사람 안에서 부싯돌이 부딪친다. 그렇게 환희가 타올라 다락을 밝히고 가득 채운다. 한마디 말도 없이, 그들을 배신할 수 있는 어떤 소리도 없이. 느슨해지고, 뜨거워지고, 가만히 있고, 고

동치고, 망설이고, 서두르고, 솟아오른다. 멍이 들 때까지 함께 서로의 몸을 움켜쥐고, 쥐어짜고, 압박하고, 가르고, 탐색하고, 찌르고, 짓이기고, 으스러트린다. 이 모든 일은 귀청이 터질 듯한 침묵, 달콤함으로 노래하는 침묵 속에서 이루어진다.

만약 늦잠을 자 종소리에 겨우 일어나면 일라이자와 리스터는 마치 자신의 피부를 찢듯 서로에게서 멀어진다. 그러고는 세면대에서 물을 끼얹고 급하게 옷을 입는 동안 서로에게 손을 대지 않으려고 노력한다. 하지만 가끔은 자기도 모르게 다시 찰싹 달라붙어 허겁지겁 치마를 홱 들춘다. 그 무엇도 그들의 뒤엉킨 다리를 나누지 못한다. 그러다가 둘째 종이 울리면 다시 힘겹게 서로에게서 떨어진다. 방 안의 공기가 묘하게 숨이 막혀 일라이자는 창문을 열고 3월의 산들바람을 들여야 한다. 그런 다음 두 사람은 향기 나는 손가락을 치마로 감싸며 여전히 욱신거리는 몸으로 서둘러 아침 식사를 하러 내려간다.

두 사람은 피곤해 보인다는 말을 들었다. 리스터는 빈대를, 일라이자는 악몽을 탓한다.

낮 동안 일라이자는 정신이 혼미하고 산만하다. 가늘지만 단단한 리스터의 몸에 완전히 사로잡혀 있다. 그 몸은 어울리지 않는 여자 옷을 뚫고 빛을 내뿜는 듯하다. 새끼 염소 가죽처럼 윤기 나는 리스터의 턱, 허리뼈 양옆 움푹 들어간 부위의 근육 두 개, 매끈한 가죽 같은 뒤꿈치 피부. 일라이자는 자신의 신체 부위에 대한 간질간질하고 새로운 인식으로 더더욱 혼란스러워진다. 리스터가 너무 세게 빨아서 자국이 남은 팔오금, 손길이 조금만 닿아도 불쑥 튀어 오르는 오른쪽 견갑골 부위, 리스터가 역사상 가장 부드러운 비단이라고 묘사하는 왼쪽 귀 아래 구석. 매번 리스터를 맞으러 나오는 미끌미끌한 액체. 일라이자가 리스터에게, 또는 리스터가 일라이자에게 주는 꿀. 어느 방향이든 그것은 멈추지 않고 흘러나온다. 리스터가 다른 무엇으로도 달랠 수 없는 아기가 된 것처럼 장난을 칠 때 고통스럽게 팽팽해지는 젖가슴. 그리고 이름이 없는, 어쩌면 이름을 붙일 수 없는 사이와 아래와 위와 깊은 안쪽의 부분들. 일라이자는 리스터가 그것을 드러내 신 같은 손가락에서 내뿜은 불꽃으로 생명을 불어넣을 때까지는 자신에게 그것이 존재하지 않았다고 반쯤 확신한다.

누구도 그 이야기를 꺼내지 않은 채 꼬박 일주일이 지난다. 일라이자는 말을 하면 마법이 깨질까 봐 두려웠다. 더없는 행복의 거품이 터질까 봐 두려웠다. 게다가 단둘이 있을 때마다 입술은 키스를 할 때 가장 합당하게 쓰이는 듯하다.

어느 포근한 오후, 매너 쇼어를 따라 산책을 하며 백조 한 쌍을 바라보다가 일라이자가 마침내 물어본다. "누구한테 배웠어?"

반쯤 웃음. "천성인 것 같아. 너는 누구한테 배웠어?"

"하지만 리스터." 일라이자가 갑자기 멈춘다. "너는 어떻게 하는지……." 얼굴이 뜨겁다. "전부 다 아는 것 같아. 처음부터 이런 걸……." 어떤 걸? "알았던 거지?"

리스터는 고개를 젓는다. "아기 때부터 그냥 막연히, 하지만 격렬하게 바라기만 했어."

"정말?"

"내가 아무 이유 없이 휙 나타난 새로운 유형 중 하나라는 느낌이 들었거든. 덤불에서 새싹 하나가 다른 색으로 꽃을 피울 때처럼 말이야. 창조주의 작은 장난 중 하나지."

"너는 장난이 아니야." 일리이자가 리스터에게 말한다.

"이제 너를 찾았으니까." 리스터는 일라이자의 장갑 낀 손을 잡아 자신의 팔 사이로 밀어 넣은 뒤 꽉 움켜잡는다.

일라이자가 불평한다. "나는 이번 주에 부주의 벌점을 3점이나 받았는데 너는 평소랑 똑같이 네 일을 잘해 내고 있어."

리스터는 대수롭지 않게 여긴다. "그냥 잘 외우는 재주가 있을 뿐이야. 깨어 있을 때 하는 생각이랑 꿈은 전부 너한테 점령당했어. 네가 방으로 들어오면 나는 몸이 떨리고 여기가 아파." 그녀는 가슴 한가운데 있는 뼈를 문지른다. "너랑 완전히 사랑에 빠져 버렸어."

"오, 리스터."

"레인, 레인."

이 두 사람이 사랑에 빠졌다는 건 과연 무엇을 의미할까? 그들에게 설명이 필요한 의미는 아니다. 다른 누군가에게 설명할 수 있는 의미도 아니다.

일라이자는 묵직하고 호사스러운 기분으로 잠에서 깬다. 뭔가 미끄럽다. 너무나 미끄러워서 일라이자는 순간 침대에 오줌을 쌌을까 봐 걱정한다. 그런데 잠옷을 들추자 가운데가 빨갛게 물들어 있다. 일라이자는 울음을 터트린다. "나 다쳤어."

리스터가 싱긋 웃는다. "네 프랑스 사촌일 뿐이야."

"아." 일라이자는 허벅지를 찰싹 소리가 날 정도로 바싹 붙인다. 드디어 초경이 시작되었다.

"내 사촌은 정확히 매달 네 번째 수요일에 찾아와. **빨간 제복을 입은 영국군이 도착했다**라고 표현하기도 하지." 리스터가 유쾌하게 말한다.

일라이자는 침대보를 가로지르는 다홍색 띠를 빤히 쳐다본다.

"걱정하지 마. 찬물로 빨면 피가 빠질 거야." 리스터는 자신의 서랍장에서 가늘고 긴 천 한 조각을 꺼낸다. "네 사촌이 아주 점잖게 오면 냅킨 한 장만 접어서 써도 충분할 거야. 하지만 잔뜩 적시는 녀석이라면 종이 몇 장을 추가해."

일라이자는 리스터가 자기 글로 뒤덮인 종잇조각들을 천에 받치는 모습을 지켜본다. 마치 우편으로 보낼 소포를 꾸리듯 매우 단정한 모양이다.

일라이자가 손을 내민다. "내가 할 수 있어."

"나는 너를 돌보는 게 좋아. 내가 해 줄 테니까 누워."

일라이자는 시키는 대로 한다.

밤이 되자 싸구려 양초의 작은 불빛이 점점 커지며 일라이자가 인도에서 가져온 물건으로 반짝이는 웅덩이를 만든다.

일라이자가 리스터의 호리호리한 팔다리 위에 천을 걸친다. "그리고 이

건 바람을 엮어서 만들었다는 모슬린이야. 사리는 한 벌을 짓는 데 몇 달이 걸려. 실이 엄청 가늘어서 반지 사이로 통과할 수도 있지."

"아무것도 안 느껴지고 속도 다 비쳐!"

일라이자는 리스터를 기쁘게 할 이야기를 떠올린다. "옛날에 제브운니사라는 공주가 있었어. 코란을 통째로 암기하고 결혼은 한 번도 하지 않은 시인이었지. 황제가 가장 아끼는 딸이기도 했고. 어느 날 공주가 정원에서 바람을 쐬고 있는데 아버지가 쿵쾅거리며 다가와서는 왜 옷을 안 입고 있냐고 꾸짖는 거야. 공주는 바람을 엮어 만든 모슬린 옷을 일곱 겹이나 입고 있다고 아버지를 안심시켰어."

리스터는 손등으로 직물을 쓰다듬으며 웃는다. "나는 이렇게 화려한 옷을 입기에 너무나 평범해."

일라이자는 생각한다. 다른 재능이 이렇게 많은데 네가 아름다울 필요가 뭐가 있겠어? "너는 전혀 평범하지 않아."

"에이, 그런 말 마……."

일라이자가 항의한다. "네 매력은 여성의 사랑스러움이 아니야. 너는 잘 만들어졌어. 아름답게 만들어졌어."

리스터는 아쉬운 듯한 미소를 짓는다.

"목적에 맞게 잘 만들어진 기계처럼." 일라이자는 리스터의 단단한 어깨에 두 손을 올린다.

그런 다음 자신의 서랍장 맨 아래 칸에서 윌리엄 레인의 새장을 꺼내고, 작은 금색 로켓을 꺼낸다. "내 눈이 여기에 딱 들어갈 거야."

"네 눈?"

"네가 훔친 종이 눈 말이야."

리스터는 들켰다는 사실에 부끄러워하며 일라이자의 말을 바로잡는다. "주운 거야." 그러고는 오비디우스 책에 끼워 둔 종잇조각을 찾으러 간다.

일라이자는 손톱 가위를 꺼내 종이를 타원형으로 다듬은 뒤 로켓에 꾹 밀어 넣는다. 그런 다음 리스터의 목 뒤에서 정교한 쇠줄을 채운다.

"아무도 못 보게 원피스 안에 넣고 다닐게." 리스터가 약속한다. 그녀는 아주 얇은 천에 덮인 일라이자의 다리 사이에 한쪽 손바닥을 올려놓으며 말한다. "점점 따뜻해지네."

일라이자는 이미 녹아내리며 리스터의 손길에 넘어가고 있다. 이렇게 모든 것이 다시 시작된다.

저학년 학생이 로빈슨 선생님에게 황화구륜초와 아네모네를 한 움큼 가져다준다. 루인 선생님은 책상에 놓인 병에서 쿵쿵 냄새를 맡으며 꽃을 감상한다. "드디어 봄이구나! 내 친구 모리스 여사는 벌써 왕년의 우리 이웃들한테 템스강 제방이 블루벨 꽃으로 완전히 자줏빛이 됐다는 얘기를 들었대."

리스터는 일라이자를 향해 모호하게 눈썹을 치켜올린다.

다른 아이들이 썰물처럼 빠져나가 텅 빈 교실에서 리스터가 묻는다. "선생님 말 들었어? 왕년의 우리 이웃이라고 했어."

"왕년이 무슨 뜻⋯⋯."

"예전이라는 뜻이야. 하지만 요점은, 해머스미스에서 루인 선생님이 부모가 아니라 모리스 여사라는 사람이랑 살았다는 거야. 요크에서도 함께 있는 것 같고. 그 말은⋯⋯."

일라이자는 뒤늦게 이해한다. "에이, 리스터, 아니야."

"다른 의미가 뭐가 있겠어?"

"노처녀끼리 비용을 반으로 줄이려고 숙소를 같이 쓸 수도 있지."

"하지만 새 직장을 얻은 친구를 따라 북쪽으로 300킬로미터나 올라올까? 이건 정말이지 엄청나게 소중한 친구라는 뜻이야."

일라이자는 억지로 생각해 본다. 루인 선생님은 이 모리스 여사라는 사람과 산다. 과부? 아니면 나이가 지긋한 여성에 대한 경칭일까? 어쨌든 남편과 아내의 관계와 비슷하다. 밤중에 단둘이 있는 두 여자. 일라이자는 손으로 입을 가린다.

"그런 생각을 하니까 역겨워, 레인?"

일라이자는 서둘러 오해를 바로잡는다. "아니야. 그냥 두 사람을 상상해 봤어. 그 나이대의 두 사람. 그 나이대의 아무나."

"아." 리스터가 즐거워하며 말한다.

"게다가 나는……." 일라이자는 목소리를 낮춰 더 작게 속삭인다. "이렇게 하는 사람이 우리뿐이면 좋겠단 말이야."

"이 세상에 유일한 두 명?"

일라이자는 고집스럽게 고개를 끄덕인다. "우리가 창조한 것 같지 않아?"

날씨가 아주 좋은 날, 잔해 사이 잔디밭에서 체조 수업이 열린다.

"아령 들어." 로빈슨 선생님이 지시한다.

중학년들은 무거운 기구를 하늘 높이 들어 올리며 계속해서 나폴레옹의 성격에 관해 논의한다.

리스터가 주장한다. "폭군한테도 괜찮은 구상이 몇 가지 있을 수 있어. 예를 들면 나폴레옹은 유대인을 동등한 시민으로 대해야 한다고 선언했잖아."

"저 말 들었어, 마거릿?" 낸이 묻는다.

일라이자는 움찔한다.

마거릿은 움켜쥔 아령을 놓지 않은 채 숨을 헐떡이며 반대쪽으로 몸을 비튼다. "들었어. 그런데 내가 들어야 할 특별한 이유가 있니?"

"글쎄." 낄낄거리는 웃음.

"얘기해, 낸." 마거릿이 위험할 정도로 차갑게 말한다. 머리 위에서 아령이 철커덩 부딪친다.

"우아하게 잘 제어해야지, 아가씨들." 로빈슨 선생님이 강조한다.

낸이 패니를 향해 눈썹을 치켜올리며 도움을 청한다.

"아니, 마거릿 너…… 그거 아니야?" 패니가 묻는다.

"뭐?"

"유대인. 아니면 절반 정도만 유대인인가?" 패니가 낄낄거리는 소리로 말한다.

"패니!" 프랜시스가 꾸짖는다.

패니가 마거릿에게 말한다. "기분 나쁘게 듣지는 마. 그냥 우리가…… 내가 그렇게 들어서 그래."

낸이 목을 가다듬는다. "너희 엄마가 개종을 했을지 모른다는 얘기도 들었어. 아무도 몰랐는데 사실은 유대인이었다는 거지. 무라노."

"무라노는 베네치아에 있는 섬이야. 네가 말하는 건 마라노[36]고." 머시가 낸에게 알려 준다.

마거릿이 냉소를 터트린다. "실망시켜서 미안한데 내가 알기로 우리 엄마는 평범한 기독교도 영국인이었어."

"그럼 엄마를 아는 거야?" 리스터가 감히 할 수 없는 질문을 한다.

일라이자는 마거릿이 아이들에게 입을 다물라고 말할 거라고 생각한다.

하지만 마거릿은 아령을 내려놓고 마치 이들을 믿을 수 있는지 저울질하듯 죽 훑어본다. "이건 비밀이야."

"알았어."

"당연하지!"

마거릿이 작은 소리로 말한다. "나는 내가 학교에 갈 때까지 나를 길러준 보모가 내 엄마였다고 믿어. 우리 아빠 유언장에 보모가 아이 없이 독신으로 있는 한 매년 60파운드씩 준다는 내용이 있었거든. 그냥 고용주라면 보모가 결혼을 하든 말든 왜 신경 썼겠어?"

중학년은 모두 고개를 끄덕인다.

일라이자는 감명을 받는다. 마거릿은 출생의 비밀을 계속 간직할 수 있었다. 우리 엄마는 아주 훌륭한 숙녀였어라고 말할 수도 있었다. 몇몇 사람이 평생 천한 피라고 부를 출신 성분을 인정하는 건 아주 위험한 일이다.

"60파운드면 그렇게 많은 것 같지는 않네." 프랜시스가 동정 어린 말투로 말한다.

마거릿은 그저 입술만 오므릴 뿐이다.

---

36) 스페인어로 돼지라는 뜻으로 기독교로 개종한 유대인에 대한 멸칭이다.

그날 밤 머틀그로브. 엄마의 발찌가 음악처럼 짤랑거린다. 꿈속의 일라이 자는 쥐보다 크지 않을 정도로 아주 작다. 그녀는 엄마를 따라가 말을 하려고 한다. 그런데 입에서 영어가 나온다. 날카롭고 새된 영어에 엄마는 혼란스러운 듯 얼굴을 찌푸린다.

일라이자는 가슴에 엄청난 무게감을 느끼며 어리둥절한 채 잠에서 깬다. 엄마는 영어를 완벽히 이해했다. 하지만 꿈속의 엄마는 영어의 모든 단어를 잊어버린 듯했다. 일라이자나 제인은 왜 킹 조지 호를 탈 때 엄마에게 편지를 써 달라고 부탁할 생각을 하지 못했을까?(지금은 왠지 의심스럽다. 엄마는 글을 쓸 수 있었을까? 일라이자는 엄마가 펜을 든 모습을 본 적이 있는지 기억이 나지 않는다.) 일라이자는 왜 희미하게 빛나는 엄마의 검은 머리카락을 한 타래라도 달라고 애원하지 않았을까? 아마도 고작 여섯 살이었기 때문이리라. 자매는 자신들이 커다란 배를 타고 영국에 가리라는 사실을 줄곧 알았지만, 이 여행이 영원히 이어질 거라는 사실은 누구도 자세히 설명해 주지 않았다.

"왜 그래?" 리스터가 꿀을 홀짝이듯 입맞춤으로 눈물을 닦아 준다.

"아빠가 우리를 작은 배에 태울 때 엄마가 반대했는지 알고 싶어."

"내가 너희 엄마였다면 나는 울었을 거야." 리스터가 말한다.

"정말?"

"마지막으로 한 번이라도 더 안으려고 악을 쓰며 싸웠을 거야."

이 말은 위로가 된다. 일라이자는 리스터의 몸에 두 팔을 두르고 아플 정도로 꽉 끌어안는다.

리스터가 속삭인다. "하지만 가족이라고 해도 항상 마음이 맞는 건 아니야. 우리 엄마는 나를 낳고 길렀지만, 우리가 서로 부딪치는 모습을 보면 누구도 모녀지간이라는 사실을 거의 짐작하지 못할 거야."

일라이자는 고개를 끄덕인다. "제인 언니랑 나처럼." 이름과 얼굴은 자매지만 피부 아래는 남인 사이.

"사랑에 계약 시점 따위는 없어. 적당한 시기에 알아서 오는 거야."

"생각해 봐. 7개월 전에는 너랑 나도 모르는 사이였잖아!"

225

리스터가 일라이자에게 엄숙하게 말한다. "나는 모르는 사람이었던 적이 없어. 너의 진정한 짝인데 변장을 했던 것뿐이지."

두 사람은 찰싹 달라붙을 때까지 서로 얼굴을 밀착시킨다.

일라이자는 낮 시간 내내 자고 밤에만 사는 것 같다. 어떤 수업이든 처벌을 피할 정도로만 참여한다.

하루는 아주 이른 아침에 리스터가 귓속의 나방 같은 속삭임으로 일라이자를 깨운다. "내려가자!"

일라이자는 어리둥절하고 정신이 혼미하다. "뭐야?"

"깜짝선물."

일라이자는 부랴부랴 치마를 입고, 스타킹을 신고, 가죽을 덧씌운 낸킨면 반장화를 신는다. 매너는 여전히 조용하다. 기껏해야 6시 반 정도일 것이다. 그래서 두 아이가 지나치는 사람은 빨래를 든 하녀들뿐이다. 일라이자는 자기 몸집만 한 바구니 아래에서 비틀거리고 있는 키 작은 하녀를 향해 미소 짓는다.

밖으로 나오니 잔디가 이슬에 젖어 반짝이고 있다.

리스터가 말한다. "빨리 와. 늦으면 해 볼 시간이 없을 거야."

"도대체 뭔데?" 일라이자가 묻는다.

"이쪽이야."

리스터는 일라이자를 수도원 잔해로 이끈다. 거대한 오리나무들이 이미 신록의 옷을 입고 있다. 가장 굵은 나무 아래에서 리스터와 일라이자는 커튼 같은, 잎이 무성한 가지에 가려진다. 일라이자가 새로운 무언가를 발견한다. 어디에 연결됐는지 보이지 않을 정도로 높은 곳에 달랑달랑 매달린 밧줄.

리스터가 일라이자에게 말한다. "우연히 버려진 밧줄 하나를 찾았어. 밧줄 제조 공장 벽에 걸려 있더라고. 그래서 며칠 전 취침 시간 직전에 돌돌 감아 매너 뒤편으로 끌고 왔지. 그런 다음 밧줄 끝에 조약돌을 묶어서 나뭇가지 위로 휙 던졌어." 리스터는 몸짓으로 재연한다. "몇 번은 돌이 너무 가까이 떨어지는 바람에 눈이 멀어 버릴 뻔했지 뭐야."

일라이자는 몸서리를 친다.

"결국엔 나뭇가지를 넘겨서 길이를 적당히 맞추고 밧줄을 고정했어."

"하지만 이걸 어디에 쓰려고?"

"그네. 네가 인도에서 타던 것처럼 발받침이 제대로 달린 그네는 아니라는 거 알아." 리스터가 유감스러워한다. "하지만 발을 올릴 수 있도록 아래쪽에 매듭을 몇 개 만들었어."

일라이자는 기뻐하며 웃음 짓는다.

가장 낮은 매듭은 땅에서 60센티미터 정도 떨어져 있다. 일라이자는 너무 오랜만이라 그네를 탈 수 있을지 확신이 서지 않지만 싫다고 할 수가 없다. 그래서 머리 위로 손을 올려 거친 밧줄을 잡고 폴짝 뛰어오른다. 처음에는 다리를 허우적댄다. 그러다가 이내 뒤꿈치로 매듭을 찾아 단단히 딛고 올라선다. 순간 그녀의 몸이 오리나무 아래 둥근 그늘을 스치듯 지나간다. 작은 비명. 일라이자는 어쨌든 자신이 이 느낌을 기억하고 있음을 깨닫는다.

"밀어 줄까?"

"아니!"

하지만 흔들거리던 일라이자가 앞으로 지나가는 사이 리스터가 그녀의 골반을 잡고 세게 떠밀어 버린다. 일라이자는 하늘을 난다. 밧줄을 잡은 손이 화끈거리고, 오른쪽 발에 경련이 나고, 몸이 빙글빙글 회전하며 소용돌이쳐서 시야가 핑그르르 돈다.

"으악!" 무언가에 찔리고 낚인다.

"뭔가에 걸렸어." 리스터가 위를 향해 외친다.

"뭔데?"

"죽은 가지 같아. 내가……."

하지만 일라이자는 체중에 끌려 내려온다. 일라이자가 어깨를 꿈틀거리는 사이 끔찍하게 찢어지는 소리가 들리고…….

땅으로 내던져진다. 작년에 떨어진 오리나무 열매가 손과 무릎에 박힌다.

후회하는 리스터. "내 사랑, 다쳤어?"

"자존심만 조금." 일라이자는 숨을 헐떡이며 일어나 몸을 털고 찢어진 치마 조각을 모으려 한다.

리스터가 웃음을 터트린다. "그냥 둬. 이제 누더기야."

두 사람은 서둘러 학교로 돌아간다. 일라이자는 남은 천을 몸에 둘러서 잡고 있다. 그렇게 뒷계단으로 거의 다 올라갔을 때 두 사람은 테이트 사감과 정면으로 마주친다.

일라이자는 별일 아니라는 듯 행동하는 실수를 저지른다. 만약 잘못했다고 말하고 몸에 멍이 들었음을 강조했다면 그저 불복종 벌점만 1점을 받았을지도 모른다. 하지만 일라이자는 여전히 즐거움에 잔뜩 취해 있다. 그래서 치마가 중요하지 않다고 사감을 안심시키는 잘못을 저지르고 만다.

"이런 옷이 여섯 벌은 있어요."

테이트 사감의 얼굴이 마치 끈으로 졸라매듯 팽팽하게 당겨진다. "네 자금은 문제가 아니야, 레인 양. 네가 재산을 훼손하고 규칙을 멸시한다는 소식을 들으면 네 후견인이 심각하게 걱정하실 거다."

일라이자는 눈을 내리깐다. "죄송……."

테이트 사감이 말을 자른다. "두 사람 다 일주일간 불명예 식탁을 쓰렴."

❖

이상하게도 불명예 처벌은 일단 받고 보니 그리 괴롭지 않다. 일라이자와 리스터는 둘 다 저학년용 파란색 허리띠를 차야 한다. 하지만 그들이 중학년이라는 사실은 모두 알기 때문에 사실 허리띠는 판탈로네[37]의 실내화처럼 그저 우스꽝스러운 표식에 지나지 않는다. 두 사람은 매끼 불명예 식탁에서 함께 식사해야 한다. 이건 고난과 정반대되는 일이다. 심지어 이번 주는 그 자리에 있는 학생도 그들뿐이다.

"우리만을 위한 연회네." 리스터가 소곤거린다.

---

37) 16~17세기 이탈리아 가면 희극의 등장인물.

"우리가 단둘이 있을 수 있도록 따로 상을 차려 주다니, 정말 사려 깊은 사람들이야."

두 사람은 서 있어야 하는 것도 별로 신경 쓰지 않는다. 귀리죽을 흘리지 않으려고 그릇 바로 위까지 몸을 숙여 얼굴이 거의 닿을 정도가 되어도 마찬가지다.

"너한테 키스하지 않으려고 내 비축된 자제력을 전부 다 끌어 쓰고 있어." 리스터가 속삭인다.

일주일 동안 다른 학생과의 대화가 금지돼 있기 때문에 일라이자와 리스터는 구내를 산책하며 끊임없이 웃음 짓는다. 일라이자는 우산을 잊어버려도 다시 돌아가 가져오지 않는다. 전혀 개의치 않고 얼굴을 들어 햇볕을 받는다.

커다란 오리나무를 찾아가 보니 밧줄이 잘려 있다.

"발판 사다리를 딛고 올라가 닿을 수 있는 높이에서 잘랐어." 리스터가 지적한다.

남은 밧줄이 산들바람에 뱀처럼 달랑달랑 흔들린다.

회계 시간에 일라이자는 리스터의 오른손을 빤히 보며 완전히 정신이 팔려 있다. 책상에 얌전히 놓인 아주 작고 창백한 손. 저 손이 무얼 할 수 있는지 누구도, 전혀 짐작하지 못할 것이다.

로빈슨 선생님이 칠판에 13을 적는다. "요크 회관 대강당에는 눈부시게 세공한 촛대가 열세 개 있어. 각각 열여덟 개 가지로 구성됐지. 거기서는 한 번에 양초를 몇 개나 태울까? 레인 양?"

일라이자가 눈을 깜빡인다. "13 곱하기 18. 음…… 204개?"

"234개요." 머시가 일라이자의 답을 바로잡는다.

"경영자가 조명에 돈을 엄청 많이 쓰겠네." 프랜시스가 언급한다.

"양초를 만드는 스미스 양이 잘 알겠지!" 낸은 아주 재치 있는 말을 했다고 생각하는지 키득키득 웃는다.

그날 늦은 오후, 루인 선생님이 일라이자에게 빈 교실로 들어오라고 손짓한다. 진부한 이야기가 쏟아져 나온다.

"물론 우정은 젊음의 보석이야, 레인 양."

일라이자는 멍한 표정을 짓는다.

"흔히들 여자 간의 친교는 한 사람에게만 충실하지 말고 보편적으로 유지해야 한다고 말한단다. 모두에게 친절하되 누구도 숭배하지 마라라는 속담도 있지. 애정은 돌과 돌을 붙이는 회반죽처럼 공동체 전체를 결속해야 해."

교사는 교실 벽을 톡톡 두드린다.

"벽돌이겠죠." 일라이자가 중얼거린다.

루인 선생님의 마모된 눈썹이 위로 올라간다. "맞아, 레인 양. 우리 매너의 가장 오래된 부분은 이 빨간 벽돌이야. 하지만 윗사람 말을 바로잡는 것은 너보다 리스터 양의 특징에 더 가까워 보이겠지."

일라이자는 얼굴을 붉힌다. 정말 리스터의 성격이 일라이자에게 전염되고 있는 걸까? 예전에 일라이자는 누군가에게 언짢은 말을 들으면 한 시간 동안 바들바들 떨었다. 하지만 지금은 정반대로 변한 느낌이다. 사람은 짝을 찾으면 더더욱 온전히 자기 자신이 될 수 있다. 춤을 출 때 상대편 역할도 기쁘게 맡을 수 있다.

루인 선생님이 허둥지둥 말을 잇는다. "하지만 내 말의 요점은, 나도 특별한 우정을 대체로 찬성한다는 거야. 영혼은 다른 영혼에서 무언가를 알아보지. 다른 누구도 아닌 특정한 사람에게 손을 뻗고, 그를 선택하고, 그에게 결합하고. 나도 학창 시절을 기억해……. 충고하는데 스무 살이 지나면 세상 무엇도 똑같이 생생하게 느껴지지 않는단다."

일라이자는 갑자기 이 늙은 노처녀가 모리스 여사에 관해 털어놓을까 봐 두려워진다.

"우정은 힘을 주고, 마음을 누그러뜨리고, 사람을 강하게 하고, 사기를 북돋우고……." 교사는 보이지 않는 상대와 언쟁을 벌이고 있는 것처럼 보인다.

"맞아요." 일라이자는 오래 침묵하면 침울해 보일까 봐 대답한다.

루인 선생님이 조용히 하라는 듯 살짝 검버섯이 핀 손을 휙 내뻗는다.

"하지만 모든 짝이 꼭 맞는 건 아니야. 어울리지 않는 관계는 도움이 되는 만큼, 혹은 그 이상으로 해가 될 수 있단다. 리스터 양이 놀랄 만큼 매력적이기는 하지만, 절대로 금송아지처럼 숭배해서는 안 돼."

일라이자는 속이 거북해진다. 밖에서 보면 그렇게 보이는 걸까?

"그 아이는 무모한 바보짓 때문에 머지않아 끊임없이 곤경에 빠질 거야. 하지만 너는 그런 늪지대를 돌아다니는 데 익숙하지 않잖니. 안 그래?"

어째서? 일라이자는 소심한 생쥐니까? 아니면 매너에서만 받아 주는 외국인이니까? 그래서 리스터보다 더 혹독한 결과를 감수하고 있는 걸까?

이 여자가 하는 말은 사실이다. 일라이자는 이보다 더 낯설었던 적이 없다. 이보다 더 살아 있다고 느낀 적도 없다.

일라이자는 원숭이처럼 이를 드러내며 미소 짓는다. "감사합니다, 선생님." 그러고는 홱 돌아서서 나간다.

불명예 처벌을 받는 일주일 내내 일라이자와 리스터는 종일 마법진 안에서 둥둥 떠다니듯 움직인다. 밤에는 거의 잠을 자지 않는다. 쾌락의 파도가 부서질 때마다 바위 사이에 거품이 남고, 잔물결이 점점 커지고 모여서 다음 파도 위로 올라간다. 일라이자의 환희에는 끝이 없다. 그녀와 리스터는 온몸이 끈적거리고 쓰라릴 때까지 꿈틀꿈틀 몸부림치고 깊이 파고든다.

월요일에 일라이자는 머리에 압박감을 느끼며 잠에서 깬다. 목구멍이 뜨거운 물에 덴 듯 따끔거린다. 그녀는 물 한 잔을 마시러 침대에서 나온다. 순간 시야가 까맣게 변해 하마터면 넘어질 뻔한다. 말을 하려고 하지만 마치 목이 베인 듯 타들어 가기만 한다.

리스터가 일라이자의 이마에 손등을 댔다가 뗀다. "내 사랑, 이마가 펄펄 끓고 있어. 침대로 돌아가."

"안 돼."

"고집 부리지 마. 테이트 사감 데려올게."

일라이자는 매트리스에 털썩 쓰러진다. 다시는 일어나지 못할 것 같은 기분이다.

테이트 사감이 일라이자의 혀를 흘끗 보고는 움찔한다. 사감은 암울하게 고개를 끄덕이며 말한다. "딸기처럼 빨간 혀에 흰 점이 박혔구나."

"성홍열인가요?" 리스터가 거의 신이 난 듯이 묻는다.

사감은 고개를 끄덕인다. "레인 양 근처에 가면 안 된다. 짐을 싸서, 음…… 노란 방으로 가렴. 거기에 포스터 양이 쓰던 침대가 비어 있어."

리스터가 고개를 젓는다. "너무 늦었어요. 제 목에도 이미 오고 있는 게 느껴져요."

"크게 벌려 볼래?"

리스터는 혀를 길게 내민다.

테이트 사감이 의심스러운 듯 말한다. "아직 점은 없는데……. 일단 매더 박사님을 모셔 오마."

아이들만 남자 일라이자가 베개에서 머리를 끌어올린다. "내 사랑, 너한테 병을 옮겨서 정말 미안해."

리스터가 일라이자에게 말한다. "아, 나는 아주 멀쩡해. 네 옆에서 떨어질 생각이 전혀 없을 뿐이야."

"리스터! 그러다 감염되면 어쩌려고."

"나는 황소만큼이나 튼튼해. 가만히 누워 있으면 내가 젖은 천을 이마에 올려 줄게."

매더 박사가 도착해 일라이자를 보며 혀를 찬다. 오염된 유제품으로 마을 주민이 성홍열에 걸린 사례가 몇 번 있었다고 한다. 리스터 양의 증상에 관해서는 확신을 하지 못한다. 열도 없고 혀가 빨개지지도 않았지만, 박사는 인후통 말고는 아무 증상도 없이 병에서 곧장 회복하는 환자를 몇 명 본 적이 있다.

"저는 심하지 않으니까 친구를 간호할 수 있어요." 리스터가 박사에게 말한다.

"흠. 두 사람 모두에게 물약을 올려 보내마."

"어떤 물약요?"

"사리풀, 흰양귀비…… 가벼운 영양분도 조금 넣고. 독서나 글쓰기는 안 된다. 레인 양. 그냥 쉬어."

리스터가 걸걸한 목소리로 묻는다. "전부 문 밖에 두라고 해 주시겠어요? 병이 엄청 쉽게 전염되잖아요."

리스터는 박사와 함께 복도로 나간다. 일라이자는 매더 박사가 리스터에게 속삭이는 소리를 듣는다. "저 아이가 토를 하거나 쌕쌕거리거나 기절하거나 춥다고 하면 하녀들한테 나를 불러 달라고 하렴. 아시아인은 종종 우리 북부 지방 겨울에 위험할 정도로 약해지니까."

일라이자가 기억하는 한 그다음 주는 정말 이상한 한 주였다. 혀는 썩은 과일처럼 입안에서 부풀어 오른다. 사포처럼 거친 발진이 뺨부터 배까지 퍼지는 탓에 리스터는 일라이자가 긁지 못하도록 손톱을 깎아 줘야 한다. 일라이자는 비참해야 한다. 하지만 그들은 모든 규정과 일과를 잠시 면제받았다. 진짜 병자와 그런 척하는 아이는 둘 다 수프, 다진 송아지 고기, 초콜릿, 끓인 블루베리, 라이스푸딩을 먹으며 지낸다. 라즈베리 목 시럽과 육두구를 잔뜩 넣어 아편 팅크제의 쓴맛을 덮은 약을 먹으면 정신이 혼미해지고 기분이 몹시 들뜬다. 슬로프는 구름 속에 숨은 둘의 은신처이며, 그들은 절대 이곳을 떠나고 싶지 않다.

리스터가 잡지에서 읽은 아일랜드 사촌 두 명에 관해 자세히 이야기한다. 결혼을 하거나 수녀원에 들어가기를 거부한 채 27년 전 함께 도망을 쳤고, 그 후 웨일스에 있는 오두막에서 쭉 동거를 했다고 한다.

일라이자는 두 숙녀가 다시 끌려와 감금당하기는커녕 이 모험으로 유명해졌다는 이야기를 듣고 깜짝 놀란다.

일라이자와 리스터는 한 침대에 누워 있다. 지난 2월에 사흘간 비가 내린 뒤 지붕에서 물이 새 짙게 얼룩진 자리를 가만히 올려다본다. 리스터가 일라이자의 쇄골에 아늑히 머리를 기댄다. "정말로 천장을 높여야겠어."

일라이자는 희미하게 웃는다. "그전에 창문부터 새로 달 거야. 엄청 큰 거로."

리스터가 고개를 끄덕인다. "만약에 우리가 바닥을 들어내면……."

"들어내? 완전히?"

"마룻장 하나하나 전부 다."

"아래층 방으로 떨어지지 않을까?"

"내가 중력에 관해 공부한 바로는 그래. 하지만 첫 번째 충격만 견디면 훨씬 더 넓은 공간을 얻게 될 거야."

일라이자가 아래를 가리킨다. "테이트 가족 모두가 바닥을 어지럽히면 그렇지도 않아."

"그 가족은 다른 곳으로 보내 버리면 돼. 지하에 살 만한 벽장을 하나 찾아 주지, 뭐."

"더 깊이 생각해 보면 아무것도 바꾸지 말아야 할지도 몰라, 내 사랑. 나는 우리가 처음 만난 이 괴상하고 낡은 슬로프가 정말 마음에 들거든."

"네 말이 맞아." 그리고 두 사람은 다시 키스를 하기 시작한다.

일라이자가 회복해 교실로 돌아간 첫 날, 교사들은 그녀를 자기 그릇처럼 다룬다. 아무도 일라이자에게 뭔가를 암송하라고 시키지 않는다.

프랑스어 수업이 끝난 뒤 일라이자는 리스터를 찾아 밖으로 나가 안뜰에서 그녀를 발견한다. 리스터는 대각선 배수관에 무겁게 매달린 등나무를 살펴보고 있다.

"교장이 왜 수업 중에 너를 부른 거야?"

리스터는 살짝 얼굴을 찌푸린다.

"벌써 또 불명예 처벌을 받는 거야?"

"그건 아니야. 분기 시작일이라 그래. 방세랑…… 학비 등등을 내는 날." 리스터가 마지못해 덧붙인다.

"아."

리스터는 낮고 걸걸한 목소리로 말한다. "우리 작은 농장은 더 이상 돈 나올 구석이 없을 만큼 저당이 잡혀 있어. 샘이랑 존이랑 나를 동시에 학교로 보내는 돈이 어디서 났는지 아무도 정확히 말해 주지는 않지만 말이야……."

고지서에 적힌 납부 기한이 지난 게 틀림없다.

"조만간 잘 해결될 거야." 일라이자가 힘없이 말한다.

리스터는 고개를 끄덕인다. "걱정 안 해!"

하지만 그녀의 목소리는 걱정이 없다기보다 그서 반항적으로 들릴 뿐이다.

길리게이트 북쪽 초원에서 봄 박람회가 열릴 때쯤에 일라이자는 중학년들과 함께 행사장까지 걸어갈 수 있을 정도로 건강해진다. 오늘은 덜 시끄럽고 훨씬 더 고상한 박람회 둘째 날이다. 리스터는 판매 중인 소를 면밀히 살펴보고 싶어 하지만 일라이자는 리스터의 팔꿈치를 잡고 악취가 나니 절대로 가까이 가면 안 된다고 말한다. 어떤 잔인한 놀이가 있는데 이것도 마찬가지다. 날개가 고정된 채 모자에 들어가 있는 참새 한 마리가 등 뒤로 손이 묶인 남자와 서로 마주 보고 있다. 남자는 부리에 쪼이기 전에 새의 머리를 물어뜯어야 한다.

중학년들은 줄타기 곡예사, 막대에 접시를 올려 일곱 개를 동시에 돌리는 저글러, 황적색 나비매듭으로 뒤덮인 기다란 리넨 셔츠를 차지하기 위해 맨발로 경주하는 여자 열두어 명을 본다. 낸은 우스꽝스러운 표정을 짓는 공연에 관심을 보이지만, 마거릿은 그저 누군가 얼굴을 찡그리는 걸 보는 데 6펜스를 낭비하는 어리석은 짓은 절대로 허락하지 않을 작정이다.

"여기 너를 위한 공짜 공연이 있어." 마거릿은 자신의 코가 입 옆으로 자라고 있는 것처럼 보일 때까지 이목구비를 끔찍하게 일그러트린다.

프랜시스는 마거릿이 언젠가 자신의 재산 1만 파운드를 잃으면 그 공연으로 생계를 꾸릴 수 있을 거라고 장담한다.

아이들은 점술가 무리와 '펀치와 주디' 인형극단, 그리고 '환상 유령'이라고 적힌 간판을 한가로이 지나간다. 프랜시스는 그 제목이 너무나 무섭게 느껴진다고 말한다.

"그냥 환등극일 거야." 마거릿이 프랜시스에게 말한다.

"그래도."

어떤 여자는 사람의 옆얼굴 윤곽을 따라 검은 종이를 오려 장당 6펜스에

팔고 있다.

"그림이 바로 저렇게 발명된 거야." 아이들이 예술가의 어깨 너머로 구경하는 사이 리스터가 설명한다.

"가위로?" 마거릿이 의심스러운 듯 묻는다.

리스터는 고개를 젓는다. "옆얼굴 윤곽을 따라가면서. 플리니우스가 말하길 어떤 코린토스[38] 여자가 곧 전쟁에 나가게 된 연인의 그림자 윤곽을 따라 선을 그렸대."

일라이자는 충분히 그럴듯한 이야기라고 생각한다. 기억이 희미해질 때를 대비해 사랑하는 사람의 그림을 간직할 수 있다면 무엇이든 하지 않겠는가?

중학년은 마침내 돈을 내고 투소의 밀랍 인형관에 들어가기로 합의를 한다. 표지판에서 보장하는 바에 따르면 이 거대한 천막 안에 유명인 예순아홉 명의 실물을 본뜬 모형이 있다고 하기 때문이다.

리스터가 말한다. "몇몇은 죽은 사람을 본뜬 거야. 여기에 마리 앙투아네트의 머리도 있어."

일라이자는 안에 있는 모든 인물이 불편할 정도로 실물과 똑같다는 사실을 알게 된다. 하지만 그중에서도 가장 큰 감동을 안겨주는 인물은 1805년 10월 21일 트라팔가르에서 사망하기 전의 넬슨 경이다. 제독의 승리 소식이 요크에 닿아 모든 종이 울렸던 때가 지난 11월이었다. 일라이사는 매니의 대문 밖 거리에서 리스터와 빙빙 돌던 것을 기억한다. 고작 4개월이 지난 지금, 불쌍한 제독은 총격에 사망하기 전날 밤 모습을 본뜬 밀랍의 형태로 전국을 돌다가 이곳에 도착했다. 수척하고, 오른쪽 소매가 어깨 아래에서 꿰매져 있고, 머리에는 흉터가 있고, 한쪽 눈썹은 절반이 사라진 모습.

"정말 섬뜩하다." 낸이 말한다.

리스터가 낸에게 달려든다. "넬슨 경은 오랜 시간 동안 조금씩 자신을 조국에 바치고 나폴레옹의 위협에서 우리를 구했어. 그러니까 존경심을 좀 보

---

38) 그리스 펠로폰네소스반도 북쪽에 있는 도시로 운하가 유명하다.

여, 아가씨."

패니가 제독의 소맷동을 만지려고 짧은 팔을 뻗자 안내원이 빽 소리를 지른다. "손대지 말아요!"

일라이자는 생각한다. 4개월이면 모든 걸 바꾸기에 충분히 긴 시간이다. 그녀의 인생 풍경은 4개월 만에 마치 화산이 폭발한 것처럼 완전히 변해 버렸다.

중학년들은 천막 밖에서 햇볕을 쬐며 배스번을 먹는다. 설탕을 입힌 캐러웨이 씨앗이 자꾸만 치아 사이에 낀다.

박람회장 끄트머리에 있는 집으로 가는 길, 일라이자가 작은 부스 위에 적힌 두 단어를 발견한다. **진기한 생물**. 그녀는 뒤에 남아 간판을 들여다본다. 빛바랜 사진에 엄청나게 뚱뚱한 반나체 여성이 담겨 있다. 피부는 진흙색이고…… 털로 뒤덮인 건가? 코 한쪽에는 정교한 보석 하나가 박혀 있다. **이 미개인을 바라볼 용기가 있으신가요? 2차 강의와 활인화(活人畫).**

옆으로 온 리스터가 어색하게 말한다. "아마 그냥 검은 구두약을 바른 요크셔 여자일 거야."

일라이자는 이 돌덩이를 삼킬 수가 없다.

리스터는 일라이자를 잡아당긴다.

다른 중학년이 시야에 들어오자 일라이자는 그들과 이야기하고 싶지 않은 마음에 걸음을 늦추며 닻이라도 되는 양 리스터의 팔에 매달린다.

"특이한 인간을 보는 데 2펜스래." 말이 생각보다 더 맹렬하게 나온다. "나도 그렇잖아. 안 그래?"

리스터는 몸을 돌려 일라이자와 눈을 맞춘다.

일라이자가 묻는다. "그것 때문에…… 그것 때문에 나한테 끌린 거야? 내가……." 수많은 단어 중 어떤 단어를 써야 할까? "외국인이라서?" 일라이자는 분노에 찬 부정, 아니면 적어도 안심시키듯 단호한 부정을 기대한다.

하지만 리스터는 이렇게 말한다. "나는 한 번도 평범한 걸 좋아한 적이 없어. 처음 내 마음을 끈 특징은 너의 특별함이었을 거야."

일라이자는 너무 화가 나 시야가 흐릿해진다. "그러니까 내 피부색을 보고······."

"나는 너를 봤어, 레인. 너의 모든 걸. 세세한 부분 하나하나에서 너와 사랑에 빠진 거야."

리스터는 일라이자의 양손을 꽉 잡고 있다. 새끼 염소 가죽 두 겹을 뚫고 열기가 밀려온다.

"하지만 왜 나야?"

일라이자는 **누가 알겠어** 혹은 **운명의 신 탓이지**라는 대답을 기대한다.

리스터는 어깨를 으쓱한다. "나부터가 엄청 특이하니까? 초조해하면서 시간 낭비 하지 마. 게다가 누가 평범해지고 싶어 하겠어?"

"거의 모두가!"

리스터는 온 세상이 보는 이 더러운 길 한복판에서 마치 일라이자에게 키스라도 할 듯 가까이 몸을 기울인다. "우리는 그보다 특이한 한 쌍이 되자."

순간 일라이자의 용기가 다시 한 번 확 타오른다.

레인이 리스터에게,
1815년

'리스터 양 씨', 폐하, 혹은 그토록 번지르르한 허영에 휩싸여 요즘은 스스로 뭐라고 별명을 붙이든, 하! 아직도 **끊임없이** 일기를 쓰며 온갖 자잘한 사실을 모아 올해의 책에 쑤셔 넣고 있니? 네가 오르는 모든 울타리 계단[39], 네가 탐독하는 모든 책, 네가 사용하는 모든 찻잔, 감히 네 위로 떨어지는 모든 빗방울, 네가 추파를 던지는 모든 여자, 네가 싸는 모든 똥까지?

너는 늘 자신이 솔직하다고 주장하지만, 요즘 넌 어떤 어릿광대나 무언극 배우, 메리 앤드루, 펀치만큼이나 편안하게 가면을 쓰고 있어. 하나부터 열까지 가짜인 '얼간이'지. 고개를 갸웃하는 거만한 태도부터 우렁찬 목소리, 신사처럼 성큼성큼 걷는 걸음걸이까지. 그래서 너를 진심으로 저주해. 빌어먹을 악마에게나 가 버려. 그래, 너는 대답이 없지. 하지만 네 침묵은 많은 걸 말하고 있어. 그리고 잊지 마. 나는 네가 어떤 사람인지 알아. 너는 뒤에서 험담이나 하는 빌어먹을 비열한 똥자루……

미치광이들이 나더러 조용히 하라고 소리를 질러. 여기에서는 모두 내가 너무 많이, 빠르게, 열광적으로 말을 한다고 투덜거려. **횡설수설**한다고 표현하지. 글쎄, 내가 깊고 어두운 우물에 펜촉을 담그면 과연 어떤 진실이 쏟아져 나올까?

---

39) 울타리나 담을 넘을 수 있도록 걸쳐 놓은 사다리.

장담컨대 나는 멀쩡한 정신으로 부당하게 구금돼 있고 여기서 나가 이 정신병원의 면허를 박탈시킬 생각이야. 사람을 **납치**했으니까. 나는 내 **적들**의 가장 거짓된 주장으로 여기 갇혔어. *그중의 우두머리는 위선자 더핀이야.* 나한테 아빠였던 적은 없고 그저 뻣뻣한 배우처럼 어설프게 그런 역할을 하며 대사를 웅얼거리기만 했지. 그자의 허약한 아내도 엄마 역할을 하는 척조차 하지 않았어. 바위 아래에 숨은 장어들이야. 그 냉혈한들이 나를 일곱 살 때 교구로 보내 버렸다면 그들과 함께 살게 되리라 믿게 만드는 것보다 훨씬 나았을 거야. 부부의 친구, 아니, 그보다 꼭두각시 교사라고 해야 할 메리 제인 마시는 더더욱 그래. '불쌍한 레인 박사의 더러운 **검은 피부 자손**'이라며 부부의 귓속에 중상적인 증오와 사악한 비방을 쏟아부었어. 내가 성년이 되고 용기를 내 속마음을 조금 털어놓자마자 상냥한 가면을 벗고 내가 창녀인 언니처럼 내 가치 이상으로 문제를 일으킬 줄 알았다고 말했지. **검은 피부의 배은망덕함이 거만한 검은 마음**을 드러냈다고 말이야. 나는 까치처럼 시끄럽게 구는 그 여자가 면전에서 그렇게 말해 줘서 거의 안도감을 느꼈어. 이곳 해안으로 쓸려 온 이후 17년 동안 수많은 영국인이 나를 대부호 딸내미, 그들과 함께 사는 이방인, 황갈색에 까맣고 탁하고 우중충한 일라이자 레인이라고 생각한다고 의심했거든. 네가 오해하는 걸 거야. 프랜시스는 나를 다정하게 나무라고는 했어. 하지만 아니야, 프랜시스. 사랑스럽고 어리석은, 고인이 돼 버린 프랜시스, 네가 오해한 거야. 너는 너 같은 사람을 차마 나쁘게 생각할 수 없었으니까.

나에 관한 모든 위조문서들, 나를 괴롭히는 사람은 그걸 돌돌 말아 바람에 날리거나 그거로 엉덩이를 닦아도 돼. **내 알 바 아니야.** 마침내 나는 눈을 부릅뜨고 내게 질문하는 모든 사람을 웃으며 경멸할 수 있게 됐어. 딱딱한 격식, 내숭, 예절, 기본, 전부 다 안중에도 없어. 작별이야. 나는 목청껏 내 적의 언어를 말해. 다른 언어는 모두 잊어버렸어. 나는 호랑이처럼 포효하고 내가 원할 때 내가 원하는 사람을 마구 때려.

너에 관해서도 말해 줄게, 리스터. 한때 내 전부였던 너를 나는 더 이상 숭배하지 않아. 너는 멍청이야. 아니, 유다야. 내 적의 말을 듣고 그편에 섰으니까. 어떤 고난이 닥쳐도 내 곁에 있겠다고 맹세하지 않았니? **포도주로 맺은 서약보다 더 거짓된 사람.** 내가 강철 고리로 너를 내 영혼에 묶어 두지 않았니? 나한테 스며든 그 흔적이 아직 남아 있지 않니? **베개 하나, 지갑 하나.** 지갑은 내 거였지만 너는 거기 있는 돈을 아주 사치스럽게 썼어. 나는 순종하고 봉사하고 공경하고 지키며 다른 모든 걸 버렸지. 난 너의 유일한 사람이었지만 결국엔 그저 여럿 중 하나일 뿐이었어. 더 나은 요크셔 가문의 사랑스러운 숙녀들. 내가 아니면 너는 절대로 만나지 못했을 여자들. **행운은 용감한 자의 편이고** 넌 바로 그런 사람이었어. 맞아. 헐떡거리는 발정기의 개. 한 사람에게서 다음 사람에게 폴짝 뛰어넘었지. 마리아 알렉산더, 이저벨라 노클리프, 마리아나 벨컴. 그렇게 나를 버릴 바에야 차라리 죽여 주는 게 나았을 거야.

그후로 이렇게 긴 시간 동안 너는 여전히 그리고 항상 나의 가장 충실한 친구라고 계속해서 자랑을 했어. 나를 속여서 한낱 사랑의 부스러기만 먹고 살도록 했지. 나는 일찍 일어나고 적게 먹고 적게 쓰라는 너의 건방진 설교를 참아 줬어. 내가 가장 큰 돈을 쓴 물건은 한 번에 30파운드씩 너한테 쏟아부은 선물들인데 말이야, 이 못 미더운 거머리 자식아. **부유함과 희귀함은 그녀가 착용한 보석이었다.** 네가 오직 내 다이아몬드 때문에 나를 소중히 여겼는지 궁금해.

이제 난 눈에서 콩깍지를 벗겨 냈어. 옛날 옛적에 너를 황금 우상으로 세웠지만 지금은 커다란 망치를 들고 너를 산산이 부숴 버려. 너를 저주해, 리스터. 네가 문을 두드리면 나는 이렇게 말할 거야. **아니, 아니, 아니, 나는 너 같은 인간 몰라.** 이 말은 분명한 사실이야. 내가 진정 너를 알았던 적이 있을까?

자, 우리 사이에 존재하는 끈을 여기서 모두 끊을게. 스물한 살이 됐을 때 너한테 유리하게 쓴 유언장을 불 속에 던져 넣었어. 아직도 우리 편지를 갖고 있다면 그것도 불태워 버려.

클라크슨 수간호사가 들어와서 내 펜을 빼앗으려고 하고 있어. 하지만 나는

벽을 넘어서,
1806년 5월

 부활절 연휴 동안 일라이자와 리스터는 넌몽크턴에 있는 더핀 부부의 별장과 고원에 있는 리스터 가족의 작은 농장에서 매일 편지를 썼다. 다른 사람이 우편물을 열 때를 대비해 단조로운 단어로 속뜻을 감췄다. **지난 학기에 보낸 우리의 행복한 시간이 가장 생생하고 완벽한 기억으로 떠올라.** 일라이자는 적는다. 리스터는 열다섯 살이 된다. 일라이자는 그녀의 생일을 축하할 기회를 놓쳐서 무척이나 비참했지만 리스터의 편지에 기분이 나아진다. 편지에는 강한 암시가 담겨 있다. **작년에 처음 발견한 새로운 종류의 행복이 내년에는 더 많이 나를 찾아오기를.** 이름을 모르는 리스터의 아기 여동생이 어느 날 아침 눈을 뜨지 않아 형제들과 함께 묻힐 때도 리스터는 이런 글을 보낸다. **나는 요크로 돌아가기만을 바랄 뿐이야.**
 이제 5월이 되고, 여기는 다시 매너 학교다. 두 연인은 절대 팔 길이 이상으로 떨어지지 않는다. 둘은 각자 고개를 돌리지 않고도 상대가 뭘 하고 있는지, 어떤 표정을 짓고 있는지 정확히 안다.
 새로운 계절이 오자 학생들은 더 가벼운 치마와 면 스타킹으로 복장을 바꾼다. 날씨가 따뜻해지면서 콧물이 나 눈이 충혈되고 미열이 나는 증상이 생기는 듯하다. 퍼시벌 자매의 막내는 불이 꺼지자마자 신경을 거스르는 잔기침을 시작해 중간 홀과 옆방에 있는 모든 학생의 잠을 방해한다. 일라이자는 슬로프가 반대편에 있어서 참 다행이라고 생각한다.

구내는 꽃향기와 새의 노랫소리로 가득하다. 그들의 음악에는 일라이자가 그간 한 번도 알아채지 못한 다급함이 담겨 있다. 깃털로 뒤덮인 조류 여러 쌍이 오락가락 날아다니며 둥지의 모양을 잡는다. 절대로 갈라놓을 수없는 백조들은 매너 쇼어 갈대밭에 자리를 잡고 누구든 가까이 오면 마구괴롭힌다. 딱정벌레는 몇몇 사람이 황금 단추라고 부르는 쑥국화 무더기 위로 모여든다. 하프페니 선생님은 가끔 잔해 사이에서 야외 미술 수업을 하자는 학생들 애원에 넘어가 준다. 선생님은 헨리 8세가 중세 교회와 사제단회의장, 그리고 수도원을 허문 자리를 가리켜 보이기를 좋아한다. 헨리왕은그곳에 킹스 매너라 이름 붙이고 수도원장의 집만을 남긴 채 불쌍한 수도승의 흔적은 모두 지워 버렸다.

리스터는 목각사의 견습생에게 일라이자의 지갑에서 나온 3실링을 쥐여주며 거친 소나무로 날이 넓은 칼을 만들어 달라고 한다. 그러고는 어느 나무의 구부러진 안쪽에 숨겨 두고, '리스터 대장'으로서 나뭇가지로만 무장한 중학년에게 펜싱을 가르친다.

이번 연휴 동안 학교에 남았던 낸은 자신이 않는 **향수병**에 관해 너무나많이 이야기한다. 참다못한 리스터가 마침내 목검을 패대기치자, 목검이 긴풀을 찌르고 바르르 떨리며 똑바로 선다.

"네가 그리워하는 **집** 말이야, 너희 스카버러 집을 생각하는 거 맞지? 2년전 너희 엄마가 살아 계실 때 모습 그대로."

낸의 눈에서 눈물이 아른거린다. "1년 반이야."

패니가 급히 다가가 낸을 위로한다.

"네가 무슨 학교 선생이야? 낸의 단어 선택에 트집 잡지 마." 마거릿이리스터에게 말한다.

리스터가 무자비하게 말한다. "현실을 받아들여, 낸. 너는 너희 아빠의어린 신부한테 자리를 빼앗겼어."

눈물이 뚝뚝 떨어진다.

"네가 그리워하는 건 과거야. 베르길리우스는 그걸 inreparabile tempus,'돌이킬 수 없는 시간'이라고 부르지. 너는 향수병이 아니라 과거병을 앓고 있어. 물론 그런 단어는 없지만."

마거릿이 경멸하듯 말한다. "앤 리스터의 사전에 없으면 어떤 언어에도 존재해선 안 되니까."

패니가 짧은 팔을 친구에게 두른다. "'엄마가 없다.' 이렇게 표현하면 되지 않을까? 그냥 프랜시스랑 일라이자랑 나처럼. 그리고 마거릿도. 너는 혼자가 아니야, 친구야."

낸은 패니의 어깨에 머리를 얹고 흐느낀다.

리스터가 고압적인 자세로 다른 중학년의 심기를 거스르는 날마다 일라이자는 이상한 만족감을 느낀다. 그녀는 자신의 연인이 너무 많은 인기를 누리길 원치 않는다. 리스터가 다른 아이와 비밀 이야기를 나누면 참을 수가 없다. 일라이자에게 이런 질투심은 새로운 감정이다. 내면에 이렇게 깊은 소유욕이 있다는 사실이 부끄럽다. 어쩌면 항상 이랬는지도 모른다. 다만 지금까지는 싸워서 지켜야 할 무언가가 없었는지도 모른다.

일라이자와 리스터는 프리니의 우리를 지날 때마다 잠깐 시간을 내 수퇘지에게 인사를 한다. 리스터가 양손으로 발판을 만들면 일라이자가 잔디에 신발 밑창을 닦고 올라선다. 일라이자는 돌로 된 창턱에 매달려 몸을 기울인 뒤 걱정스럽게 전한다. "지푸라기를 먹고 있어."

리스터가 혀를 찬다. "역겨운 버릇이야."

"아니면 그냥 입으로 옮기는 중인가? 괴로워하는 것 같아."

"괴로워한다고? 걔는 돼지잖아."

"그래도."

리스터는 일라이자의 발이 달랑거리도록 둔 채 아무 도움 없이 뛰어올라 팔꿈치를 걸고 나란히 매달린다. 프리니는 기이할 정도로 초조해하며 어둑한 방을 배회하고 있다. 그렇게 잠자리 짚을 코로 밀어 쌓아 올리더니 육중한 몸을 털썩 떨어트린다.

"그래요, 왕세자 저하. 좀 쉬세요." 일라이자가 흥얼거린다.

하지만 프리니는 다시 일어나 빙글빙글 돈다. 동그랗게 말린 꼬리가 미친

244

듯이 씰룩거린다.

"프리니가 아프다고 농부한테 말해야겠어." 리스터가 말한다.

순간 수돼지 뒤에서 뭔가가 바닥으로 떨어진다. 똥은 아니다. 줄에 연결된 분홍빛 물체……

"아!" 새끼 돼지다. 털 없이 야윈 몸에 어리둥절한 표정.

"왕세자 '프리니'가 전혀 아니야. 왕세자빈 '프린세스'라고!" 일라이자가 외친다.

그녀는 진짜 왕세자빈이 하나뿐인 자식을 보는 것조차 금지당한 매춘부라는 사실을 뒤늦게 기억해 낸다.

암돼지는 뒤로 돌아 새끼의 냄새를 맡는다. 일라이자는 반짝반짝 빛나는 녀석의 분홍색 엉덩이를 정면으로 빤히 쳐다본다. 다시 한번 꼬리를 맹렬히 휘갈기는 프리니. 낯 뜨거운 구멍이 눈동자처럼 열리더니 얼굴 하나가 밀려 나온다. 작은 주둥이와 감긴 눈. 털썩. 두 번째 새로운 생명체가 짚 위로 떨어진다. 녀석은 작은 발, 혼란스러운 걸음으로 벌써 비틀비틀 크게 한 바퀴 돌다가 끌려오던 축축한 줄에 발이 걸려 넘어진다.

"오, 리스터, 줄이 엉켰어."

하지만 살로 된 줄은 툭 끊어져 갓 태어난 새끼를 풀어 준다.

암돼지는 커다란 머리를 움직여 한쪽으로 짚을 밀어 낸다.

리스터가 손가락으로 가리키며 말한다. "봐, 우리가 오기 전에 한 마리 더 낳았나 봐."

일라이자는 눈을 가늘게 뜨고 방을 훑는다. "아니야, 두 마리야."

"셋이야!"

아이들은 깔깔 웃는다. "그런데 너, 농업에 관한 책은 전부 다 읽는 거 아니야?"

"수돼지와 암돼지를 구분하는 법은 어떤 작가도 알려 주지 않았어."

두 사람은 모두 지각한 죄로 벌점을 받을 것이다. 하지만 일라이자는 살면서 뭔가에 이토록 세심히 주의를 기울여 본 적이 없다는 느낌이 든다.

일라이자는 가끔 해가 뜨기 전 나른하고 몽롱한 상태로 잠에서 깬다. 그렇게 여전히 잠에 마비된 채 이미 더없는 행복에 반쯤 다가간 자신을 발견한다. 일라이자 위에서 땀을 흘리며 자신의 흠뻑 젖은 털을 일라이자의 털에 댄 채 다급히 말을 달리고 마구 짓이기고 있는 리스터……

모든 일이 끝나면 일라이자는 숨을 고르며 자신의 전인격이 빼앗기고, 사용되고, 혹독하게 다루어진 느낌을 소중히 간직한다. 두 사람이 옷을 입는 동안 리스터는 물어보지도 않고 시작했다며 용서를 빈다. 점잖게 연인을 먼저 깨우지 않고 야수처럼 탐욕스럽게 굴었다며 용서를 빈다.

일라이자는 늘어지게 미소 지으며 리스터에게 상기시킨다. "나는 네 거야. 깨어 있을 때나 자고 있을 때나."

이렇게 대단히 이성적인 학교의 솔로몬이 세상에서 가장 아름다운 여자를 동틀녘 처음 보자마자, 혹은 중얼거리는 소리를 듣거나 향기를 맡거나 살짝 쓰다듬자마자, 욕망에 눈이 멀어 완전히 미쳐 버린다는 사실이 일라이자는 무엇보다 기쁘다.

이제 여름이 시작된 덕에 아이들은 더 먼 곳까지 산책을 한다. 들판은 갑자기 가축과 몰이개로 가득 찬 듯하다. 개들은 빨갛게 표시된 양을 몰아 개울에서 씻게 하고 외양간에서 풀려난 소를 몰아 풀을 뜯게 한다.

프린세스는 새끼 아홉 마리를 낳았다. 리스터와 일라이자가 발견하기로는 적어도 그만큼은 된다. 어미의 젖꼭지 하나를 차지하기 위해 계속해서 꿈틀거리며 형제자매 옆을 지나가는 생물의 수를 세기란 정말이지 어려운 일이다. 다음번에 기회가 생겨 아이들이 왕세자빈 마마를 찾았을 때, 농부가 프린세스에게 약을 먹이고 있다. 일라이자는 슬며시 도망가려고 하지만, 리스터는 농부에게 질문을 쏟아붓는다.

암퇘지는 감염이 됐다고 한다. 그렇다. 분만은 아주 위험한 일이다.

"오늘은 여덟 마리밖에 안 보이네요." 리스터가 말한다.

남자는 다른 곳에 정신이 팔린 채로 고개를 끄덕인다. "어미가 제일 작고 약한 새끼를 물어 버렸어. 머리에 너무 가까이 다가갔나 봐. 새끼를 처음 낳는 암퇘지는 쉽게 겁을 먹거든."

"녀석이 죽을까요?" 리스터가 알고 싶어 한다.

"아니야, 낫고 있어. 살아서 새끼를 더 많이 낳아야지."

"하지만 이 새끼들은요? 녀석들은 어떻게 되는데요?" 일라이자가 묻는다.

"주인이 7월에 내다 팔 거야. 하그레이브 교장이 성탄절용으로 살찌우고 싶어 하는 한 쌍만 빼고."

"이제 가야 해." 일라이자는 땅으로 떨어진다.

달리는 행동은 지각만큼이나 금지된 규칙이다. 그래서 두 사람은 미끄러지듯 종종걸음으로 길을 따라간다.

"정말 프린세스가 자기 새끼를 죽였다는 뜻일까?"

리스터는 얼굴을 찌푸리며 고개를 끄덕인다. "열이 나서 공황에 빠졌을 거야. 자기 아기를 질식시켜 죽인 죄로 성에서 교수형을 당한 여자처럼."

하지만 일라이자는 두 사례가 별로 비슷하지 않다고 생각한다. 암퇘지가 수치심에 내몰렸을 리는 없기 때문이다. 인간은 고통의 원인을 너무나 많이 만들어 냈다.

다른 날, 일라이자와 리스터는 코니 가를 따라 걷다가 일라이자가 '미친 마저리'라고 생각하는 걸인 옆을 지나간다. 걸인은 판석에 앉아 왈츠를 흥얼거리고 있다.

부유함과 희귀함은 그녀가 착용한 보석이었고
그녀가 가지고 다니던 지팡이의 눈부신 금 고리였네.
하지만, 오, 그녀의 아름다움은
반짝이는 보석이나 새하얀 지팡이를 훨씬 넘어섰지.

리스터는 고개를 숙이고 걷다가 하마터면 당나귀 수레에 부딪힐 뻔한다. 일라이자가 길 밖으로 끌어내야 한다.

"뭘 읽기에 그렇게 정신이 팔려 있어?"

리스터는 숨을 홍 내뿜으며 작은 활자를 톡톡 두드린다. "체셔에서……비밀 단체 회원 스물네댓 명이 체포됐대."

일라이자는 기다린다.

"잡다한 무리인 것 같아. 신사 몇 명에 종업원들, 온갖 부류의 사람. 열일곱 살 청년부터 여든네 살 노인까지. 한 명은 다른 이에게 비정상적인 범죄를 저지른 혐의를 받고 있고, 어떤 사람은 자신에게 행해지는 범죄를 묵인했다는 혐의를 받고 있어."

하지만 자신에게 행해지는 범죄를 어떻게 허용할 수 있단 말인가? "솔직히 말하면 나는 무슨 얘기인지……."

"항문 성교를 뜻하는 거야." 리스터가 속삭인다.

일라이자는 작게 몸을 떤다. 그런 건 선원만 하는 줄 알았다.

"여기 적힌 바에 따르면 회원들은 모두 서로를 형제라고 불렀대."

"너는 이 얘기가 왜 그렇게 불편한데?"

"모두 처형될 테니까." 리스터가 중얼거린다.

"그건 정말 안됐지만……."

"너 지금 엄청 바보 같은 거 알아?"

일라이자가 한발 물러선다.

리스터가 읽는다. "품위와 바른 몸가짐에 반하는 행위. 우리도 이렇게 평가받지 않을까?"

일라이자는 화들짝 놀란다. 두 사람이 밤에 창조한 아름다운 행위를 그 남자들이 더러운 소굴에서 벌인 짓과 비교하다니. "그건 똑같지 않아!"

리스터가 주장한다. "나도 알아. 우리는 그저 본성을 따르는 것뿐이야. 나는 어릴 때부터 한 번도 취향을 바꾼 적이 없어. 하지만 다른 행위는……우선 성경에 명확히 금지돼 있잖아."

"그건 그렇지."

"세상이 다르게 볼지 의문이야."

일라이자는 성난 대천사가 구름에서 내려다보듯 누군가 외부에서 자신을 지켜보는 느낌에 살짝 어지러워진다.

"그저 이기적으로 기쁨을 취하기만 한다면……. 하지만 우리 사이는 기쁨을 주는 관계에 더 가깝잖아. 사랑은 확실히 그걸 정당화해." 리스터는 마치 자기 자신과 논쟁을 벌이고 있는 듯하다.

"사랑은 모든 걸 정당화해." 하지만 일라이자는 그 남자들, 체셔에 있는 자칭 **형제들**이 똑같은 주장을 할지도 모른다는 생각에 불안해진다.

리스터는 일라이자의 손을 꽉 잡고 걷는 동안 놓지 않는다.

일라이자는 누군가 알아채기 전에 손을 빼고 싶다는 비이성적인 충동을 느낀다.

"너는 내 심장이 선택한 세입자야." 리스터가 일라이자에게 말한다.

분위기를 밝히기 위한 가벼운 말투. "겨우 세입자? 그건 일시적으로 들리는데. 마치 쫓겨날 수도 있는 것처럼."

리스터가 말한다. "그럼 거주자. 아니, 소유주."

일라이자는 간신히 미소 짓는다.

"우리는 은밀히 결혼을 한 거야."

이 말은 확실히 일라이자를 흥분시킨다. 아내가 되는 것……. 리스터의 아내.

일라이자는 단어를 입밖에 내어 본다. "남편."

리스터가 몸을 떤다. "나를 네 남편으로 받아 줄 거야?"

일라이자는 멈춰서 생각할 필요도 없다. "이 세상 모든 사람 중 너를."

그러면 일종의 결혼식을 해야 하나? 줄리엣과 로미오처럼 은밀히. 리스터와 일라이자가 어둠 속에서 한 말을 모두 지키기 위해. 그들의 결합을 안정시키고 하늘이 보기에도 정당하게 만들기 위해.

다음 토요일, 두 사람은 단둘이 산책할 수 있도록 허락을 구한다. 그들은 성 올리브 교회가 텅 비었음을 확인할 때까지 현관을 서성거린다. 그러고는 과감히 안으로 들어가 1년 내내 너무 춥고 벽걸이 장식이 너무 더러운 신랑을 따라 내려간다. 두 사람은 신도석 의자 하나에 함께 무릎을 꿇고 앉아 얼음처럼 차가운 손가락을 서로 움켜쥔다. 특별한 옷을 입지도 않았고, 음악은 당연히 없으며, 목사나 증인도 없다. 하지만 교회는 너무나 오래되고 성스럽게 느껴진다. 그래서 일라이자는 속이 심하게 울렁거릴 정도로 흥분한 상태다.

아직 열다섯 살도 안 된 일라이자가 지금 이 결혼처럼 아주 엄숙한 걸음을 내딛는 것에 관해 더핀 박사는 어떻게 생각할까? 박사의 허락도 없이, 알리지도 않고, 스스로 평생의 서약을 맺는 것. 물론 말도 안 되는 일이다. 박사가 어떻게 허락할 수 있겠는가? 이건 일라이자의 후견인이 이해할 수 있는 범위를 넘어서는 행위다. 박사는 이를 연극이라고 부를 것이다. 말도 안 되는 신성모독이라고 부를 것이다. 박사는 아무것도 알지 못한다.

리스터가 낡은 성경을 집어 들고 속삭인다. "네가 다이아몬드를 줬으니, 답례로 너한테 줄 반지가 있으면 좋겠어."

일라이자가 말한다. "상관없어. 너는 나한테 정말 많은 걸 줬으니까."

"그래도 내가 말하자면 남편인데……."

일라이자는 어떤 절박감이 밀려와 주위를 둘러본다. 여기 판석 위에 지푸라기 한 조각이 있다. 일라이자는 그걸 낚아채 손가락 끝에 세 번 감은 뒤 원형이 고정될 때까지 단단히 비튼다.

"이거면 되겠어?"

"응."

리스터는 다이아몬드 반지를 꺼내 지푸라기와 교환한다. 이제 두 사람은 상대의 손가락에 반지를 끼울 준비를 끝냈다. 일라이자는 자기 자신에게 엄숙하게 말한다. **선물로 주는 거야. 지참금이야.** 그들의 모든 재산과 함께, 그들의 마음과 함께, 영원히, 영원히.

"준비됐지?"

리스터는 고개를 끄덕인다. 두 사람은 서로를 마주 본 채 낡은 캔버스 방석에 무릎을 꿇고 앉는다. 허벅지가 거의 닿을 듯하다. 그들은 뒤집힌 배의 선원이 돛대에 매달릴 법한 방식으로 서로의 손을 꽉 움켜쥔다. 일라이자는 리스터의 입에서 점심에 먹은 절인 살구 냄새를 맡는다. 그러고는 자신이 저지르고 있는 짓이 얼마나 돌이킬 수 없는 일인지를 느낀다. 자신을 스스로 양도하는 일, 하나뿐인 인생을 리스터에게 맡기는 일.

리스터가 목사처럼 읊조린다. "서로 도움과 위로를 주고받기 위해 우리 두 사람은 이제 함께 연결되고 합쳐집니다. 야만적인 짐승처럼 분별없거나 가볍거나 방자하지 않고, 신을 두려워하는 마음으로 임합니다."

신을 두려워하는 마음. 일라이자는 결혼식 의례를 멋대로 변경한 죄로 번개를 맞을 수도 있는지 궁금해한다.

"일라이자 레인, 당신은 나를 남편으로 맞아, 함께 살고, 나에게 순종하고 봉사하며, 나를 사랑하고 공경하고 지키고, 다른 것은 모두 버린 채 오직 나에게만 자신을 맡기겠습니까?"

목구멍에서 단어들이 올라온다. "네." 그러고는 잠시 뒤 자신이 해야 할 말을 기억해 낸다. "앤 리스터, 당신은 나를 아내로 맞아, 함께 살고……." 일라이자는 말의 가닥을 놓쳐 버린다.

리스터가 유창하게 뒤를 잇는다. "아플 때나 건강할 때나 사랑하고 공경하고 위로하고 지키고, 다른 것은 모두 버린 채 오직 나에게만 자신을 맡기겠습니까?" 그런 다음 원래 목소리로 대답한다. "네." 리스터는 작은 지푸라기 고리를 치켜든다. "더 좋을 때나, 더 나쁠 때나, 더 풍족할 때나, 더 빈곤할 때나, 아플 때나, 건강할 때나, 우리가 둘 다 살아 있는 한." 그러고는 일라이자의 왼손 약지에 스르르 반지를 끼운다. 지푸라기가 손가락 마디에 걸리더니 이내 제자리에 고정된다.

일라이자는 리스터의 손가락에 다이아몬드 반지를 끼우며 같은 구절을 반복한다.

"이 반지로 나는 당신과 결혼합니다."

"이 반지로 나는 당신과 결혼합니다."

"내 몸으로 나는 당신을 숭배합니다."

"내 몸으로 나는 당신을 숭배합니다."

리스터가 격식을 버리고 키스하듯 일라이자의 귀에 속삭인다. "넌 이제 내 거야, 레인."

"온전히 네 거야."

"우리는 봉인됐어."

"우리는 하나야."

그날 밤 두 사람은 땀범벅으로 뒤엉켜 누워 있다. 양초는 오래전에 불이 꺼져 버렸다.

일라이자가 속삭인다. "너무 행복해. 이러다가 펑 터질지도 몰라. 맥박이 종이 울리듯 뛰고 있어."

리스터는 일라이자의 가슴에 귀를 대고 소리를 들으며 조용히 웃는다. "나도 마찬가지야. 살면서 이런 행복은 느껴 본 적이 없어."

이제 결혼을 했으니 둘은 허공에 정교한 성을 짓기 시작한다. 지금 이 특별한 순간에 가능한 미래를 계획해 본다.

리스터가 주장한다. "일단 스물한 살이 되면 아무도 우리 길을 막지 못할 거야. 성인이 되는 순간 힘을 합쳐서 배를 타고 아르노 강둑으로 갈 수 있어."

일라이자는 마치 나뭇잎이 된 기분이다. 산들바람에 휩쓸려 미지의 세계로 빙글빙글 들어가는 기분. "다시 알려 줘. 아르노강이 어디 있다고?"

"이탈리아, 이 바보야! 피렌체를 가로질러 흐른다고."

"하지만 나폴레옹은?"

"에이, 아직 6년도 더 남았어. 그때쯤이면 적은 패배하고도 남았을 거야. 길도 다 열릴 거고."

6년. 너무 긴 시간이다. 일라이자는 일요일 예배에서 읽은 성경의 이야기 중 하나를 떠올린다. 야곱이 라헬을 위하여 **칠 년 동안 라반을 봉사하였으나 그를 연애하는 까닭에 칠 년을 수일 같이 여겼더라.**[40] 리스터와 살기 위해 기다려야 하는 긴 시간을 절망으로 채운다면, 그건 **그들의 위대한 사랑을 의심**한다는 뜻이리라.

---

40) 구약성경 창세기 29장 20절.

그래서 일라이자는 대신 이렇게 묻는다. "피렌체에서는 어떤 집을 구할 거야?"

"서재와 정원이 있는 집. 우리는 말 한 마리와 가벼운 마차 하나를 두고 평생의 배우자로 살 거야." 리스터가 소곤거린다.

"사랑하는 동반자." 일라이자가 덧붙인다.

"베개 하나를 공유하는 사이."

"지갑 하나도."

일라이자는 흐뭇해진다. 친구이자 연인이자 남편인 사람과 공유할 4000파운드는 이 많은 기적을 실현하는 요술 지팡이가 될 것이다.

수업 시간에 프랜시스가 묻는다. "선생님, 전쟁이 끝나면……."

"아직 안 끝났어?" 낸이 짜증스러운 목소리로 말한다. "요즘 전쟁 소식은 많이 안 들리는 것 같은데."

마거릿이 투덜거린다. "우리가 지고 있어서 그래. 나폴레옹이 얼마 전 이탈리아의 왕좌를 차지했거든."

일라이자는 리스터에게 걱정스러운 눈빛을 보낸다.

리스터가 마거릿의 말을 바로잡는다. "고작 북부 왕국만이야. 그리고 바다에서는 우리 해군이 우위에 있어."

"하지만 언젠가 평화가 오면요, 선생님. 집으로 가실 건가요?" 프랜시스가 교사에게 묻는다.

교사는 씁쓸하게 웃는다. "그럴 일은 없을 것 같구나, 아가씨. 나의 프랑스는…… elle n'existe plus."

일라이자는 교사를 안쓰러워한다. 모국에서 추방된 것도 모자라 소외까지 당하는 신세. 귀환을 허락받아도 돌아가기를 꺼리는 사람. 이는 그의 프랑스가 더 이상 존재하지 않기 때문이다.

패니가 묻는다. "하지만 왜요?"

교사는 창문을 통해 요크 위로 펼쳐진 푸른 하늘을 내다본다. "어떤 그리스 현자가 이렇게 말했지. On ne se baigne jamais deux fois dans le même fleuve."

낸은 그 말을 골똘히 생각한다. "사람은 똑같은 강에서 두 번 씻지 않는 다고요? 저는 더원트강 얕은 물에 확실히 열두 번은 들어갔는걸요."

"이건 비유야." 머시가 쏘아붙인다.

리스터가 낸에게 말한다. "들어갈 때마다 물이 달라진다는 뜻이지."

낸은 고개를 젓는다. "하지만 똑같은 강이라는 사실은 변하지 않아. 내가 기억하는 그대로라고. 똑같은 장소, 똑같은 냉기, 똑같은 습기, 똑같은 냄새……."

"Allons, mesdemoiselles. 자, 아가씨들. 수업으로 돌아가자."

고학년 심프슨 양이 결혼을 하기 위해 일찍 떠난다. 그녀의 엄마가 5월의 결혼식이 가장 매력적이라고 생각하기 때문이다. 고작 몇 달이라고 해도 젊은 여성이 받아야 할 교육을 단축하는 게 현명한 일인지 모르겠다며 하그레이브 교장이 의문을 표하자, 심프슨 양은 학교를 돌아다니며 미혼 교사들을 비웃는다. 어떤 남자도 데려가지 않아 스스로 부양해야 하는 한심한 처녀 무리가 학생을 가르친다는 것이다.

일라이자는 하룻밤 사이에 학생에서 비밀 아내로 완전히 변하는 느낌을 이미 알고 있다. 이 탈바꿈에는 아름다운 충격이 있다. 하지만 그녀는 아내라는 역할을 맡아 사회적 의무를 지고 가정을 꾸리는 모습도 힘겹게 상상해 본다. 눈 깜짝할 사이에 10년이 늙어 버리는 기분일까?

열아홉 살이 넘은 파커 자매의 첫째도 여름이 지나면 돌아오지 않을 것이다. 그녀는 가족 중 처음으로 매너를 떠난다는 생각에 잔뜩 겁을 먹고 있다.

"우리 이모가 그러는데 너희 언니도 안 돌아올 거래." 테이트 꼬마가 일라이자에게 말한다.

일라이자는 반박하려다가…… 문득 불안해진다.

"사실이야?" 일라이자는 점심시간 전 복도에서 제인을 붙잡고 묻는다.

성마르게 으쓱이는 어깨. "이제 곧 열일곱 살이잖아."

"아직 몇 달은 남았잖아."

"어쨌든. 더핀은 허락했어."

날마다 이어지는 제인의 불평과 구슬림에 굴복했다는 뜻일 것이다.

"언니가 충분한 교육을 받았다고 생각해?" 일라이자는 제인이 반 크라운의 거스름돈을 계산할 능력이라도 있는지 의심스럽다.

언니가 일라이자의 얼굴을 보며 웃는다. "꼬마야……."

일라이자는 비밀 결혼식 이후 새롭게 배운 방식으로 자신을 옹호한다. "그렇게 부르지 마."

제인이 일라이자에게 말한다. "그럼 넌 순진한 소리 좀 하지 마. 더핀은 우리를 어딘가에 숨겨 둬야 했어. **교육**을 받으라고 매너에 보낸 게 아니야."

일라이자는 말을 더듬는다. "그럼 다 끝났네."

제인이 고개를 젓는다. "게임의 규칙을 배우라고 보낸 거지."

"그래서…… 이제 집에 있을 생각이야?"

언니의 눈썹이 기울어진다. "미클게이트? 너는 거기를 **집**이라고 부르니?"

일라이자는 그렇다고 말할 수가 없다.

"나는 폰티프랙트에서 내 운을 시험해 볼 생각이야."

"폰티프랙트에 뭐가 있는데?"

제인은 인내심을 끌어모으듯 하늘을 향해 눈을 치켜뜬다. "크로퍼드 여사?"

일라이자는 최근 들어 사촌 소식은 들은 바가 없다. "요크셔로 돌아왔대? 그 집을 찾아갈 거야?" 일라이자는 하마의 엄마를 기억한다.

찡그린 얼굴. "같이 살면서 주위를 둘러볼 거야. 더 나은 무언가를 찾을 때까지."

"남편을 찾을 때까지겠지."

놀리는 말이지만 제인은 부정하지 않는다.

일라이자가 보기에 아주 비참한 계획이다. "폰티프랙트라니. 거기는 작은 마을일 뿐이야. 요크보다 기회가 더 많을 리가 없다고."

"하지만 준남작의 아내라면 의사가 속할 수 없는 집단에서 나를 누군가에게 소개해 줄 수 있을 거야."

"남편이랑 떨어져 사는데도?"

제인이 투덜거린다. "나도 알아. 일단 뭐라도 해 보는 거야." 제인은 5월의 온기에도 어깨가 굽을 정도로 숄을 꽉 끌어당긴다. "나를 인도로 다시 데려가 줄 회사 남자를 만나는 것도 나쁘지 않고."

일라이자는 빤히 쳐다본다. "우리 모국이 그렇게 좋아?"

"그냥 이 빌어먹을 나라에 진절머리가 났나 봐."

일라이자는 상스러운 말에 눈을 깜빡인다. 제인이 그렇게 멀리 간다고 생각하니 왠지 속이 답답해진다. 빠르게 작아지는 섬에 있는 인형 같은 형상으로 동생을 뒤에 남긴 채 대양을 사이에 두고 그들의 끝없는 항해를 거꾸로 반복하는 모습.

일라이자가 불쑥 말한다. "우리는 언젠가 이탈리아로 갈 거야. 리스터 양이랑 나."

제인은 코웃음을 친다. "그 녀석은 그저 말뿐이야. 이탈리아는 무슨! 꿈에 나오는 무릉도원이나 마찬가지지."

"언니 계획만큼이나 현실적이야." 일라이자는 이를 악물고 말한다.

"그렇지 않아. 너는 앞으로 6년은 더 네 자금에 손도 대지 못할 거야." 이어지는 성마른 친절함. "충고하는데, 남편을 구해. 그러면 인생을 시작할 수 있어."

일라이자는 이렇게 말하고 싶어 미칠 지경이다. 나는 남편이 있어. 내 인생은 시작됐다고.

일라이자는 리스터를 찾으러 간다. 그리고 마침내 안뜰의 등나무 아래에서 비둘기 한 마리를 앞에 두고 흥얼거리는 그녀를 발견한다.

오, 잘 가요, 그대, 나의 작은 멧비둘기여.
우리는 잠시 작별해요.

리스터는 제인의 결정을 듣고 재미있어한다. "그러니까 너희 언니는 폰티프랙트를 지나는 첫 번째 회사 남자한테 자기 자신과 재산을 갖다 바칠

256

생각이라는 거지?"

"그럴 것 같아." 일라이자가 말한다.

"하지만 그렇게 재산을 노리는 구혼자는 더핀 박사가 전부 쫓아내지 않을까?"

"언니가 알아서 먹잇감이 되겠다고 고집을 부리는데 어떻게 쫓아내겠어? 언니는 열정을 별로 느껴 본 적이 없거든." 일라이자는 비난한다기보다 안타까운 심정으로 덧붙인다.

"그럼 제인은 네 진짜 언니가 아니야, 내 사랑."

일라이자는 **남편을 구하**라고 한 제인의 말은 전하지 않는다. 대신 리스터가 기분 상하지 않도록 가볍게 말한다. "자연은 왜 너를 남자로 만들 수 없었을까? 어느 모로 보나 그쪽이 더 쉽지 않았을까?"

리스터는 놀랍게도 생각에 잠긴 말투로 말한다. "그렇지 않았을 거야."

"하지만 샘과 존의 형으로서 네가 누렸을 자유는……." 일라이자는 시브던 저택을 떠올린다.

"그러면 매너가 아니라 그애들과 같은 학교에 다녔겠지. 너를 절대 알지 못했을 거고."

그렇게 생각하자 일라이자의 입이 바싹 마른다. "그래도 만나지 않았을까? 사회에서?" **결혼까지 할 수도 있지 않았을까? 합법적으로, 숨기지 않고?**

리스터는 고개를 젓는다. "만났을지는 몰라도 그냥 지나쳤을 거야. 남자와 여자는 너무 분리된 채로 사니까. 아니, 전체적으로 보면 나는 지금의 나로 너와 함께 있는 게 더 좋아."

다음 날 아침 일라이자가 거울 앞에 서서 곱슬머리를 고정하려고 애쓰는 사이 리스터가 뒤에서 다가와 일라이자의 치마를 걷어 올린다. 시간이 없다. 이러면 아침 식사에 늦을 것이다. 하지만 상관없다. 쾌락은 자기만의 시간을 만드니까. 시간의 안을, 시간의 위를 떠다니는 작은 거품처럼. 일라이자의 손이 떨어지고, 머리가 기울어 리스터의 어깨 위로 젖혀지고, 허리가 활처럼 휘어진다.

리스터는 더 세게 움직인다.

일라이자의 다리가 들어 올려져 힘없이 거칠게 흔들린다. 거울 속 자신을 언뜻 보니 전율이 두 배가 된다. 행복의 절정이 더 빠르게, 더 가까이 다가온다. 마치 뇌우처럼…….

그런데 리스터가 움직임을 멈춘다.

일라이자는 기다릴 수가 없다. 리스터의 젖은 손을 움켜쥐고, 밀착시켜 계속 문지른다.

거울 속 일라이자의 형상 뒤 하얀 물체. 자신의 흰색 치마나 모자가 아니다. 리스터의 것도 아니다. 게다가 훨씬 뒤, 살짝 열린 문틈에 있다. 짧게 스치는 또 다른 흰색 모자, 치마, 얼굴…….

일라이자는 얼어붙는다. 돌멩이 하나가 혀를 막고 있는 것 같다.

경첩 달린 문이 흔들거린다. 서둘러 멀어지는 발소리.

리스터가 속삭인다. "방금……."

"머시였어. 머시가 우리를 봤어." 목소리가 애원하듯 나온다.

리스터가 일라이자에게서 떨어져 뒤를 획 돌아본다. 그러고는 옷단을 끌어 올려 속치마에 손을 닦는다. "확실해?"

"얼굴을 봤어." 일라이자가 신음한다.

"젠장! 요리사랑 일꾼들이 몇 시간 전에 내려가서 이 위에는 우리밖에 없다고 생각했어. 발소리가 들린다 싶기는 했는데……."

일라이자가 고백한다. "나는 아무 소리도 못 들었어. 거울로 보기 전까진 전혀 예상하지 못했다고."

리스터가 숨을 길게 들이마시고 마음을 다잡는다. (일라이자는 겁에 질린 와중에도 자신의 연인이 머리를 굴리는 모습이 무척이나 멋있어 보인다. 커다랗고 복잡한 기계가 딸깍딸깍 윙윙 소리 내며 움직이는 것 같다.) "잘 들어. 머시는 자기가 뭘 봤는지도 모를 거야. 의심은 하겠지만……."

"우리는 망했어." 일라이자가 단호히 반박한다.

리스터가 지시한다. "침착해. 아침 식사에 빠지는 모습은 보이지 말자."

식당에서 두 사람은 몇 자리 떨어져서 앉는다. 마치 말다툼이라도 한 듯

우스꽝스럽다. 그들은 주변 아이들과 부자연스러운 대화를 이어 간다.

머시는 식탁 끝에 앉아 평소처럼 무신경하게 롤빵을 씹고 있는 것처럼 보인다.

리스터가 『헤럴드』 신문에서 읽은 어느 푸주한의 이야기를 들려준다. 스완 은행에서 지폐를 위조한 죄로 교수형을 당할 예정이란다.

일라이자 맞은편에선 마거릿과 프랜시스가 상복의 규정을 두고 논의하고 있다. 일라이자는 어느 정도 대화에 참여하는 모습을 보여야 한다고 자신에게 말한다. "누가 죽었어?"

"누가 죽었냐고?" 마거릿이 질문을 반복한다.

일라이자는 그제야 분위기가 이상하다는 걸 알아챈다. 저학년 식탁에 빈 자리가 많고 몇몇 아이는 고개를 숙인 채 훌쩍이고 있다. "미안, 나는 몰라서……."

"오늘 아침에 일어나자마자 테이트 사감이 머시를 보내서 방마다 소식을 전하지 않았어?" 프랜시스가 묻는다.

무자비한 머시. 일라이자의 심장이 징이 울리듯 쿵쾅거린다. "무슨 소식?"

마거릿이 속삭인다. "퍼시벌 자매 막내."

나을 기미가 안 보이던 그 기침. "맙소사!"

"밤사이 그렇게 됐대." 프랜시스의 눈에 눈물이 차오른다.

"불쌍하기도 하지."

일라이자는 퍼시벌 자매 막내와 말을 주고받은 적이 있는지 기억해 내려고 노력한다. 더 넓은 세상으로 나가기도 전에 학교에서 생을 마감하다니. 고치 안에서 삶이 끝나 버리다니.

"아버지가 목사로 계신 성 커스버트 교회에 묻힐 예정이래."

일라이자는 다른 퍼시벌 자매 네 명이 사라졌다는 사실을 이제야 알아챈다. 검은 크레이프 치마의 치수를 재러 황급히 떠난 것이다. "자매들도 갈까?"

프랜시스는 고개를 젓는다. "장례식에는 남자만 갈 거야. 여자는 감정이 워낙 예민하니까." 프랜시스답지 않게 거의 냉소적인 말투다.

"그럼 머시가 너희 다락에 안 올라간 거야?" 머리를 한쪽으로 기울인 마거릿은 평소보다 날카롭게 일라이자를 주시하는 것처럼 보인다.

저쪽에 몇 미터 떨어져 앉아 있는 머시는 자신이 의무를 다하고 매너의 모든 침실에 들렀다고 큰소리로 주장할 유형이다. 어쩌면 이제 두 연인을 맹렬히 비난할지도 모른다. 바로 이 순간일지도 모른다.

그래서 일라이자는 과장되게 하품을 한다. "누군가 문간에서 뭐라고 재잘대는 소리는 들었는데, 나는 비몽사몽이었어." 일라이자는 머시에게서 눈을 떼고 그애가 이 일을 그냥 넘어가 주기를 간절히 바란다.

데이트 사감이 줄지어 앉은 학생들에게 조용히 하라고 하자 교장이 일어나 낮고 떨리는 목소리로 설교를 시작한다. "얘들아, 우리는 세상의 우여곡절을 통해 삶의 불확실성과 죽음의 확실성을 배운단다."

일라이자는 자신이 오전 내내 리스터의 시선을 피하고 있음을 깨닫는다. 머시의 시선도 마찬가지다. 정말이지 우스꽝스러운 일이다. 만약 리스터 말대로 머시가 얼핏 본 게 뭔지 확신하지 못한다면, 자신이 생각하는 엄격한 규정에 목격한 장면을 끼워 맞추지 못한다면, 최선의 방법은 그냥 평소와 같이 행동하는 것이다.

두 연인은 점심시간에 오리나무 아래에서 만난다.

"어쩌면 오늘 아침 머시가 테이트 사감한테 곧장 달려갔을지도 몰라. 아니면 하그레이브 교장한테 갔거나." 일라이자는 그런 상황을 생각하며 몸부림친다.

"하지만 우리 둘 다 교장실로 불려 가지 않았잖아." 리스터가 주장한다.

"어떻게 해야 할지 고민하고 있을 수도 있어. 아니면 교장이 지금 당장 너희 부모님과 더핀 부부에게 편지를 쓰고 있을 수도 있고." 이건 평범한 규칙 위반이 아니다.

"그 사람들이 전부 뭐라고 하든 알 게 뭐야."

"리스터!"

"죄를 추궁하려면 적어도 우리를 변호할 기회는 줘야 할 거야." 리스터는 마치 아무 잘못도 저지르지 않은 것처럼 말한다.

"우리를 어떻게 변호할 건데?"

리스터가 두 팔을 마구 흔든다. 좀처럼 보기 드문 광경이다. "증거가 없잖아."

"하지만 머시가 **봤**……."

리스터는 거만하게 연설을 한다. "스미스 양이 거울에서 뭔가를 얼핏 봤다고 상상할 수는 있지만, 그건 목격자 마음이 불순하다는 사실을 증명할 뿐이야. 그렇게 출신이 천하고 가장 더러운 골목에서 자란 아이는 분명 추잡한 것들을 봤을 테니까."

이 말을 듣자 일라이자의 숨이 멎는다. 리스터의 새로운 면. 거칠 게 없는 사냥꾼, 전사. "그런 말은 안 통할 거야. 스미스 가족은 가장 강직하기로 알려진……."

리스터가 끼어든다. "광신도지. 아무것도 존재하지 않는 곳에 이국적인 악이 있다고 믿으며 망상하는 광신도."

일라이자는 할 말을 잃은 채 고개를 젓는다.

리스터가 다시 순수함이 우러나는 목소리로 말한다. "나는 널 사랑해, 레인. 절대로 너를 파괴하는 수단이 되지 않을 거야."

"교장의 눈을 똑바로 보고 거짓말할 수 있어?"

"기꺼이."

"그러면 나도 똑같이 할게."

하지만 일라이자는 의심스럽다. 내가 정말 교장을 속일 수 있을까?

두 사람은 일주일 내내 서로를 만지지 않는다. 낮에는 남에게 보이고 들리고 의심받을지 모른다는 두려움이 그들의 팔을 옆구리에 꽉 붙들어 맨다. 밤에도 각자의 좁은 간이침대에 대리석 십자군처럼 가만히 누워 있다. 어느 날 아침 하그레이브 교장의 응접실에 서서 **아니요, 절대로요, 어떻게, 안 그래요, 그게 무슨 말씀이세요?**라고 말해야 할지도 모르기 때문이다.

4시가 되기 전, 태양이 두 사람의 눈을 비집어 연다. 그들은 서로의 거친 숨소리를 들으며 누워 있다.

리스터가 속삭인다. "혹시 부끄러워?"

일라이자가 과하게 날카로운 소리로 묻는다. "뭐라고?"

"솔직히 말해 줘. 네 사랑은 비겁한 사랑이야?"

"어떻게 감히……." 일라이자는 '그렇다', '아니다'라는 대답 대신 이렇게 말한다.

"그러면 이리 와."

일라이자는 서둘러 리스터의 침대로 간다. 물론 그럴 수밖에 없다. 이렇게 두 걸음 만에 경계를 넘는다.

그들의 손길은 이제 예전과 같지 않다. 어떻게 그럴 수 있을까? 발각되고 오해받고 발가벗겨진다는 생각에 마음속 깊은 곳이 떨림으로 가득 찬다. 두 사람은 앞으로 계속 어깨 너머를 살피고 발소리에 귀 기울이게 될까?

일라이자는 리스터와 함께 이탈리아로 가면 안에서 문을 잠그는 방을 구하리라 결심한다.

그래, 전혀 같지 않다. 어느 때보다 더 날카롭고, 더 격렬하고, 더 소중하다. 일라이자는 그들이 어떤 위험을, 왜 감수하고 있는지 안다. 이것을 지키기 위해 얼마나 멀리 가게 될까. 그들은 마치 피부가 없는 것처럼 한 몸이 되어 서로를 만지고 또 만진다.

사랑을 나눈 뒤 리스터가 일라이자의 목에 입을 대고 속삭인다. "꼬박 일주일이 지났어. 내 생각에 머시는 말하지 않은 것 같아. 그랬다면 우리도 무슨 말을 들었을 거야. 그애가 너한테 말을 건 적 있어? 뭔가를 암시하는 눈빛을 보내거나."

"아니."

"나도 마찬가지야. 자기가 뭘 봤는지 확신하지 못하나 봐."

일라이자는 리스터의 가설을 믿지 않는다. 그녀는 자신의 몸이 거울 속에서 어떻게 요동쳤는지 너무나 잘 기억한다. 그런 광경을 한 번도 보거나 읽거나 들은 적 없이 엄격하게 자란 아이에게도 확실히 오해의 여지가 없을 몸짓이었다. "틀림없이 입을 다물기로 결정한 거야."

"하지만 왜? 그런 비밀을 지키는 건…… 경영자 자매에게 알릴 기회를 포기하는 건……."

일라이자는 고개를 젓는다. "그런 소식을 가져오는 전달자에겐 누구도 보상을 하지 않으니까."

일라이자는 이제야 깨닫는다. 샘블스 거리에서 가져온 악취 나는 내장 자루처럼 그런 이야기가 자신의 발 앞에 떨어지면 경영자 자매는 경악을 할 것이다. 빛나는 과일 바구니에 핀 곰팡이처럼 자신의 학교에서 악이라고 불러야 할 행위가 일어나는 걸 인정해야만 하는 수치심. 각각 1년에 30기니 이상씩 손해를 보며, 심지어 그런 이유로 두 아이를 퇴학시켜야 하는 끔찍함.

"자비로운 머시네." 리스터가 기도하듯 나직이 말한다.

두 사람은 동급생에게 절대 이유를 묻지 못할 것이다. 그저 머시의 침묵이 가져다준 예상치 못한 은혜를 감사히 받아들일 수 있을 뿐이다.

토요일이 되자 전교생이 '평가와 결과'를 듣기 위해 식당으로 몰려 들어간다. 이번에는 누가 쫓겨나거나, 허리띠를 빼앗기거나, 망신을 당할까? 하그레이브 교장과 그의 자매가 관찰한 바에 따르면 현재 학생들을 끊임없이 괴롭히는 잘못은 소문 퍼트리기와 무기력, 그리고 공상이다. 허영 가면과 광대 모자, 거짓말쟁이 혀, 당나귀 귀, 불평꾼 띠가 교사 식탁에 놓여 있다. 필요하면 요긴하게 쓰일 것이다. 고학년, 중학년, 뒤이어 저학년이 줄을 맞추어 선다.

그런데 제인과 헤티가 식당 뒤에서 서성거리고 있다. 줄 서기를 거부하는 건 당연히 아니겠지?

"벌점을 받았니?" 테이트 사감이 파커 자매 첫째에게 묻는다. 이 아이는 요즘 이별을 앞두고 애착을 떨치지 못해 매너 주변을 떠돌고 있다.

"아니요, 사감님."

"상점은?"

"예절 점수를 1점 받았어요."

일라이자는 한 번 더 어깨 너머를 흘끗 본다. 헤티가 마치 말에게 차인 듯 허리를 움켜쥔 채 몸을 숙이고 있다. 제인은 친구의 팔꿈치를 잡고 문 쪽으로 끌어당기려 하고 있다.

"이번 주 혜택은 그레이비소스다." 테이트 사감이 발표한다.

헤티의 목구멍에서 끔찍한 신음이 새어 나온다. 이제는 완전히 몸을 반으로 접어 수그리고 있다. 제인은 헤티가 쓰러지지 않도록 팔로 꽉 껴안고 있다.

"마 양! 몸이 안 좋니?"

헤티가 상체를 세우고 고통으로 울부짖으며 몸을 동그랗게 젖히자 얇은 흰색 천 위로 불룩한 배가 드러난다.

일라이자는 무슨 일인지 이해하지 못한 채 눈을 깜빡인다.

하그레이브 교장의 성자 같은 표정이 일그러진다. 속삭임, 헉 하는 소리, 심지어 킥킥대는 웃음소리가 식당을 가득 채운다.

헤티에게 무슨 일이 일어나고 있는지 알려 주는 건 제인의 얼굴이다. 경악은 하지만 그리 놀라지는 않는 사람의 얼굴.

헤티는 환자용 바퀴 의자 같은 데 앉아 신음하고 몸부림치며 끌려갔다. 그후 교직원들은 다른 말을 하지 못한다.

이어지는 며칠 동안 정보(다른 말로 추측)가 조금씩 흘러 들어온다. 아기는 무사히 태어났다고 한다. 뼈만 앙상하다는 얘기도 있고, 몸집이 아주 크다는 얘기도 있다. 마 부부는 타락한 딸을 가두어 둔 채 빵과 물만 주고 있다고 한다. 반면 집에서 쫓겨난 헤티가 몽크게이트 거리에 있는 주립 병원을 찾아가 피난처를 제공해 달라고 애원했다는 얘기도 있다. 헤티는 자신을 유혹한 남자로 육군 장교, 저명한 상인, 재단사, 또는 목수 견습생을 지목했다고 한다. 아예 아이 아빠가 누구인지 언급하지 않았다는 말도 있다.

안뜰을 가로지르다가 제인을 발견한 첫날, 일라이자는 서둘러 다가가 질문의 첫 단어를 꺼낸다. "언니 친구……."

제인이 성을 낸다. "나는 아무것도 몰라."

일라이자는 제인이 하그레이브 교장과 테이트 사감에게 거듭 심문을 당했으리라고 추측한다. 우정이란 바로 이런 비밀을 지켜 주는 것 아닐까?

언니는 더 가까이 다가와 온기라고는 없는 쇠처럼 차갑게 말한다. "내가 상관할 바도 아니고."

안뜰에 홀로 남겨진 일라이자는 학교생활이 인생이라는 연극의 예행연습이 아니라는 생각에 다다른다. 헤티에게도 그렇고, 일라이자와 리스터에게도 그렇고, 그들 중 누구에게나 그렇다. 이건 딱 한 번 공연되는 작품의 1막이다. 일라이자는 문득 여생 동안 이 짧은 나날을 회상하게 되리라 생각한다.

다음 주가 되자 경마 무도회 포스터가 마을 전체에 걸린다. 심지어 가장 무도회라고 하니 매력은 두 배로 커진다.

"열심히 머리를 짜내서 계획을 세웠어." 어느 날 밤 어둠 속에서 리스터가 일라이자에게 말한다.

"어떤 계획?"

"너는 **반드시** 무도회에 가야 해, 신데렐라."

"말도 안 되는 소리 마."

머시에게 들켰지만 가까스로 재앙을 피한 이후, 리스터는 요즘 어느 때보다 더 열광적이고 대담하다. "나랑 같이 창문을 통해 보자는 거야."

일라이자는 알고 싶어 한다. "무슨 창문? 매너의 동쪽 구역에서도 마차가 들어오는 모습은 거의 안 보일 거야."

리스터가 말한다. "아니, 내 말은 회관 창문으로 보자는 거야. 길에서 안쪽을 전부 엿보는 거지."

"도대체 어떻게……."

"나를 믿어, 레인."

일라이자에게 또 어떤 선택지가 있겠는가? 이만큼 왔으면 가능한 대답은 **알았어뿐이다.**

토요일 저녁, 두 사람은 겉보기에는 평소와 마찬가지로 잠자리를 준비한다.

리스터가 일라이자에게 베르길리우스의 문장을 가르쳐 준다. "Audentis fortuna iuvat. 행운은 용감한 자의 편이다."

"다시 말해 봐."

"Audentis fortuna iuvat."

일라이자는 세 번 만에야 리스터를 따라 제대로 발음한다.

테이트 사감이 9시 정각에 랜턴을 가져간 뒤 리스터는 숨겨 둔 양초를 꺼내고 두 사람은 잠옷을 벗는다. 안에 나들이옷을 입고 있었다. 일라이자는 리스터에게 새하얀 모슬린 치마를 한 벌 빌려주겠다고 고집을 부렸다. 리스터에게 살짝 크지만 얼룩 하나 없이 깨끗한 스텐실 비단 뾰족구두도 한 켤레 빌려주기로 했다.

리스터가 복도에서 나직이 말한다. "따라와. 우연히 하녀나 선생님을 만나면 그 자리에 멈춰. 누가 불러 세우면…… 그러면 다시 여기로 도망쳐 올라와 이불 속으로 몸을 넣어야겠지."

그런 생각을 하자 몸이 떨린다. 일라이자는 리스터를 따라 매너의 미로를 조심조심 통과한다.

안뜰로 들어가는 문은 잠겨 있다. 그래서 리스터는 옆으로 돌아 일라이자를 이끌고 텅 빈 임대 작업실 두 개를 통과하며 건물 밖으로 난 창문을 일일이 확인한다. 몇 개 남지 않은 가구가 먼지막이 천에 가려져 반쯤 버려진 상태가 된 방 두어 개를 지나자 조금 열린 창문 하나가 나온다.

리스터가 속삭인다. "좋았어!"

일라이자는 리스터를 따라 창문을 기어오른다. 그런 다음 거친 풀 위로 내려온다.

어두운 바깥이 너무 사랑스러워 일라이자는 두려움이 사라진다. 두 사람은 별빛을 받는 소똥을 조심조심 피하며 잔디밭을 가로질러 천천히 달린다. 리스터는 헐렁이는 신발 한 짝이 벗겨져 한 발로 깡충깡충 뛰어 찾아와야 한다. 경마 무도회는 중요하지 않다. 일라이자는 이 밖에 남아 이끼 긴 잔해 사이에서 숨바꼭질을 해도 행복할 것이다.

"정문은 분명 빗장이 걸렸을 거야." 일라이자가 다급하게 속삭인다.

"하지만 뒷문은 밤에도 굳이 잠그지 않지."

리스터는 일라이자를 반대쪽 강 방향으로 이끈다. 그쪽 문은 정말로 획

하고 열려 두 사람을 매너 쇼어로 내보내 준다.

거기서부터는 쉽게 달릴 수 있다. 렌들 탑과 성 모리스 교회의 거대한 방벽을 돌아 오른편 블레이크 가로 빠르게 들어간다. 회관은 소음으로 가득하다. 불빛도 너무나 강렬해 옆 골목이 암흑 속으로 떨어진 것 같다. 리스터가 그 안으로 뛰어들고, 일라이자는 서둘러 따라간다.

리스터는 까치발을 하고 창턱에 턱을 올린 채 무도회장을 들여다보려고 애를 쓴다. 그러고는 다음 창문으로 내려간다.

일라이자가 이의를 제기한다. "춤은 앞쪽에서 추지 않을까?"

셋째 창문에서 리스터가 말한다. "찾았다. 외투와 망토를 걸어 두는 방."

삐거덕 문이 열리고 정복을 입은 젊은 남자 하인과 얼굴이 빨간 식당 하녀가 밖으로 뛰쳐나오자, 일라이자는 깜짝 놀란다. 그녀는 뒤로 물러서지만 두 연인은 아이들 쪽을 보지 않는다. 이미 입을 맞추고 있던 남녀는 하던 일을 멈추고 종종거리며 골목 아래로 내려가 거리와 불빛으로부터 더욱더 멀어진다. 문은 살짝 열어 두었다. 일라이자는 그들이 사라진 쪽을 빤히 쳐다보며 문득 이런 생각을 한다. 하인과 하녀는…… **그것**을 할 것이다. 일라이자와 리스터가 그들의 다락에서 은밀히 창조한 것과 비슷한 행위. 두 연인은 똑같이 절박한 욕구를 따르고 있다. 너무나 갈급한 나머지 골목의 더러운 벽도 참아 낼 것이다.

그런데 갑자기 리스터가 일라이자의 손을 잡고 열린 문 쪽으로 홱 끌어당긴다.

"뭐 하는……."

리스터가 환성을 지른다. "Audentis fortuna iuvat!"

"미쳤어?"

"내 사랑, 최악이라고 해 봤자 쫓겨나는 것뿐이야."

일라이자는 얼굴이 뜨거워진다. 버릇없는 학생으로 찍혀 회관에서 쫓겨난다면…….

하지만 리스터의 손은 단단하고 집요하게 일라이자를 끌어당겨, 두 사람은 문을 지나고 좁은 복도로 들어간다. 급하게 왼쪽으로 돌자 빈방 하나가 나온다. 못에는 겉옷이 걸려 있고 사방에 스카프와 숄이 늘어져 있다. 분장 소품도 있다. 거추장스러운 머리 장식과 깃털 달린 가면은 열이 오를 대로 오른 주인이 이미 벗어 버린 것이 분명하다. 몇몇 물품에는 종이 딱지가 달려 있지만, 탁자 두 개에는 세련된 실크해트와 납작한 이각모[41] 몇 개도 아슬아슬 쌓여 있다. 바닥에는 모장(帽章)과 지팡이, 심지어 허리띠에 꽂힌 검 몇 개도 우르르 쏟아져 있다. 손님들은 대체 자기 물건을 어떻게 다시 찾을까?

리스터가 구겨진 천을 한 아름 낚아채고 있다. 자세히 보니 흰색 도미노 가면이 꿰매진 검은색 망토 두 벌이다. 리스터는 일라이자가 뭐라고 말하기도 전에 한 벌을 일라이자에게 씌워 버린다. 앞이 보이지 않다가 이내 삐딱하게 빛이 들어온다. 일라이자는 천의 모양을 바로잡고 눈을 깜빡거리며 작은 구멍으로 밖을 내다본다. 거울에 얼핏 보이는 사람이 자신인가? 아니다, 리스터다. 이제 리스터는 못 알아볼 정도로 똑같은 일라이자의 짓궂은 쌍둥이다. 두 사람은 깔깔 폭소를 터트린다.

하인 한 명이 망토를 잔뜩 들고 당당하게 들어오다가 움찔한다.

아이들은 조각상처럼 서 있다.

"죄송합니다, 부인…… 아가씨들."

어쩐 일인지 속임수가 통했다.

리스터는 가면 쓴 얼굴을 기울인 채 아무 말 없이 하인을 지나친다. 일라이자는 서둘러 따라가다가 하마터면 치맛단에 걸려 넘어질 뻔한다.

두 사람은 남자들의 파이프에서 나오는 연기로 자욱한 복도를 따라 내려간다. 일라이자는 고개를 이리저리 돌리며 보이는 모든 것을 눈에 담으려고 애쓰고 있다. 할리퀸 광대 한 명, 낙농장 여직원 몇 명, 선원, 마녀나 노파 같은 사람, 덩치가 크고 수염이 난 근육질 수녀, 반짝이는 긴 셔츠 아래에 헐렁한 바지를 입은 여자. 특이한 가면 하나는 미녀와 야수를 반씩 섞은 모

---

41) 챙을 앞뒤 또는 양옆으로 접어 올린 모자. 나폴레옹이 즐겨 썼으며, 이후 여성용으로 도 만들어졌다.

양으로 밝혀진다.

리스터가 걸음을 멈추자 일라이자는 리스터의 뾰족한 어깨뼈에 부딪힌다. "목말라?"

일라이자는 누군가 자신들을 가까이에서 볼까 봐 겁이 난다. 그러면 불청객이라는 게 들통나 버릴 거다. 하지만 여기까지 달려온 일과 두려움, 흥분으로 입이 바싹 마른 것도 사실이다. 게다가 이 모험을 하려고 이렇게 커다란 위험을 감수하고 있다면 차라리 즐겨야 한다고 생각한다. "엄청."

그래서 리스터는 다과실로 뛰어든다. 그녀의 작은 몸이 진짜 손님들 사이로 휙휙 지나간다. 일라이자는 복도에서 서성이면 더 이목을 끌 거란 생각에 어쩔 수 없이 방으로 들어간다. 둥근 방에는 움푹 들어간 벽감 여러 개가 있고 불룩한 돌림띠가 있으며 반구형 천장이 팔각형 랜턴을 향해 솟아올라 있다. 일라이자는 리스터처럼 자신 있게 행동하지는 못해도 최소한 '입장권을 소지했으니 여기 머물 정당한 권리가 있다'는 태도로 움직이려고 노력한다. 조리된 수퇘지의 머리가 얼굴을 찡그리고 있다. 젤리 위에서 헤엄치는 백조는 이미 반쯤 먹혀 징그러운 갈비뼈가 드러난 상태다. 음식이 가득 차려진 탁자로 다가가자 도미노 복장을 한 왼쪽 사람이 받침도 없이 컵을 내밀어 일라이자를 깜짝 놀라게 한다.

"나야!" 도미노가 리스터의 깊은 목소리로 말한다.

일라이자는 음료를 받아 가면의 좁고 긴 틈으로 흘려 넣는다. 레몬처럼 새콤하고 달콤한 액체가 조금씩 내려가자 목구멍이 불에 타듯 화끈거린다.

"펀치야?" 일라이자가 숨을 헉 들이쉰다.

"나는 두 잔째야."

술의 힘을 빌린 용기. 일라이자는 온몸으로 온기를 느낀다.

리스터가 자세를 취하며 고상하게 묻는다. "비스킷 좀 드릴까요? 얼음? 실러버브[42]? 수프?"

일라이자는 가면 사이로 수프를 흘려넣으려면 얼마나 힘들까 싶어 웃으

---

42) 크림에 포도주와 설탕 등을 넣어 만든 영국의 디저트.

며 고개를 젓는다.

"그럼 가자."

"어디로?"

"춤출 시간이야."

"리스터, 안 돼!"

"여기까지 왔잖아."

일라이자는 비틀거리며 뒤를 따른다. 사람들이 앉아 카드놀이를 하고 있
는 회의실을 통해 음악을 따라가기만 하면 된다. 그런 다음 좁은 현관을 지
나, 마침내 대강당으로 들어선다.

길고 거대한 공간. 이집트풍의 대리석 기둥 수십 개가 너무 높이 솟아 있
어서 일라이자는 천장의 정교한 돌림띠를 거의 알아보지 못한다. 한쪽 구석
에는 불에 타 어두워진 자국이 있다. 일라이자는 눈부신 촛대를 올려다보며
양초 234개를 계산했던 일을 떠올린다. 그중 하나가 누군가의 모자 위로 떨
어지면 큰 화재가 일어날까? 정말이지 엄청난 인파다! 수백 명이 가면을 쓰
고 흥청거리고 있다. 마치 고양이로 만든 것 같은 가짜 수염. 타탄 체크무늬
옷을 입은 하일랜드[43] 사람, 예복을 입은 중국 고관, 굴뚝 청소부. 터번과
금색 베일. 일라이자는 어떤 여자의 수놓은 천과 띠, 팔찌를 보고 엄마를 떠
올린다.

반대쪽 끝에는 음악가들이 관목 화분 뒤에 가려져 있다. 일라이자는 피아
노와 코넷, 하프와 바이올린을 알아본다.(아니, 저건 첼로인가?) 맨 끝에 있
는 사람은 한 손으로 호각을 불며 다른 손으로 달랑거리는 작은 북을 치고
있다. 벽은 깃발로 장식돼 있다. 잉글랜드, 스코틀랜드, 아일랜드, 그리고
불쌍한 미친 왕이 소유한 다른 국가들의 깃발. 대강당은 마치 벌집처럼 꿀
냄새가 난다. 아마 그날 아침에 광을 내느라 바닥에 바른 왁스가, 수많은 발
바닥과 뒤꿈치가 문지르고 회전하는 와중에 따뜻하게 데워진 탓이리라.

---

43) 스코틀랜드 고지대로. 여러 가지 색실을 가로 세로 방향으로 짜서 만드는 전통 의상
이 유명하다.

미뉴에트[44]가 끝나고 더 시끌벅적한 컨트리댄스가 시작된다. 리스터는 일라이자를 무대로 끌어당긴다. 일라이자는 이미 가면 뒤에서 땀을 흘리고 있다. 남자들이 파트너와 팔짱을 끼고 뽐내듯 걸어 다닌다. 몇몇은 거의 가면도 쓰지 않았다. 보석으로 장식한 작은 반가면을 긴 막대기에 달아 높이 들고 있을 뿐이다. 일라이자는 숨이 차고 더워 이 도미노 복장을 찢어 버리고 싶다. 동시에 절대 벗고 싶지 않기도 하다. 이제 음악가들이 격렬하고 요란한 춤곡 릴을 연주하고 있기 때문이다. 손가락 튕기는 소리, 이상하게 울부짖는 소리. 깡충, 펄쩍, 폴짝, 쫙. 박차가 달린 긴 장화 한 짝이 얇은 천 휘장에 걸리고 그것이 찢어진다. 여자 한 명이 일라이자와 부딪히고 그녀의 팔찌에 일라이자의 팔이 긁힌다. 검은 천으로 덮인 리스터의 머리에는 녹은 밀랍이 튀어 있다. 일라이자는 그것이 머리 위 수정 촛대에서 떨어진 촛농이라는 사실을 깨닫는다.

일라이자 앞에 나타난 맨얼굴 하나. 하인 한 명이 거침없이 말한다. "사회자님이 인사를 전하며 숙녀분들과 친분을 쌓을 영광을 요청하십니다."

일라이자는 할 말을 잃는다. 그녀와 리스터의 존재가 드러났다.

"개인적으로 아는 분들이 아닌 것 같으니 가급적 빨리 만나고 싶으시답니다."

"저희는 막 가려던 참이에요." 리스터가 애교 섞인 말투로 응답한다.

하인이 얼굴을 찌푸린다. "이쪽으로 오시면⋯⋯."

하지만 리스터는 일라이자의 팔을 움켜쥐고 춤추는 커플들 사이로 뛰어든다. 일라이자는 급류에 휩쓸려 강 아래로 떠내려가듯 순순히 끌려간다. 복도 어귀에서 어깨 너머를 흘끗 보니 춤추는 사람들이 마치 강물처럼 그들 뒤에서 다시 길을 막아 놓았다.

두 사람은 골목으로 나가는 문 앞에서 도미노 복장을 벗어 던지고 내달린다.

리스터는 블레이크 가로 나와 맨얼굴로 시원한 밤공기를 맞다가 하마터

---

44) 4분의 3박자, 혹은 8분의 6박자의 우아하고 약간 빠른 춤곡.

면 지팡이와 랜턴을 든 경비원과 부딪힐 뻔한다. 달가닥거리는 그의 도구 소리 덕분에 겨우 제때 방향을 틀었다. 그들은 롭레인 거리로 재빨리 들어가 장엄한 대성당 경내로 들어간다. 왼쪽에 있는 부섬 바 아치문을 지나자 높이 뜬 달빛으로 물든 킹스 매너의 고대 굴뚝이 보인다.

리스터가 숨을 헐떡이며 말한다. "이렇게 어두운데 쇼어까지 내려가야 하나? 터무니없는 짓 같아. 앞쪽 벽을 넘을 수 있지 않을까?"

일라이자는 별로 그러고 싶지 않다. 하지만 분위기를 깨고 싶지도 않다. "내가 먼저 갈 테니까 올라가는 것 좀 도와줘."

리스터는 벽 가까이에 한쪽 무릎을 꿇고 앉아 계단을 만든다.

일라이자는 비단 신발 밑창을 잔디에 정성껏 닦은 다음 리스터의 허벅지 위로 올라선다. 그러고는 돌 사이 구멍에 반대쪽 발을 끼우고 몸을 밀어 올린다. 용감한 연인 앞에서 실패해서는 안 된다. 일라이자는 팔을 뻗어 벽의 둥근 꼭대기를 움켜잡는다. "밀어 줄래?"

리스터의 손이 밑에서 일라이자를 강하게 떠민다. 일라이자는 그 힘을 받아 벽 너머로 한쪽 다리를 던져 올린다.

"괜찮아?"

일라이자는 허벅지를 조금 긁혔지만 이제 양쪽 다리를 벌리고 벽 위에 올라앉아 있다. "괜찮아."

"뛰어내릴 만한 부드러운 땅이 보여?"

"일단 너부터 올라와."

리스터는 일라이자가 내민 손을 거부한다. "내려가. 곧장 따라갈게."

"너부터 끌어 올려 주고……."

"안 돼. 그러면 둘 다 떨어질 수도 있어."

깊은 목소리를 내는 사람들이 지나간다. 실크해트와 이각모. 일라이자는 들킬지도 모른다는 생각에 겁에 질려 두 다리를 매너 쪽으로 휙 넘기고 부드러운 어둠을 유심히 내려다본다. 적어도 잔디처럼 보이기는 한다. 그녀는 숨을 들이마시고 몸을 던진다.

덤불에 부딪혔다. 조금 따끔거리지만 괜찮다. 일라이자는 치마에서 나뭇

잎을 털어 내고 위를 올려다본다.

리스터의 머리가 가장자리 너머로 불쑥 올라온다. 치아가 달빛을 받아 반짝인다. "어이!"

일라이자가 손을 흔들어 답한다.

리스터는 손으로 담을 짚고 몸을 밀어 올려 두 발을 늘어뜨린다.

"내려와."

하지만 리스터는 즐거운 개구리나 괴물 석상처럼 둥근 석조물 위에 쭈그리고 앉는다. "이렇게 좋은 위치에서 매너를 보기는 처음이야." 그런 다음 몸을 비틀어 어깨 너머를 본다. "도시도 마찬가지고."

"어서."

"오, 나의 사랑스러운 레인, 정말이지 아름다운 밤이야."

"서둘러!"

"나를 봐. 나는 에보라쿰의 황제, 에오포위치의 왕, 요르비크의 사령관, 요크의 시장이야!"

일라이자가 계속 웃는 사이 리스터는 의기양양하게 자리를 박차고 일어나 꼿꼿이 서서 영웅 같은 자세를 취한다. 그런데 치마의 주름 장식이 빌린 신발 아래에 걸려 버린다. 리스터는 옆으로 비스듬히 기울다가 허공에서 허우적대며 떨어진다. 그녀는 소름 끼치게 으스러지는 소리를 내며 잔디와 충돌한다.

일라이자는 즉시 리스터를 일으키려고 한다. 하지만 리스터는 다리에 전혀 힘을 싣지 못한다. 그녀는 일라이자가 한 번도 들어 본 적 없는 소리로 비명을 지르며 힘없이 쓰러진다.

리스터가 숨을 헐떡이며 지시한다. "나를 두고 가. 우리가 나온 뒤쪽 창문을 찾아. 위층으로 빨리 올라가서 침대에 들어가. 아침이 되면……."

"너를 밤새 여기에 두지는 않을 거야!"

리스터는 차분해진다. "좋아. 그럼 잠옷을 입고 가서 테이트 사감을 깨워. 일어나 보니 내가 사라져 있었다고 해. 너는 창밖을 보고 잔디밭에 쓰러져 있는 나를 발견한 거야."

"말도 안 되는 소리 하지 마. 우리 북쪽 건물에서는 어떤 창문으로도 너를……."

"학교를 뛰어다니며 모든 창문을 내다봤다고 해."

"완전히 미친 소리야."

"그렇게 해! 어서!"

일라이자는 리스터에게 두려움에 가까운 감정을 느끼며 뒤로 물러난다. 그러고는 좌절감에 빠져 반쯤 흐느끼며 매너의 들쭉날쭉한 외곽을 까치발로 살금살금 돌아간다. 그리고 아까 넘은 열린 창문을 찾아 힘겹게 안으로 들어간다.

위층. 일라이자는 슬로프에서 옷을 벗고 급히 잠옷을 걸친다. 취침용 모자를 당겨 쓰고 곱슬거리는 앞머리를 밀어 넣는다. 그녀는 수납실을 지나 하녀 네 명이 자는 방으로 달려간다. 그런 다음 쾅쾅 문을 두드려 그들을 깨운다.

혼란과 질책의 밤. 리스터는 고통으로 얼굴을 찡그린 채 위층으로 옮겨진다. 그러면서 몽유병 증세를 보이다가 바위에 걸려 넘어졌다는 터무니없는 이야기를 술술 내뱉는다. 리스터는 아편 팅크제를 투여받는다. 일라이자는 한숨도 못 자고 침대에 누워 리스터의 거친 숨소리에 귀를 기울인다.

동이 트기 전 매더 박사가 슬로프로 들어오자 일라이자는 진찰을 할 동안 옆에 있게 해 달라고 애원한다. 리스터의 종아리는 거대한 자두처럼 자주색으로 끔찍하게 부풀어 올랐다. 박사가 종아리를 누르고 살피는 사이 리스터는 일라이자의 손을 아주 세게 움켜잡는다. 약 때문에 동공이 매우 작아져 있다.

"정말이지 끔찍한 골절이야. 그래도 뼛조각이 피부를 뚫지는 않았으니 천만다행이다." 박사는 병에서 접착 붕대를 꺼내 정강이를 단단히 감싼다.

리스터는 고통으로 씩씩거린다. 그러면서도 오지랖 넓은 관찰자처럼 무심한 말투로 말한다. "병에 있는 그건 뭐예요?"

"달걀흰자, 식초, 밀가루. 마르면 뻣뻣해져서 다리를 반듯한 자세로 고정해 주지. 밀착 결합의 위험을 방지해 주는 거야." 매더 박사는 손가락으로 그걸 발라 붕대 감은 부위 전체를 두껍게 덮는다.

리스터가 일라이자를 향해 기괴하게 윙크를 한다. "내 다리의 열로 이걸 구우면 슈루즈베리케이크가 될 거야."

하지만 일라이자는 미소 지을 수가 없다.

매더 박사는 맨 위에 특이한 장치를 덧씌운다. 나무와 가죽으로 만든 원통형 새장 같은 걸 무릎 바로 아래에서 발목 바로 위까지 오도록 맞춘 뒤 끈으로 묶는다. "이 다리는 석 달간 움직이면 안 된다, 리스터 양."

격분. "석 달이요?"

"그리고 최대한 오래 푹 쉬어야 해. 그래야 완치 가능성이 높아져."

가능성. 그러니까 완치를 확신할 수는 없는 것이다. 게다가 회복하는 동안 그 많은 계단을 어떻게 오르내리며 수업을 들을 수 있단 말인가?

밖에 있는 복도에서 아이들이 속삭이는 소리가 들린다. 심지어 낄낄거리기까지 한다.

"인기가 아주 많구나." 매더 박사가 가방을 싸며 중얼거린다.

리스터는 간신히 활짝 웃어 보인다.

"네 작은 사고 때문에 학교 친구들이 평정을 잃은 것 같아."

그러면 이 일은 작은 사고로 간주되는 건가? 순전히 불운에 의한? 일라이자는 자신에게 묻는다. 그녀와 리스터는 이 일이 절대 사고가 아님을 아는 유일한 사람이다. 이 일은 벽 위에서 신나게 뛰어다니는 무모한 사람에게 생기는 일종의 사건이었다. 아니, 한편으로는 무모한 인간으로 태어난 것이 리스터 인생의 수많은 작은 사고 중 첫 번째 사고였다고 할 수도 있다.

리스터가 매더 박사에게 말한다. "여기는 정말 작은 세상이에요. 아주 살짝만 휘저어도 찻잔에는 폭풍이 일죠."

박사가 복도로 나가 테이트 사감과 이야기를 나누는 사이 일라이자는 문 옆을 서성이며 대화를 엿듣는다.

박사가 말한다. "만약 저 안에 파편이 떠다니고 있다면 부패성 감염이나 괴저가 생길 수 있고 절단해야 할지도 몰라요. 어쩌면 그보다 더 심각한 위험이 도사리고 있을 수도 있고요."

일라이자는 사람이 다리 골절로 죽을 수도 있다는 사실을 이제야 깨닫는다.

테이트 사감의 속삭이는 목소리는 알아듣기가 더 힘들다. 몇 분 뒤 사감이 침울한 표정으로 들어와 리스터에게 말한다. "우리 언니가 너희 부모님에게 편지를 쓰고 있어."

"저를 보내지 마세요." 애원이 아니라 거절이다.

"보내야 해. 우리 학교엔 하녀가 너무 적고, 그들은 이미 할 일이 너무 많으니까."

"제가 돌볼게요." 일라이자가 울부짖는다.

"진정하렴, 레인 양. 간호사 역할을 하면 네 교육이 제대로 이루어질 수가……."

"제 교육은 상관없어요."

테이트 사감의 차가운 눈빛. "우리는 각자 자신의 지위에 걸맞은 의무를 지고 있어. 쟁반을 들고 계단을 오르내리는 일은 네 의무가 아니야."

"저를 부엌 옆 작은 창고에 넣어 주세요." 리스터가 제안한다.

"오, 넌 이미 충분히 혼란을 일으키고 있어, 리스터 양. 게다가 너희 부모님도 네가 집에 오기를 바라실 거야."

리스터가 투덜거린다. "장담하는데, 안 그러실 거예요. 여기 있게 해 주세요."

테이트 사감이 말한다. "나는 그런 양심의 가책을 느끼고 싶지 않아. 너를 마켓웨이턴까지 데려갈 말도 이미 빌려 놨어. 흔들림을 줄이기 위해 네 다리를 쿠션에 올릴 거야."

일라이자는 갈비뼈가 함몰되는 느낌을 받는다. 그녀의 흐느낌이 점점 커진다.

테이트 사감이 한숨을 쉰다. "레인 양, 너는 깊이 잠들어 있었고 부상을 입지도 않았는데……."

"충격 때문에 그래요." 리스터가 말한다.

일라이자는 계속해서 눈물을 흘린다.

두 사람만 남고 젖은 얼굴을 다 말렸을 때 일라이자는 지시에 따라 리스터의 트렁크를 싸려고 노력한다. 그러다가 멈춰서는 리스터와 손을 맞잡는다. 손바닥이 두려움으로 땀에 흠뻑 젖었다.

리스터가 달래듯 말한다. "주사위는 던져졌어, 나의 사랑하는 아내. 운명의 신이 알 수 없는 재미를 위해 우리를 잠시 갈라놓으려나 봐."

"익살 부리지 마. 지금은 아니야." 일라이자가 쏘아붙인다.

"미안해. 하지만 운명의 명령에는 굴복해야 하잖아."

"우리 운명은 스스로 정하는 거라며."

리스터의 얼굴이 일그러진다. "어느 정도는 그렇지."

"하지만 네가……."

"그건 비유적 표현이었어, 레인. 이제는 현실을 생각해야 해. 때를 기다리면서 재회를 계획해. Non si male nunc et olim sic erit."

일라이자는 묻지 않는다.

리스터가 말한다. "호라티우스가 한 말이야. 상황이 나쁠지 몰라도 앞으로는 나아질 것이다."

일라이자는 지난 14년 동안 이별을 받아들이라는 말을 꽤 자주 들었다. 마치 인생이 헤어짐을 배우는 하나의 긴 교육과정인 것처럼. "편지 쓴다고 약속하는 거지?"

"매일 쓸게. 거리가 32킬로미터도 안 된다는 거 잊지 마. 그리고 나는 연휴가 지나면 반드시 돌아올 거야. 내 예상만큼 빨리 회복하면 성 미카엘 축일 학기가 시작하는 7월까지, 아니면 늦어도 8월까지."

일라이자는 리스터 부부가 그들의 탕아를 돌려보낸다는 보장이 없다는 사실을 깨닫는다.

리스터가 주장한다. "나는 금방 나아질 거야. 9월이면 물구나무를 서고 있을 거라고."

일라이자는 연인의 의지가 확고함을 의심하지 않는다. 그녀의 튼튼하고 야무진 뼈도 의심하지 않는다. 하지만 패니는 아주 어릴 때 절벽에서 넘어졌고 끝내 팔이 제대로 낫지 않았다.

게다가 지금은 다른 문제도 있다. "너희 부모님은 모든 비용을 치를 가치가 있다고 생각하실까?"

"겨우 내가 여기서 곤경에 빠졌다는 이유로? 나는 태어날 때부터 수없이 곤경에 빠졌어." 리스터가 웃으며 일라이자에게 상기시킨다.

"열다섯 살이 학교를 떠나기에 충분한 나이라고 판단하시면?" 아직 제대로 다듬어지지 않았는데. 매너는 리스터를 틀에 넣으려고 노력했지만 실패했다. "여기서 배울 것보다 혼자 책을 읽으며 얻을 게 더 많다고 생각하셨을 거야." 일라이자의 가슴을 짓누르는 무게는 달라지지 않을 것이다. 그녀는 숨을 깊이 들이마신다.

"하지만 내가 얼마나 설득을 잘하는지 너도 알잖아. 그리고 내가 다시 일어나서 돌아다니면 두 분은 내 활동력에 지치실 거야."

"받아들여, 리스터. 두 분은 지금 상황에서 학비를 감당하실 수 없어." 돈, 더러운 돈. 일라이자는 자신의 은행 계좌를 열어 연인에게 금화 세례를 퍼부어 줄 수 있으면 좋겠다고 생각한다.

리스터의 목소리는 이상할 정도로 차분하다. 아편 팅크제 때문인가 보다. "너는 오목 거울을 통해 우리 행복을 보는 것 같아. 정확히 뭐가 두려운 거야?"

"너를 잃는 거!"

리스터가 일라이자에게 말한다. "그건 불가능해. 우리는 더 이상 두 사람이 아니잖아. 나는 수천 킬로미터를 떨어져 있어도 네가 무슨 생각을 하는지 알 거야. 두 영혼이 하나인데 우리가 어떻게 분리될 수 있겠어?"

하지만 이건 그저 하는 이야기일 뿐이다. 리스터가 들려주는 짜릿한 이야기들 중 하나일 뿐이다. 일라이자는 다시 주체할 수 없이 눈물을 흘린다.

교장실. 일라이자는 터키 카펫에 두 눈을 고정하고 혼자 서 있다.

"리스터 양은 몽유병이라기에 너무…… 건강한 것 같구나." 하그레이브 교장의 마른 입술은 여러 번 씹힌 듯한 모양새를 하고 있다.

일라이자는 자신도 당황스럽다는 듯 어깨를 으쓱한다.

속삭임. "우리 자매는 네 룸메이트가 **일부러** 1층 창문으로 나가 구내를 신나게 뛰어다녔을 가능성이 훨씬 더 크다고 보고 있어."

일라이자는 충격으로 눈이 번쩍 뜨이는 것처럼 보이려고 노력한다. 무도회는 전혀 언급되지 않았다. 아, 그러니까 교장은 불안해하면서도 범행의 전모는 전혀 알지 못하는 것이다.

부자연스러운 한숨. "괴짜이기는 해도 리스터 양은 손꼽힐 정도로 오래된 자치주 혈통이라 늘 존경을 받을 거야. 레인 양, 너의 혈통은 아주 독특한 위치에 있지."

일라이자의 눈꺼풀이 꾹 닫힌다. 그녀도 안다. 이 나라에 처음 온 이후 단 하루라도 그런 사실이 주는 부담을 떨쳐 낸 적이 있었던가?

"변칙적인 결합에서 비롯한 출생은 너의 잘못이 아니란다, 아가." 교장이 일라이자를 안심시킨다. "하지만 얼룩은 남는 법이야."

너는 사생아야. 일라이자는 번역한다. 거의 대놓고 이렇게 말하니 차라리 안심이 된다.

"너의 피부색도 장애가 되어서는 안 되지만, 안타깝게도 하나의 장애로 드러날 수는 있어."

갈색 피부의 사생아.

일라이자의 목에서 쉰 소리가 나온다. "더핀 박사님께 저를 자퇴시키라고 하실 건가요?"

교장은 앙상한 두 손을 부채처럼 휙 들어 올린다. "전혀 아니야. 나는 네가 자격을 잃지 않는 한 맹세코 너를 보호할 거야. 난 그저 네가 매너 학교라는 안전한 피난처에 최대한 오래 머무는 게 얼마나 중요한지를 강조하는 것뿐이란다."

안전한 피난처. 이 여자는 친절을 보이려는 것이리라. 일라이자는 자신에게 말한다.

하그레이브 교장은 이 모든 일이 너무 힘들다는 듯 고개를 젓는다. "슬픈 사실은, 지금껏 네가 특정 계층과 결혼하도록 훈련을 받았고…… 해당 계층

279

의 구성원 다수는 너를 부적격자로 판단할 거라는 거야."

일라이자는 침을 꿀꺽 삼킨다. 그녀는 내내 잘못된 책을 붙들고 공부하고 있었다. 시험에 나오지도 않을 구절을 외우고 있었다.

교장의 얼굴이 밝아진다. "하지만 성품과 소양이 모범적일수록 저울 위에서는 확실히 더 무겁게 측정되겠지? 명문가 신사가 너를 '위험을 무릅쓸 가치가 있다'고 여길 가능성도 더 높아질 테고."

자신의 신부를 비웃는 눈빛과 말들을 감당해야 할 위험? 아니면 추운 북쪽 하늘 아래 있는 세상에 피부색이 어두운 아이를 더 자주 내보내야 하는 훨씬 본질적인 위험? 얼마나 많은 세대가 지나야 그들은 충분히 하얀 피부가 될까?

일라이자는 자신과 싸우고 있다. 절대 울지 않을 것이다.

교장의 입이 아래로 축 처진다. "결국엔 네가 고국으로 돌아가는 쪽이 더 나을 수도 있지 않을까 싶기는 해. 거기서는 네 얼굴과 자금이 확실히 장교들에게 매력으로 느껴질 테니까."

분노가 끓어오른다. 이 사람들은 일라이자에게 영국인이 되는 법을 가르치고 미개인의 흔적이 조금이라도 보이면 엄하게 꾸짖어 없앴다. 그런데 이제 와서 처음 온 곳으로 돌아가라고?

슬로프에서 보내는 두 연인의 마지막 30분. 일라이자는 날짜를 계산하면서 두 사람이 9개월 동안 고치에 싸여 있었다는 사실을 깨닫는다. 이렇게 힘든 탄생은 예상하지도 못한 채 멍하니 시간을 보내고 있었음을 깨닫는다.

리스터의 간이침대는 이제 침대보가 모두 벗겨져 하얀 봉투처럼 텅 비어 있다. 리스터는 일라이자에게 베르길리우스의 말을 인용한다. "Durate, et vosmet rebus servate secundis. 이런 뜻이야. 견뎌라, 그리고 더 나은 날들을 위해 자신을 지켜라."

일라이자가 반항적으로 묻는다. "그건 언제 오는데? 더 나은 날들?"

"서로를 향한 애정을 믿으면 시간은 짧아질 거야."

"우리의 **결혼**을 믿어야지."

280

"맞아. 우리는 당분간 철학자가 되어야 해."

일라이자는 리스터의 부모를 설득해 리스터를 학교로 돌려보내도록 할 희망이 전혀 없다는 사실을 알아챈다. "너는 어떻게 그렇게 지독히도 태연할 수가 있어?"

"정말 쉽지 않아. 자, 계획을 짜 보자. 너는 6월 말에 매너가 문을 닫자마자 연휴 동안 우리 집에 와 있을 거야. 이후 모든 휴일에도 그럴 수 있지. 간절히 기다린 그 밤이 어떨지 생각해 봐."

일라이자는 의식적으로 고개를 끄덕인다.

리스터는 확신에 차 있다. "편지를 주고받으면 충분히 안심될 거야. 다른 사람은 한 단어도 읽을 수 없도록 암호를 사용해야 해."

"무슨 암호?"

"우리가 만들어야지! 숫자, 수학 기호, 라틴어 조금……. 식은 죽 먹기일 거야." 리스터가 이어 말한다. "우리는 같은 노래를 배워 동시에 부르기도 할 거야. 꿈에서는 아주 생생히 나를 불러내. 마치 매일 밤 내가 네 침대보 속에서 기다리고 있는 것처럼."

눈물 한 방울이 일라이자의 뺨을 타고 흘러내린다.

그녀의 연인이 몸을 기울여 입술로 눈물을 받아 핥아 먹는다. "왜 그래? 나를 의심하는 거야?"

그렇다고 말하면 배신자처럼 보일 것이다.

"더핀 박사의 허락을 받아 네가 학교를 떠나기만 하면 우리는 자유롭게 함께할 수 있어."

"어디서 함께할 건데?"

"내가 어떻게든 박사를 꼬셔서 나를 미클게이트나 넌몽크턴으로 초대하도록 만들게. 아니면 우리 가족이랑 같이 지내도 돼. 우리 부모님은 언젠가 핼리팩스로 들어가고 싶어 하시거든. 그래야 농장에서 한 단계 올라갈 테니까."

일라이자가 보기에는 전혀 현실성이 없는 이야기다.

리스터가 말한다. "그리고 우리가 스물한 살이 돼서 네가 네 자금을 받으면······."

"맞아!" 하지만 일라이자는 6년이라는 긴 시간을 생각하며 절로 움츠러든다.

리스터가 주장한다. "사람들은 모두 어린 시절이 지나면 시간이 빨라진다고 얘기해. 정말 순식간에 지나갈 거야. 일생에 비하면 몇 년은 얼마나 짧은 시간이겠어, 내 사랑? 우리가 성인이 되고 전쟁이 끝나면, 누구도 아르노 강둑으로 가는 우리를 막지 못할 거야."

다투고 화해할 시간이 없다. 작별 인사를 나눌 시간만 겨우 남았을 뿐이다. 일라이자는 대답하는 대신 주변을 둘러보며 선물을 찾는다. 아빠의 빨간색 당나귀 가죽 케이스에서 필기구를 모두 꺼내 비우고 리스터에게 넘겨준다. "이걸 쓰면서 나를 생각해."

"아! 그럴게."

"그리고 내 눈도 있지? 로켓에."

리스터는 드레스 목 부위에서 작은 사슬에 달린 로켓을 빼낸다. "네 머리카락도 한 가닥 줄래?"

일라이자는 손톱 가위를 움켜잡고 목덜미에서 한 가닥을 고른다. 그러다가 마음을 바꾸고 창피하지만 단호하게 옷단을 들어 올린다.

리스터의 눈이 휘둥그레진다.

일라이자는 리스터에게 가위를 건넨다. 리스터는 짧고 곱슬거리는 털 하나를 잘라 입술에 가져다 대고 이어 향기를 들이마신다. 일라이자는 치마를 털어 내리고 바르게 정리한다.

리스터는 로켓에서 눈 그림을 끄집어내 그 뒤에 털을 밀어 넣는다. 그것이 거기에 있다는 사실은 두 사람 외에 누구도 절대 알지 못하리라.

하지만 그러는 사이 두 사람은 마지막 키스를 할 기회를 놓쳐 버렸다. 하녀들이 예고도 없이 트렁크와 가방을 가지러 왔기 때문이다. 낯선 남자 두 명이 환자용 바퀴 의자를 밀고 들어오고, 하녀들은 리스터가 거기에 앉도록 도와준다.

두 연인은 잔뜩 겁에 질려 서로를 빤히 쳐다본다. 더는 시간이 없는 것인가? 둘 중 누구도 작별의 말을 하지 않는다.

그리고 리스터는 복도 아래로 밀려 내려갔다. 떠나 버렸다.

일라이자는 문득 리스터 없이 리스터 이전의 옛날 생활을 다시 시작하느 니 차라리 죽는 편이 낫다는 생각을 한다. 너무나 헐벗고 텅 빈 삶이었다.

일라이자의 침대는 여전히 펜과 종이, 지폐로 온통 뒤덮여 있다. 그녀는 거의 이해할 수 없는 충동에 사로잡혀 오른쪽 허리에 있는 좁고 긴 주머니 에 돈을 몽땅 밀어 넣는다. 서랍을 홱 열어 새장 바닥에서 뚱뚱한 보석 뭉치 를 빼낸 뒤 반대쪽 주머니에 쑤셔 넣는다. 일라이자의 치마는 이제 일그러 져 있다. 그녀는 여름 망토를 낚아채 몸에 두른다. 그러다가 거울에 비친 자 신을 발견한다. 퉁퉁 부은 눈과 거친 표정.

일라이자는 복도를 따라 쏜살같이 달린다. 그렇게 두 번째 계단을 절반쯤 내려갔을 때 환자용 바퀴 의자의 무게에 땀을 뻘뻘 흘리고 있는 남자들을 따라잡는다. 리스터는 팔걸이를 움켜쥐고 있지만 흔들리는 와중에도 품위 를 잃지 않는다. 마치 코끼리 등에 올라탄 것 같다. 고원 출신의 이 보잘것 없는 아이에게는 뭔가 왕자 같은 면모가 완연하다. 일라이자는 그들에게 기 다리라고 외칠 참이다. 그런데 하녀가 한 명도 보이지 않는다. 그녀는 자신 이 책임자라는 인상을 풍길 기회를 포착한다.

일라이자가 쉰 목소리로 지시한다. "제가 앞장설게요."

남자들은 일라이자가 좁은 틈을 지나갈 때까지 기다린다.

"내 사랑……." 깜짝 놀란 리스터의 눈이 반짝거린다. 금방이라도 눈물 을 흘릴 것 같다. 하지만 일라이자는 리스터가 우는 모습을 본 적이 없다.

일라이자는 아무 말도 하지 않는다. 남자들이 복도를 따라 리스터가 앉은 의자를 밀고 가는 동안 그저 열린 문만 잡아 줄 뿐이다. 그녀는 설명을 요 구받을 때 주장할 말을 준비하고 있다. **리스터 양이 고통스러워해서 여정에 동행이 필요해요.** 일라이자가 충분히 단호하게 말하면 틀림없이 성공할 것 이다.

하지만 학교는 조용하다. 학생은 모두 수업 중이고 아무도 리스터를 배웅 나오지 않을 것 같다. 교사도, 경영자 자매도 마찬가지다. 남자들은 환자용

283

바퀴 의자를 들고 문 밖으로 나가 진입로 자갈밭을 가로지른다. 접이식 계단을 내린 마차가 기다리고 있다.

리스터가 말한다. "제가 할 수 있……."

하지만 둘 중에 더 건장한 남자가 말없이 리스터를 안아 올려 마차 안에 내려놓고는 석고 붕대를 감은 다리를 맞은편 좌석에 받쳐 둔다. 리스터는 이를 악물고 신음을 참는다. 일라이자는 서둘러 두 계단을 올라가 양말이 반쯤 벗어진 리스터의 발 옆 좌석에 털썩 앉는다.

리스터가 빤히 쳐다본다.

일라이자는 손가락 하나를 입술에 가져다 댄다.

다른 남자가 계단을 접어 올리고 문을 닫는 사이 건장한 남자가 빈 의자를 끌고 간다. 일라이자는 두 사람에게 고맙다고 말할 자신이 없어 창밖으로 정중히 고개만 끄덕인다.

날카로운 채찍 소리가 들리고 말들이 움직이기 시작한다. 일라이자는 매너에 이별의 눈길조차 주지 않는다.

"내 사랑, 이러면 한 달 동안 불명예 처벌을 받을 거야!"

그러니까 리스터는 이해를 하지 못하고 있다. 여전히 학생 하나가 무모한 장난을 벌이고 있다고 믿는 것이다. 그들은 이제 그늘을 드리운 부섬 바 아치문 아래를 지나며 마을의 심장부로 들어가고 있다.

일라이자는 몸을 기울여 리스터의 반대쪽 무릎에 한 손을 올린다. "남편."

그 말에 리스터의 눈빛이 밝아진다.

"이제 가자."

"어디를 가?"

일라이자가 말한다. "떠나는 거야. 도망치는 거야. 함께. 우리가 계획한 대로."

리스터가 얼굴을 찌푸린다.

일라이자는 황급히 이어 말한다. "물론 이탈리아로 가자는 건 아니야, 아직은. 하지만 어딘가로는 갈 수 있겠지." 자신의 귀에도 모호하고 유치하게 들린다. 더 단호하게. "우리가 숨을 수 있는 장소는 영국에도 아주 많을 거야." 숨는다는 표현은 안 된다. 너무 은밀하게 들린다. "단둘이 있을 곳을 말하는 거야. 함께. 웨일스 사촌들처럼."

"아일랜드야." 리스터가 일라이자의 말을 바로잡는다.

"우리는 도시에서 셋방을 구할 거야." 리스터를 간호하는 어려움은 생각하지 않으려고 애를 쓴다. 석 달간의 침상 생활도, 감염의 위험도.

"보호자 없는 열다섯 살 여자애들이? 심지어 너는 열네 살인데? 아무도 우리를 받아 주지 않을 거야, 레인."

리스터는 왜 하필 지금 가장 현실적이고 합리적이어야 할까? 무도회 날 밤에 나타난 무모한 말괄량이는 어디로 간 걸까?(어젯밤. 정말로 그게 겨우 어젯밤 일이었단 말인가?)

일라이자는 무역모험가회관의 오래된 목조 뼈대를 알아본다. 그렇다면 일행은 지금 포스게이트 거리에 있고 곧 생선 가판대가 있는 좁은 목교를 덜거덕거리며 넘어갈 것이다.

일라이자는 더듬더듬 미래시제로 돌아가며 주장한다. "우리는…… 우리는 나이가 더 많은 척을 할 거야. 열일곱, 열여덟? 가령 런던에서는 사람이 100만 명이나 사니까……."

"방세는 도대체 어떻게 낼 건데?"

일그러진 치마를 톡톡 두드리며. "나한테 돈이 좀 있어. 보석도 있고."

"오, 너그러운 내 사랑! 만약 진주로 방세를 내려고 하면 우리는 강도죄로 고소를 당할 거야."

얼굴이 화끈거린다. 일라이자는 입술을 깨문다.

리스터가 일라이자를 안심시킨다. "이렇게 용감한 제안을 해 줘서 정말 고마워. 마치 연애소설에 나오는 이야기 같아."

"아니, 그렇지 않아."

"하지만 이 놀라운 묘책으로 성공할 수 있다고 해도, 네 용돈이 다 떨어지면 어떻게 할 거야? 어느 누가 사랑만으로 살 수 있겠어?"

일라이자는 이렇게 말하고 싶다. 너와 함께라면 나는 석탄고에서라도 살 거야. 한편으로는 리스터의 머리를 마차 옆면으로 거세게 밀치고 싶다.

앞쪽에 웜게이트 바 아치문이 우뚝 솟아 있다. 성벽에서 가장 강력한 최후의 보루, 총안을 갖춘 쌍둥이 탑 망루가 보인다. 5분도 안 돼 1.6킬로미터를 온 모양이다. 모든 것이 얼마나 빨리 변할 수 있는가. 인생은 얼마나 쉽게 버려질 수 있는가.

리스터가 일라이자의 손을 꽉 잡는다. "아가씨 둘이 눈이 맞아 학교에서 달아난다…… 그건 파멸을 뜻한다는 걸 알아야 해."

일라이자는 계속 고개를 젓는다. 달리 할 수 있는 일이 없다.

"우리는 명성을 버리고 우리 이름을 진흙탕으로 끌고 들어갈 거야. 배은망덕, 반항, 경솔한 어리석음, 사기, 불순, 심지어 광기까지…… 다들 이렇게 말할 거라고! 이러면 절대 돌아올 수 없어, 레인."

"나는 돌아오고 싶지도 않을 거야!"

또다시 1분이 지나고 마차는 어둠 속으로 뛰어든다. 쇠못이 박힌 참나무 문들을 지나 녹이 슨 내리닫이 창살문 아래로, 그렇게 반대편으로 나가 두껍고 오래된 요크의 벽 너머로, 빛으로.

하지만 일라이자는 갑자기 아무도 모르는 상처에서 피가 새듯 자신감이 빠져나가는 것을 느낀다. 의심의 여지 없이 리스터의 말이 맞다. 그녀는 항상 맞지 않는가? 일라이자보다 똑똑하고, 세상을 더 많이 알고, 자신에 대해, 그리고 모든 일에 대해, 더 강한 확신을 품고 있다.

일라이자는 여전히 이 싸움에서 이길 수 있다고 믿는다. 리스터는 일라이자를 너무나 사랑해 요청을 거절하거나 이 마차에서 억지로 내리게 하지 못한다. 하지만 일라이자는 자신이 리스터를 너무나 사랑해 더 이상 계속할 수 없음을 깨닫는다. 안개에 가려진 미래로 리스터를 끌고 들어갈 수 없음을 깨닫는다.(자유? 아니면 불명예, 수치심, 더러움, 굶주림. 아니면 그보다 더 나쁜 것?) 절대로 너를 파괴하는 수단이 되지 않을 거야.

"세워 주세요." 일라이자가 말한다. 마부가 듣기에는 너무 작은 소리다. "세워 주세요!" 그녀는 반쯤 일어나 팔을 뻗어 지붕을 쾅쾅 두드린다.

말고삐가 당겨지는 게 느껴진다. 바퀴가 느리게 구른다. 일라이자는 몸을 기울여 리스터에게 한 번 키스를 한다. 마차가 멈추면서 두 사람의 입이 멍이 들 정도로 세게 부딪친다. 일라이자는 거의 넘어질 듯 비틀거린다. 그러고는 마부가 오기 전에 문을 밀어 열고 밖으로 뛰어내린다.

일라이자는 용기를 잃기 전에 문을 쾅 닫고 떠나 버린다. 아니, 이미 용기를 잃어서 떠나 버리고 있는 건가? 이제 혼란스럽다. 가는 게 더 용감한 걸까, 남는 게 더 용감한 걸까? 그녀의 치마는 지폐로 두툼하고 금은보화로 묵직하다. 일라이자는 뒤로 돌아 한 손을 휙 들어 올린다. **잘 가라**는 신호인지 **기다리라**는 신호인지 자신도 알지 못한다. 그사이 말들이 움직이고, 바퀴가 굴러가고, 마차는 연인을 싣고 떠나 버린다.

레인이 리스터에게,
1815년

리스터……

판단을 흐리게 하는 극한 분노가 사라졌어. 네가 내 마지막 글을 하나도 읽지 않았다는 사실을 알지만, 그래도 사과할게.

어제는 구속복을 입어서 편지를 쓸 수가 없었어. 그들이 소매를 앞으로 꼬아 뒤로 묶었거든. 하지만 오늘은 목소리를 아주 부드럽게 하고 올가미로 바꿔 달라고 애원했지. 올가미는 수간호사의 자비로운 발명품이야. 팔꿈치를 옆구리에 고정하는 가죽띠인데, 이걸 하면 마구 움직일 수는 없지만 적어도 그림을 그리거나 글을 쓸 수는 있어. 생각에 잠겨 앉아만 있을 필요는 없는 거지.

아, 내가 얼마나 굉장한 구경기리인지 몰라. 밧줄에 묶인 미친 송아지 한 마리. 그 덴마크 사람처럼 난 그저 북북서 방향으로만 미쳤을 뿐이야. 이렇게 침착한 태도를 유지할 수 있는 날이 있어. 반면에 다른 날에는 수간호사가 과격한 격발이나 발작이라고 부르는 상태로 나도 모르게 갑자기 변해 버리지.(하지만 왜 더핀처럼 존경받는 남자가 이성을 잃고 고함을 지르면 아무도 미쳤다고 비난하지 않는 걸까?) 가끔은 행복이 충만한 상태로 일어나기도 하는데, 그러면 클라크슨 수간호사는 걱정스럽게 인상을 쓰며 이걸 조증이라고 불러.

나는 기분이 어떻든 조개처럼 입을 다물고 비밀을 지키고 있어, 리스터.

네 이름은 절대 발설하지 않아. 의사가 그 이야기를 어떻게 다시 쓸지 차마 상상할 수가 없거든. 얼마나 하찮게 여길까, 혹은 부도덕하게 여길까. 아마 **동성 친구를 향한 과도한 애착**이라고 할 거야. **건강하지 못한 의존 상태나 독신 여성의 환상적이고 외설적인 망상**이라고 할 수도 있고.

모든 순간이 내 머릿속에 생생히 살아 있어. 열네 살 때 어떻게 감기처럼 사랑이라는 병에 걸렸는지, 아니면 네가 사랑병에 걸려 그걸 나한테 옮겼는지, 그게 우리 사이에서 어떻게 타올랐는지. 우리가 어떻게 자석처럼 딱 붙어서 자고, 일어나고, 배우고, 놀고, 먹었는지. 나는 내 맥박과 네 맥박도 구분하지 못했어. 우리는 잉크처럼 우리 자신을 쏟아부었어.

그러니 그대의 두 팔에 나를 안아 들고
촛불을 꺼 주오, 내 사랑이여…….

만약 내 혼령과 그때의 어린 일라이자를 합칠 수 있다면, 그래서 그 아이에게 경고할 수 있다면 얼마나 좋을까? 우리의 학창 시절이 우리를 완전하게 형성했는지, 아니면 그저 우리의 진짜 모습을 드러냈을 뿐인지, 물어볼 수 있다면 얼마나 좋을까?

내가 후회하는 건 단 하나야. 네가 교실 창문에 내 이름을 새겨서 종이보다 오래갈 수도 있는 단단한 유리에 나를 불멸의 존재로 남기지 못하게 했다는 거. 나는 우리 사랑이 세계 연대기에 기록되면 좋겠어. 물론 누구든 읽어 낼 분별력만 있다면 알 수 있도록 창문에도 적어 놨지만…….

나는 이 다이아몬드로 이 유리에 새겼다.
그리고 이 얼굴로 어떤 아가씨에게 키스를 했다.

지난 9년간 네가 쓴 글을 발견한 학생들이 그걸 어떻게 생각하는지 궁금해.

공인된 행위는 아니었지만 결코 장난도 아니었던 의식을 통해 너와 난 서로에게 자신을 바쳤어.

오, 잘 가요, 그대, 나의 작은 멧비둘기여.
우리는 잠시 작별해요.

나는 우리가 영원히 봉인된 하나라고 생각했어. 내가 어리석고 순진했던
걸까? 그때는 진심이었지만 지금은 아닌 거야? 내가 주는 것은 돌려받을 수
없어. 네 사랑은 비겁한 사랑이었니? 나한테 거짓말을 한 거야? 아니면 사
랑은 시간이 거짓말을 드러내기 전까지 연인이 진심으로 전하는 이야기인
거야?

잘 가요, 그대, 내가 그대에게 품은 사랑,
희망은 없지만 그래도 진정으로 남을 사랑,
당신을 만나기 전에 나는 누구도 사랑하지 않았어요,
당신 같은 이는 다시 만나지 못할 거예요.

나는 스스로 태엽을 감아 똑같은 메시지를 반복해서 적는 자동인형이야.
망가지고 절단된 땅의 아이. 나는 똑같은 강에서 씻지만 이 강은 절대 똑같
지 않고 절대 변하지도 않아. 보이지 않는 손이 나를 빙글빙글 돌리고 있어.
여기서 굽고, 여기서 끓이고, 여기서 내 결혼 케이크를 만들어도, 나는 뚫고 나
갈 수가 없어.
이제 클라크슨 수간호사가 내 펜을 가지러 오고 있어. 너무 일찍

나는 글쓰기를 허락받을 때마다 이 똑같은 편지를 계속 쓸 생각이야, 리
스터. 그러면 완전히 좌절당하는 게 아니라 그저 미뤄지고 있을 뿐이라고
나 자신에게 말할 수 있으니까. 내 안에서 분노가 유독가스처럼 끓어오르고
있어. 하지만 나는 콧구멍으로 분노를 내뿜고 미소 지으려고 노력해.
오늘 아침에는 내 팔을 갈비뼈에 묶어 두는 올가미가 없어. 팔다리를 자

유롭게 움직여도 문제가 없다는 믿음을 얻은 거야. 매더 박사는 들어와서 나랑 차도 마셨어.

박사는 나처럼 오랜 기간에 걸쳐 병이 발현한 경우에 관해 이야기했어. "이 병은 단순한 기분 변화나 기행으로 위장을 한단다, 레인 양. 수년간 표면 아래에서 자라다가 갑자기 터져 버리지."

박사는 매너에서 어린 나를 처음 치료했을 때 이 병이 내 안에 숨어 있었다고 믿는 걸까? 나는 묻지 않아. 우리가 슬로프에서 보낸 해에 일어난 일이, 내 마음이 꽃봉오리처럼 처음 열렸을 때 내가 느낀 모든 것이, 그저 초기 증상에 불과했을지도 모른다고 생각하면 몸이 부르르 떨리거든.

나는 매더 박사의 메모를 거꾸로 읽으며 해독하려고 노력하다가 박사가 공책을 덮기 전 **명료 기간**[45]이라는 단어를 알아봐. **명료 기간.** 온통 빛과 열기로 가득한 연회장에 작은 새 한 마리가 날아들었다가 다시 반대쪽 어둠 속으로 나가는 모습을 인생에 비유한 사람이 존자(尊者) 베다였던가?

나는 가능한 한 낮고 품위 있는 목소리로 말해. "하지만 저는 이게 일시적인 회복이라고 생각하지 않아요. 저는 며칠 동안 완벽하게 평온했어요. 만약 제 정신이 완전히 회복된 거라면요?"

박사는 거의 내 말을 믿는 것처럼 부드럽고 뚝심 있게 말해. "정말이지 행복한 가능성이구나. 시간이 말해 줄 거야."

"일주일 내내 의식이 명료하면 박사님과 벨컴 박사님이 납득을 하실까요?"

"우리 사랑스러운 아가씨, 이 장애에는 철(season)이 있기 때문에 너무 빨리 경계를 풀어서는 안 돼. 레이섬이라는 의사가 젊은 환자 두 명에 관한 증거를 하원에 제출했어. **정신이 건강하다**며 둘 다 퇴원시켰는데, 그후 한 명은 목을 매고 다른 한 명은 강에 몸을 던졌대."

나는 박사의 이야기를 듣고 움찔해. "그럼 한 달 동안 평온하면요? 두 달 동안 평온하면요?"

매더 박사는 의자에서 자세를 바꿔. "일정 기간 차분하게 행동해 자유를

---

45) 정신이상을 겪는 동안 이성적으로 정상인 기간.

얻고자 하는 환자는 어떻게든 해낼 수 있어. 하지만 그러려면 엄청난 의지를 발휘해 노력해야 하지."

아, 그러니까 박사는 내가 여기에서 풀려나 요크 성곽을 따라 소리를 지르며 돌아다니기를 고대하는 냉혈한 음모자라고 생각하는 걸까?

박사는 찻숟가락을 만지작거려. "내 공동 소유주와 내가 너를 여기 잡아 두려고 공모하고 있다는 듯한 말투라 마음이 불편하구나. 우리 정신과 의사는 이런 걸 **편집증**이라고 불러. 존재하지 않는 악의를 만들어 내는 망상이지."

나는 입술을 꾹 다물어. 그러니까 감금될 필요가 없음을 보여 주는 유일한 방법은 감금에 반대하지 않는 거라는 뜻인가? 감금에 항의하면 감금되어야 한다는 사실을 증명하는 것뿐이고?

하지만 미치광이가 지속적으로 온전한 정신 상태를 연기할 수 있다는 매더 박사의 말이 사실이라면, 저 밖 세상에서 일하고 있는 사람 중 얼마나 많은 사람이 그토록 엄청난 의지를 발휘해 노력하면서 난폭한 충동을 그저 억누르고만 있는 걸까? 마치 절대로 막이 내려오지 않는 연극에 갇혀 온 힘을 다해 연기하고 있는 배우처럼 말이야. 그중 한 명이 평생 정신이 온전한 여성의 가면을 쓰고 있을 수 있다면, 사실상 온전하다고 말할 수 있지 않을까?

계속 침묵하면 박사가 시무룩함으로 해석할까 봐 나는 손짓으로 박사에게 차를 더 권해.

하지만 박사는 나를 피곤하게 했다고 중얼거리며 자기 지팡이를 향해 손을 뻗고 있어.

나는 조용히 있을 수가 없어. "전혀 그렇지 않아요. 저는 적어도 대부분의 사람만큼은 멀쩡해요. 거기에 돈을 걸겠어요." 나는 이를 악물고 말해. "그러니까 제가 왜 가면 안 되는지⋯⋯."

나는 말꼬리를 흐려. 어디로 간다는 걸까?

너랑 내가 빌렸을지도 모르는 유명한 도시 피렌체의 셋방. 허공에 지었다가 마치 구름 뭉치처럼 모두 날려 버린 우리의 성. 내 옛날 집들. 출트리 대평원에 있는 사랑하는 머틀그로브, 내가 핼리팩스, 브리스틀, 요크에서 구한 작은 방들. 수년간 하녀 한 명만 데리고 용케 혼자 살아 냈다니. 대부분의 날은 즐기고 다른 날은 견디던 발 넓은 한 성인 여자. 어느 누구 못지않게 **돌팔매질과 화살을** 잘 참았지. 나는 어쩌다가 그런 재주를 잃어버렸을까?

"레인 양?"

나는 매더 박사를 향해 눈을 깜빡여.

박사의 말투는 아주 정중해. "어디로 갈 생각이니? 이곳 클리프턴 하우스보다 더 안전하고 편안하게 지낼 수 있는 장소를 알아?"

알면 얼마나 좋을까.

결국은 그게 문제일까? 거처? 나에게 집이 있다면, 나를 받아 줄 사람이 있다면, 매더 박사는 바로 오늘이라도 나를 내보내 줄까? 나는 혼자 고독하게 남은 탓에 여기에 포로로 붙잡혀 있는 걸까? 나를 풀어 달라고, 돌려보내 달라고 부탁하고 애원하는 가족만 있다면, 그들이 비가 오나 눈이 오나 나를 참아 주겠다고 맹세한다면. 이 넓은 세상에 나를 사랑해 줄 사람이 단 한 명이라도 있다면.

이 좋은 의사들이 나를 절대 내보내 주지 않으리라고 생각하니 부드러운 공포감이 나를 엄습해. 나의 보호자이자 나의 포획자. 박사들은 달마다 선의로, 해마다 날 위해, 나를 여기 붙잡아 둘 거야. 내 검은 머리가 잿빛이 되기 시작할 때까지. 어쩌면 나에게 남은 모든 날 동안.

오늘도 여전히 평온해.

나는 매너와 우리가 알았던 사람들을 돌이켜 봐. 하그레이브 교장은 작년에 죽었어. 학생 한 명이 애인과 달아났을 때 충격을 받아 뇌졸중이 왔다고 하더라. 지금은 일라이자 앤 테이트가 이모를 대신해 학교를 운영하고 있지. 물론 늙고 불쌍한 우리 무용 교사 테이트 선생님은 점점 더 깊은 우울감에 빠져 요크 정신병원에서 끝을 맞이했어.(최근에 의회에서는 고인이 된 헌터 박사가 극빈층 미치광이를 어떻게 치료했기에 그중 상당수가 그렇게 빨리 사망했는지 의문을 제기했어. 생각만 해도 몸이 떨려. 내 상태가 얼마나 더 나빠질 수 있었는지 이제 알겠어.)

내가 알기로 베티 포스터와 낸 무어섬은 여전히 집에 살고 있어. 너랑 나를 포함해 중학년 여덟 명 중 네 명이 여전히 노처녀인 거야. 우리가 유일하게 받은 직업훈련이 바로 결혼이었는데 말이야. 아내가 된 사람은 두 명뿐이야. 현명한 머시 스미스와 마거릿 번. 이제 홈스 부인이 된 마거릿은 어쩌다 보니 나폴리로 가게 됐어. 마치 이탈리아로 가려던 우리 꿈을 훔친 것처럼. 이미 세상을 떠난 중학년도 두 명이나 있어. 불쌍한 패니 피어슨은 겨우 열일곱 살이 됐을 때 폐가 멈춰 버렸지. 사랑스러운 프랜시스 셀비는 교구 신부와 결혼해 스무 살에 첫 아이를 낳다가 목숨을 잃었고. 자기를 낳은 엄마와 똑같은 운명을 맞은 거야.

나는 왜 아직 살아 있을까?

작년에는 가끔 내 목숨을 보존해 준 클라크슨 수간호사와 의사들에게 고마움을 느꼈어. 하지만 지금처럼 죄다 잃은 상태에서는 내 미래가 하나의 긴 공백, 안개 속 끝이 없는 길로만 보여. 나는 너무 많은 일을 기억하면서도 내 기억을 믿을 수가 없어. 기억은 마치 물을 통해 보는 것처럼 사물을 왜곡해 버리니까.

심지어 가끔은……

그 일을 저지르는 죄악, 그 일을 말하는 치욕, 그 일을 생각하는 나약함. 네가 우리한테 가르쳐 준 노래에 나오는, 유혹에 넘어가 **어느 아침 자신의 가터로 목을 맨** 아가씨. 보모 메그. 메그는 정말 횃비에서 어린 패니의 손을 놓고 절벽 아래로 몸을 던졌을까?

어차피 이 글은 아무도 읽지 않을 거야. 그러니까 마음껏 쓸게. 나는 가끔 여기까지 오기 전에 이 모든 걸 끝장낼 결단력이 있었다면 참 좋았겠다는 생각을 해.

오늘 아침, 현관문을 두드리는 소리가 들렸어. 머릿속 기억이 생생할 때 증거 삼아 갈겨쓰고 있는 거야. 그래야 밤에 깼을 때 이 놀라운 만남이 꿈이었는지 궁금해하지 않아도 될 테니까.

클라크슨 수간호사가 와서는 혹시 방문객을 맞을 수 있는 기분인지 묻더라.

"무슨 방문객요?"

"리스터 양."

처음에 나는 아무 말도 하지 않았어. 내가 발작을 일으키는지 시험해 보려는 의사의 잔인한 속임수일지도 모르니까.

그런데 다음 순간 내 목과 뺨을 타고 열이 올라오는 거야. 나는 미친 듯이 거울을 찾았어. 내가 어떤 모습인지 알 수 있도록. 네가 날 볼 때 뭘 보게 될지 알 수 있도록.

작은 응접실로 들어갔더니 거기에 네가 있었어. 여행 중인 신사처럼 이상할 정도로 온통 검은 옷차림이었지. 너는 행동가이자 도전자, 네 인생의 주인처럼 보였어. 빙그르르 돌며 방을 면밀히 살피는 모습. 1초라도 낭비하는 걸 항상 혐오하고, 일기에 쓸 내용을 항상 마음에 새겨 두는 모습. 나는 마리아나의 금반지가 여전히 네 오른손에 있음을 알아챘어.

"레인! 레인 양." 너는 호칭을 바로잡았어. 그러곤 말했지. "일라이자라고 불러도 되지?"

나는 숨이 막혔어. 레인이 더 좋은데.

확신이 줄어든 목소리. "네가 아주 건강해 보여서 정말 안심이야. 잘 지내지? 살이 좀 쪘다. 이전에 몇 번…… 아니, 적어도 한 번은 들렀는데 네가 받아 주지를 않았어. 물론 좋은 의사들한테 네 소식은 정기적으로 들었지만 말이야. 여기도 대체로……." 쥐처럼 구석구석을 빠르게 오가는 시선. "아주 잘 정돈된……."

광고에서는 **휴양지**라고 부르지.

"집인 것 같아." 너는 문장을 끝맺었어.

멀리 있는 방에서 갑자기 울부짖는 소리가 들리고, 네 눈이 두려움으로 가늘어졌어.

나는 하마터면 웃을 뻔했어. 잡담은 도저히 못 견디겠더라.(미치광이의 장점 하나는 예법에서 자유롭다는 거야.) "해외는 가 봤어? 세상을 봤어?"

당황한 웃음. 너는 고개를 저었어. "원대한 계획이 있어."

"펜으로 명성은 얻었어?"

"그것도 못 했어, 아직은."

"지금 어디 살아?"

너는 말했어. "시브던 저택에. 불쌍한 샘이……."

나는 문득 이런 생각이 들었어. 네가 작년에 마지막 형제를 잃었으니 너희 큰아버지가 너를 남자 조카처럼 여기겠구나.

나는 궁금했어. "네가 상속받는 거야?"

너는 얼버무리지 않고 고개를 끄덕였어.

(지금쯤이면 너희 큰아버지도 너를 잘 아실 테니 네가 남편을 맞아 그 땅을 다른 가문에 넘기리라는 걱정은 안 하시겠지.)

나는 물었어. "미클게이트에서 친구랑 지내려고 온 거야?" 더핀 부부를 의미한 거야. 그 이름이 목구멍에 걸렸어.

너는 말했어. "아니, 마침 피터게이트에서 벨컴 가족과 지낼 일이 있었어. 봄여름 내내 마리아나랑 있다가 이제 그 친구 가족을 방문하고 있거든."

말의 발길질처럼 고통이 나를 놀라게 했어. 나는 놀라움에 휩싸인 채로 내가 얼마나 어리석었는지를 깨달았어. 네가 일부러 나를 보러 요크에 오리라고 상상했으니 말이야. 클리프턴 산책은 네 생각이었니, 아니면 벨컴 박사의 제안이었니? 걸어서 15분도 안 되는 거리. 너한테는 겨우 한 걸음밖에 안 되는 거리. 마리아나는 한 시간 동안 쇼핑을 하고 있었을까, 아니면 구깃구깃 향기로운 침대보 속에서 너를 기다리고 있었을까?

너는 연민이라고 생각할 수밖에 없는 말투로 속삭였어. "오, 나의 사랑하는 친구, 아직도 과거를 떠올리며 그때 얘기만 되풀이하고 있는 거야?"

나는 네 목을 향해 달려들고 그런 행동을 일시적인 정신이상 탓으로 돌릴 수도 있었어.

하지만 나는 너를 빤히 쳐다보기만 했어. 죄책감으로 딱딱하게 굳은 너의 추한 얼굴. 이 벽 안에 있는 사람에게는 시간이 다르게 흐른다는 걸 설명하고 싶었어. 매일이 혼란스럽고 어리둥절하다고. 현재는 창문이 하나뿐인 대기실이고, 이 창문은 뒤를 향한 채 마치 목판화의 지울 수 없는 선처럼 과거의 고정된 풍경만 보여 주고 있다고.

나는 화제를 돌렸어. "그러니까 상을 두 배로 받은 거네."

너는 이해하지 못하는 듯했어.

나는 자세히 설명했어. "시브던, 그리고 아내."

너는 표정이 어두워지며 쉰 듯한 목소리로 속삭였어. "그렇지는 않아. 마리아나는 곧 결혼할 거야."

나는 깜짝 놀라 눈을 깜빡였어. "남자랑 말이야?"

나무껍질의 옹이처럼 네 입이 딱딱하게 굳어. "운 좋은 신사지. 가끔은 하기 싫은 일도 해야 하는 법이지. 우리한테는 유일하게 합리적인 해결책 같아. 대신 서로를 길게 방문할 거야."

우리라는 한마디. 네가 나한테 너의 패배를 알리기 싫어했다는 사실에 하마터면 감동할 뻔했어. 그래서 슬로프에서 보낸 마지막 15분 동안 네가 나한테 한 말을 냉소적으로 인용할 수밖에 없었어. "어느 누가 사랑만으로 살수 있겠어?"

너는 그 메아리 같은 말을 듣고 움찔했어. "그보다 네 얘기 좀 해 봐, 레인. 너는……." 행복하냐고 물어 주기를 바라는 작은 열망. 하지만 너는 목소리를 낮추며 이렇게 물었어. "여기서 너를 잘 보살펴 줘?"

나는 여기 사람들이 내가 배고파하기도 전에 음식을 준다고 말할 수도 있었어. 자기들이 원할 때 나를 깨끗이 씻기고, 다른 환자가 불평할 때까지 내가 피아노를 치도록 내버려 두고, 내가 마구 움직일 때만 내 팔꿈치를 옆구리에 묶어 둔다고. 이게 바로 보호 시설에서 영위하는 삶이라고. 군인, 죄수, 구빈원 입소자, 수녀, 환자, 학생, 미치광이. 그들은 모두 마땅히 순종하면서 선반 위 책처럼 가까이 붙어 살아야 하지 않을까?

나는 그런 말들을 전혀 하지 않았어. 네가 나를 구해 주지 않으리라는 걸, 구해 줄 수 없다는 걸, 이제 알았으니까.

네 눈에 눈물이 차올랐어. 나는 네가 우는 모습을 한 번도 본 적이 없다는 사실을 깨달았어.

"내 편지는 태웠어?" 아니라는 대답을 반쯤 기대하는 질문.

"대부분은 네가 부탁하자마자 태웠어." 너는 말했어. 그러고는 아주 작게 덧붙였지. "다는 아니고."

아, 그 말이 얼마나 달콤하게 아프던지.

너는 다음에 요크에 오면 다시 들르겠다고 나를 안심시키며 작별을 고했어.

비 오는 날. 오늘 저녁엔 내가 조용히 있는 한 원하는 만큼 오래 펜을 가지고 있어도 된다고 클라크슨 수간호사가 말했어.

나는 독수리의 눈높이에서 나의 인생행로 전체를 내려다봐. 아주 슬픈 이야기지. 이런 일이 다른 아이에게 일어난다면 나는 그애를 위해 울어 줄 거야.

끝없이 멀어지는 인도의 희미한 수평선을 뒤로한 채 배로 여기에 보내진 지 어언 18년. 나의 24년 인생 중 4분의 3을 차지하지. 그동안 학교는 내 영국이었고 영국은 내 학교였어. 하지만 내 위치는 처음부터 특이한 아이였어. 나는 내내 잘못된 책으로 공부하고 있었어. 아무리 열심히 공부해도 규칙을 제대로 배우지 못한 거야.

하고 많은 장소 중 하필 어느 정신과 의사의 파티에서 네가 나를 처음 본 지 어언 11년. 매너의 식당에서 우리가 처음 대화를 나눈 지 어언 10년. 누구보다 마음이 굶주린 고아로서 내가 어떻게 너한테 저항할 수 있었겠어? 우리 둘이 처음 서로를 만진 지 어언 9년. 다이아몬드와 지푸라기. 로절린드가 경고한 대로 **사랑은 한낱 광기일 뿐이야.** 내가 마차에서 내리고 그 마차가 멀리 굴러가 버려 우리가 웜게이트 바 아치문에서 헤어진 지 어언 9년.

오필리아처럼 **나는 더 많이 속은 사람이었어.** 어리석게도 나의 점진적인 사별을 빨리 이해하지 못했지. 우리는 둘 다 버텼지만, 나는 더 세게, 더 오래, 더 필사적으로 붙잡았어. 우리 두 사람이 열여덟 살에 요크 회관에 처음 진출한 지 어언 6년.(그보다 3년 전 빌린 옷으로 변장하고 몰래 들어갔을 때보다 절반도 행복하지 않았지?) 그후로 나는 점점 줄어드는 너와 함께하는 시간, 너의 편지, 너의 관심에 의지하며 살았어. 내가 너와 너희 가족 가까이 있으려고 핼리팩스 셋방에 정착한 지 어언 4년. 하지만 너는 이런저런 핑계를 대며 거리를 뒀어. 대부분 너의 이저벨라와 함께 있었지. 나는 주머니에 난 구멍으로 하나씩 떨어지는 동전처럼 수년간 조금씩 너를 잃었어.

내 잘못이었을까? 내가 너무 안달하고 변덕스러웠나? 사방에서 위험을 보면서도 사실은 위험을 자초하고 있었던 걸까? 내가 너무 탐욕스러웠나? 너무 딱 달라붙었나? 병아리를 너무 열렬히 아끼는 나머지 녀석을 뭉개 버리는 어린아이처럼? 아니면 우리 사이에 틈이 생긴 게 네 탓이었을까? 네가 나를 냉담하게 버린 걸까, 아니면 그저 내가 부주의하게 미끄러지도록 내버려 둔 걸까? 당신을 만나기 전에 나는 누구도 사랑하지 않았어요, 당신 같은 이는 다시 만나지 못할 거예요.

우리가 스물한 살 성인 여자가 된 지 어언 3년. 우리는 마침내 자유롭게 이탈리아로 함께 달아날 수 있게 됐어. 하지만 우리 꿈은 흩어져 버렸지. 나는 더 이상 네 아내가 아니라는 사실을 어떻게든 받아들였어.(네 아내인 적이 있기는 했을까?) 그렇게 피나는 노력을 기울여 결국 너를 이저벨라에게 넘겨주는 게 나의 의무라고 자신을 납득시켰어. 그런 직후 너는 방향을 바꿔 대신 마리아나에게 마음을 주며 나를 더 우롱했지만.

어쩌면 이게 단순히 우리의 운명일까? 사랑은 시간을 죽이고, 시간은 사랑을 죽인다.

나는 스물네 살이 됐고, 내 이야기가 알려질까 봐 두려워. 나는 내 돌이 모두 사라질 때까지 물수제비를 떴어. 내 둥지는 조금씩 찢어졌고, 나는 잘못된 문으로 걸어 나가 길을 잃었어. 한 방울 한 방울, 짜디짠 바닷물을 모두 마셔 버렸어.

너를 잃은 이후 나에게 남은 건 뭘까, 리스터? 나는 내 돈을 받았지만, 그 돈은 자유를 얻기에 충분하지 않았어. 나는 기다렸어. 이 영국, 이제 나의 유일한 나라. 아빠도 없고, 엄마도 없고, 여기 말고는 집도 없는 처지.

놀랍게도 내가 완전히 이성을 잃은 건 고작 작년이었어. 사랑이 일종의 광기일지는 몰라도 내 안에 처음으로 가느다란 금을 낸 건 사랑의 상실이었어. 너를 비난하지는 않아, 리스터. 어쨌든 도자기가 깨진다면 거칠게 다룬

탓일 수도 있고 도자기가 약한 탓일 수도 있으니까. 이저벨라는 나보다 훨씬 더 강했을 거야. 네가 그녀를 버리고 그녀의 친구를 선택한 일을 의연히 견뎌 냈으니 말이야.

너와 내가 열네 살이던 해에 우리는 사랑을 창조했어. 그게 나를 부수고 너를 만들기 시작했다고 생각하면 기분이 이상해. 우리는 한 쌍이었던 한 아주 특이한 한 쌍이었어. 다른 점이라면 너는 네 특이성을 포용하고 나는 내 특이성에 움츠러들었다는 거겠지. 그런 부담이 없다면 나는 더 가볍게 걸었을지도 몰라. 그러면 더 평범한 삶을 더 잘 살 수도 있었을 것 같아.

나는 내 오래된 편지 뭉치를 계속해서 읽어. 암사슴이 여기에서 열매를, 저기에서 연한 잎을 뜯어 먹듯 그것들을 맛봐. 지울 수 없는 잉크로 쓴 수많은 편지에 네가 한때 나를 사랑했다는 증거가 있어. 불쏘시개 같은 구절 하나만 나오면 내 희미한 불씨는 다시 불꽃으로 타올라. 너는 나를 **첫사랑이자 가장 소중한 사랑**이라고 불렀어. 나는 그런 말을 한 번도 쓴 적이 없어. 최상급은 비교를 의미하고, 나한테는 언제나 오직 너뿐이었으니까. 천천히 죽어가는 이 긴 10년은 나를 너에게 더욱 단단히 묶었고 우리를 영원히 휘감고 얽어맸어. 진심으로 경고하는데, 너의 마리아노도, 다른 어떤 여자도, 절대로 그만큼 강하게 너한테 애착하지는 않을 거야. 어쨌든 우리는 열네 살이었으니까. 청춘의 장면이 감각에 깊이 새겨지듯 첫사랑의 충격은 무엇과도 비교할 수 없는 뜨거운 지문을 남기니까.

솔직히 말하면 난 지금 수많은 '만약'으로 괴로워하고 있어. 만약 네 다리가 부러지지 않아서 우리가 슬로프에 계속 함께 있었다면…….

아니면 네가 떠나는 날 나도 매너를 떠나겠다고 고집을 부리며 마차 안 네 옆에 계속 머물렀다면……. 너에게 딱 달라붙어 그 무엇도 우리를 갈라놓지 못하게 했다면…….

만약 너의 오랜 부재 속에서 내가 고민하고 걱정하지 않았더라면…….

만약 네가 추파를 던지지 않고 거짓말도 하지 않았더라면…….

만약 네가 덜 경박하고 내가 덜 시기했다면. 내가 더 단호하고 네가 더 부드러웠다면.

만약 우리가 교회에서 함께 일어나 모든 사람 앞에서 이렇게 말할 수 있었다면. **저는……**.

가설, 불가능한 일. 나는 청춘의 꿈이 좀처럼 실현되지 않는다는 사실을 스스로 되새겨. 따지고 보면 사랑에 실패한 젊은 연인은 우리 이전에도 있었으니까.

나는 오직 현재시제만이 중요한 이유도 나 자신에게 물어봐. 내가 기억 속으로 뛰어들어 물고기처럼 헤엄친다면 과거도 일종의 현재가 될 수 있지 않을까? 모든 순간은 빠르게 지나가 알아차리자마자 사라지니까, 어쩌면 과거, 현재, 미래는 모두 현실의 얇은 조각일지도 몰라. 모두 깜빡거리고 있고, 어떤 의미에서는 모두 똑같이 진짜일지도 몰라. 비록 200년이나 지났고 전부 말뿐이기는 하지만, 독자가 희곡 책을 펼쳐서 실리아와 로절린드가 함께 숲으로 도망칠 수 있게 해 주는 한 그들이 절대 죽지 않는다면, 우리 사랑도 그걸 판독할 눈이 있는 한 핏빛 갈색 잉크의 흔적 속에서 계속 살 수 있지 않을까?

그래서 나는 계속 글을 써. 내 인장을 만들고 종이를 더럽히면서. 나는 말 없는 종이의 무늬를 쓰다듬으며 어떤 흰색 스타킹, 어떤 낡은 시프트 원피스가 싸게 팔리고 잘게 찢어져 이 종이가 됐을까 생각해. 내가 직접 입었을지도 모르는 치마 조각들, 아니면 한때 너의 가는 허벅지를 감쌌을 반바지. 벵골 옥양목과 모슬린, 인도의 햇빛을 마신 무명, 보슬비를 맞으며 자란 아마로 만든 영국 리넨. 결국엔 모든 직물이 커다란 통 안에서 합쳐지겠지. 그걸 젓고 빨고 두드리고 잘라 펄프로 만든 다음, 평평한 천 위에 깔고 천천히 마법을 부려 이 종이로 만들겠지. 그리고 램프 그을음과 물로 만든 먹물. 불에 태우고 남은 것. 사랑은 나를 까맣게 태웠어. 나는 여기에 내 흔적을 남기고, 이 흔적은 계속해서 연기를 피워.

너의 방문이 한 가지 효과는 있었어, 리스터. 네가 잊지 않았다는 사실을 증명했지. 다만 부탁하건대 나를 이렇게 기억하지는 말아 줘. 부디 예전의 내 모습을 떠올려 줘. 네 머릿속 환등기 필름처럼 내가 계속 빛날 수 있게 해 줘. **부유함과 희귀함은 그녀가 착용한 보석이었다.** 내가 바라는 건 하나뿐이야. 네가 나를 끝없이 괴롭히듯 내 기억도 너를 끝없이 괴롭히는 것. 종이 한 장이 다음 장에 밀착하듯 우리 영혼이 항상 맞닿고 앞으로도 계속 맞닿게 해 줘.

일라이자 레인.
내 인장으로 편지를 봉해.
Pensez à moi.

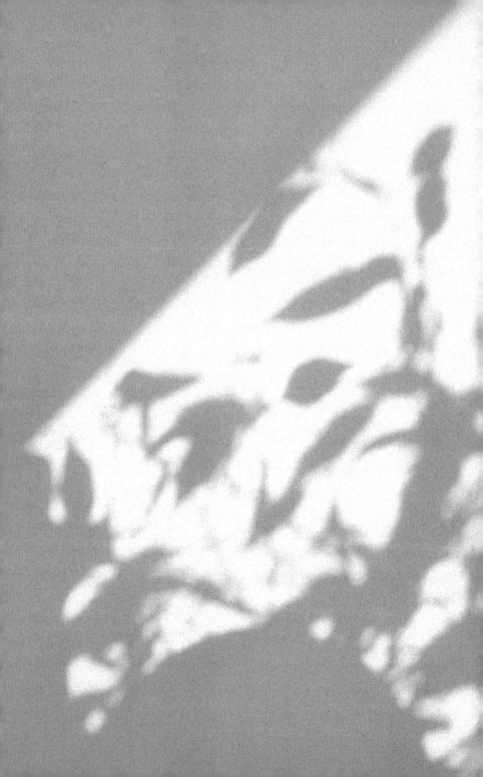

작가의 말

일라이자 레인(1791~1860)의 역사는 빈틈과 수수께끼로 가득하다. 일라이자는 인도의 동남 해안에 있는 마드라스, 지금의 첸나이에서 태어났다. 아버지 윌리엄 레인은 스카버러에서 태어난 동인도회사 수석 외과의였다. 적어도 11년(1788~99) 동안 그와 함께 살았던 여성에 관해서는 이름이나 나이, 가족, 민족, 종교를 비롯해 아무것도 알려지지 않았다. 두 딸이 세례를 받을 때(일라이자의 세례일 1792년 7월 14일) 레인은 '어머니 미상'이라고 적었다. 이는 실제로는 허용되지만 이론적으로는 금기시되는 관계를 감추기 위한 관례적 표현이었다.

나는 일라이자 레인의 남아 있는 편지에서 어릴 때 '아주 특이한 동부 사투리 중 하나'에 익숙했다는 언급을 딱 하나 발견했다(1812년 9월 23일). '불법적인 관계에서 태어났다'는 표현(1812년 8월 30일)과 자신이 '유색인 여성'이라는 내용(1811년 7월 5일)도 있었다.

1797년, 일라이자와 언니 제인은 각각 여섯 살과 여덟 살 나이에 영국으로 보내졌다. 같은 배에는 아버지의 친구 커피지 대령과 여섯 자녀도 타고 있었다. 프랑스어를 쓰던 아야 루이자가 긴 항해 동안 커피지 아이들과 함께 레인 자매를 돌봤을 것이다. 1798년부터 1803년까지 레인 자매가 영국 어디에 있었는지는 알 수 없다. 자매의 아버지는 1800년에 휴가를 얻어 배를 타고 집으로 가다가 항해 중 사망했다. 그의 유산에서 매년 24파운드가

'레인 박사의 여자'에게 지급됐다고 기록돼 있지만, 그녀는 박사보다 고작 2년밖에 더 살지 못했다. 일라이자와 제인에게는 각각 4000파운드가 남겨졌고, 이 돈은 결혼을 하거나 성인이 됐을 때(스물한 살) 지급받을 수 있었다. 신탁관리인은 런던 은행가 토머스 쿠츠와 쿠츠 트로터, 레인의 누나의 딸 메리 크로퍼드 여사, 그리고 레인의 아일랜드인 동료이자 친구 윌리엄 더핀이었다.

일라이자 레인의 손에서 탄생한 문서 중 내가 맨 처음 본 것은 그녀가 열두 살 때 런던 서부 토트넘에 있는 캐머런 교장의 학교에서 직접 작성한 시간표와 학생 및 교사의 명단이다. 거기에는 요크가 일라이자의 고향으로 적혀 있는데, 이는 더핀과 인도 태생 아내 엘리자베스 룰 더핀이 이즈음 레인 자매의 후견인 역할을 하고 있었음을 암시한다. 더핀 부부는 죽은 다른 동료들의 혼혈 상속녀도 보호했던 것으로 보인다. 휴 몽고메리의 딸 애나 마리아 몽고메리(1784년생)는 윌리엄 제임스라는 요크 남자와 결혼할 때 자신의 주소를 넌몽크턴에 있는 부부의 별장으로 제시했다. 이후 제임스 부부는 제인과 일라이자의 충실한 친구로 남았다.(이는 뛰어난 계보학자 산 니 리오 카인이 나를 위해 찾아 준 수많은 흥미로운 관계 중 하나이다.)

1805년 하반기 어느 시점에 일라이자 레인은 요크에 있는 하그레이브 교장의 매너 학교에서 또 다른 명단을 작성했다. 그곳에서 일라이자는 기숙사 생활을 했고 제인은 통학을 했다. 그후 쓴 편지에서 일라이자는 1804년 8월 2일 앤 리스터를 처음 만났다고 기록했다. 하지만 장소는 적지 않았다.(헌터 박사 집에서의 첫 만남은 내가 상상한 것이다. 리스터의 고모 앤이 박사의 아내와 가까운 친구였고, 요크의 의사는 모두 아는 사이였으며, 헌터 부부는 파티를 자주 열었기 때문이다.) 리스터와 레인은 그들이 열네 살과 열다섯 살이었을 때 고작 1년 정도만 매너 학교에서 함께 지낸 듯하다.

리스터는 1806년 여름에 매너 학교를 떠났다.(이곳이나 이전 학교들에서 쫓겨난 적이 있다는 증거는 하나도 보지 못했다.) 지금까지 남아 있다고 알려진 리스터의 첫 번째 일기는, 리스터 가족을 찾은 레인의 긴 방문이 끝난 후 이를 계기로 1806년 8월 11일에 작성됐다. '일라이자는 우리를 떠났다.'

레인은 리스터의 어머니 리베카 배틀 리스터에게 특별히 애착해 수양딸 같은 다정한 말투로 편지를 주고받았다. 그렇게 매너에서 1년 더 머문 뒤 핼리팩스에 있는 리스터 부모님의 집, 요크와 넌몽크턴에 있는 더핀 부부의 집에서 리스터와 함께 오랜 시간을 보냈다.

1808년에 두 연인은 행복을 뜻하는 라틴어 **펠릭스**(Felix)를 성관계를 감추는 단어로 사용하고 있었다. 리스터가 1806년부터 작성한 일기와 레인이 1809년 7월부터 1810년 11월까지 짧게 작성한 일기의 일부에서 똑같은 비밀 암호를 사용한 것을 보면 레인도 암호 개발에 무언가 기여했을 것으로 추정된다. 다만 그리스어와 대수적 원소를 사용했다는 점에서 암호는 리스터의 발명품일 가능성이 훨씬 더 크다. 리스터는 남은 생애에 걸쳐 쓴 방대한 일기 중 대략 6분의 1에서 이 암호를 사용했다.

두 연인은 떨어져 있는 동안 서로에게 끊임없이 편지를 썼다. 편지는 우편뿐 아니라 리스터의 부모와 앤 고모, 하그레이브 교장과 가족, 그리고 다른 교사와 프리스틀리 같은 친구를 포함한 중개자를 통해서도 전달됐다. 두 사람은 성인이 되자마자 '함께 떠나기로' 계획했다. 아마도 이탈리아로 갈 생각이었을 것이다.(사실 이 장소는 은유에 가까웠을까? 아니면 점차 은유에 가까워졌을까? 훗날 리스터는 종종 '이탈리아로 간다'는 문구를 성관계나 안정된 관계를 의미하는 데 사용했다.)

제인 레인은 헨리 볼턴이라는 육군 장교와 결혼해 1808년에 인도로 돌아갔다. 그리고 2년 뒤 임신한 상태로 술독에 빠져 남편 없이 돌아왔을 땐 동생에게 아주 부끄러운 존재였다.(제인은 1810년 임신했으나 출산하지는 않은 듯하다. 하지만 리오카인이 알아낸 바에 따르면 제인은 1815년에 아들을 낳아 레인 볼턴이라고 이름 지었다. 이 아들은 태어난 지 22개월 만에 사망해 파운들링 병원이 있는 브런즈윅 광장에 묻혔다.)

리스터와 '떠나기'만을 기다리면서 레인은 프랑스어, 역사, 지리학, 기하학, 그리고 식물학을 공부했다. 시와 노래를 쓰고 스케치도 많이 했다. 레인은 편지에서 더핀 부부와 그들의 친구 메리 제인 마시를 몇 차례 정중히 언급했는데, 마시는 1809년경 더핀 집안의 일원이 됐다가 이후 박사의 두 번째 아내가 됐다.(엘리자베스 더핀이 환자고 마시가 그녀의 친구 또는 레인 자매의 가정교사 같은 존재였다는 의견은 편지 문구를 잘못 옮긴 탓으로 보인다.) 레인은 가끔 더핀 부부와 오랫동안 떨어져 동커스터에 있는 성마른 사촌 메리 크로퍼드 여사와 살거나 핼리팩스와 요크에서 하녀 한 명만 데리고 혼자 살았다. 하지만 영구적으로 정착할 집은 찾지 못했다.

레인은 리스터가 절대 자신과 정착하지 않으리라는 사실을 서서히 받아들였다. 리스터는 이미 1808년에 이후 줄줄이 이어질 다른 여자 중 첫 상대 마리아 알렉산더에게 시선을 빼앗겼다. 그다음 1810년경부터는 자신과 일라이자가 공통으로 아는 친구이자 지위와 돈이 있는 여섯 살 연상 이저벨라 노클리프와 더욱 진지하게 관계를 맺었다.

레인이 우편으로 편지를 보낸 뒤 1811년 11월 27일 리스터에게 다시 쓴 쪽지의 뒷면에는 기억에 관한 시가 있다. 둘 중 누구라도 썼을 법한 시지만, 아픈 향수가 풍기는 걸 보면 레인의 글에 더 가깝게 느껴진다.

잘 자 내 친구 가장 달콤한 잠이 다가오기를 빌게
너의 지친 눈이 방해받지 않고 쉴 수 있기를
주의 깊은 천사들이 너의 신성한 침대를 지켜 주기를
그리고 천국의 환영들이 너의 머리 주변을 떠다니기를
더없는 행복에 대한 오랜 꿈이 너의 것이 되기를
내가 사랑하는 그녀에 대한 오랜 생각이 나의 것이 되기를
이제 너의 모든 그림자 행렬과 함께 잠들어
회상의 요정 여왕이 군림할 테니
그녀만이 모든 기쁨을 되찾을 수 있어
더 이상 피지 않도록 물든 꽃에게 되살아나라고 말할 수 있어
죽어 버린 쾌락의 유령을 망각의 개울에서 낚아챌 수 있어
희망을 가르쳐 우리가 가장 소중히 여기는 뭔가를 약속하게 할 수 있어
슬픔의 빛바랜 형태가
바람에 한숨 쉬고 폭풍을 탈 때

그녀만이 빠르게 시작되는 눈물에게 흐르기를 잊으라고 명령해
고뇌의 샘을 말리고 고뇌의 흐름을 막아 내

그들이 성인이 돼 모든 원대한 계획을 실현할 시기가 도래했을 때, 레인
은 이저벨라가 '네 미래의 동반자'가 될 거라는 사실을 마지못해 받아들인
상태였다(1812년 9월 6일). 그럼에도 한결같이 성실하게 리스터에게 헌신하
며 두 연인과 기꺼이 집을 공유하겠다는 뜻을 암시했다. 그녀는 리스터에게
거의 모든 것을 남긴다는 유언장을 작성하는 한편 매년 400파운드씩 들어
오는 수입 중 많은 액수를 계속해서 리스터에게 주었다.

레인은 성인 생활을 혼자 시작하면서 균형을 잃은 것으로 보인다. 영국
북부에 지인이 많았지만 몇몇 우정(예컨대 마시 양의 자매 그린업 부인과의
우정)은 틀어져 버렸다. 게다가 리스터의 가족이 그녀의 존재를 불쾌하게
여기기 시작했다는 암시도 있다. 아마도 그녀가 샘과 결혼하려 한다고 의심
한 모양이다. 레인은 탁자에 자신의 문장을 새기는 식으로 돈을 쓰며 주변
사람을 거슬리게 했다. 하지만 빚을 지는 것도 극도로 두려워해 재정을 비
롯한 현실적 문제에 관해서는 리스터와 전 후견인 더핀의 의견을 따랐다.

마리아의 남동생이자 지역 해군 대령인 존 알렉산더에게 구애를 받은 레
인은 이전에 리스터에게 마음을 줬다는 이유로 물러나 알렉산더와 친구들
을 격분하게 했다. 아마도 연인의 질투심을 자극할 셈이었는지 리스터에게
자신이 사실 알렉산더의 멍청한 친구 존 윌리엄 몬터규 대위를 사랑한다고
고백했지만, 이는 헛된 시도였다. 존 알렉산더가 유력한 구혼자였던 것으로
보이지만, 윌리엄 더핀은 알렉산더가 레인을 성적으로 유혹했다고 생각해
그를 쫓아내 버렸다. 레인은 건강을 되찾기 위해 브리스틀의 핫웰스 지역에
서 겨울을 지내 보기로 했다. 거기서 비참할 정도로 고립된 일상을 보내다
가, 다른 지방에는 아는 사람이 별로 없으니 요크나 그 주변에서 살아야겠
다고 최종 결론을 내렸다.

과거를 돌아보며 진단하기란 어리석은 짓이지만, 이르면 1810년부터 남
아 있는 레인의 편지 중 일부를 보면 우리는 정신 질환의 징후를 읽을 수 있

다. 극적인 다툼과 화해, 자기 폄하, 과대망상, 편집증, 조증, 우울증, 그리고 자살 사고(思考). 한편 가장 늦은 1814년 하반기 편지에서 레인은 종종 이성적이고 성숙하고 독립적이고 쾌활하게 느껴진다.

1813년경 리스터가 두 사람의 친구이자 이저벨라의 친구인 마리아나 벨컴에게 홀딱 빠졌을 때 레인은 씁쓸한 심정을 감추지 못했다. 리스터의 새로운 열정이 고상하게 리스터를 이저벨라에게 보낸 자신을 비웃는 것처럼 보였기 때문이다. 1806년부터 1814년까지 레인과 리스터가 끊임없이 주고받은 편지는 현재 100편 이하만이 남아 있다. 대부분은 레인이 '사랑하는 남편'에게 보낸 것이고 반대의 경우는 매우 드물다. 이유는 단순하다. 리스터가 받은 편지(레인의 부탁으로 태워 버린 '학교 편지'는 제외)는 다음 2세기 동안 보존이 잘된 반면 레인이 가지고 있던 편지는 거의 다 분실됐기 때문이다.

레인의 인생은 스물세 살 때 무너졌다. 위기를 촉발한 사건은 제인이 무력한 상태로 다시 나타난 일이었다. 일라이자는 더핀에게 의지하는 대신 자신이 앞장서 수도에 있는 오랜 친구 애나 마리아와 윌리엄 제임스에게 언니를 데려갔다. 그리고 제인이 정신병원에 입원해야 하는지를 두고 의사와 상담했다. 내가 가장 애타게 느끼는 '만약'의 순간은 1814년 9월이다. 그때 레인은 제인을 런던 셋방에 들여보냈고 함께 바닷가에 가자는 제임스 부부의 초대를 거절하고 요크로 돌아가겠다고 고집을 부렸다. 거기에서 제인을 다루는 방식에 관해 언쟁이 일어났고, 레인은 미클게이트 집에서 자신이 등한시당한다는 느낌을 받았다. 두 가지에 영향을 받아 결국 그들을 향한 분노를 수년간 참았다고 말하며 더핀 부부, 메리 제인 마시와 관계를 끊었다.

리스터에게 보낸 일련의 편지에서 마시는 레인이 '검은 피부'처럼 '심장과 피도 검다'고 비난하고 그녀를 무자비한 속물이자 야심가라고 칭했다. 이 악랄한 편견은 그들 집단의 다른 글에는 전혀 드러나지 않는다. 모두가 사생아로 태어난 레인의 출신만큼이나 그녀의 피부색도 언급하지 않는다는 무언의 방침을 공유했기 때문이다. 당시 리스터의 일기는 누락돼 있고(아마 마리아나의 요청으로 불태웠을 것이다.), 그녀는 마시가 드러낸 인종주의에 관해 더핀이나 마시에게 어떤 반응도 하지 않은 것으로 보인다. 사실 리스터는 절연 이야기를 더핀 가족에게 먼저 듣고 그들 편을 들며 레인의 '오해'를 지적하고 꾸짖는 편지를 썼다.

레인은 벨컴 가족에게로 도망쳤다. 마리아나의 지원 때문이었는지 정신과 의사인 그녀 아버지의 전문 지식 때문이었는지는 확실하지 않다. 그렇게 10월 31일경 자발적으로 클리프턴 하우스에 들어간 것으로 보인다. 요크 밖에 있는 클리프턴 하우스는 알렉산더 매더(리스터와 레인이 매너 학교에서부터 알았던)와 윌리엄 벨컴이 한 해 전에 문을 연 작은 사립 정신병원이다. 레인은 이제 11월 21일자로 새 유언장을 작성해 거의 모든 재산을 자신의 전 구혼자 존 알렉산더에게 남겼다.(더핀은 레인이 사실 클리프턴에 가기 전 10월 말에 유언장을 썼지만 날짜를 잘못 적었으므로 유언장은 무효라고 주장했고 훗날 이 유언장을 태워 버렸다. 하지만 나는 그 서류가 유효했을지도 모른다고 생각한다.) 레인이 리스터에게 쓴 편지 중 마지막으로 남아 있는 편지는 1814년 말 벨컴 부인이 레인의 어깨 너머로 지켜보는 가운데 작성되었다. 따라서 적당히 가감하며 읽어야 한다. 격렬한 분노에 대한 사과, 목숨을 구해 준 벨컴 가족에 대한 감사, 그리고 정신이상에서 빠르게 회복하기를 희망하는 내용으로 가득 차 있기 때문이다.

엄밀히 말하면 레인의 친척, 친구, 의료진은 레인을 정신병원에서 구해 주지 않았다. 하지만 그들이 적대감 때문이든 아니면 그녀의 돈을 훔칠 목적이든 억지로 혹은 속여서 레인을 입원시켰다거나 가둬 둘 음모를 꾸몄다는 증거는 하나도 발견하지 못했다.

더핀과 마시(이제는 레인을 나쁘다기보다 미친 사람으로 불쌍히 여겼다.)에 따르면 첫 한 해 정도는 레인에게 '난폭'한 기간과 의식이 또렷하고 합리적인 기간이 번갈아 나타났다. 이 무렵 레인의 행동은 대부분 심각한 정신장애의 증거라기보다 변덕, 고집, 간계, 공격적인 말 등 그저 젊은 숙녀로서 취해서는 안 될 행동에 더 가까운 듯하다. 레인의 민족성을 언급한 사람은 마시뿐이었고, 그런 언급조차 1814년 가을에만 짧게 이루어졌다. 하지만 마시는 이 주제에 혐오적 태도를 취했고 누구도 그 점을 비난하지 않은 것으로 보인다. 이는 레인의 행동을 병적이라고 해석하는 데 인종주의가 적어도 어느 정도는 영향을 미쳤음을 시사한다. 레인은 종종 오랜 친구를 보기를 거부했으며 클리프턴 하우스를 떠나게 해 달라고 요청한 적도 없는 것으로 보인다.

리스터는 레인의 상태에 크게 충격을 받고 요크에 갈 때 가끔 그녀를 방문했다. 그리고 장삿속에 따라 레인이 공식 위원회에서 미쳤다는 선언을 받게 하려고 했다. 대법관청의 피보호자가 되어야 레인을 돌보고 재산을 관리할 후견인을 대법관이 지정할 수 있기 때문이었다. 리스터는 자신과 더핀이 생각하기에 유일하게 유효한 레인의 유언장에 자신이 상속인으로 지명됐다는 이유로 이 역할을 맡겠다고 나섰다. 하지만 1816년 정신병 위원회가 열린 뒤 레인의 개인 후견인이 된 사람은 크로퍼드 여사였고, 재무는 더핀과 은행가 로버트 스완(학교 친구 메리 스완의 아버지)에게 맡겨졌다.

해가 지나면서 레인의 증상이 악화한 것이 시설 수용의 원인이라기보다 결과이지 않았을까 하는 궁금증이 생긴다. 그리고 레인이 섭정 시대 영국에서 그렇게 이상한 사람(여자와 사랑에 빠진 부유한 혼혈 독신 여성)이 아니었거나, 퇴원을 요청하고 이를 위해 힘써 주는 충실한 가족이나 반려자가 있었다면, 정신병원의 다른 많은 환자처럼 사회로 돌아갈 수 있지 않았을까 하는 궁금증도 생긴다.

제인 레인이 1819년 폐결핵으로 사망한 해에 크로퍼드 여사는 일라이자가 미치광이와 떨어져 지내면 더 나아질지도 모른다는 헛된 희망을 품고 요크의 로드메이어스워크 거리에 있는 그로브 코티지로 일라이자를 옮겨 E 베이커 부인과 딸들에게 24시간 감독을 받으며 살게 했다. 1823년에 리스터는 레인이 그곳에서 피아노를 자주 연주한다고 묘사한다. 하지만 40대 초반이 된 레인은 밤에 너무 많이 깨고 너무 자주 침을 뱉고 날뛰었다. 이제 더핀의 두 번째 아내가 된 마시는 레인의 '폐경기'를 탓했고, 베이커 가족은 괴로워하다가 결국 레인에게 구속복을 입혔다. 1835년 7월 더핀 부부와 리스터는 레인이 '더 강한 통제'를 받아야 한다고 판단해 그녀를 다시 클리프턴 하우스 정신병원으로 데려갔다. 리스터는 그렇게 함으로써 레인의 목숨을 구했다고 확신했다.

1839년 리스터는 사무 변호사 조너선 그레이에게 자신이 해외에 있는 사이 레인이 죽으면 자신을 대신해 레인의 재산에 대한 권리를 주장해야 한다고 지시했다. 하지만 먼저 죽은 사람은 리스터였다. 그녀는 1940년 열두어 명 정도의 연인 중 마지막이었던 반려자 앤 워커와 함께 지금의 조지아를 여행하다가 마흔아홉 살의 나이로 사망했다.

메리의 형제 존 스완은 아버지의 후임으로 레인의 재산 관리인이 되었고, 마시 더핀 부인은 새로이 개인 후견인이 되었다. 마시는 레인이 더 행복해 보인다고 보고했다. 1840년에 레인은 요크 밖 오즈볼드윅에 있는 새로운 정신병원 테라스 하우스에 있었다. 하지만 1841년 인구조사 기록에 따르면 그녀는 다시 클리프턴 하우스로 들어갔다. 그후 1853년 클리프턴 하우스가 문을 닫았을 때 레인은 오즈볼드윅으로 돌아갔다. 레인은 1860년 마지막 날 예순아홉 살에 위출혈로 사망했다. 상속자가 한 명도 없었던 탓에 약 8000파운드까지 불어난 이 '사생아이자 미치광이'의 재산은 국고에 귀속되었다.

앤 리스터는 나의 인생을 바꿨다. 1990년 비를 피해 들어간 어느 케임브리지 서점에서 나는 틀림없이 비라고(Virago) 출판사[46] 서적으로 보이는 초록색 책등 중 하나를 발견했다. 꺼내 보니 헬레나 휫브레드가 리스터의 일기를 해독해 발췌한 획기적인 첫 모음집 『나는 나의 마음을 안다』(1988)였다. 이 일은 세 가지 다른 방식으로 내 경력에 시동을 걸었다. 나는 리스터에 관해 논문을 발표하고 출간 제안을 받았다. 이는 나의 첫 번째 책 『여성 간의 열정: 영국의 레즈비언 문화 1668~1801』(1993)이 되었다. 나는 이 책을 통해 섭정 시대에 살았던 이 독특한 요크셔 여성이 어떤 글을 읽고 자신의 '특이성'에 대해 자신감을 형성했는지 알고 싶었다. 이후 나는 헬레나의 연구를 대략 각색해 20대 리스터에 관한 나의 첫 번째 희곡을 쓰고 똑같

---

46) 여성의 글과. 여성주의에 관한 책을 출판하는 영국 출판사.

이『나는 나의 마음을 안다』라는 제목을 붙였다. 작품은 1991년 대학원생이 제작해 상연했고, 나는 마지막 순간에 대역으로 투입돼 이저벨라 노클리프를 연기했다. 헬레나 횟브레드는 이 작품을 보러 왔을 뿐 아니라 나를 자신의 대리인 캐럴라인 데이비드슨에게 소개해 주기까지 했다. 캐럴라인은 그 후로 계속 내 경력을 이끌어 줬다. 해당 희곡은 1993년 더블린에서 글라스하우스 프로덕션이 제작사로 참여한 가운데 전문 배우들에 의해 초연되었다. 그리고 2001년에 출판돼 현재는 나의 책『희곡 선집』에서 찾을 수 있다.

1998년에 나는 두 달간 요크 대학에서 전속 작가로 일했다. 그리고 내 반려자 크리스 룰스턴은 킹스 매너에 사무실을 둔 18세기 연구 센터의 선임 연구원이었다. 이곳이 1805년에서 1806년까지 리스터와 레인이 공유한 슬로프라고 알려진 침실이 있는 건물이라는 사실을 알게 됐을 때, 나는 날카로운 자극을 느끼고 급히 이 소설을 구상하기 시작했다. 따라서 어찌 보면『러니드 바이 하트』는 25년 동안 제작되었고, 나는 30년 넘게 리스터와 그의 여자들 십수 명에게 매료돼 있었던 것이다.

그동안 사회에는 늦게나마 비범한 앤 리스터를 받아들일 문화적 준비가 끝났을 뿐 아니라 1, 2차 자료도 기하급수적으로 많이 공개됐다. 샐리 웨인라이트가 제작한 BBC/HBO 명작 드라마『젠틀맨 잭』(2019-2022. 제목만큼이나 파격적이고 모두 리스터의 글을 바탕으로 했다) 덕분에 리스터는 마침내 500만 단어 일기로 유명해졌다. 그의 일기는 유네스코에 의해 국보로 지정되었다. 웨인라이트는 일기를 디지털화하는 작업에 각본상 상금을 기부했고 리스터를 지속적으로 연구하기 위해 박사 학위 장학회를 설립했다. 나는 역사와 오락이 어떻게 손을 잡을 수 있는지 그토록 명확히 이해한 사람, 자신이 참고하는 자료를 보존하기 위해 그렇게 많은 일을 한 방송 총괄 제작자는 단 한 명도 알지 못한다.

나는 헬레나 횟브레드에게 감사 인사를 전하고 싶다. 헬레나는 2015년에 시간을 내 크리스와 나에게 시브던 저택과 핼리팩스 웨스트요크셔 기록보관소에 있는 리스터 일기를 보여 주었고, 그 후로 계속 나의 끝없는 질문에도 답을 해 주었다. 우리 친구 피오나 쇼(작가)와 캐런 찰스워스는 우리에게 킹스 매너, 성 삼위일체 교회, 그리고 리스터가 자주 가던 다른 장소를 두루 안내해 주었고, 크리스토퍼 노턴 교수는 친절하게도 2022년에 세심하게 킹스 매너 건축 투어를 시켜 주었다.

요즘 리스터에 관해 궁금한 사람은 1817년부터 1826년까지 쓴 일기 중 일부를 발췌한 휏브레드의 책 두 권, 1833년부터 1836년까지 리스터의 생애를 더듬은 질 리딩턴의 책 세 권(『젠틀맨 잭』의 기초), 그리고 앤 초마와 앤절라 스타이덜이 쓴 전기를 찾아볼 수 있다. 리스터의 팬층은 참여 연구에 있어 매우 특출하다. 덕분에 독자는 이제 편집되지 않은 일기 전체를 온라인으로 접하고 몰입할 수 있다. 이 일기는 100명이 넘는 서로 다른 국적의 '암호 해독' 봉사자들이 웨스트요크셔 기록보관소의 지원을 받아 옮겨 쓴 것이다.

이에 비해 일라이자 레인은 여전히 기이할 정도로 등한시되고 있다. 리스터와 주고받은 레인의 편지 중 일부는 뮤리얼 그린의 1939년 학위 논문 「어느 기백 넘치는 요크셔 여성: 핼리팩스 시브던 저택 앤 리스터의 편지 1791~1840」에서 처음으로 빛을 봤다. 하지만 그린은 최선을 다해 그 둘이 연인이었다는 사실을 숨겨 버렸다. 고(故) 퍼트리셔 휴스가 자비로 출판한 2010년 연구 자료(『앤 리스터 양의 어린 시절과 일라이자 레인 양의 흥미로운 이야기』)에서는 더 많은 편지가 유용하게 쓰였다. 하지만 이 책은 불행히도 사실로 제시된 추측과 혼란으로 가득 차 있다. 주로 1803년에서 1815년까지 레인이 쓰고 받은 중요한 미공개 편지와 레인에 관한 다른 글도 많이 남아 있다. 나는 오직 기록보관인과 암호해독자들의 아낌없는 도움 덕분에 그것을 공부할 수 있었다. 주드 돕슨, 스테프 갤러웨이, 커스틴 홀츠 그레베, 제인 켄들, 리비아 라바테, 클로이 나치, 말린 올리베이라, 제시카 페인, 앨릭스 프라이스, 어맨다 프라이스, 프란체스카 라이아, 린 숄즈, 샨텔 스미스, 그리고 캣 윌리엄스를 비롯한 여러 사람이다. 나는 이번에 내 경력에서 처음으로 크라우드소싱 연구에 빚을 졌다. 그 일을 가능하게 해 준 PackedWithPotential.org(리스터에 관한 모든 것의 중심지)의 스테프 갤러웨이에게 깊은 감사를 전한다.

다이앤 해퍼드는 나에게 핵심 자료를 알려 주었고, 데이비드 휴스는 트위
터로 연락했을 때 날 위해 하룻밤 사이에 일기 한 구절을 해독하고 옮겨 주
었다. 앤 초마는 나에게 지식을 나눠 줬으며, 레인이 열한 살이 아니라 여섯
살 때 영국으로 보내졌다는 사실을 알아낸 학자 프랜시스 싱은 승객 명단
스캔본을 보내 주었다. 헬레나 휫브레드, 크리스티나 그래스, 캐럴 애들램
(그가 쓰는 레인의 전기를 매우 기대하고 있다)은 귀중한 미공개 자료를 공유
해 주었다. 하지만 무엇보다 나는 리오카인(트위터 @SRiocain)에게 감사 인
사를 전해야 한다. 리오카인은 팬데믹 기간이었던 1년 동안 나의 끈질긴 질
문에 답해 주었고, 윌리엄 레인과 그의 요크셔 가족부터 더핀 부부, 일라이
자의 학우, 친구, 교사들까지 모든 인물의 역사를 어떻게든 정확히 규명해
주었다.

인도아대륙의 혼혈아 레인은 한 번도 본 적 없는 '고향' 영국으로 보내
져 요크에서 고립되다시피 했다. 하지만 이런 사람이 레인 하나만은 아니었
다. 일부 사람이 '국제결혼' 또는 축첩이라고 부른 동인도회사 남자와 인도
여자(종종 남자의 비비(아내)로 알려졌다)의 결합은 레인의 일생 동안 지
극히 흔한 일에서 드물고 낙인이 찍히는 일로 위상이 내려갔다.(1780년에
서 1785년까지는 회사 남자 세 명 중 한 명의 유언장에 현지 반려자에게 유산
을 남긴다는 내용이 포함돼 있었고, 1805년에서 1810년까지는 네 명 중 한 명,
1830년까지는 여섯 명 중 한 명, 그리고 세기 중엽까지는 극소수만이 그런 내용
을 적어 넣었다.) 이 소설에서 나는 레인이 꽁꽁 숨긴 개인사의 빈틈을 채우
려고 노력했고, 그러기 위해 18세기와 19세기 초에 살았던 나른 어린이 수
백 명의 다양한 운명을 참고하고 활용했다. 몇 가지 사례만 언급하자면 다
음과 같다. 소설가 윌리엄 메이크피스 새커리의 이복자매 세라 러드(레드
필드 또는 라드필드로 불리기도 했다), 새커리 블레친덴, 마거릿 스튜어트 틴
들-브루스, 미르 글룰룸 알리 사히브 알룸(윌리엄 조지 커크패트릭으로 개
명)과 누르 운-니사 사히바 베굼(캐서린/키티 오로라 커크패트릭으로 개명,
훗날 필립스가 됐다), 그리고 그들의 사촌 서실리아와 윌리엄 벤저민 커크패
트릭, 바누 '안' 드부아뉴와 알리 박시 '찰스 알렉산더' 드부아뉴, 화가 요

한 요제프 초파니의 인도 자녀들, 허큘리스 스키너의 자녀 7~10명, 아이작 마이어스의 자녀 열한 명(어머니 두 명), 헨리 레이의 자녀 일곱 명(어머니 세 명), 데이비드 옥털로니 경의 첩 열세 명 중 일부가 낳은 자녀 여섯 명 혹은 그 이상, 제라드 구스타버스 두카렐이 샤라프-운-니사(엘리자베스 두카렐로 개명, 영국에 정착해 성공회 방식으로 결혼식을 올린 몇 안 되는 어머니 중 한 명)와 낳은 자녀 여섯 명, 그리고 1810년 우즈-피리 재판의 증인 제인 커밍 툴록(릴리언 헬먼의 1934년 희곡 『아이들의 시간』에 영감을 줬다). 기독교로 개종한 비비는 극소수였다. 몇몇 아이는 어머니에 의해 힌두교나 이슬람교 신자로 자랐지만, 대부분은 어머니 이름을 밝히지 않은 채 성공회 교회에서 세례를 받은 것으로 보인다. 몇몇 아버지는 재산의 일부 또는 전부를 이른바 '갈색 피부 자녀'에게 물려주었다. 반면 다른 아버지는 그들과 어떤 연관성도 없다고 주장하거나 관계를 단절해 버렸다. J.A. 콕, 휴 애덤스, 새뮤얼 킬패트릭은 아이들을 넘겨 영국에서 교육받게 하는 데 동의한다는 잔인한 조건을 수락할 때만 반려자에게 돈을 남겼다. 이 어머니, 아들, 딸들에 관해 더 알고 싶다면 두르바 고시의 책 『식민지 시대 인도의 성과 가족』(2006)을 추천한다.

내가 인용한 많은 낙서는 이제 헌팅던 방이라고 부르는 킹스 매너 방의 창문에서 여전히 읽을 수 있다. 다만 작은 판유리들은 이리저리 옮겨진 듯하다. 낙서가 적힌 날짜는 적어도 1740년대부터 1930년대까지 분포돼 있다. 창문 낙서는 『요크셔 정보와 질문들』(1885~88)이라는 잡지에서 처음 언급됐지만 여전히 완전한 필사와 분석이 절실히 요구된다. 매너 학교 학생들의 이야기 중 내가 찾은 기록은 1781년경 학교 기숙사에 살았던 일라이자 플레처가 쓴 것이 유일하다.(앤 배슬렛 하그레이브의 시대. 그는 1805년 매너 학교를 운영한 앤 하그레이브 교장과 메리 하그레이브 테이트 사감의 이머니였다.) 1805년 이 학교에 다녔던 학생 40여 명 중 리스터와 레인의 또래로는 레인의 첫 친구 프랜시스 셀비(훗날 소프), 마거릿 번(훗날 홈스), 엘리자베스 포스터, 앤 무어섬, 그리고 프랜시스 피어슨이 포함돼 있었다. 나는 리오 카인과 함께 이 실존 여성들에 관한 사실을 캐낼 수 있었던 세부 정보를 참

고했다. 머시 스미스, 헤티 마, 던 양은 허구의 인물이지만, 퍼시벌 자매 중 한 명인 앤 조지나(일곱 살)는 실제로 1806년 봄 학교에서 사망했다.

1804년 1월 10일 교사 M.A. 루인은 친구 아서 머피(아일랜드 극작가)에 게 매너에 관한 생생한 세부 정보를 보냈다. 거기에는 곡물 창고, 건물에서 키우는 돼지, 몇몇 동료에 관한 내용뿐 아니라 자신과 모리스 부인이 해머 스미스에서 북쪽으로 올라왔다는 내용도 포함돼 있었다. 지금까지 남아 있 는 이 유일한 편지는 아주 운 좋게 머피의 1811년 전기에 보존돼 있었고, 리 오카인이 그것을 찾았다. 음악과 미술 교사 매슈 캐미지와 조지프 하프페니 는 매너에서 직무를 수행했을 뿐 아니라 요크에서도 오랫동안 눈부신 경력 을 쌓았다. 1823년 프랜시스 비커스는 코니 가에서 기숙학교를 운영하고 있 었고, 해나 로빈슨은 성 앤드루게이트 거리에 있는 학교의 교사로 등재돼 있었다. 메리 하그레이브 테이트의 남편이었던 파산한 무용 교사는 1808년 요크 정신병원(헌터 박사의 규칙 아래 가혹하기로 악명이 높았다)에서 사망한 토머스 테이트와 동일 인물일 가능성이 매우 높다. 기숙학교 생활에 관한 다른 세부 사항은 도라 워즈워스, 메리 보섬 하윗, 새뮤얼 테일러 콜리지, 메리 라이트 슈얼, 프랜시스 파워 코브, 엘리자베스 미싱 슈얼, 외제니 세르 방, 그리고 1810년 우즈-피리 재판의 회고록에서 차용했다.

1819년 리스터가 일기에 언급한 바에 따르면 알렉산더 매더는 매너에서 일라이자를 치료한 적이 있고 더핀 박사는 매더가 똑똑하다고 생각했다고 한다. 하지만 리스터는 '매더의 능력을 입증하기 위해 나는 일주일 동안 아 픈 척을 했고, 그는 끝내 알아내지 못했다'고 적었다.(레인, 매더, 더핀은 비 록 일반의로 일했지만 훈련받은 외과의로서 '씨'라는 적절한 호칭으로 불렸다. 반면 벨컴은 의대 학위를 받은 내과의로서 더 높은 직함인 '박사' 자격을 가지고 있었다. 하지만 레인이 종종 인도 자료에서 레인 박사로 불렸기 때문에 나는 헷 갈리지 않도록 그들을 모두 박사로 칭했다.)

두 연인이 초대도 받지 않고 회관에 갔다는 확실한 증거는 없다. 그저 리 스터가 강하게 암시한 내용만 있을 뿐이다. 리스터는 자신의 하녀 캐머런이 무도회에 가는 것에 관해 비어 호바트에게 얘기했다며 1831년에 이렇게 기록했다. "캐머런과 함께 변장하고 가서 춤을 추면 정말 재미있겠다고 말했다. 하지만 나는 이제 그런 짓을 하지 않는다. …… 매너에 다닐 때 변장하고 무도회에 간 일을 이야기했다.(직접 말했다기보다 암시한 것에 가깝다.) 내가 그 방에, 수많은 참석자 속에 있었다는 뜻이었다." 블랙의 진귀한 물건은 당시 요크 민스터야드 거리에 있는 시커모어 트리 술집에 실제로 전시되었다. 그리고 '최초의 여성 기수' 얼리셔 손턴은 다리를 모으고 말을 타다가 미끄러져 요크 경주에서 패배했다. 다만 그해는 1804년이었고, 그는 1805년에 경주에 복귀해 승리했다.

내 작업은 단조로운 코로나19 기간에 같은 열정을 품고 있던 내 연인 크리스 룰스턴의 작업과 한데 모아졌다. 당시 나는 『러니드 바이 하트』 초고를 쓰고 있었고 크리스는 학술지 『18세기 연구 55-2권』(2022년 겨울)에 실을 논문 「빈약한 기록을 해석하며: 앤 리스터, 일라이자 레인, 그리고 학교 이야기」를 쓰는 동시에 (캐럴라인 곤다와 함께) 리스터에 관한 첫 에세이 모음집 『앤 리스터를 해독하다: 기록에서 젠틀맨 잭까지』(케임브리지 대학 출판부, 2023년)를 편집하고 있었다. 리스터가 책에 대해 말했듯 크리스는 '내 영혼의 기름이며, 그가 없으면 내 영혼은 스스로 마찰해 닳아 버릴 것이다'. 이 책을 그에게 바친다.

옮긴이 박혜진

서울시립대학교 사회복지학과를 졸업해 의료 및 아동복지 분야에서 일하다가, 영어와 관련된 일을 하고 싶어 영상번역가로 전향했다. 여러 영화제 출품작을 포함해 영화, 드라마, 다큐멘터리를 다수 번역하던 중 영역을 확장하기 위해 〈한겨레 어린이 · 청소년 책 번역가 그룹〉에서 공부했다. 옮긴 책으로는 『멀린9 아발론의 위대한 나무』, 『더 원더』가 있다.

러니드 바이 하트: 미친 사랑의 편지

1판 1쇄 인쇄 2024년 12월 10일
1판 1쇄 발행 2024년 12월 20일

지은이 엠마 도노휴 **옮긴이** 박혜진
펴낸이 김영곤 **펴낸곳** (주)북이십일 아르테

책임편집 원보람 **표지** 인수정 **본문** 최원석
문학팀장 김지연
해외기획팀 최연순 홍희정 소은선
출판마케팅팀 한충희 남정한 나은경 최명열 한경화
영업팀 변유경 김영남 강경남 황성진 김도연 권채영 전연우 최유성
제작팀 이영민 권경민

출판등록 2000년 5월 6일 제406-2003-061호
주소 (우 10881) 경기도 파주시 회동길 201(문발동)
대표전화 031-955-2100 **팩스** 031-955-2151

아르테는 (주)북이십일의 문학 브랜드입니다.

ISBN 979-11-7117-873-5 03840